AF146331

Der Tod und die Diebin

Bündnis der Sieben 01

Swantje Berndt

Thanatos
Auf leisen Schwingen bringst du den Tod.
Dein Kuss ist sanft - nur eine geträumte Berührung.
Gebunden in der Zeit, sehnst du dich nach Freiheit.
Mit gestutzten Flügeln zerrst du an den Ketten - vergebens.

Sie rufen dich - zurück.

Bibliografische Information der Deutschen Nationalbibliothek:
Die Deutsche Nationalbibliothek verzeichnet diese Publikation in der Deutschen
Nationalbibliografie; detaillierte bibliografische Daten sind im Internet über
http://dnb.dnb.de abrufbar.

Copyright © 2015 Swantje Berndt c/o Berndt & Berndt,
Theaterstraße 16a, 14943 Luckenwalde
Alle Rechte vorbehalten.
2. überarbeitete Auflage Juni 2015
www.swantje-berndt.de
www.swantjesgeschichten.wordpress.com

Bildmaterial: depositphotos.com: Rabe: Photomim; Mann: alessandroguerr;
pixabay.com
Covergestaltung: Swantje Berndt
Korrektorat: Susanna Strecker

Herstellung und Verlag: BoD – Books on Demand, Norderstedt

ISBN: 9783738620689

INHALTSVERZEICHNIS

VERLOCKUNGEN

Seine Lippen trennten sich von ihren, sein Griff um ihre Hüfte erschlaffte. Wie ein Kartoffelsack fiel er zurück in die Kissen.

Süß, die schwarzen Locken. Lucy strich vorsichtig darüber. »Danke für wundervolle fünf Minuten, Kolja Grigorjew.« Sie küsste seinen vollkommenen Mund. Er würde sich erst in den frühen Morgenstunden wieder bewegen können.

Das Fläschchen mit den K.-O.-Tropfen stand auf der Louis-quinze Kommode neben dem üppig drapierten Bett, verborgen hinter dem Leuchter. Hatte sie zu viel davon in den Wodka gegeben? Sollte Kolja nicht mehr erwachen, würde sie es nie erfahren. Morgen schon war sie bei Ethan in London. Zusammen mit allen leicht zu transportierenden Kostbarkeiten, dieses Zimmers.

Moskau war eine fantastische Stadt.

Koljas Hand lag entspannt auf seiner Brust, die sich eben noch unter schnellen Atemzügen gehoben und gesenkt hatte.

Fünf Minuten Ekstase.

Dann hatten seine Lider geflattert.

Lucy klappte eines seiner Augenlider auf. Keine Pupille. Alles weiß. Der muskulösen Brust entströmte ein herber Duft. Beinahe zu intensiv, aber im entscheidenden Moment hatte er sie mitgerissen.

Dieser Mann war extrem. Seine Ausstrahlung, seine Dynamik, seine Vorlieben im Bett.

Ein in Gold gefasster Smaragdring zierte seinen Mittelfinger. Behutsam streifte sie ihn ab. Er würde Ethan bereichern und ihr Gewissen beruhigen.

Wunderschön und schwer lag er in der Hand. Leider war er selbst für ihren Daumen zu weit.

Haarfeine Zeichen zogen sich über das Gold. Symbole, die Lucy weder kannte noch kennen wollte, doch eines wusste sie mit hundertprozentiger Sicherheit.

Der Ring war ein Vermögen wert. Mit oder ohne Striche, Zacken und Dreiecken.

Kolja war ein reicher Mann. Das Apartment quoll über vor Kostbarkeiten. Vor allem die bibliophilen Raritäten in den Regalen aus geschwärztem Eichenholz lockten ein freudiges Kribbeln in ihren Fingern. Dantes Göttliche Komödie. Eine Ausgabe von 1472? Nicht zu fassen. Wozu benötigte ein Mann wie Kolja Grigorjew Alighieris Werk? Der zweite bis vierte Kreis der Hölle war für die Maßlosen reserviert. Maßlos war Kolja in jedem Fall. Er hatte sie an seine Lippen heben und austrinken wollen wie einen köstlichen Wein. Lucy hatte es für eine charmante Metapher gehalten. Das Gefühl von Gefahr saß ihr jetzt noch im Nacken und die Striemen, die seine Fingernägel auf ihrem Rücken und Hintern hinterlassen hatten, musste sie irgendwie vor Peter verbergen.

Obwohl, vielleicht auch nicht. Peter sah ohne Brille kaum etwas, und wenn er sie in der Löffelstellung nahm, schaltete er vorher sämtliche Lichter aus.

Kolja besaß ein Faible für sakrale Kunst. Eine antike Marienfigur mit dem obligatorischen blauen Mantel und roten Kleid thronte auf dem Kaminsims. Dahinter hing die kleinste Ikone, die ihr je untergekommen war. Wundervolle Blau- und Goldtöne, ein Hauch Rot. Das Gesicht der Madonna wirkte dunkel, als hätte sie einen dreiwöchigen Urlaub in der Karibik hinter sich.

Ethan würde begeistert sein.

Ikonen, alte Seekarten, Aktienzertifikate der East Indien Companie.

Es war leicht, ihn glücklich zu machen, wenn man eine talentierte Diebin war, die sich mit historischem Plunder auskannte.

An einigen Stellen blätterte die Farbe ab. Lucy nahm das Heiligenbild vorsichtig von der Wand und legte es auf die Kommode.

Was noch? Igor hatte ihr diesen Grigorjew nicht umsonst vorgeschlagen.

Sie schlenderte durch den Raum. Im Bücherregal neben der Anrichte standen in Leder gebundene Bibeln, bei denen der Rücken bereits klaffte. Wasserschaden oder Alter oder beides. Ethan besaß genug dieser Dinger.

Auf dem zweituntersten Brett, kaum noch als Buch erkennbar, versteckte sich ein Epistolarium. Beim Umblättern brach ein Stück der ersten Seite ab. Verdammt! Das Werk kam aus Ivan Fedorovs Buchdruckerei.

Sechzehntes Jahrhundert. Ihm gebührte jedes Recht der Welt, zu zerbröseln.

War Kolja irre, diese Kostbarkeit offen der ätzenden Luft Moskaus auszusetzen? Es gehörte unter Glas und nicht in Smog.

Kolja atmete zischend ein.

Lucy erstarrte zur Salzsäule. Wenn jetzt Schnappatmung einsetzte, hatte es sich für ihn erledigt.

Minuten verstrichen.

Kolja blieb ruhig. Wäre es Mord, Totschlag oder einfach nur ein Versehen, wenn er jetzt starb?

Ein Versehen. Das würde sie jedem Richter erklären können.

Dennoch durfte es so weit nicht kommen.

Lautlos schlich sie ins Bad. Purpurfarbene Handtücher stapelten sich auf einem Tischchen mit Klauenfüßen und Marmorplatte. Sie wickelte die Bücher vorsichtig hinein.

Der Russe lag friedlich wie ein Heiliger im Bett. Dass er keiner war, hatte ihr diese Nacht gezeigt. Ein Berserker, der nicht einmal seine Uhr abgenommen hatte. Einige der Kratzer stammten mit Sicherheit von dem Metallarmband und nicht nur von seinen Fingernägeln.

Eine schicke Breitling.

Das ideale Weihnachtsgeschenk für Ethan.

»Ruhe süß, Kolja. Und danke für die unfreiwillige Gabe.« Ein letzter Kuss, dann streifte sie das rubinrote Seidenkleid über, hüllte sich in den Kaschmirmantel und tauschte die nadelspitzen Stöckelschuhe gegen pelzgefütterte Winterstiefel. Die schmale Umhängetasche verschwand unter dem Mantel und barg Lucys Beute.

Igors Tipp war Gold wert gewesen.

Und Gold würde sie dafür empfangen. Viel davon.

Das verkohlte Scheit brach im Kamin zusammen. Es wurde Zeit, dass sie sich aus dem Staub machte. Der Ring und die Uhr würden mit ihr fliegen, die Ikone und das Buch morgen in einem schlichten Paket das Land verlassen. Viele unscheinbare Päckchen verließen Moskau. Jeden Tag. Dieses eine würde nicht weiter auffallen. Die Stichproben würde es unversehrt überstehen, und dann landete es da, wo es hingehörte; bei

Ethan Scarborough, Clerkenwell, London. Dem absoluten Geheimtipp für alle antik besessenen Artefakt- und Kunstjäger.

Nur ein wenig Glück. Das hatte sie immer besessen. Sie kalkulierte schon aus Gewohnheit damit.

Schlug sein Herz noch? Sie legte die Hand auf seine Brust. Ein kaum zu spürenden Puls. Das musste genügen.

Armer Kerl. Er hatte eine Jana Kusnezow geliebt und wurde von einer Lucy Sorokin bestohlen.

Für Gewissensbisse blieb keine Zeit. Mit einem Mikrofasertuch beseitigte sie ihre Fingerabdrücke.

Das Champagnerglas, die Flasche, die Schale mit Erdbeeren.

Der Bettrahmen? Für einen Moment hatte sie sich daran festgeklammert.

Was noch? Das Bad! Lucy huschte durch die Suite, wischte über alles, was ihr sonst einen Strick drehen konnte. Die Schuhe würde sie in den Müllschlucker werfen. Ebenso die rote Perücke und das leere Fläschchen.

Der Witz von Barockspiegel zeigte ihr deutlich den wunden Strich, den das Klebeband auf ihrer Stirn hinterlassen hatte. Immerhin hatte die künstliche Haarpracht den Belastungen standgehalten. Ab und zu war es knapp geworden.

Die Reste des Scheites knackten in der Glut und dimmten das flackernde Halbdunkel des Raumes.

Lucy hauchte einen Kreis in die Eisblumen der Fensterscheibe. Die Straße war leer. Träge vor Kälte schwappte die Moskwa an die Kaimauer.

Komm schon, Igor. Lass mich nicht warten.

Um die Ecke rollte etwas, das in seinem früheren Leben ein Auto gewesen sein mochte. Igor verprasste sein ergaunertes Geld für alles und jeden, warum legte er sich nicht ein ordentliches Auto zu? Lucy fädelte den Ring auf ein Lederband und hing ihn sich um den Hals. Die grüne Glut pulsierte im Feuerschein. Vor dem Einchecken musste sie ihn Peter überziehen. Als College-Ring mochte er durchgehen.

Der Schmuck erwärmte ihre Haut. Ein seltsam beklemmendes Gefühl wuchs in ihrer Brust.

Bedenken?

Ein letztes Mal sah sie sich um. Alles erledigt. Sie würde spurlos verschwinden.

Über die Wände huschten Schatten, der Raum schwankte. Lucy blinzelte. Hatte sie zu wenig gegessen? Zu viel getrunken?

Auf dem Weg zur Tür stolperte sie über die Teppichkante. Verfluchter Mist. Sie musste sich konzentrieren. Sie atmete ein paar Mal tief durch. Ihre Sicht wurde wieder klar und sie schlich aus dem Zimmer. Alle Utensilien, die sie verraten konnten, rutschten durch den Müllschluckerschacht und der Aufzug sauste mit ihr sechs Stockwerke nach unten.

Der Wachmann an der Eingangstür beachtete sie nicht. Er spielte mit seinem iPhone, sonst hätte er bemerkt, dass die Frau, die an ihm vorbeihuschte, eine andere war als die, die vorhin am Arm von Grigorjew an ihm vorbeigeschritten war.

Es war wundervoll, die Identitäten zu tauschen wie andere Frauen die Pumps.

Unauffällig zügig ging sie bis vor zur Ecke. Igor wartete bereits mit laufendem Motor, dessen Abgase die gesamte Kotelnitscheskaja-Uferstraße verseuchten.

»Lohnend?« Er beugte sich über ein Monster von Handbremsengriff und küsste sie zur Begrüßung nass auf den Mund. Seine Stoppeln kratzten über ihr Kinn. »Du riechst nach ihm, oder stammt die Moschuswolke von dir?«

»Sie stammt von ihm und sie hat mich ganz wuschig gemacht.«

Igor lachte. Es klang wie ein Bellen. »Typen wie er schneiden den Moschushirschen das Sekret eigenhändig aus der Bauchdrüse. Habe ich dir erzählt, dass er in Kasachstan regelmäßig Jagd auf die armen Viecher macht?«

Eine Gänsehaut lief ihr über Rücken. Bevor sie ins Bett stieg, würde sie sich stundenlang duschen.

Schnüffelnd neigte sich Igor noch etwas näher zu ihr. »Soll ich dich wirklich zu deinem langweiligen Briten karren?«

»Pass auf, was du sagst. Offiziell bin ich mit Peter liiert. Von meinem kleinen Ausflug zu Kolja hat er keine Ahnung.« Und das sollte auch so bleiben. Vor allem, weil sie nicht vorgehabt hatte, es so weit kommen zu lassen, wie es gekommen war. Peter war ohnehin erstaunlich blauäugig, was ihre kriminellen Machenschaften anging. Seine Ignoranz allem gegenüber, das nicht in Stein gemeißelt stand, prädestinierte ihn zum perfekten Alibi-Mann.

»Der Kerl hat keine Ahnung, dass du ihn schamlos ausnutzt?« Igor sah sie ungläubig an. »Wie dämlich ist der?«

Das schlechte Gewissen schlich sich zwar langsam an, aber stetig. In London würde sie bei geeigneter Gelegenheit diese Zweckbeziehung beenden, von der nur Peter dachte, dass sie romantischen Ursprungs war.

»Fahr mich zu ihm. Ich bin müde.«

»Guter Witz.« Igor grinste sie an, und als sie nicht reagierte, zuckte er die Schultern. »Dann hat der Kerl dich echt geschafft?«

Was auch immer Kolja geschafft hatte, ihr war schwindelig, ihre Haut glühte, als ob sie krank würde und ständig verschwamm ihre Sicht. Für Kreislaufschwächen war eine Flucht der gänzlich ungünstigste Zustand. Lucy legte ihm die eingewickelten Bücher und die Ikone auf den Schoß.

»Schick das so schnell wie möglich zu Ethan. Es muss raus aus Moskau.«

Igor schenkte der Beute nur einen kurzen Blick. »Mehr hast du nicht von dem Pfeffersack genommen? Der Typ stinkt vor Geld.«

Igor durfte nicht misstrauisch werden. Sie hatte ihn bereits für seine Hilfe entlohnt. Erfuhr er von dem Ring, wurde es eng. Auch die Breitling sah unter seinem Weihnachtsbaum garantiert ebenso gut aus, wie unter Ethans.

»Man soll nicht zu gierig sein. Wenn er morgen früh zu viel seines Eigentums vermisst, hetzt er eventuell die Behörden auf mich.« Ihren kleinen Fischzug dagegen konnte er hoffentlich verschmerzen. Er war die Mühe nicht wert, die russischen Bürokratenmühlen anzustoßen.

Das würde zu viele Fragen aufwerfen.

Laut Igors Aussage hasste ein Mann wie Grigorjew Nachforschungen seitens der Polizei. Der Russe schien Macht und Reichtum auf dunklen Pfaden erworben zu haben.

»Genießt dich dieser stocksteife Peter noch ab und zu oder merkt er nicht, dass du erst zwei Sekunden vor ihm unter seine Bettdecke schlüpfst?«

»Gute Frage. Ich befürchte, er bekommt nichts mit, was mit mir zu tun hat.«

Bis zum Morgengrauen hing er zusammen mit Gleichgesinnten über Fotografien alter Steininschriften. Deshalb war er in Moskau.

»Peter ist Peter. Er ist nützlich.« An seiner Seite reiste sie durch die Welt. Von Epigrafiker-Treffen zu Konferenzen diverser Altphilologen-Verbände. Er studierte, tauschte sich aus, demonstrierte sein Wissen und sie knüpfte Kontakte und stahl.

»So, bitte sehr. Du wolltest es so.« Igor hielt vor ihrem Hotel. »Melde dich, wenn du in London bist.« Noch ein flüchtiger Kuss und er fuhr davon. Abschiede gestaltete er nie übertrieben emotional.

Der Nachtportier schlief auf einem Feldbett hinter der Rezension. Für ein drittklassiges Hotel wie dieses war sie overdressed bis zum Anschlag, doch er sah es zum Glück nicht und konnte keine neugierigen Fragen stellen.

Lucy zog sich am Geländer die Treppe hinauf. Was war nur mit ihr los? Sie glühte, ihre Beine gaben nach und trotzdem herrschte eine seltsame Unruhe in ihr.

Bevor sie aufs Bett fiel, streifte sie die Stiefel ab. Alles andere würde bleiben, wo es war.

~*~

Ein Lufthauch ließ die Flamme zittern. Daniel war zu erschöpft, um den Kopf grundlos zu heben. Ein Geräusch. Er hatte es am Rand seines Bewusstseins wahrgenommen. Es war unwichtig, rührte von dem Nachtwind, der sich durch das alte Backsteingemäuer wagte, um ihn um diese Nacht zu beneiden. Wieder ein Hauch. Die Flamme zischte und Wachs tropfte auf den ausgeblichenen Schädelknochen. Jemand war im Raum.

Er kannte ihn.

»Wie ist das?« Die sanfte Stimme, die sich keine Mühe gab, den Spott zu verbergen, hatte er seit zwei Leben nicht mehr gehört. Am Fuß des Bettes, lässig an den Pfosten gelehnt, stand Kepheqiah. Die dunklen Haare zu einem strengen Brahmanenknoten geschlungen, die hagere Gestalt von einem maßgeschneiderten Anzug umhüllt. »Du steckst ihn rein, rührst herum und sie japst nach Luft?«

Jasmina lag entspannt quer über den Laken, den hübschen Kopf in ihre Armbeugen geschmiegt, und schlief. Die leise Stimme seines Gastes konnte sie nicht wecken.

Kepheqiah, ein Freund über Jahrhunderte, ein Verräter in einer einzigen Nacht.

Daniel strich über Jasminas warmen Rücken. Sie wusste nicht, wem sie sich hingegeben hatte, doch es war belanglos. Ihr würde nichts geschehen.

Kepheqiah trat an den Tisch, hielt das bauchige, sich nach oben weitende Glas ins Kerzenlicht und roch an dem letzten Tropfen des opalisierten Absinths. »Du genießt ihn französisch?« Er schloss die Augen und inhalierte das Aroma erneut. »Du tust gut daran. Die Penetranz des verbrannten Zuckers verdirbt seine Ursprünglichkeit. Obwohl die Flamme für mich einen ästhetischen Wert besitzt.« Sein Blick glitt über den Schädel, der mehr und mehr unter dem Kerzenwachs begraben wurde. »Dich reizt der Tod?«

Die leeren Augenhöhlen klagten Daniel, nicht Kepheqiah an. Der Tod hatte ihn nie gereizt. Nur ein Job, den er perfekt beherrschte.

»Seit wann bist du da?« Daniel richtete sich auf und gab Acht, dass die Decke Jasmina weiterhin wärmte.

»Zu lange.« Kepheqiah blickte konzentriert an Daniel vorbei. »Mir ist nichts vom dem hier erspart geblieben.«

Er hatte es nicht verdient, doch Daniel tat ihm den Gefallen, sich wenigstens die Jeans überzuziehen. Jede Bewegung war ein Kampf mit der Trägheit und dem zähen Schweiß, den ihm der lustvolle Kampf mit Jasmina aus den Poren getrieben hatte. Auch sein Hemd war feucht. Bei dem Gedanken, den klammen Stoff auf der Haut zu fühlen, schüttelte es ihn. Kepheqiah würde den Anblick seines unbedeckten Oberkörpers ertragen müssen.

»Du kennst mich. Was hast du erwartet?«

»Verzeih.« Keph neigte leicht den Kopf. »Aber ich bin der Sensationslust eines Unbeteiligten zum Opfer gefallen.« Sein teilnahmsloser Blick strich flüchtig über Daniel hinweg. »Du warst in dieser Frau.«

14

»Sehr lange, sehr oft. Warum fragst du?«

»Willst du dich nicht reinigen?« Der schöne Mund verzog sich zu einer Wellenlinie. »Wir beide erlebten Zeiten, in denen diese Unachtsamkeit den Tod bedeutete.«

»Später.« Die Nacht war noch nicht vorbei.

Keph setzte sich in den einzigen Sessel im Raum. »Hast du jetzt für mich Zeit?« Die langen, schmalen Hände ruhten schwerelos auf den Lehnen. »Immerhin bin ich nur für dich nach London gereist.«

»Ich habe dich nicht gerufen.«

»Du hast dich lange vor mir und der Bruderschaft verborgen. Wir waren in Sorge um dich. Du bist einzigartig.«

»Das sind wir alle.«

»Du bist es auf eine besondere Weise, Daniel Levant. Übrigens ein schöner Name. Er passt zu deiner Passion. Trägt dich der Wind noch immer auf seinen Schwingen?« Sein Blick schweifte über den tätowierten Rabenflügel auf Daniels Schulter.

»Zuweilen. Was willst du von mir?« Daniel setzte sich an den Tisch und zündete sich eine Zigarette an. Er schloss die Lider und wartete, bis der Rauch seine Lunge vollständig durchdrungen hatte.

»Du rauchst?«

»Nur nach der Liebe.«

»Liebe?« In Kephs braunen Augen glomm Hohn. »Du wühlst im Dreck. Schämst du dich nicht?«

Emotionales Aufbegehren hatte Keph stets vermieden, also klang auch sein Tadel gelassen. Er war der weltabgewandte Mönch geblieben, dem Daniel 1647 im Kloster zu Mont Saint Michel den Rücken gekehrt hatte.

Vor ungezählten Leben.

»Sollte ich das? Mich schämen?« Für die eigenen Sünden lohnte keine Scham. Nur für die, die andere einem aufzwangen.

Daniels Existenz war eine einzige Schuld.

»Ja.« Keph schlug die Beine übereinander und betrachtete ihn wie einen ungezogenen Schüler, an den man trotz besseren Wissens sein Herz gehängt hatte. »Wir arbeiten für sie, wir töten sie, aber wir besudeln uns nicht mit ihnen.«

»Du hast es nie getan? In keiner deiner Existenzen?« Sein endloses Dasein wäre ohne die Liebe unerträglich.

»Nie. Meine Hingabe galt stets der Bruderschaft der Anonymen Meister.« Keph beugte sich vor und sah Daniel aus schmalen Augen an. »Ihre Belange sind wichtig. Sie haben mich zu dir geführt.«

Ein Job. Weshalb sonst sollte Keph hier sein? »Ich habe lange nicht mehr getötet.«

»Dann wird es Zeit.«

»Hast du Angst, ich komme aus der Übung?«

»Nein.« Beinahe war Kephs Lächeln liebevoll. »Einmal ein Meister, immer ein Meister. Ich bin sicher, du beherrscht nach wie vor alle relevanten Todesarten.«

Zwei Leben in Frieden genügten nicht, um jahrhundertealtes Können zu vergessen. »Wie hast du mich gefunden?«

Die Rauchschwaden verzerrten Kephs ebenmäßiges Gesicht. »Ich finde jeden Abtrünnigen früher oder später. Weißt du, wie mit Deserteuren umgegangen wird?«

»Sie werden erschossen.«

»Das hättest du wohl gern.« Versonnen strich er sich die Falten auf seiner Hose glatt. »Sie verlieren ihre Seele. Ohne Seele kannst du nicht leben. Ohne Seele kannst du nicht sterben. Wie wird sich das anfühlen?«

Daniels Magen zog sich zu einem eisigen Klumpen zusammen. Mit den Erinnerungen an seine Taten zu leben, war eine tägliche Herausforderung. Doch ohne Seele durch den Trübsinn dieser Welt zu stolpern, würde die Hölle sein.

Keph schlenderte durch den Raum und betrachtete die Ikonen an den Wänden. Vorsichtig hing er das Abbild eines Cherubim ab und strich mit dem Finger über den Dammarlack. »Sie ist fantastisch.«

Eine von Daniels ersten Arbeiten. Damals suchte er noch in der Kontemplation vor himmlischer Schönheit nach Rettung. Er hatte sie dort nie gefunden.

»Beeindruckend. Eitempera?«

Daniel nickte und blies den Rauch in seine Richtung. »Zeichnest du mit Kratzer oder Aquarellstift vor?«

»Stift. Der Kratzer beschädigt den Grund.« Mit schönen Dingen ging er behutsam um.

Lag es in seiner Hand, schenkte er auch Leichnamen Ästhetik.

Keph trat ans Fenster und öffnete den geschwungenen Gusseisenflügel. »London liegt dir zu Füßen. Sieh! St. Paul's erstrahlt wie eine Perle.«

»Du kamst nicht wegen der Aussicht und auch nicht, weil es der Bruderschaft an Mitgliedern mangelt.«

In Kephs kühlen Blick schlich sich ein Hauch Wärme. »Ich habe dich vermisst. Wir waren Freunde.«

»Bis du mich verraten hast.« Daniel hatte auf Kepheqiahs Freundschaft vertraut, doch die Mitglieder der Bruderschaft hatten das Kloster bereits eingenommen. Von ihm aus agierten sie und schickten Meister an die entferntesten Orte der zivilisierten Welt, um für Monarchen, Bischöfe und Edelhuren Nebenbuhler oder Freidenker zu töten.

Durch Kephs Verrat wäre er beinahe Daniels erstes selbstbestimmtes Opfer geworden.

Kepheqiah betrachtete Jasmina, die sich im Schlaf unter dem Laken zusammenrollte. »Wie ist es?«

»Das Lieben?«

»Wenn du das so nennen magst.«

»Probier es aus.«

Keph runzelte die Nase und für einen Moment stahl sich ein verschmitztes Grinsen auf sein sonst stets ernstes Gesicht. »Niemals. Was du mit ihr getan hast, wäre mir zu anstrengend.«

»Es geht auch sanfter.«

»Tatsächlich?« Sein Freund hob amüsiert die Brauen. »Ich hörte, dass du deine Opfer sanft in den Tod führst.«

»Geführt? Ich bin der sanfte Tod.« Der letzte Moment war der wichtigste im Dasein eines Menschen. Er musste selbstbestimmt sein. Viele seiner Opfer waren im Augenblick höchster Lust gestorben. So war es ihnen leicht gefallen, ihr Leben zu verlassen.

»Die Bruderschaft hat eine Filiale hier in London errichtet.« Die ungeheuerliche Neuigkeit kam völlig unspektakulär über Kephs schöne Lippen. »Ein Cleaner-Team ist bereits rekrutiert. Ruben führt es an. Du kennst ihn.«

Ruben war ein hervorragender Meister gewesen. Aufsässig, aber brillant. Dass er das Cleaner-Team führte, hieß, dass die Bruderschaft seine Seele gestohlen hatte. Cleaner waren bessere Golems. Fleisch und Blut, in dem ein kalter Geist hauste. Die Fähigkeit zu fühlen war ihnen für immer genommen worden.

Daniel wurde flau.

»Wir brauchen noch Meister. Mahawaj Baraq'el selbst hat dich vorgeschlagen.«

»The Boss?« Mahawaj existierte für die meisten Mitglieder des ältesten Geheimbundes der Welt nur als Schattenwesen. Nur seinen engsten Vertrauen zeigte er sich. Er lenkte die Geschicke der Organisation mit konsequenter Hand.

Keph legte die Fingerspitzen zusammen und tippte mit der Spitze der so gebildeten Pyramide an sein bartloses Kinn. »Es war interessant, zu sehen, wozu er gut ist.« Er nickte zu Daniels Mitte. »Bis jetzt habe ich dieses seltsame Ding nur für etwas gehalten, mit dem ich mich erleichtern kann.« Die arrogant gehobene Braue senkte sich schlagartig, als Daniel die Beine spreizte. Keph verlor stets die Fassung bei nackter Körperlichkeit.

»Es erleichtert auch mich.« Der Reißverschluss ratschte zwei Fingerbreit nach unten. Keph reagierte sofort auf die Provokation und wandte sich ab. »Bedecke dich. Das da lenkt mich ab.«

»Das da ist nicht einmal richtig zu sehen.«

»Zieh dir etwas über.« Ein nervöser Finger fuchtelte zum Hemd, das schwarz und schwer vor Nässe neben Jasminas Fuß auf dem Bett lag.

Daniel rekelte sich, ohne ihn aus den Augen zu lassen. »Ich schulde dir noch eine Revanche für deinen Verrat.«

»Du solltest dieser Frau die Botschaft des Klienten ausrichten.« Echte Verzweiflung klang in seiner Stimme, als sich Daniel langsam über den Bauch strich und noch etwas weiter auf dem Sitz nach vorn rutschte.

»Ich sollte sie töten.«

»Erst, wenn sie sich uneinsichtig gezeigt hätte.«

Ruth war wunderschön gewesen. Das Leuchten ihrer Augen, der Wind, der ihr ins schwarze Haar gegriffen und ihr Gesicht wie einen Schleier umweht hatte. Daniel war nicht dazu gekommen, ihr die Nachricht des Auftraggebers mitzuteilen. Stattdessen hatte er ihr seine persönliche Botschaft überbracht. Tief gehend, nachhaltig und die wichtigsten Passagen hatte er wiederholt.

Sie waren mit der nächsten Flut von Mont Saint Michel geflohen. An den Elendshütten vorbei zum Festland. Die Reise nach Bordeaux war die schönste seines Lebens gewesen. Doch dort lauerte bereits ein anonymer Meister auf Ruth. Die Nachricht von Daniels Verweigerung hatte sich mit schwarzen Schwingen vom Laternenturm in die Nordwinde gestürzt und einen Ersatz für ihn gefunden.

Ein Schwertstreich aus der Finsternis einer verlassenen Taverne hatte das Lebenslicht dieser Frau schneller ausgelöscht, als Daniel es hätte tun können.

Der Wiedergeborene entschuldigte sich in aller Form bei ihm für die Unannehmlichkeiten, die eine enthauptete Frau auf dem Pflaster einer armseligen Hafengasse anrichtete, und wischte sorgsam seinen Krummsäbel an ihrem Umhang ab.

Daniel zog seinen Degen. Der Fremde lächelte und entblößte seine Brust. Das Amulett mit dem fünffach verschlungenen Knoten, das Zeichen der Zugehörigkeit zum ältesten Syndikat der Welt, leuchtete im Mondlicht. Meister untereinander waren unantastbar. Nur Werkzeuge, nichts, an dem sich Daniel hätte rächen können.

»Verzeih, ich habe nur meine Pflicht getan.« Keph schritt auf ihn zu, als ob er schweben würde. Seine Hand legte sich kühl wie ein Nachthauch auf Daniels Schulter. »Blut, Fleisch und Atem. Nichts weniger als das fordert Mahawaj Baraq'el von dir ein.«

Daniel war naiv gewesen, zu denken, er hätte sich vor ihnen verstecken können. Jeder Mord hatte seine Seele mehr vergiftet. Er hatte Leben geführt, in denen er aus den Gossen der Städte nicht herausgefunden hatte.

Keph strich zögernd über Daniels Brust. »Wo ist dein Amulett?«

»1775 im Wasserklosett versenkt, zusammen mit allem, was aus mir raus und in die Freiheit wollte.«

»Du lügst.«

Daniel hielt Kephs Hand fest und neigte den Kopf in den Nacken, um ihm ins Gesicht sehen zu können. »Ich bin jederzeit bereit, auf Mahawaj zu scheißen, warum dann nicht auf sein verdammtes Amulett?«

»Weil es dich als das auszeichnet, was du bist. Und weil es dich schützt.«

»Ich brauche keinen Schutz.«

»Du ahnst nicht, wie sehr gerade du ihn benötigst.«

Hinter ihm klirrte es leise. Er musste sich nicht umdrehen, um zu wissen, was Keph aus der Tasche gezogen hatte. Er legte ihm die Silberkette mit dem runden Anhänger um den Hals, als wäre es eine Auszeichnung und kein Verhängnis.

»Wer seinen Geist auf Reisen schickt, sollte seinen Körper nicht ungeschützt zurücklassen. Die Dunkelheit könnte sich seiner bemächtigen.« Er führte Daniels Hand an seine Stirn und neigte den Kopf. »Willkommen daheim, Meister Levant.«

»Warum tust du mir das an?«

»Einer macht den Job«, erklärte Keph mit zu viel Nachsicht in der Stimme. »Bist du es nicht, ist es Maurice. Doch der Franzose schenkt keine sanften Tode.«

Den Schlächter der Sarazenenkriege.

Daniel hasste ihn bis zum Ende aller Tage.

Gequälte Seelen und verstümmelte Leichname zogen sich durch seine Erdenleben wie Schimmel über feuchte Wände.

»Du erblasst beim bloßen Klang seines Namens? Dann höre Folgendes.« Jede Freundlichkeit verließ Kepheqiah und zurück blieb die Strenge, die einen Meister des ersten Kreises auszeichnete. »Mahawaj hat ihn bereits nach London geordert. Solltest du dich verweigern, würde es ihm eine Freude sein, für dich einzuspringen. Er hat den zweiten Kreis betreten und wird die Londoner Filiale leiten, doch Bürokratie und Logistik sind nicht seine Stärken. Das Töten liegt ihm mehr. Also gib ihm keinen

Grund, dich zu ersetzen.« Das Lächeln war gletscherkalt.»Solange du dem dritten Kreis angehörst, bist du ihm unterstellt.«

Maurice Lacroix war sein Vorgesetzter?»Sag Baraq'el, er soll mich befördern.«

Keph lächelte.»Dann sei fügsamer. Deine Widerspenstigkeit lässt er dir nur durchgehen, weil er dich mag.«

Daniel entließ den letzten Rauch aus seiner Lunge und drückte die Zigarette aus.

Jasmina seufzte im Schlaf. Eine Woge schwarzen Haares glitt über die Bettkante. Daniel sehnte sich in die warme Geborgenheit ihres Schoßes zurück. Er würde wieder töten. Und wieder und wieder, wie in all den Leben zuvor.

»Geh jetzt. Oder möchtest du noch einmal zusehen?«

Keph starrte ihn ungläubig an.»Nutzt es sich nicht ab?« Behutsam wie ein Dompteur einem wilden Tier, näherte er sich Daniel Schritt für Schritt.»Dieses Bedürfnis nach …« er biss sich auf die Lippen und sah sich im Raum um, als würde das Wort irgendwo in der Dämmerung auf ihn lauern.

Daniel ließ sich Zeit, seine Jeans auszuziehen. Keph musterte starr einen Fleck auf den Steinfliesen des Bodens.

»Die Sehnsucht nach Liebe nutzt sich nicht ab, ebenso wenig wie das Geschehen selbst.« Jasminas samtweiche Haut schmeichelte seiner Brust, seinem Bauch. Als er den Arm um sie legte, schmiegte sie sich an ihn. Er küsste ihre Schultern und genoss den Duft ihres Haares.»Richte Mahawaj meine Grüße aus. Sollte er so leichtfertig sein, mir eines Tages unter die Augen zu treten, werde ich ihn töten. Doch er wird sich die Art und Weise nicht aussuchen dürfen.« Er umfasste Jasminas Hüfte und zog sie noch näher an sich.

Keph richtete sein Sakko.»Nichts dergleichen werde ich tun, aber es ist schön, dich wieder im Team zu wissen.«

»Ich verachte diesen Gedanken mit derselben Intensität, mit der ich diese Frau lieben werde.« Er würde sich in Jasmina über die Schuld hinwegtrösten, die er auf sich laden musste. Sie durfte erst bei Tagesanbruch ihre klammen, dürren Finger nach ihm ausstrecken.

Jasmina presste sich dichter an ihn. Traumwandelnd tastete sie hinter sich, streichelte über seine Haut und seufzte zufrieden. Ihre schweißnassen Brüste kühlten seine Handflächen.

»Keph, geh!«

»Kannst du damit warten?« Kephs glockenklare Stimme bekam einen Sprung, als er Daniels Bewegungen verfolgte.

Gleich. Der Taumel war nah, so nah. Führte ihn immer weiter von Keph und den Belangen der Bruderschaft fort.

»Daniel! Hast du mich verstanden?«

»Geh!«

Kephs Luftschnappen mischte sich mit Jasminas, ihres entsprang reiner Lust, Kephs blinder Angst. Das Klackern der Ledersohlen entfernte sich. Das Aufzugsgitter klapperte, das Summen der hinabgleitenden Kabine wurde leiser.

~*~

»Lucy, wach auf! Wir müssen uns beeilen.«

Peter hopste auf einem Bein durchs Doppelzimmer und versuchte, seine Socke auf dem Weg ins winzige Bad anzuziehen. Vorletzte Nacht hatte Lucy mit Kolja im Metropol gefeiert, die Nacht davor mit Igor im Goldenen Ring. Marmor im Badezimmer und Tschaikowski auf der Toilette. Der Zimmerservice war nicht müde geworden, den Champagnerkühler nachzufüllen.

Morgens um fünf in ein mittelmäßiges Bett zu kriechen, kurz bevor Peter ins Zimmer stolperte und sofort in schnarchenden Tiefschlaf verfiel, glich einer Ohrfeige.

»Der Flug geht um zehn Uhr vierundzwanzig.«

Es war kurz vor sieben.

»Hast du gepackt?« Die elektrische Zahnbürste verschwand in seinem Mund und produzierte summend Schaum, der ihm nach wenigen Augenblicken sanft aus den Mundwinkeln kroch.

»Es gibt nichts zu packen.« Der Ring baumelte um ihren Hals, alles andere würde sie in die kleine Reisetasche stopfen. »Frühstück?« Ihr Magen knurrte so laut, dass selbst Peter erstaunt die Brauen hochzog.

Sie erstarrte, als sie die Decke zurückschlug. Peter ebenso. Das rote Seidenkleid, von dessen Existenz Peter aus gutem Grund keinen Schimmer hatte, floss immer noch über ihren übermüdeten Körper.

»Wasch isch dasch denn?« Der Bürstenkopf schnellte aus Peters Mund und schleuderte weiße Flocken auf die Bettdecke, während er anklagend auf den Traum in Rot wies.

»Mein Nachthemd. Ich wollte dich damit überraschen, doch dann bin ich leider zu früh eingeschlafen.« Schwierig, nach nur zwei Stunden Schlaf und verquollenen Augen verführerisch zu lächeln.

Peter spuckte geräuschintensiv ins Waschbecken. Danach befreite er seinen Hals von allem, was sich im Laufe der Nacht dort angesammelt hatte.

Lucy schüttelte es.

»Was ist an dem Flanellhemd falsch, das ich dir extra für diese Reise gekauft habe?«

Alles.

Violette Rosen auf beigefarbenem Grund, fingerdicker, tonnenschwerer Stoff, ein Schnitt ähnlich wie der eines Mehlsacks.

»In dem Fähnchen da holst du dir den Tod. Moskau im Winter ist eine Gefahr für die kräftigste Natur.«

Lucy kletterte aus dem Bett und streifte Kleid und Seidenstrümpfe ab.

Peter rasierte sich, ohne dass sein kritischer Blick von seinem Spiegelbild abwich und zu ihr schlich. »Wenn wir uns ranhalten, können wir im Duty-free-Shop etwas für Mutter kaufen. Sie liebt Souvenirs.«

Auf nacktem Körper wirkte der Smaragd noch grüner und leuchtender. Allerdings hatte sich auf ihrer Brust ein unschöner roter Fleck gebildet. Wahrscheinlich hatte sie auf dem Schmuckstück gelegen. Sie trat leise hinter Peter und schlang die Arme um ihn. »Gestern habe ich einen Antiquitätenladen besucht und was Hübsches gefunden. Willst du es sehen?«

Ein gehetztes Lächeln traf sie durchs Glas. »Später. Jetzt müssen wir los.«

Er drehte sich um und schob sie auf dem Weg zu seiner Cordhose zur Seite. Innerhalb weniger Sekunden war er komplett eingekleidet.

Irritiert blickte er auf, als er die Manschetten seines Hemdes zuknöpfte. »Zieh dich an!« Er verengte die Augen und starrte zwischen ihre Brüste. »Was ist das?«

»Ein Ring. Vom Trödler. Ich dachte, Ethan würde sich freuen.«

Er schaffte es, dicht vor sie zu treten und seine Nasenspitze beim Betrachten des Schmuckstücks fast über ihre Haut streifen zu lassen, ohne auch nur einen Blick nach links oder rechts zu werfen. »Da sind Zeichen drauf. Ohne Brille kann ich die nicht entziffern. Aber du hast einen Ausschlag.« Seine Nase rümpfte sich bis zur Stirnmitte. »Ob in den Matratzen Bettwanzen stecken?« Mit spitzen Fingern schlug er die Bettdecken zurück und musterte das Laken.

Lucy nahm das Band ab. »Trägst du ihn für mich? Sicher steht er dir gut.«

»Hm?«

»Komm endlich vom Bett weg. Da ist kein Ungeziefer drin.«

»Das weiß man nie, Haselkätzchen.«

Während er den Inhalt seiner Jackett-Innentasche sortierte und sich versicherte, dass das Asthmaspray am richtigen Platz war, streichelte sie sanft über seine eiligen Hände. Der Ring war ihm ein wenig zu weit. Hoffentlich verlor er ihn nicht.

Lucy stieg in die schmale Wanne und zog den vergilbten Plastikvorhang zu.

»Was machst du da?« Peters Ausruf glich einem Schrei.

»Duschen.«

»Jetzt noch?«

Sie drehte das Wasser heiß. Es dauerte lange, bis aus dem lauwarmen Rinnsal etwas wurde, unter dem man sich reinigen konnte.

»Zeit ist Geld und der frühe Vogel hat schon immer den Wurm gefangen.« Peters nervöse Stimme drang durch das Wasserrauschen.

Lucy war nicht mehr danach, seinen Wurm zu fangen.

~*~

Hinter der Lattentür zum Kohlenkeller des Apartmenthauses verharrte Kolja einen Moment, um zu lauschen.

Dunkelheit und Klebeband genügten oft, um einfachen Menschen die schwärzeste Furcht ins Herz zu locken. Zwischen zwei und fünf Uhr morgens waren nur achtzehn Wagen an der verborgenen Überwachungskamera vorbeigefahren. Ein Taxi war nicht darunter gewesen. Aber ein Vehikel, das einem zwielichtigen Individuum mit einem mäßig ausgeprägten Vorstrafenregister gehörte. Hehlerei, Diebstahl, Geldwäsche.

Kolja pflegte die Kontakte zur Moskauer Polizei sehr sorgfältig.

Es war eine Stichprobe, nicht mehr, als er Ilja und Lew zu diesem Igor geschickt hatte. Nun saß er in der finsteren Feuchtigkeit an einen Stuhl gefesselt und wartete. Seine zischenden Atemzüge drangen durch die schlichte Tür.

Ein Mensch, gefangen in seiner Angst, glich Krimsekt in einer ausgedörrten Kehle. Kolja lockerte den Knoten seiner Krawatte. Eine peinliche Befragung war eine anstrengende Angelegenheit und endete für den Befragten meist tödlich. Ob Igor wusste, auf welch dünnem Eis er sich befand?

Wieder stieg die Übelkeit in ihm auf. Dieses Weib hatte ihn wie einen dummen Jungen verführt und ausgeschaltet. Seine Familie durfte es nicht erfahren. Solche eklatanten Fehler beging kein Grigorjew.

Die Lagunenaugen hatten ihn bezirzt. Zusammen mit ihrer Kunstfertigkeit im Bett. Der Gedanke an die vergangene Nacht erregte ihm selbst jetzt noch. Trotz der brüllenden Kopfschmerzen.

Existierte für dieses Aas eine Alternative zu einem grausamen Tod? Niemand hinterging Kolja Grigorjew und kam mit dem Leben davon. Ein Jammer um die Frau. Warum hatte sie ausgerechnet den Ring gestohlen? Alles andere hätte er ihr mit Freuden geschenkt, wenn sie als Gegenleistung die Begleiterin für ein paar wunderbare Jahre geworden wäre. Anschließend hätte er sie entsorgt und nach Neuem gesucht.

Er musste sie finden. Und mit ihr den Smaragd. Keiner aus der Familie Grigorjew hatte seinen Geburtsschmuck jemals verloren. Diese Schmach durfte er nicht auf sich laden.

Er stieß die Tür auf. Sie quietschte martialisch und schlug an die Wand. Ein zusammengekrümmter junger Mann sah ihm erschrocken entgegen. Als das Licht der Glühbirne aufflammte, blinzelte er mit tränenden Augen.

»Igor Wolkow?« Mit Schwung zog er das Klebeband vom Mund.

Wolkow zuckte zusammen. »Wer will das wissen?«

Kolja schlug ihm ins Gesicht, um ihn zu erinnern, wer hier die Fragen stellte. »Heuchle keine Ahnungslosigkeit. Auf deinem Rechner existiert eine Datei mit meinem Namen.«

Wolkow erblasste. Begriff er endlich seine Situation?

Kolja stützte sich auf die an die Lehne gefesselten Hände. Lew hatte die Finger freigelassen. Das Klebeband fixierte über den Handrücken.

»Deine Recherche zu meiner Person ist lückenhaft, oberflächlich und schlicht miserabel.« Langsam bog er steife Finger nach oben. Der Kerl keuchte auf. »Dennoch hat sie ausgereicht, um mir eine Diebin auf den Hals und in mein Bett zu hetzen. Wer ist Jana Kusnezow und wo lebt sie, wenn sie nicht ihre Liebhaber vergiftet?«

Vehementes Kopfschütteln antwortete ihm. »Es gibt keine Jana Kusnezow.« Voller Überzeugung brachte er die Worte über seine blutenden Lippen. Er sagte die Wahrheit.

Kolja bog die Finger, bis die Gelenke knackten. Wolkow wiederholte jede Silbe mit derselben Inbrunst. Doch was bedeuteten Namen? Nichts. Man konnte sie annehmen, ablegen, umtauschen.

»Ihren gebürtigen Namen. Ihre Adresse und alles, was du noch über sie weißt.« Er ließ die Finger zurückschnappen. Igor stöhnte vor Erleichterung. Das war voreilig, denn seine Qual hatte gerade erst begonnen.

Kolja ging zu einem Regal, auf dem rostige Zangen für die Wartung der Heizungsventile lagen. »Ich will wissen, was sie liebt, was sie hasst, was sie fürchtet und was sie in ihren geheimsten Stunden ersehnt.«

Eine Kombizange. Warum nicht? Sie quetschte, statt abzutrennen. Der Schmerz breitete sich langsamer aus, schwoll dann jedoch ins Unerträgliche an. »Zusätzlich nennst du mir den Aufenthaltsort meines Hab und Guts.«

»Ich habe die Sachen nicht mehr.«

Schweiß perlte über die Schläfen, sammelten sich am Ohrläppchen und tropften schließlich auf den Kragen. Die Angst stand Igor im Gesicht wie seine zu lange Nase.

»Zehn Finger, zehn Zehen und noch das ein oder andere, was einer Überredung zur Wahrheit dienlich sein wird. Wo soll ich beginnen?«

~*~

Das Brummen der Motoren wirkte einschläfernd. Lucy legte den Kopf an die Nackenstütze und genoss den Erfolg ihres kleinen aber feinen Fischzuges.

»Was findest du nur an diesem zwielichtigen Igor?«

Mit vor Ekel verzogenem Mund versuchte Peter, den Schwarztee zu schlucken. Die Stewardess beobachtete ihn nur kurz bei seiner Qual, bevor sie ihr trainiert-höfliches Lächeln dem Passagier hinter ihnen widmete.

»Jedes Mal, wenn du mich nach Moskau begleitest, triffst du dich mit diesem Kerl.«

»Er ist mein Cousin, das sagte ich doch schon.«

Peter runzelte die Stirn. »Wirklich? Oh, das hatte ich vergessen.«

»Du vergisst alles.« Er lebte zwischen den verwitterten Einkerbungen alter Steinplatten. »Deshalb schätze ich dich so.«

»Weiß ich doch, Haselkätzchen«, murmelte er, während er im Angebot des Bord-Shop-Katalogs versank. Für zwei Minuten. Dann sah er sich irritiert um. »Ist dir auch so warm?« Hektisch fächerte er sich mit dem Werbeprospekt Luft zu. »Ob die Klimaanlage nicht funktioniert?« Er drehte wahllos an sämtlichen Belüftungsschrauben über ihm, über ihr und über dem Platz vor sich. Dass die Frau sich umwandte und ihn einen dämlichen Saftsack nannte, störte ihn nicht. Nur Russen verstanden russische Schimpfwörter.

Flüchtig strich Lucy über seine Hand, an deren Mittelfinger der Ring schlackerte. Er merkte nicht, als sie ihn abstreifte, auf das Lederband fädelte und wieder um ihren Hals hing. Der Ring rutschte schwer in ihren Ausschnitt und nahm sofort Körperwärme an. Sollte sie es wirklich Ethen schenken? Sie könnte es als Souvenir behalten. Oder als Trophäe.

»Wann ist die nächste Konferenz? Du weißt, wie ich die Stadt meiner Vorfahren liebe.« Sie hatte keine Ahnung, wann der erste Sorokin auf welchen verschlungenen Pfaden auch immer nach Britannien ausgewandert. Wahrscheinlich bereits in der Blüte der Steinzeit. Weder war Igor jemals ein Cousin gewesen noch besaß sie sonst irgendwelche Verwandten in der Stadt der unbegrenzten Möglichkeiten. Igor hatte von einem weiteren Coup gesprochen. Ein Multimillionär. Alt, selektiv großzügig und gutgläubig.

Ein beinahe risikofreier Job.

»Mitte Mai.« Peter konzentrierte sich auf die Abbildung eines verschnörkelten Parfumflakons.

»Mai? Bis dahin ist die Hälfte deiner Kollegen längst gestorben. Dieser Callahan sieht aus, als ob er schon das ein oder andere Salve zu Cäsars Lebzeitgen in Stein gemeißelt hätte.«

»Wie sprichst du über Aiden?« Ein roter Fleck erschien oberhalb des bis zum letzten Knopf geschlossenen Oxfordhemdes. »Er ist eine Koryphäe auf dem Gebiet aramäischer Sprachen und es existiert kaum eine Inschrift zwischen Euphrat und Tigris, die er nicht entziffert hat.«

Trotzdem sah Callahan aus wie eine mumifizierte Schildkröte. Lucy hatte ihn bei einem Cocktailempfang kennengelernt. Das einzig Lebendige an ihm waren die stahlblauen Augen. Ihr stechender Blick ließ sie jetzt noch frösteln.

Die Maschine sackte ab.

Ein Luftloch.

Peter schüttete den Zucker auf seine dunkelgrüne Cordhose. »Gott, wie ich diese Fliegerei hasse!«

Mitte Mai. Genug Zeit, den Coup präzise zu planen. Die Sache mit Grigorjew war extrem kurzfristig, beinahe spontan gewesen. Außer, dass er Kunst liebte, reich war und aus einer alten und einflussreichen Familie stammte, hatte sie nur wenig über ihn gewusst. Gefährlich, bei ihrem Hobby. Und prickelnd, wundervoll, fantastisch, inspirierend. Hoffentlich hatte er ihren Cocktail gut überstanden.

Ein dezentes Brummen aus ihrer Manteltasche ließ Peters Gesichtszüge entgleiten. »Du hast dein Handy angelassen?«

Eine SMS von Ethan. *Bobbies waren da. Fragen nach dem Perlenhalsband. Du weißt schon.*

Sie hatte es Guy de Raquelerre in Paris vom Hals geliebt. Angeblich hatte es einst Marie Antoinette gehört.

Ich trug es und die Uniformierten haben nichts bemerkt. Sie suchen eine Rothaarige. Kannst kommen. Die Luft ist rein. Habe einen neuen Job. Ungefährlich und direkt vor der Haustür.

Wenn du etwas verbergen willst, lege es mitten auf den Tisch. Sherlock war ein Genie gewesen, wenn auch nur ein fiktives.

Für die nächste Aktion musste sie sich vom Image der rothaarigen Aufreißerin trennen. Platinblond stand ihr ebenfalls.

»Mach das Ding aus.« Ein weiteres Luftloch trieb Peter den Schweiß auf die hohe Stirn. »Wir stürzen noch ab wegen dir.« Hektisch klopfte er die Innentaschen seines Jacketts ab und zückte sein Asthmaspray. Er sprühte und schnappte nach dem Aerosol wie ein Ertrinkender nach Atem. Resigniert schloss er die Augen. »Sicher warten Millionen von Pneumokokken in dieser Klimaanlage darauf, sich in meinen Lungenbläschen festzukrallen und sie zu zersetzen.«

Lucy tippte, während sie Peter beruhigend das Knie tätschelte. »Sag mir Bescheid, wenn du Blut hustest.« Neben ihr röchelte es und sie reichte ihm ein Papiertaschentuch.

Ethan war brilliant. Sie freute sich auf den Abend mit ihm. *Sehen uns in zwei Stunden, habe was Feines ergattert. Sieh zu, dass du schnell Käufer findest.* Je zackiger die Ware den Laden verließ, umso besser.

Peter riss ihr das Blackberry aus der Hand. Sie konnte gerade noch auf Senden drücken, bevor er es abschaltete.

Ein heftiges Rucken fuhr durch die Maschine. Peter klammerte sich an die Lehne und schloss die Augen. »Ich werde sterben, wegen dir und deiner verdammten Nachlässigkeit.« Das trockene Schlucken gelang ihm nicht. »Wie kann man nur so kaltschnäuzig sein? Hängst du nicht an deinem Leben?«

Sie hing am Risiko. Wenn es nicht prickelte, lohnte sich das Leben nicht.

Peters Brieftasche beulte seine Sakkotasche aus. Er war mit seiner Angst beschäftigt. Im zweiten Fach befanden sich die Rubel, im ersten die Pfund. Ihr Barvermögen existierte nicht mehr. Zwei teure Tage mit Igor, Kaviar bis zur Übelkeit, anschließend die überraschend intensive Nacht mit Kolja. Allerdings hatte er sie freigehalten. Witzig, der Trick mit der Uraltgeschichte vom alten russischen Adel funktionierte immer. Selbst bei Peter und seinen Eltern.

Das arme Ding! Verarmt und mit tragischem Hintergrund. Muss sich in einem Antiquitätenladen mit zweifelhaftem Ruf durchbringen. Dem Mädchen musste geholfen werden.

Zwei Drittel der Scheine wechselten ihren Besitzer. Jeder rettete nur sich selbst. Dass die Hälfte des Familiensilbers fehlte, hatte Peters Mutter bis heute noch nicht bemerkt. Im Zweifel würde sie das Hausmädchen verdächtigen.

Die Klimaanlage schien tatsächlich nicht zu funktionieren. Lucy wurde unerträglich heiß.

»Hast du dich ohne mich in Moskau gelangweilt?« Peter erwachte anscheinend aus seiner Angststarre. »Es tut mir leid, dass ich dich so oft allein lasse.«

»Igor hat sich gekümmert. Wir besuchten tagsüber Museen und die Familiengräber auf dem Nowodewitsch Friedhof und abends das Bolschoi Theater.«

»Oh, wie nett. Was haben sie gespielt?« Peters Augen leuchteten.

»Die Liebe zu den drei Orangen von Prokofjew.« Gute Vorbereitung auf hervorragende Lügen gehörte zum Tagesgeschäft. Es gab keine Familiengräber, noch hatte Igor jemals eine Oper oder ein Theater von innen gesehen.

Ein ziehender Schmerz breitete sich hinter ihren Schläfen aus. Kopfschmerzen? Trotz anschlagendem Koffeinspiegel? Er wurde stärker, kroch durch ihre Nervenbahnen. Ihre Hände begannen zu zittern. Sie musste die Fäuste ballen, um die Kontrolle über sich zu behalten.

»Zapple nicht so.« Peter tadelte sie wie ein Kind. »Musst du auf die Toilette?«

»Sehe ich aus wie eine Frau, die ihren Beckenboden nicht kontrollieren kann?«

Peter zog irritiert die Stirn kraus. »Dann sitz doch endlich still.«

Unmöglich. Eine nie gekannte Nervosität packte sie.

Lucy sprang auf. Sie musste sich bewegen. Vor ihr ging ein Mann zur Toilette. Sie stolperte hinter ihm her, trat ins Leere. Keine Sicht, nur Flackerlichter. Sie tastete vor sich, erwischte Stoff, dann verschwitze Haut.

Die Spannung entwich auf einen Schlag. Sie entlud sich an dem Mann vor ihr. Sein Kopf fiel in den Nacken, ächzend sank er auf die Knie, kippte vornüber. Das entsetzte Gemurmel, die Rufe nach einem Arzt, die Bitten, den Gang zu räumen, interessierten Lucy nicht mehr. Ihre Handfläche stach vor Hitze, aber sonst fühlte sie sich fantastisch. Ihr Kopf wurde klar, die Gelassenheit kehrte zurück, selbst der Schmerz verschwand.

Nach dem dritten Schlag auf die Wange des Mannes zitterten seine Lider. Ein seliges Lächeln breitete sich auf seinen Lippen aus. Er öffnete seufzend die Augen und sah sich um, als ob er eben die wunderbarsten Freuden genossen hätte.

Die Stewardess, die ihn geohrfeigt hatte, half ihm auf die Beine.

»Alles bestens«, beantwortete er ihre besorgten Fragen. »Mir war plötzlich schwindelig, doch jetzt ist es wieder gut. Keine Sorge.«

Den blutenden Striemen auf seiner Stirn schien er nicht zu bemerken.

~*~

Erstaunlich, wie viel Widerstand dieser dünne Kerl geleistet hatte. Über eine Stunde hatte er sich widersetzt. Dann hatte er Kolja alles ins Gesicht geschrien, was er wissen wollte. Die Kooperation hatte ihm freilich nicht geholfen. Wie hätte er Igor Wolkow am Leben lassen können, nach dem, wie er ihn zugerichtet hatte? Nein, es war gnädig gewesen, ihn von seinen Qualen zu befreien.

Gnade. Ein ungewohntes Gefühl.

»Scharr seine Reste zusammen und entsorge ihn.«

Lew nickte. Es hatte Momente gegeben, in denen Ilja und er diesen kleinen Bastard trotz Klebeband am Stuhl festhalten mussten.

Lucy Sorokin wohnte in London. Baker Street 126, Marylebone. Sie war liiert mit einem Peter Ainsworth, Epigrafiker und Altphilologe an der University of London, arbeitete zwischenzeitlich in einem Antiquitätengeschäft in Clerkenwell, war fünfundzwanzig, skrupellos und hinreißend schön, wovon er sich in vierundzwanzig Stunden selbst überzeugt hatte, und hatte ihre kriminelle Karriere als Kind mit Taschendiebstählen begonnen. Igor kannte sie, seit sie gemeinsam ein Kinderheim besucht hatten.

Eine Frau ohne Wurzeln mit einer erfrischend unkomplizierten Einstellung zu Recht und Ordnung. Fände das leidige Familientreffen nicht statt, das in naher Zukunft anstand, würde er sich persönlich um die Sache kümmern.

Der älteste Sohn und Nachfolger Ramuell Grigorjews durfte jedoch nicht mit nackter Hand in Petersburg erscheinen. Sein Vater würde sonst wie ein apokalyptischer Reiter über ihn herfallen.

Wolkow hatte nichts von einem Ring gewusst. Nur von dem anderen Tand. Dass Lucy auch seine Armbanduhr gestohlen hatte, grenzte an Erbärmlichkeit. Wohl das Echo ihrer traurigen Kindheit. Wertvolles konnte verzockt werden. Ob sie sich oft bei Älteren hatte freikaufen müssen? Nach diversen Fluchtversuchen aus den Heimen hatte sie das Los der Straßenkinder geteilt.

Diese Frau barg ein emotionales und kriminelles Potenzial, das er liebend gern genutzt hätte. Welche Spiele hätte er mit ihr spielen können? Die Liste war lang und inspirierend. Dennoch hatte sie es gewagt, den Pulsschlag seiner Existenz zu rauben. Dafür musste sie sterben.

Leider nicht durch seine Hand. Er konnte Russland unmöglich verlassen. Die Zusammenkunft der Familien fand in fünf Tagen statt. Sein Vater erwartete seine Anwesenheit.

Es gab viel Seltsames auf der Welt. Kolja selbst gehörte dazu. Waren ihm vorerst die Hände gebunden, konnte er das Problem nur an jemanden weiterleiten, der ebenso außergewöhnlich war.

Er eilte hinauf in sein Apartment.

In blutroten Fluten ertranken Wesen, von deren Existenz nur Wenige wussten. Schwarze Wolken türmten sich über ihnen. Der Himmel sah kaltherzig zu, wie die Kinder seiner Kinder in den strafenden Wassern ihr Leben ließen. Kein Bitten um Gnade wurde erhört.

Das Bild stammte aus Heilbronn.

Mirek Kuzniar hatte die Geschichte der Grigorjews in Acryl gebannt, ohne zu ahnen, dass eines Tages ein Nachkomme der alten Familien es ihm abkaufen würde. Der Preis war lächerlich gewesen angesichts der Dynamik der Farben und der unvergleichlichen Dramatik des Geschehens.

Das Gemälde schwang zur Seite. Ein Safe kam zum Vorschein. Bedachte man die Bedeutung seines Inhaltes, wirkte er zu klein.

Niemand, der denken konnte, bestahl einen Grigorjew. Die Naivität dieser Lucy Sorokin schrie zum Himmel. Kolja tastete nach dem Ziegenlederbüchlein, das jeden Erstgeborenen der Familie begleitete. Die Initialen M. B. standen auf einer der ersten Seiten zusammen mit den Hinweisen für eine Kontaktaufnahme.

Die Anonymen Meister. Wer sie suchte, fand sie. Wer sie fand, nutzte ihre Dienste. Wer ihre Dienste nutzte, wurde ärmer, entledigte sich jedoch gleichzeitig komplizierter oder dringender Probleme. Heutzutage war es nicht mehr notwendig, lange und beschwerliche Reisen in Kauf zu nehmen. Das Übermitteln von Codes genügte.

Mahawaj Baraq'el würde es als Ehre empfinden, dem Sprössling einer der alten Familien behilflich sein zu dürfen.

~*~

33

NUR EIN JOB

Daniel tauchte die Arme in Eiswasser und wartete, bis die Kälte sein Herz erreichte. Schneeregen klatschte an die Fensterscheiben und die schweren Tropfen trommelten auf den Zinkblechen.

Er umschloss das Amulett. Es abreißen und von sich werfen? Sinnlos.

Es gab genug Anwärter unter den Wiedergeborenen, die sich darum rissen, für Baraqu'el zu arbeiten. Ruhm, Geld und das berauschende Wissen, dazuzugehören, stellten einen ausreichend großen Anreiz dar, seine Seele zu verkaufen.

Und Macht. Ein nicht zu unterschätzender Faktor.

Mahawaj selbst hatte Pilatus die Kreuzigung des Sohnes des Tischlermeisters nahegelegt.

Einflussnahme auf das Schicksal der Welt hatte zu keinem Zeitpunkt ohne die Anonymen Meister stattgefunden.

Müde Augen sahen ihn aus dem goldumrandeten Spiegel an. Tiefe Schatten umlagerten sie. Eine Nacht, ein Tod. Es war gleich.

Daniel schleuderte sich das eisige Wasser ins Gesicht. Die Erinnerungen an all die vergangenen Leben wichen dennoch nicht. Es waren zu viele. Sie sprengten seinen Kopf.

Das Display seines Handys leuchtete auf. Es gab einen Job. Turner Street, so schnell es ging. Maurice wollte ihn persönlich einweisen.

Daniel zog den Rollkragenpullover über die nackte Haut. Er kratzte erbärmlich. Ein Büßerhemd, das ihn daran erinnerte, aus Fleisch und Blut zu bestehen. Stiefel, Mantel, der Rucksack für die Unterlagen. Und der Damaskusdolch. Sollte er eines Tages den Mut finden, die Eide, die er der Bruderschaft geschworen hatte, zu brechen, tötete er zuerst Mahawaj und dann Maurice. Nicht sanft, nicht während der Liebe, sondern mit kaltem Stahl in kalte Herzen. Er würde geduldig warten, bis sie ihm im nächsten Leben wiederbegegneten und seine Tat wiederholen. Immer und immer wieder. Bis in alle Ewigkeit.

Quer durch die Stadt vom Leicester Square bis nach Whitechapel. Hätte er Zeit gehabt, hätte er die Strecke statt mit der U-Bahn zu Fuß auf sich genommen. Um mit jedem Schritt den Frieden des vergangenen Lebens von sich zu streifen.

Ein eisiger Wind empfing ihn, als er aus der U-Bahn-Station ins Freie trat. Die Durward Street lag in der Nähe. Er war lange nicht dort gewesen. Daniel kehrte um, kaufte eine rote Rose an dem Blumenstand der Unterführung und ging den Weg, der ihm stets schwerfiel.

Das alte Fabrikgebäude dominierte den Straßenzug. Mittlerweile hatte man die Mauer, die sich anschloss, mit einem Stahlzaun erhöht. Dennoch war es derselbe Platz.

Ein Tourist blätterte in seinem Reiseführer. Seine Söhne sahen gelangweilt die Straße hinunter.

»Dad, wir sind falsch! Bucks Row, hat der Mann gesagt. Dort hätte der Ripper sein erstes Opfer gekillt.« Die fleischigen Lippen schoben sich weit über das volle Kinn. »Hey, hier ist es voll öde. Nur Zäune, gammlige Mietshäuser und diese poplige Gasse.«

Damals hatte sich Daniel zum zweiten Mal verweigert. Sie waren sein Job gewesen. Alle sieben. Ein anderer war in die Lücke gesprungen. Daniel wusste nicht, welcher der Meister es gewesen war und er wollte es auch nicht wissen. Nach dem ersten grausigen Mord hatte er Mahawaj in unendlich vielen Briefen angefleht, den Job auf seine Weise beenden zu dürfen. Sämtliche Ersuche wurden zurückgewiesen. Der Klient sei entzückt über die strikte Umsetzung seiner Wünsche.

Danach war Daniel untergetaucht. Jetzt zappelte er erneut an Baraq'els Haken.

»Junge, trittst du bitte beiseite?«

Der Knabe starrte ihn an, als ob Daniel ein Geist wäre, ging jedoch zögernd einen Schritt zurück.

»Hier steht es.« Der voluminöse Bauch des Vaters streifte fast das Eisentor.

Damals war es aus Holz gewesen. Es hatte sich für Mary Ann Nichols nicht geöffnet, um sie zu schützen.

»1892 wurde die Bucks Row in Durward Street umbenannt.« Seine Stimme vibrierte vor Eifer. »Am 31. August 1888 killte Jack the Ripper sein erstes Opfer.« Der Mann schüttelte sich und beobachtete mit Genugtuung das Größerwerden der Kinderaugen. »Insgesamt produzierte er fünf Leichen. Alle grässlich verstümmelt.«

»Es waren sieben.«

Der Mann zuckte zusammen, als er Daniel plötzlich neben seinen Söhnen stehen sah. »Wie auch immer. Jedenfalls waren es Huren. Allesamt.«

Ein unsicheres Lächeln huschte über das feiste Gesicht.

Daniel stand kurz davor, den Unterkiefer des Kerls vor den Augen seiner Söhne zu zertrümmern.

»Was sind Huren, Dad?« Der kleinere Junge blickte etwas blass zu seinem Vater auf.

Der wechselte die Farbe.

Daniel schob ihn aus dem Weg und legte die Rose vorsichtig in den Mörtelstaub vor den Mauerritzen.

»Dad, was macht der da?«, fragte der Junge. »Und warum ist der schwarz angezogen? Und warum hat er …«

Das scharfe Zischen seines Vaters unterbrach ihn.

Daniel blieb hocken, als er nach den klammen Fingern des Knaben griff.

»Gefällt dir London?«

Der Junge nickte brav.

»Warst du schon im Tower?«

Nicken mit strahlenden Augen.

»Ich gehöre zu denen, die sich an die Schreie der französischen Gefangenen noch erinnern können. Ich hing dort lange Zeit in rostigen Ketten und musste mit ansehen, wie ihnen das faulende Fleisch von den Knochen fiel.«

Der Kinderblick weitete sich vor Schreck.

»Lächerlich.« Hektisch blätterte der Mann im Reiseführer. »Welche Franzosen? Es gibt dort schon lange keine Gefangenen mehr.« Zwischen seinen Brauen bildeten sich Falten. »Sie sind viel zu jung. Wie sollten Sie ...?«

Daniel blendete die vorwurfsvolle Stimme aus.

Er war in jedem seiner Leben zu jung gestorben.

»Sie stutzen den Raben dort die Flügel, damit sie nicht fortfliegen können.« Der ältere Junge zupfte am Ärmel seines Vaters. »Die Vögel bringen der Festung Glück.«

»So, tun sie das?« Das Altkluge verschwand schlagartig aus der Miene, als sich Daniel aufrichtete und dicht vor ihn trat. »Damals musste man die Flügel nicht stutzen. Die Vögel blieben freiwillig dort. Weißt du, warum?«

Paralysiertes Kopfschütteln antwortete ihm gepaart mit der Sensationsgier eines naiven Gemüts. »Weil es an diesem qualvollen Ort genug für sie zu fressen gab. Augäpfel bleiben lange frisch. Auch wenn der restliche Körper bereits zu stinken anfängt.«

Die Gesichtsfarbe des Knaben wechselte ins Grünliche.

»Hören Sie auf, meine Kinder zu ängstigen.« Der Mann brachte es trotz der entschiedenen Worte nicht über sich, sich zwischen seinen Sohn und Daniel zu stellen.

»Es ist das Vorrecht der Wahrheit, zu ängstigen.« Daniel wandte sich ab. Wozu belehrte er diese Menschen? Sie wussten nichts und seine Worte würden das nicht ändern.

Das ängstliche Gemurmel der Drei wurde leiser, als er auf die Brady Street abbog. Wenn er sich konzentrierte, roch er das Blut und den Eiter.

Und den Verwesungsgeruch. Noch jetzt wurde ihm übel. Er hatte seinen Geist unzähligen Raben aufgezwungen. Keiner war mit ihm davongeflogen. Stattdessen war er Zeuge geworden, wie er sich selbst ins Fleisch gehackt hatte. Als fremde Schreie sich in seiner Erinnerung mit den eigenen mischten, hielt er sich die Ohren zu. Es half nicht. Wie sollte es auch?

»Es ist vorbei!« Er brüllte es aus sich heraus.

Ein Mann mit Aktenkoffer starrte ihn an.

Er hörte nicht, was Daniel hörte. Es musste ein Segen sein, vergessen zu können.

Bis er die Filiale der Bruderschaft erreicht hatte, hatte er sich so weit im Griff, dass niemand ihm die Gräuel ansah, die sein Inneres heimsuchten.

Von außen glich das Haus einer Vorzeigetaverne aus einem Bilderbuch-London. Bei seinem ersten Besuch hatte Daniel Whitechapel als Brutstätte für Armut und zugewanderte Kriminalität erlebt. Auf den Marktplätzen Schlamm bis zu den Waden, Hurerei in verkommenen Hinterhöfen, der Gestank von Vieh und Mensch, die vor Dreck starrten.

Kinder mit Hungerbäuchen. Die dürren Arme bis zur Achsel in Abfallhaufen versunken, um zwischen gärendem Saft, Kot und Fäulnis nach Nahrung zu suchen.

Die Zeiten hatten sich geändert. Er nicht.

Das Eckhaus verbarg sich hinter dem Hospital. Bevor er den Messingring des Löwenkopfes berührte, öffnete sich die Tür.

»Mr. Levant? Sie werden bereits erwartet.«

Die oberflächliche Höflichkeit verflog aus den himmelblauen Augen des Teenagers, als Daniel ihm seinen Mantel reichte.

»Nouel?« Etwas in dem Blick des Jungen kam Daniel bekannt vor.

»Das ist lange her. Heute heiße ich Daniel. Woher kennst du mich?«

»Du bist es!« Das Grinsen zog sich weit über die Wangen. »Dann kann ich dir endlich danken.« Er legte den Mantel beiseite und nahm Daniels Hände in seine. »Als wir uns das letzte Mal sahen, ragte ein Speer aus meinem Rücken. Erinnerst du dich? Du hast mich vom Schlachtfeld getragen und die Totenwache übernommen.«

Es gab zu viele Totenwachen in Daniels Leben. Doch der Junge kam ihm immer vertrauter vor.

»Die Schlacht bei Auberoche. Du hattest einen Bart, der dir bei Gegenwind vor die Augen wehte und dir fehlte ein Stück deiner Nase. Du hast Witze darüber gemacht. Ich habe gelacht, obwohl es schmerzte.«

Die Gascogne. Eine der ersten Schlachten des Hundertjährigen Krieges. Als der Rückzug befohlen wurde, war Daniel über ein wimmerndes Häuflein Elend gestolpert.

»Pépin?«

Der Junge nickte glücklich.

»Du bist in meinen Armen gestorben. Du brauchst mir nicht zu danken.« Nur für winzige Augenblicke hatte die Angst vor dem Tod die verzerrte Miene des Kindes verlassen. Er hatte dem Knappen aus seinen Leben erzählt, um ihm den Schmerz erträglicher zu machen. Daniel erinnerte sich an schwarze Haare, viele Pickel und eine ständig zitternde Unterlippe.

»Der Tod ist wie ein tiefer, erholsamer Schlaf. Du hattest recht.« Verlegen strich der Junge eine aschblonde Strähne hinters Ohr. »Dieses Mal heiße ich Ives. Ich arbeite seit zwei Leben für die Anonymen Meister.«

»Und hast es nur bis zum Diener gebracht?«

Ives senkte den Blick. Er hatte ihn gekränkt. Das hatte Daniel nicht gewollt. Er fasste ihn am Kinn und drehte ihn zum Licht. »Wenigstens hast du dieses Mal einen Grund, dich zu rasieren oder stammt der Schatten noch vom Marmeladenbrötchen deines Frühstücks?«

»Vermutlich. Ich bin in keinem meiner Leben alt geworden.« Er nickte die Treppe hinauf und ließ Daniel den Vortritt. »Ich bin ein Trottel. Vertraue den falschen Leuten, suche mein Glück an unglücklichen Orten.«

»Wenn du Maurice und der Bruderschaft dienst, wird sich dein Blatt nie wenden.«

Ives lachte. »Auch du bist hier, oder nicht?«

»Ich bin ein Meister.«

»Na und? Unterm Strich ändert das nichts.«

Der Trotz ließ Ives männlicher aussehen. Bliebe ihm diesmal mehr Zeit, würde er es in der Bruderschaft zu etwas bringen.

»Geh lieber rein. Die warten schon. Gegen fünf landet eine Maschine aus Moskau. Du sollst eine Frau beschatten.« Grinsend drückte er die Klinke. »Um sie dann zu töten. Viel Spaß dabei.«

»Du spionierst deinen Meister aus?«

Ives zuckte die Schulter. »Dich würde ich nicht ausspionieren.« Das Grinsen verschwand, als er die Tür öffnete und Daniel mit höflich gedämpfter Stimme vorstellte.

»Daniel.« Keph erhob sich und kam ihm entgegen.

Der zierliche Mann am Schreibtisch musste Maurice sein. Daniel erkannte ihn nur an dem fanatischen Blick, der von einem Haarschopf eingerahmt wurde, der wie flüssige Schokolade um die hageren Wangen floss. Der Eindruck täuschte. Maurice war weder süß noch bekömmlich.

»Du hast deine Namen oft geändert. Doch Daniel Levant gefällt mir, du solltest ihn auch in Zukunft behalten. Das spart uns eine Menge Mühe.« Lässig wies er zu dem freien Platz neben Keph.

Daniel blieb stehen.

»Wie du willst. Du hast ohnehin wenig Zeit.« Maurice reichte ihm eine Akte. »Der Klient ist ein Russe. Er hat den Vertrag mit der Bruderschaft vor einer Stunde in Moskau unterschrieben. Überbringer und Zeuge war Meister Orlow. Das Ziel ist eine Engländerin russischer Herkunft. Sie verführte und bestahl den Klienten, der nun ihren Tod und das Diebesgut fordert. Deadline ist Mitternacht zur Wintersonnenwende.«

Lucinde Sorokin. Die Vergrößerung eines Reisepassfotos zeigte ein apartes Frauengesicht mit einer verspielten Hochsteckfrisur. Der eine Mundwinkel lag höher als der andere. Hatte das spöttische Lächeln dem Fotografen oder ihren Gedanken gegolten, die ihr in diesem Augenblick durch den Kopf gegangen waren? Laut Akte war sie fünfundzwanzig. Etwas in ihrem Gesicht ließ sie jünger erscheinen, etwas im Blick der grünen Augen älter. Dieser Frau wären die meisten Männer erlegen. Es war schade um sie. Der Russe sollte ihr den Diebstahl verzeihen, statt sie töten zu lassen.

»Ein A-Klasse-Klient. Baraq'el kennt einige seiner Vorfahren persönlich. Angeblich reicht der Stammbaum zurück bis ins babylonische Reich.«

»Wiedergeborene?«

Maurice schüttelte den Kopf. Für einen Wimpernschlag glomm eine Dunkelheit in seinen Augen, die Daniel vertraut war.

»Genaueres erfahren wir erst, wenn du den Vertrag unterschrieben hast. Die Regeln haben sich nicht geändert, Levant.«

Er übergab Daniel den Stapel Papiere. Relevant war für ihn nur die erste Seite. Name des Ziels, Zeitpunkt des Todes. Bis auf die Ergänzung mit der Wiederbeschaffung eines Ringes handelte es sich um einen Standardvertrag.

Daniel hielt Keph die Hand hin. Dieser entnahm einem Samtetui ein Silbermesserchen und schnitt in Daniels Daumen. Dann reichte er ihm eine Feder. Daniel tauchte den Kiel in das hervorquellende Blut und unterzeichnete. Keph blies silbrigen Sand über die feuchten Buchstaben. Das überschüssige Blut färbte ihn rot.

»Du hast noch fünfzig Minuten, bis sie in Heathrow landet. Studier die Informationen unterwegs. Und ehe ich es vergesse ...« Maurice klappte einen schwarzen Koffer auf. »Peilsender, Earpiece, zwei Pick-Sets, Knopflochkameras und jede Menge Wanzen.«

»Was ist das denn?«

»Das Überwachungsequipment, mit dem du arbeiten wirst. Willkommen in der Gegenwart. Türschlösser knackt man nicht mehr mit einem selbst gebauten Dietrich.« Maurice öffnete ein Lederetui. »Picks, Spanner und Halter. Und bei Sicherheitsschlössern nimmst du den.« Er hielt etwas hoch, das wie ein Akkuschrauber aussah. »In der Observierungsphase trägst du das Earpiece.« Er tauschte den Minischrauber mit einem Funksender. »Es ist unauffälliger als ein Hörgerät. Trau dich nicht, es abzulegen.«

Daniel schnippte das Ding aus Maurice' Hand. »Sei nicht naiv. Ich habe mich während eines Jobs nie bespitzeln lassen.«

»Die Vorschriften sagen, dass du das hier zu benutzen hast. Wir sind verpflichtet, auf Anfrage dem Klienten ein lückenloses Überwachungsprotokoll vorzulegen.« Maurice presste die Worte zwischen den Zähnen hervor. »Und es wird Zeit, dass du dich an die Regeln der Bruderschaft hältst.«

Keph deutete ein Nicken an. Gut, dann würde er diesen Elektroschrot mitnehmen. Draußen warteten an jeder Ecke Mülleimer auf ihn.

Maurice schob die Hände in die Taschen und ein spöttisches Grinsen ließ sein Kinn noch länger werden. »Ist es nicht schön, wieder deinem Handwerk nachzugehen?«

Etwas krümmte sich in Daniels Magen zusammen, das Maurice ins Gesicht springen wollte. Keph hob beschwichtigend die Hand, doch Maurice übersah diese gut gemeinte Geste.

»Wir brauchen uns für das, was wir sind, nicht schämen.« Der Franzose sah hinter sich. An der Wand über dem Schreibtisch kreuzten sich zwei Sarazenenschwerter. »Ich liebe meinen Beruf über alles. Solltest du moralische Bedenken hegen, sag mir Bescheid. Die Frau ist hübsch. Es wird mir eine Freude sein, ihr die diebischen Finger zu entfernen, bevor ich ihr verlogenes Herz herausschneide.«

Die Faust ballte sich von selbst. Ob Maurice mit ausgerenktem Kiefer noch grinsen konnte?

Keph hielt Daniels Arm fest.

»Die Frau ist mein Job.« Er würde sie nicht diesen Schwertern überlassen.

»Für den du fünf Tage Zeit hast. Das ist üppig bemessen und sollte selbst dir genügen.« Maurice schlenderte zu ihm. »Ich hörte, du seist ein Meister nicht nur im Töten, sondern auch im Lieben. Vernaschst du jedes Opfer?« Sein anzügliches Grinsen gehörte ihm aus dem Gesicht geschnitten. »Wahrlich, wenn ich dich so ansehe, beneide ich die Ziele um das Rendezvous mit dir.«

»Es wird mir eines Tages eine außerordentliche Freude sein, dich meine Künste ertragen zu lassen. Doch niemand wird dich darum beneiden. Glaub mir.«

Keph versuchte, ihn festzuhalten. Wozu? Alles war getan, alles war gesagt. Seine Zeit würde kommen. »Lass mich los, Kepheqiah.«

Sein Freund schüttelte unglücklich den Kopf. Bedauerte er es bereits, ihn gefunden zu haben? Seine Hände sanken und Daniel verließ schweigend den Raum. Hinter der Tür wartete Ives auf ihn.

»Solltest du Verwendung für mich haben, sag bescheid. Mich binden nur Geld und Feigheit an Maurice. Weiter nichts.«

Er knöpfte das Hemd auf und zeigte seine Brust. Kein Amulett beschwerte seine Atemzüge. Freiheit musste etwas Wunderbares sein.

~*~

Sie waren eben an den Gepäckbändern angekommen, als Peter das Handy zückte.

»Mutter? Ja, wir sind gerade gelandet. Der Flug war furchtbar.« Der erste Koffer erschien auf dem Rollband. Peter fuchtelte hektisch in die

Richtung eines Trolleys. »Ja, die Konferenz war ein Erfolg. Doch Moskau ist erbärmlich. Ja, wird immer dreckiger.«

Woher wollte er das wissen? Lucy hatte nachts auf den Boulevards getanzt und roten Krimsekt aus überschäumenden Flaschen getrunken. Moskau war eine Perle, deren dunkle Einschlüsse sie jedes Mal bewusst übersah. Peter war aus dem Seminar nicht herausgekommen. Er wusste von den Städten, die er bereiste, nur das, was im Reiseführer stand.

Er klemmte sich das Handy zwischen Schulter und Kinn und zog sie am Ärmel, als sein überdimensionierter Lederkoffer aus den Gummistreifen des Transportbandes hervorlugte. Mit spitzem Finger durchstocherte er die Luft.

»Ich weiß nicht so recht, Mutter. Meine Nase ist verstopft und mein Hals kratzt. Wahrscheinlich habe ich mir während des Fluges etwas eingefangen. Verdreckte Klimaanlagen. Ja, ganz sicher.«

Lucy ließ sich Zeit. Bis sie den Trolley geholt hatte, würde der Koffer schon auf der zweiten Runde sein. Schon lief Peter panisch hinter seinem Gepäck her und zerrte es einhändig kurz vorm Verschwinden vom Band. Mit der Faust in der Seite suchte er über die Köpfe der Wartenden ihren Blick. Sie wich ihm aus. Wenn er mit kompletten Bibliotheken reisen musste, sollte er sich selbst kümmern. Peter funkelte noch zornig, als sie endlich neben ihm stand und er hielt es durch, bis sie die Eingangshalle erreichten.

»Immer trödelst du und kommst zu spät.« Missmutig sah er auf seine Armbanduhr. »Ginge ich dermaßen lax mit meiner Zeit um, hätte ich es nie zu etwas gebracht.«

Ein Mann in schwarzem Ledermantel schlenderte dicht an ihnen vorbei. Sein Blick streifte Peter, dann Lucy. Was für unglaubliche Augen. Dunkel, verlockend, erschütternd erst. Etwas zitterte in ihr. Als er sie anlächelte, entspannte sie sich wieder.

Er durchquerte die Halle, als würde es die Scharen gestresster Menschen um ihn herum nicht geben. Die Frauen blickten ihm irritiert hinterher. Einzelne Männer ebenfalls. Ein kleines Kind im Buggy reckte die Ärmchen nach ihm. Im Vorbeigehen streiften seine Finger die dicken Händchen. Die Mutter schob es schnell weiter.

Lucy verstand das Kind. Diese schlanken schönen Hände hätte sie auch gern berührt.

»Hast du mir zugehört?«, keifte Peter. »Du kannst nicht immer so tun, als ob dir die Zeit der Welt gehört. Mutter wartet!«

Der Mann war verschwunden. Lucy sah sich um. Wie vom Erdboden verschluckt.

Peter lamentierte über britische Tugenden und dem Schlendrian russischer Flugbegleiterinnen, während er sie durch die Menge Richtung Ausgang drängte. Als sie an einem Buchladen vorbeikamen, blieb er stehen.

»Ob ich Mutter ein paar Arztromane kaufe?«

Seriös blickende Herren in weißen Kitteln mit Stethoskop um den Hals verbreiteten eine Aura der Ehrenhaftigkeit auf den Wühltischen. Peters Eile war verflogen. Lucy unterdrückte ein Gähnen. Hinter der Kasse befand sich ein Ständer mit internationaler Presse. Ob ein vergifteter Kunsthändler in Moskau wenigstens eine Randnotiz wert war?

»Warte hier. Ich will mir nur eine Zeitschrift besorgen.«

Peter nickte, blätterte im nächsten Groschenroman.

Lucy schlängelte sich an Bücherstapeln vorbei bis zur Kasse.

»Ihr Freund irrt.«

Die Stimme streichelte über ihren Rücken. Neben ihr stand der Mann mit dem ernsten Blick. Schwarze Haare umrahmten das scharf geschnittene Gesicht. Einzelne Strähnen reichten bis über den sinnlich geschwungenen Mund.

»Die Zeit dieser Welt steht Ihnen zu.«

Der grob gestrickte Pullover, die abgetragene Jeans, der Mantel. Alles an ihm war dunkel. Nur in den Augen glomm ein Licht. Es wärmte wie der erste Sonnenstrahl nach einem Gewitter.

Lucys Mund wurde trocken. Warum hatte sie plötzlich solche Angst? Der Mann trat einen Schritt näher. Er sah über die Köpfe der Menschen hinweg zu Peter, der einen Fächer Groschenromane begutachtete.

»Er sollte Sie lieben.« Das Bedauern verlieh der Stimme eine dunkle, weiche Note. »Jeden Moment seines Daseins sollte er Ihnen zu Füßen legen.«

Die Bücherstapel um sie herum begannen zu schwanken. Oder war sie es? Der Mann neigte den Kopf und beobachtete sie. Und wenn seine Augen noch so wundervoll waren, und diese Strähnen, die sie gern zurückgestreichelt hätte, und dieser Mund, der eine unheimliche Anziehungskraft auf ihre Lippen ausübte, er hatte kein Recht, sie derart aus der Fassung zu bringen.

»Woher wollen Sie wissen, was mein Freund mit mir zu tun und zu lassen hat? Sie kennen mich nicht.«

Sein Schmunzeln verschlug ihr den Atem. »Möchten Sie das ändern?«

Wie er sie ansah. Dieser Blick, der in ihre Seele glitt und nicht mehr hinaus wollte. Als ob er Widerhaken hätte.

Lucy zwang sich zu einem hochnäsigen Augenaufschlag. »Ich wüsste nicht, warum.«

Der Fremde zog eine Braue hoch. Ein schwarz glänzender Halbmond. Lucy träumte sich in eine verwunschene Nacht, in der sie auf feuchtem Sand ruhte und warme Meerwasserwellen über sie hinwegrollten. Als eine besonders mächtige Welle den Fremden nackt auf sie spülte, brach sie den Tagtraum ab. Es war zu spät. Ihre Wangen glühten bereits.

Er zahlte eine Packung Benson & Hedges und steckte sie in die Manteltasche. Ein Raucher. Wie schade. Doch es gab mehr Stellen als nur den Mund, die sie an seinem Körper gern geküsst hätte.

»Was denken Sie im Moment?« Ein amüsiertes Lächeln huschte über seinen Mund und machte ihn noch verführerischer.

Lucy biss sich auf die Lippen. Unmöglich würde sie nur einen Bruchteil dessen sagen können, was ihr Hirn flutete. »Ich denke, dass Sie beim Küssen nach altem Aschenbecher schmecken.« Dumm! Dämlich! Sie quälte sich ein überhebliches Lächeln ab, während sie sich geistig ohrfeigte.

Diesmal zuckte die andere Braue hinauf. »Sie stellen sich vor, mich zu küssen?«

Lucy schloss die Augen. Die Stimme verführte, ebenso der Blick. Beides glitt in sie hinein und weckte Sehnsüchte, die sie mitten in der Empfangshalle eines Flughafens überforderten.

»Auch geschlossene Lider hindern die Realität nur in den seltensten Fällen daran, weiterhin stattzufinden.« Er wisperte direkt in ihr Ohr.

Nur mit Mühe unterdrückte sie ein Seufzen. Oh dieses fantastische, verführerische Timbre. Schwer und samtig und im Hintergrund klang es nach einer Melancholie, die sie nicht empfinden, doch immer wieder hören wollte.

Ein dumpfer Druck breitete sich in ihrem Kopf aus. Er sammelte sich in den Schläfen und wurde zu einem Stechen. Die innere Unruhe sprang sie an, wie im Flugzeug. Sie wollte nach der Zeitung greifen, aber ihre Finger zitterten zu stark. Sie fiel hinunter, Lucy bückte sich, doch der Fremde war schneller. Nur für einen Moment streifen ihre Finger über seine Hand. Es war wie ein Schlag. Etwas Heißes, Brennendes verließ sie und strömte in den Mann vor ihr.

Sein Blick weitete sich, er nahm ihre Hand.

Lucy wollte sie wegziehen. Er sollte sich nicht an ihr verletzen. Doch er führte sie mit eisernem Griff an seine Brust und drückte sie darauf. Unter dem Stoff fühlte sie etwas Hartes, Rundes. Der Mann biss die Zähne zusammen. Er atmete tief, hielt ihre Hand nach wie vor.

Die Spannung wich. Vor Erleichterung traten ihr Tränen in die Augen. Der Mann im Flugzeug war unter diesem, was auch immer es sein mochte, zusammengebrochen. Dieser hier stand es gemeinsam mit ihr durch. Er hörte nicht auf, sie anzusehen. Erst nach einer gefühlten Unendlichkeit ließ er sie los.

»Was für ein außergewöhnliches Erlebnis.« Er klang belegt, sonst schien es ihm gut zu gehen.

Lucys Handfläche brannte wie beim ersten Mal. Der Kopfschmerz war verschwunden. Ebenso die Nervosität.

Jemand nahm sie am Ellbogen. Peter. Er zog sie ungeduldig mit sich. Der Mann sah ihr nach, auf eine Weise, dass sie sich am liebsten losgerissen und zu ihm gerannt wäre.

»Musst du dich von jedem abgerissenen Kerl in ein Gespräch verwickeln lassen?« Er sah zurück und schüttelte sich. »Unheimlich, wie der dir hinterherstarrt.«

Der Fremde stand vor dem Buchladen. Über die Distanz hinweg fühlte sie seinen Blick auf sich ruhen. Ihr Nacken kribbelte, als sie sich Peter zuwandte.

Draußen wehte ihr Schneeregen ins Gesicht. Peter klappte den Mantelkragen hoch und zupfte den Schal über den Mund, als er ein Taxi heranwinkte. Gab es keine Ausrede für sie, umzukehren? Sie wollte ihm danken, dass er ihr geholfen hatte.

Saß sie erst im Wagen, sah sie ihn nie wieder.

»Ich bitte vielmals um Verzeihung, aber könnten Sie mir das Taxi überlassen?«

Lucys Herz überschlug sich. Der Wind zerzauste die schwarzen Haare, die dunkler schimmerten als der Lack des Austins.

»Sie!« Empört baute sich Peter vor dem Fremden auf, reichte mit dem Scheitel jedoch nur bis knapp zum markanten Kinn. »Warten Sie gefälligst auf das nächste Taxi.«

»Ich habe gerade eine böse Nachricht erhalten.« Die schweren Lider senkten sich. »Meine Schwester hatte einen Autounfall. Ich muss sofort ins Krankenhaus.« Er sprach zu ihr, als ob Peter nicht existieren würde.

»Natürlich können Sie den Wagen nehmen.« Peters Hand, die sich bereits um den Türgriff klammerte, pflückte sie wieder ab. »Bitte sehr.«

Der Mann stieg nicht ein. Er sah sie an und eine Gänsehaut lief ihr den Rücken hinab.

»Genießen Sie jede Sekunde ihres Daseins«, wisperte er ihr zu. »Tun Sie nur Dinge, die Sie zutiefst beglücken.«

Peters entsetztes Schnauben wurde unwichtig, als der Fremde seine Hände an ihre Wangen legte. »Das Leben ist zu kurz, um es mit Nichtigkeiten zu verschwenden.« Er beugte sich zu ihr.

Lucy stockte der Atem. Sein Blick berührte etwas in ihr, das sich erschrocken zusammenzog und sich trotzdem nach diesen schwarzen Tiefen sehnte. Zögernd streiften seine Lippen ihren Mund. Lucy hielt still, während ihr Herz explodierte. Sie musste die Augen schließen, als sein Kuss drängender wurde. Gefühle in einer nie gekannten Intensität durchfluteten sie.

»Wir werden uns wiedersehen.« Sein Daumen streichelte sanft über ihre Lippen. Die zarte Berührung weckte eine Sehnsucht, die schmerzte.

Ohne ein weiteres Wort stieg er ein.

»Was für ein furchtbarer Mensch!« Peter starrte hinter dem Taxi her. »Wie kann er es wagen, sich vorzudrängeln?«

»Und ich dachte, du machst dir Gedanken, weil er mich geküsst hat.«

»Was?« Konsterniert sah er sie an. »Ach so. Ja, das war auch eine Unverschämtheit.«

Mit welcher Selbstverständlichkeit dieser Mann sie berührt hatte. Als würde sie ihm gehören. Sollte sie nicht empört sein oder wütend? Sie hatte noch nie jemandem gehört. Nicht auf diese Weise. Der Schauder, der ihr über den Rücken jagte, fühlte sich fantastisch an.

»Was hast du?« Peters Stimme kippte ins Panische. »Hat er dich mit etwas infiziert?« Automatisch rissen seine Finger ein Briefchen mit einem Desinfektions-Erfrischungstuch auf. Peter fuhr sich damit über Nase und Mund, rieb er es hektisch zwischen den Händen. »In Tibet sind erst wieder Fälle von Lungenpest aufgetreten.« Er faltete ein akkurat gebügeltes Taschentuch auseinander und schnäuzte sich ausgiebig. Dann sah er kritisch hinein, seufzte und steckte es zurück in die Hosentasche. »Halte die nächsten Tage Abstand zu mir. Solche Typen sind total verkeimt. Wie konntest du zulassen, dass er dir nahekommt?«

»Ich hätte noch viel mehr zugelassen, wenn ich clever genug gewesen wäre, mich zu ihm ins Taxi zu setzen.«

»Wie bitte?«

»Ach nichts.« Offenbar hatte sie ihre Gedanken ausgesprochen. »Ich sagte nur, dass man einen Hilfesuchenden nicht abweisen darf. Du solltest dich schämen, Peter.«

Er zuckte die Schultern und trat zwei Schritte von ihr zurück. »Solche Kerle brauchen einen Bewährungshelfer und keinen Samariter. Oder einen Drogenberater.« Er winkte erneut ein Taxi herbei, hielt ihr die Tür auf und sie stieg schweigend ein. Er setzte sich nach vorn neben den Fahrer.

Lucy hatte in nach Pisse stinkenden Ecken geschlafen und Kleinkindern beim Vorbeigehen den angesabberten Keks aus dem Fäustchen gestohlen. Manchmal war ihr von ihrem eigenen Geruch schlecht geworden und zweimal war sie freiwillig ins Heim zurückgekehrt, einfach, um heiß duschen zu können und das Gefühl eines vollen Magens zu haben. Auf dem Smithfield Market wartete schließlich die Rettung auf sie.

Der Mann sah nett aus. Etwas dandylike, aber sympathisch. Sie hatte sofort erkannt, dass er nachlässigerweise sein Portemonnaie in der Gesäßtasche trug. Als ihre Hand hineinglitt, packte er zu. Lächelnd zog er sie um sich herum.

»Hunger?«

Und wie.

Er spendierte ihr Tee mit Sandwiches. Nach dem Dritten gab sie unter Magenkrämpfen auf und ließ sich von ihm die Würmer aus der Nase ziehen. Seit diesem Tag lebte sie bis zu ihrem einundzwanzigsten Lebensjahr sporadisch bei Ethan Scarborough über der Ladengalerie. Ethan hätte ihr Vater sein können. Außerdem besaß er keine Verwendung für Frauen. Egal, ob sie zehn, fünfzehn oder zwanzig waren. Nur, wenn sie ihm bei der Archivarbeit, beim Fälschen seiner Bücher und beim Beschaffen illegaler Ware halfen. Lucy hatte sich schnell unentbehrlich gemacht.

»Setz mich bitte in der Farrington Road ab. Ich habe Ethan etwas mitgebracht.« Im Dämmerlicht der Laternen tauchte das Haus mit den weißen Fensterbögen auf. Halbrund schmiegte es sich an den Straßenverlauf. Aus den blank geputzten Schaufenstern strahlte Licht.

Peter stieg aus, um ihr die Tür zu öffnen. »Geh sofort zum Arzt, solltest du dich matt fühlen, hörst du?«

Sie wollte ihn umarmen, doch er wich erschrocken zurück. »Die nächsten Tage werde ich viel zu tun haben.« Seine Hand näherte sich unentschlossen ihrer Wange, tätschelte aber nicht. »Es reicht, wenn wir uns kommende Woche sehen.« Er stieg wieder ein, winkte und fuhr davon.

Lucy schmeckte noch den Kuss des Fremden auf ihren Lippen.

Er wollte sie wiedersehen. Ob er Diebinnen mochte?

Nein. Das vermochte nur Ethan.

Lucy konnte jede Stufe spüren, auf der ihr Gefühl auf dem Weg zum Keller aufschlug. Bevor es unten ankam, brauchte sie was Schönes. Vor ihr leuchtete das Schaufenster des Antiquitätenladens durch Winterschmuddelwetter. Lucy probierte ein Lächeln. Es fühlte sich steif auf den Wangen an.

Sie wich den schmutzigen Pfützen aus, und als sich die Ladentür bimmelnd hinter ihr schloss, atmete sie auf.

»Lucy!« Ethan sah über seinen Zwicker. Es war das erste Geschenk gewesen, das sie für ihn gestohlen hatte.

»Wie war Moskau?«

»Erfolgreich. Die Tage kommt interessante Post für dich.« Sie fischte den Ring hervor und riss das Lederband vom Hals. »Hier. Nicht schlecht, oder?«

Ethan stutzte, drehte den Ring im Licht hin und her. »Keilschrift?« Über die verschmierten Gläser musterten sie ein strenger Blick. »Wo hast du das her?«

»Du fragst nie. Warum jetzt? Freu dich einfach.« Sie hätte ihn auch behalten können.

»Das ist babylonisch oder phönizisch oder was weiß ich was. Jedenfalls steinalt. Stammt das Ding nicht aus dem Kaugummiautomaten, könntest du echte Probleme kriegen.«

»Es steckte am Mittelfinger eines Russen, auf dem ich kurzzeitig mal gelegen habe.«

Ethan stützte sich auf dem Tresen ab. »Kurzzeitig?«

»Dafür öfter.« Plötzlich bekam diese leidenschaftliche Nacht mit Kolja einen bitteren Beigeschmack. Es war aufregend gewesen, befremdlich und manchmal unheimlich. Er hatte ihr nicht gestattet, sich fallen zu lassen. Wie ein Tanz auf dem Vulkan, bei dem man keine Sekunde unachtsam sein durfte.

Wie liebte der Mann mit den schwarzen Haaren? So, wie er küsste? Dann forderte er ihre bedingungslose Kapitulation.

Die Vorstellung trieb ihr Hitze in den Körper. Sie hatte nie kapituliert. Gleichgültig, wie vertrackt die Situation gewesen war.

Unter dem Fremden musste es eine Offenbarung sein.

»Welcher Russe?«, hakte Ethan misstrauisch nach. »Die Mafia?«

Nur mit Mühe verdrängte Lucy die Erinnerung an den intensivsten Kuss ihres Lebens. »Nein, ein altertumsbegeisterter Idiot wie du. Ein Buch von Fedorov und eine Ikone von Wassilijew gehörte ihm bis vor Kurzem ebenfalls. Und eine der ersten Ausgaben der Komödie.«

»Dante?« Ihr Mentor zuckte die Brauen. Für einen Moment blitzte Vorfreude in seinem Blick. Gier wäre ein zu hartes Wort für einen Mann wie ihn gewesen. »Schläfst du heute Nacht hier? Dann muss ich das Gästebett noch beziehen.«

»Kann ich selbst. Ich bin schon groß.«

»Bist du nicht. Du bildest dir das nur ein.« Gedankenversunken betrachtete er den Ring. »Ein Prachtstück, wenn er echt sein sollte.« Er kramte seine Digitalkamera aus dem hintersten Winkel einer Schublade und drückte Lucy den Schmuck in die Hand. »Halte ihn so, dass ich die Zeichen draufkriege.« Er fotografierte ihn aus sämtlichen Blickwinkeln. »Wer weiß, welcher Herrscher ihn einst trug?«

»Sicher ein Tyrann und Menschenschlächter. Waren das nicht alle?«

»Die meisten.« Ethan grinste. »Je schlechter ihr Ruf, desto wertvoller ihr Geschmeide.«

Dann gehörte der Ring Nero oder Caligula. Selbst in Ethans ruhiger Hand wirkte er gefährlich. Er lauerte. Auf was?

Sie war überanstrengt, sah Gespenster.

»Am Telefon hast du etwas von einem Job erzählt. Was ist das für einer?« Nach dem Coup war vor dem Coup und anspruchsvolle Arbeit würde sie von unsinnigen Sehnsüchten ablenken.

»Richtig!« Ethan klatschte motiviert in die Hände. »Sagt dir der Name Oliver Everard was? Du hast ihm als Zwölfjährige sein Intimpiercing geklaut.«

Ein freundlicher Mann mit schiefem Grinsen und dünnen Haaren fiel ihr ein.

»Er schwört heute noch, dass dein Fingerspitzengefühl unübertrefflich war.«

»Danke für das Lob, aber du hattest ihn abgelenkt, wenn ich mich korrekt erinnere.« Ethan hatte den Hausschuh nach ihr geschmissen, weil sie ihn beim Liebesspiel gestört hatte. Der Silberring mit der Perle steckte jetzt als Trophäe in Bedwyrs Teddy-Ohr.

Ethan wechselte die Farbe. »Wie dem auch sei, er hat sein Stadthaus einem flüchtigen Bekannten überlassen. Einem Deutschen, der damit prahlt, sein Vermögen in Reisetaschen mit sich zu schleppen. Oliver spricht von einer halben Million Pfund. Wenn du schwörst, im Haus nichts anzurühren, ist das Geld unser. Du musst nur zugreifen.« Ein Sicherheitsschlüssel blinkte in seiner Hand. »Ich habe Oliver gesagt, du hättest Interesse. Er ist extra wegen seines Alibis in Urlaub gefahren.«

»Wie hoch ist Olivers Anteil?« Umsonst gab es keine guten Tipps und erst recht keine hervorragenden wie diesen.

»Mach dir darüber keine Gedanken. Oliver und ich regeln das untereinander.« Ein sattes Katergrinsen kam und ging. »Eventuell könntest du einem Butler oder einem Security über den Weg laufen. Leg dir eine passable Ausrede zurecht.«

Oben im Schrank hing noch der zu enge Krankenschwesterkittel. Er war lange nicht zum Einsatz gekommen. Riss sie die roten Kreuze ab, würde er auch als Kluft einer Masseurin herhalten. Ambulante physiotherapeutische Anwendungen war eine ihrer Spezialitäten.

~*~

Der Mann mit dem schmalen Gesicht und den grau melierten Haaren breitete einen Plan vor Lucinde Sorokin aus. Sie beugte sich darüber und ihre Wangen glühten vor Eifer. Der Ring lag vor ihr auf dem Tisch. Als der Blick des Mannes zum Fenster schweifte, trat Daniel einen Schritt zurück in die Dunkelheit.

Er hatte viele dankbare Lippen kosten dürfen, aber Lucindes hatten sich ihm in vollkommener Weise hingegeben. Es würde ein unvergleichlicher Genuss sein, diese Frau an ihre Grenzen und weit darüber hinaus zu führen.

Er rief Keph an. »Sie ist in der Farrington Road in einem Antiquitätenladen. Der Besitzer scheint sie gut zu kennen. Eventuell will sie den Ring an ihn verkaufen.«

»Das kann warten. Komm ins Büro. Wir haben einen Dreißigminutenjob für dich, den wir dazwischenschieben müssen.«

»Und was ist mit der Sorokin?«

»Ich schicke einen von Rubens Leuten. Eine schlichte Observierung kriegen die hin.«

»Er soll ihr nicht nahekommen.«

Keph schnaubte. »Wird er nicht. Beeil dich.«

»Wollten Sie nicht ihre Schwester im Krankenhaus besuchen?« Der Taxifahrer lächelte verwirrt, als ihm Daniel die neue Adresse nannte.

»Schwestern, die nicht existieren, benötigen keine Besuche.« Diese Weisheit nickte der Fahrer lächelnd ab und hielt kurze Zeit später vor Maurice' Niederlassung.

Das hohe Quietschen verursachte Zahnschmerzen. Es drang aus dem Keller, ebenso wie der prägnante Geruch von Maschinenöl.

Maurice war nicht in seinem Büro und an seine Privaträume würde Daniel nicht klopfen. Mit ein wenig Glück erhängte er sich in diesem Moment und Daniel würde sich krank und lahm ärgern, wenn er ihn dabei unterbrach.

»Daniel?« Kephs volltönende Stimme begleitete ein martialisches Kreischen. »Komm runter. Der neue Eliminator ist da.«

Hatte es einen alten Eliminator gegeben?

»Er läuft noch nicht rund, aber das Wartungs-Team arbeitet daran.«

Die Stahltüren des Aufzugs schoben sich auseinander und mit leisem Summen fuhren sie in das dritte Untergeschoss. In dem weiß gekachelten Labor stand ein überdimensionierter Glasbehälter, dessen Schwenkarm gleichmäßig durch trübe Flüssigkeit glitt. Der Ölgeruch mischte sich mit stechendem Salzsäuregestank.

»Die Aufhängung ist geschmiert.« Ein Mann in Blaumann wischte sich die Hände an einem Lappen ab. »Der Lärm müsste jetzt erträglicher werden.«

»Duranglas.« Kephs Augen leuchten. »Im Notfall können wir das ganze Ding erhitzen, um den Zersetzungsprozess zu beschleunigen.«

»Was schwimmt da drin herum?« Daniel trat näher an den Behälter. Die Brocken sahen organisch aus.

»Die Filiale in Dublin hat uns ein paar abgearbeitete Aufträge zu Testzwecken zur Verfügung gestellt. Manche Klienten legen auf die Übergabe der Leichen keinen Wert. Der Eliminator ist für diese Zwecke konstruiert worden.«

»Was ist mit einem schlichten Krematorium?« Sehr viel ausladender als diese Glaskonstruktion wäre es nicht gewesen.

»Das hätte Ärger mit den städtischen Behörden gegeben. Anträge, Nachweise, die Typen vom Umweltschutz.« Keph schaltete eine Stufe höher und der Schwenkarm beschleunigte um das Doppelte. Sanfte Wellen platschten an die Glaswände. »Der Säuredampf wird abgezogen und separat entsorgt. Von dem Vorgang merkt kein Mensch was.«

»Was ist mit dem Job?«

Keph hörte auf, zärtlich die Aufhängung zu tätscheln. »Richtig. Der Vertrag ist in meinem Büro.«

In dem hellen Raum hing ein zarter Jasminduft in der Luft.

»Tee?«

Daniel nickte, während seine Füße in bunten Teppichen versanken.

»Wer ist es diesmal?«

»Ein Deutscher. Er entstammt einer alten Fürstenfamilie, hat sein Vermögen in Kasinos durchgebracht und ist zum Entsetzen seiner traditionsreichen Verwandtschaft dabei, ins Drogengeschäft einzusteigen. Nimm Platz.« Keph wies auf eins der zahlreichen Sitzkissen und reichte ihm eine Tasse Tee. »Unser Klient ist sein Onkel. Er hasst seinen Neffen abgrundtief. Bei den Verhandlungsgesprächen schimpfte er ihn einen verkommenen Bastard, was wahrscheinlich auch zutrifft.«

»Deutscher Adel kann sich einen Anonymen Meister leisten? Warum beauftragt der Onkel keinen gewöhnlichen Killer?«

Keph zuckte die Schulter. »Die Familie hat zusammengelegt. Sie fürchtet nichts mehr als die Öffentlichkeit und verlässt sich auf unsere Diskretion. Außerdem hatte sie bereits mit uns zusammengearbeitet, als im zwölften Jahrhundert Zwistigkeiten um den Kaiserthron herrschten. Wir waren so frei, diesen Streit zugunsten unseres Klienten zu entscheiden.«

»Gib mir die Akte des Mannes. Ich mache den Job.«

»Sie ist längst in deinem Postfach.« Das amüsierte Zucken um Kephs Mund entfaltete sich zu einem Grinsen. »Der Zugangscode ist der Name deines letzten Lebens im Dienst der Bruderschaft; Abay Coskun. Alle Telefonnummern, Codes und Adressen, die du benötigst, findest du ebenfalls dort.«

Offenbar hatte Kepheqiah nicht einen Moment an seiner Zustimmung gezweifelt.

»Liefertermin für die Leiche ist morgen früh Punkt acht. Du siehst, es eilt. Das Ziel residiert unter dem schlichten Pseudonym Roger Hayman im Stadthaus eines Freundes. Es dürfte keine Probleme geben. Ein wenig Security, eine Handvoll Hauspersonal, das war's. Wenn du den Auftrag ausgeführt hast, steht dir ein Cleaner-Team zur Verfügung. Du brauchst dir deine Hände nicht zu beschmutzen.«

»Ein Anwärter auf den Eliminator?«

Keph lächelte sanft.

»Gib mir ein knappes psychologisches Profil. Ich will wissen, womit ich rechnen muss.« Auf den Abzug einer Waffe konnte jeder drücken.

»Laut Aussage seines Onkels war er als Kind zart und anfällig. Vor Krankheit und Schmerz fürchtet er sich immer noch. Auch vor dem Tod, doch das wirst du ihm sicher ausreden.«

Als Daniel nicht darauf reagierte, zuckte Keph die Schultern. »Er ist obrigkeitshörig, was wohl der Grund für die gemeinsame Sache mit der Drogenmafia ist. Er liefert aus seinen Kreisen potenzielle Kunden und darf sich dafür in den Schatten eines Patrones ducken.«

»Hat er eine Frau, Kinder, einen Liebespartner?«

»Er hält sich einen Leguan, den er Florian nennt und der zusammen mit ihm die Mahlzeiten einnimmt. In seiner Studentenzeit gehörte er einer schlagenden Verbindung an, die sich explizit gegen Homosexualität, Anglizismen in der deutschen Sprache und biologische Landwirtschaft aussprach. Eine Freundin oder Frau hat es nie gegeben.«

»Hast du seine Akte im Kopf?«

»Das meiste davon.«

Ein Exzentriker. Demnach ein leichtes Spiel.

»Hier drin ruht eine Möglichkeit, schmerzfrei und verhältnismäßig zügig aus dem Leben zu scheiden.« Keph hielt ihm ein kleines Kästchen hin. »Die Kapseln müssen aufgebissen werden. Dann geht es am schnellsten. Schlucken funktioniert auch, dauert allerdings länger. Das Ziel hat Zeit, in Panik zu verfallen, übergibt sich, exkrementiert auf den Teppich, Rubens Team muss das Zimmer reinigen und, und, und.«

Daniel hatte verstanden. Die Kapseln waren praktisch, vor allem, wenn das Ziel ein Mann war und nur wenig Zeit zur Verfügung stand.

»Leg dich noch ein paar Stunden aufs Ohr.« Das mitschwingende Mitleid passte nicht zu Kephs Effizienz. »Du siehst übermüdet aus.«

~*~

Ihre Lider wollten sich nicht öffnen. Unter der Decke war es warm und gemütlich und im Zimmer viel zu kalt.

»Lucy?« Ethan rief die Stiege hoch. »Komm runter, ich muss dir was zeigen.«

»Frühstück?«

»Erst nach getaner Arbeit.« Wenigstens klang er nach schlechtem Gewissen.

»Gleich.« Vorher musste sie wissen, was die Liga während ihrer Abwesenheit für Ränge vergeben hatte. Außerdem war es erst kurz nach sechs. Viel zu früh. Für alles.

Ihr E-Mail-Postfach platzte aus allen Nähten.

Doch keine Nachricht von Igor.

Sonderbar, er schrieb immer nach einem Treffen. Schon wegen der alten Zeiten und diesmal war ihr Wiedersehen außergewöhnlich erfolgreich gewesen. Dafür strotzte es vor Protz-Post einiger Liga Mitglieder. Auf der internen Chartliste junger Londoner Taschendiebe stand Lucy auf Platz acht. Nach ihrem Coup in Moskau änderte sich das.

Princess of Dungeon hatte es nur auf vier Brieftaschen gebracht. In fünf Tagen. Lucy zog fünfzig Prozent Übertreibung ehrenhalber ab. Es blieben zwei.

Peinlich.

Smoothy prahlte mit einer Rolex, einem Zehnzolllaptop samt Tasche und einem Cockerspaniel.

Besser. Allerdings musste er in Zukunft Hundefutter kaufen.

Nicht mitgedacht.

Earl of Humbug drohte, den Vogel abzuschießen. Neben zwei Theaterkarten und einem Satz Qi Gong Kugeln aus Orangenkalzit im Brokatkästchen, gehörten ihm seit Neuestem die Autoschlüssel eines Jaguars. Leider hatte er den passenden Wagen bisher nicht ausfindig machen können und überlegte, ob er den Schlüssel im Fundbüro abgeben sollte.

Blödsinn! Was man hatte, hatte man. Er fand die Karre schon noch.

So wie die Aktien standen, toppte Lucy sämtliche Konkurrenten.

Zwei magische Bücher, einen Heiligen und einen Zauberring von der Hand Caligulas. Klappern gehörte zum Handwerk. Die Breitling musste nicht erwähnt werden, das hätte nach Angabe ausgesehen. Über dieser Mail würden die Liga Mitglieder tränenüberströmt zusammenbrechen und ihr freien Durchlauf auf mindestens Platz drei gewähren.

Zum Abschluss schrieb sie eine Nachricht an Jade, dass sie wieder im Lande war und sich auf einen Nachmittag mit Kräutertee, Räucherstäbchen und Tarotkarten freute. Jade und Ethan waren die einzigen Menschen auf der Welt, die Lucy durch und durch kannten.

Welch Wohltat, mit ihrer Freundin über kosmische Schicksalsfäden zu plaudern, auch, wenn nur Schwachsinn dabei herauskam.

Lucy quetschte sich in den Schwesternkittel.

Nicht zu tief einatmen, sonst sprangen die Knöpfe über der Brust ab. Der Ausschnitt lieferte in jedem Fall einen geeigneten Ablenker für misstrauische Security-Blicke.

Ihre Haare steckte sie zu einem Knoten. Der strenge Touch passte hervorragend zum Kittel. Im Prinzip fehlte noch ein Theraband, wenn sie das überdimensionierte Fieberthermometer schon nicht mitnahm.

Ethan saß am Rechner. Als er sie hörte, hob er nur kurz die Hand. »Macht es dir was aus, wenn ich die Bilder deines Ringes einem Freund maile? Er entziffert alles, was zwischen dem Neolithikum und dem Römischen Reich jemals in Stein gebannt wurde. Ein Hobby.«

»Klingt nach Peter.«

Ethan verzog das Gesicht. »Ein paar Jährchen älter und erfahrener.«

»Und wir können ihm trauen?« Immerhin gab er Hehlerware preis.

»Auf jeden Fall. Er vermittelt mir seit Jahren Kunden für Waren, die durch deine geschickten Hände gegangen sind. Nun zu deinem heutigen Tagwerk. Bist du bereit?« Er warf ihr den Schlüssel zum zukünftigen Tatort zu.

»Weißt du, ob der Kerl gruselig ist?« Im Notfall wollte sie auf alles vorbereitet sein.

Wortlos reichte ihr Ethan den Elektroschocker. Dann würde sie es wie immer machen, mit dem Schlimmsten rechnen und auf das Beste hoffen.

»Nimm den Minicouper. Ich brauche ihn nicht. Park nur nicht direkt vor Olivers Einfahrt.«

»Wünsch mir Glück.«

»Wirst du haben.« Sein Grinsen motivierte ungemein.

Lucy verließ den Laden durch den Hinterausgang. Neben dem Mini parkte eine Limousine. Der Fahrer sah von seiner Zeitung auf und beobachtete sie, wie sie ihren Rucksack auf der Rückbank verstaute.

Seine Augen wirkten seltsam.

Zu kalt.

Beinahe wie tot.

Lucy schauderte es.

~*~

Eine dezent ruß- und abgaspatinierte viktorianische Fassade zierte das Haus von Everard. Von vorn konnte es Daniel nicht unbemerkt betreten. Zu viel Publikumsverkehr. Doch Kephs Dateien zeigten eine Rückansicht mit Dienstboteneingang. Morgens um fünf wurde das Tor zur Durchfahrt vom Butler aufgeschlossen, um den Müllleuten und dem Milchmann Zutritt zu gewähren. Den Hinterhof umschloss eine ausreichend hohe Hecke und dahinter lagen die Ziergärten der Nachbargrundstücke. Die Wahrscheinlichkeit, dass Daniel beim Fassadenklettern beobachtet wurde, war gering.

In der Innentasche seines Parkers verschwanden der Dolch, die Giftkapseln und seine persönlichen Skrupel. Er warf einen Blick auf das Foto von Hayman. Der schmale Schnauzbart unter der fleischigen Nase fiel am stärksten ins Auge.

Dass er Jasminas Nylonstrumpf als Erinnerung an ihre gemeinsame Nacht behalten wollte, hatte sie ihm sofort geglaubt. Leise schnurrend hatte sie ihn um Daniels Gesicht geschlungen.

Für gewöhnlich trug er keine Strumpfmasken. Bei seinem letzten Einbruch hatte es noch keine Nylonstrümpfe gegeben und Zeugen waren irrelevant. Im kultivierten London der heutigen Zeit war das anders. Je weniger ihn sahen, umso weniger musste er töten.

In seinem Magen begann es, zu kribbeln. Ein angenehmes Gefühl. Er hatte es lange nicht gespürt.

Der Taxifahrer öffnete ihm die Beifahrertür. »Guten Morgen. Was für ein trübsinniges Wetter. Und es soll noch schlimmer werden.« Seinem glücklichen Lächeln nach schien ihn das persönlich kaum zu tangieren.

Daniel ebenfalls nicht. Je düsterer, desto besser.

An der Arlington Street ließ er das Taxi halten.

»Noch einen schönen Tag und gute Geschäfte.« Zufrieden mit sich steckte der Fahrer das Trinkgeld ein.

»Danke. Die werde ich haben.« Nach diesem Job wäre es an der Zeit, sich wieder ein Schweizer Nummernkonto anzulegen.

Das Tor ließ sich geräuschlos öffnen. Im Durchgang war eine Seitentür, die zu den Garagen führte. Sie war verschlossen, ebenso wie der Dienstboteneingang und die mit altem Kohlestaub verschmierte Kellertür.

Daniel überquerte den Hof, kauerte sich hinter die Müllcontainer und wartete. Neben dem Vorsprung vom Treppenhaus reihten sich vier schmale Fenster übereinander. Die Toiletten.

Sieben Uhr dreißig morgens.

Er würde bloß ein wenig warten müssen.

Im dritten Stock ging das Licht an. Daniel zwängte sich den Strumpf über den Kopf. Simse, Fassadenstuck, Fensterbretter und zur Not ein hoffentlich stabil montiertes Fallrohr der Dachrinne, es gab genug Möglichkeiten für trainierte Hände und Füße, Halt zu finden.

Nur einen Augenblick und er balancierte auf dem Fensterbrett zum Toilettenfenster und stemmte sich mit dem Rücken am Mauervorsprung zum Treppenhaus ab. Jetzt musste es nur noch geöffnet werden. Die

Klospülung rauschte, der Wasserhahn floss. Das Fenster blieb geschlossen.

Verdammt, was sollte das denn? Daniel klopfte an die Scheibe.

»Hey, Sie da drin! Ich bin mit dem Paraglider abgestürzt. Bitte helfen Sie mir, ich kann meine Beine nicht bewegen.« Das Wasserrauschen verstummte schlagartig. »Hilfe! Ich kann mich nicht mehr halten!«

»Oh Gott, warten Sie!« Die dumpfe Männerstimme klang erstaunt und bestürzt zugleich. Endlich schwang das Fenster auf.

Völlig konsterniert starrte ihn ein gutmütiges Butlergesicht an.

»Ich bedaure zutiefst, Sie belogen zu haben und ich bedaure es noch tiefer, Ihnen das hier antun zu müssen.«

Ein leichter, schneller Tritt an die Schläfe ließ den Mann zusammensacken. Bevor er mit dem Kopf auf dem Klobeckenrand aufschlug, fing ihn Daniel auf und legte ihn vorsichtig unter das Waschbecken. Dann rief er Ruben an. »In zwanzig Minuten mit Sprungtuch im Hinterhof.« Länger würde er unter keinen Umständen brauchen.

~*~

Endlich hatte sie den Kerl abgeschüttelt. Es hatte ihn nicht verwundert, dass Olivers Gast eine Physiotherapie-Praxis beauftragt hatte, ihm eine Mitarbeiterin zu schicken, die ihn manuell therapierte. Nur die frühe Stunde sei ungewöhnlich, da Mr. Hayman pflegte, bis mittags zu ruhen.

Lucy hatte etwas von Schichtwechsel und Personalmangel gewispert und sich nach ihrem zufällig heruntergefallenen Autoschlüssel gebückt. Der Wachmann hatte die unerwartet tiefen Einblicke genossen und ihr seufzend den Weg zu den Gästezimmern gewiesen.

Lucy legte das Ohr an die Tür. Nichts zu hören. Leise drückte sie die Klinke.

Das Zimmer war leer.

Jemand packte sie, schleuderte sie aufs Bett.

Ein Knie in ihrem Rücken, eine Hand auf ihrem Mund.

Verdammt!

»Lucinde?«

In ihrem Sichtfeld erschienen schwarze Haare. Der Mann vom Flughafen. »Werden Sie schreien?«

Lucy schüttelte den Kopf.

Er nahm seine Hand weg, hockte sich vor sie. »Was machen Sie hier?«

Klopfte ihr Herz vor Angst oder vor Freude, ihn wiederzusehen?

Sein Blick schweifte zum Fenster. Es stand sperrangelweit offen. Lucy sprang auf, aber er hielt sie fest.

»Warten Sie noch einen Moment.« Er sah auf die Uhr, lächelte sie an und hielt weiter ihr Handgelenk umschlossen. Nach ein paar Sekunden ließ er es los. »Jetzt können Sie nachsehen.«

Nichts. Der Hof war leer. Lucy fühlte das Laken. Es war noch warm. »Wenn Sie nicht drin gelegen haben, war es Hairman. Wo ist er?«

Sein entspanntes Lächeln passte nicht zur Situation. »Er hieß Hayman.«

»Und wenn schon! Wo ist er?« Er *hieß* Hayman? Der Gedanke nahm unaufhaltsam Gestalt an. Er war sperrig und sie wollte sich kaum denken lassen. Vor ihr saß ein Mörder im Bett seines Opfers und schaute ihr in die Augen, als ob nichts geschehen wäre.

»Warum sind Sie hier, Lucinde Sorokin?«

»Woher kennen Sie meinen Namen?«

Er reichte ihr die Hand. »Daniel Levant. Auftragskiller einer traditionsreichen Organisation, deren Mitgliedschaft es mir ermöglichte, den Namen einer bezaubernden Diebin herauszufinden, deren Kuss mir die ganze Nacht süße Träume bescherte.«

»Nenn mich Lucy und vergiss nicht, dass du mich geküsst hast.« Ein Killer schüttelte ihre Hand und alles, was sie denken konnte, war, wie verführerisch sich seine Lippen auf ihrem Mund angefühlt hatten.

Seine Augen funkelten, als er sie neben sich aufs Bett zog. »Du leugnest die Diebin nicht?«

Die Situation war zu verrückt, um zu lügen. »Es sieht so aus, als hätten wir es auf dasselbe Opfer abgesehen.«

»Von dem bald nicht mehr viel übrig sein wird. Bedien dich.« Er wies zur Kommode. Die Reisetasche war prall voll.

»Und du? Wir könnten teilen.«

»Mein Honorar übersteigt den Inhalt dieser Tasche bei Weitem, aber die Vorstellung, mit dir zu teilen, gefällt mir. Zeit, einen Kuss, eine Nacht. Suche es dir aus.«

Der verträumte Glanz seiner Augen verschlug ihr die Sprache. Sie war dabei, sich in einen Killer zu verlieben.

Er erhob sich, lauschte in den Flur und schloss die Tür ab. »Ein paar Minuten. Mehr haben wir nicht.« Er setzte sich wieder vor sie und schlug die Beine unter. »Was für ein Zufall, ein Mörder lernt eine Diebin kennen und wenig später erwischt sie ihn fast bei einem Mord und er sie noch nicht ganz bei einem Diebstahl.« Das verschmitzte Jungenlächeln stand ihm.

»Woher wusstest du, dass wir uns wiedersehen werden?« Der ernste Klang seiner Worte war ihr in guter Erinnerung.

Er spielte an einer Haarsträhne, die sich aus ihrem Knoten gelöst hatte. »Weil ich es vorhatte. Ich wollte mich für deine Freundlichkeit bedanken.« Vorsichtig zog er eine Haarnadel nach der anderen aus ihrer Frisur. »Meiner Schwester geht es übrigens besser. Sie hat sich sehr gefreut, dass ich so schnell zu ihr gekommen bin.«

Der knappe Abstand zwischen ihren Gesichtern verschwand. Er legte ihr die Hand in den Nacken und fasste ihr ins Haar.

»Du hast dich gestern meinem Kuss in vollkommener Weise hingegeben. Möchtest du es wieder?« Sein Blick liebkoste sie, noch bevor sein Mund sie berührte. Er begann sacht, wie ein Spiel. Seine Lippen neckten ihre, bis sie es kaum noch aushielt. Er sollte sie küssen. Tief und leidenschaftlich. Er drückte sie sanft zurück. Als sie lag, hielt er ihre Hände fest.

»Leb wohl, süße Diebin. Und wenn du klug bist, gibst du das Geld bald aus. Sein Wert für dich verfällt täglich mehr.«

Ein flüchtiger Kuss auf ihre Nasenspitze und er schwang sich aus dem Fenster.

Bevor sie ihre Beine überzeugen konnte, sich zu bewegen, war er bereits verschwunden. Zittrig sammelte sie die Haarnadeln ein und schnappte sich die Tasche.

Dieser Mistkerl. Sie biss sich auf die Lippen, die seine in schmerzlicher Weise ersehnten.

Aus dem Treppenhaus drangen Stimmen zu ihr. Höchste Zeit, dass sie ging.

Mit weichen Knien stolperte Lucy zur Tür.

Ihr Herz klopfte immer noch zu schnell.

Dabei hatte er sie nicht einmal richtig geküsst.

~*~

Lucy, die keine Skrupel kannte, Lucy, die jetzt wusste, wer er war, Lucy, die ganz oben auf seiner To-do-Liste stand.

Vier Tage waren nichts.

Hoffentlich schwelgte sie in dieser Zeit in sämtlichen Genüssen der Welt.

Von allen unwahrscheinlichen Situationen war die unwahrscheinlichste eingetreten. Daniel wäre fast das Herz stehen geblieben, als Lucy plötzlich aufgetaucht war.

Ihr Haar hatte sich zwischen seinen Fingern wundervoll angefühlt.

Alles an ihr würde sich zwischen seinen Fingern wundervoll anfühlen.

Er würde sich in ihr wundervoll fühlen.

Sein Körper reagierte auf diese verlockenden Aussichten.

Schon bei dem Kuss.

Daniel hatte sich zwingen müssen, sie unberührt auf dem Bett zurückzulassen. Aber sie vor ihrer letzten Nacht zu lieben, verstieß gegen seine Regeln. Er hatte sie einmal gebrochen und bitter dafür bezahlt. Niemals in vor Leidenschaft leuchtende Augen verlieben, wenn sie dem Ziel gehörten.

Das bescherte nur Qual. Für ihn und die Frau gleichermaßen.

Im Hauseingang mit vor Kälte hochgezogenen Schultern wartete Susanna. Ihre blonden Haare, die sonst in alle Himmelsrichtungen abstanden, hingen ihr in nassen Strähnen im Gesicht.

»Wieso hast du abgeschlossen? Ich wäre beinahe erfroren.«

»Weil ich weg war.«

Susanna sah ihn an, als verstünde sie seine Worte nicht. »Du schließt nie den Aufzug ab. Was soll die Paranoia auf einmal?«

Normalerweise stand auch kein Wiedergeborener unaufgefordert neben seinem Bett und nötigte ihn zu einem Mord.

»Willst du einen heißen Tee?« Daniel schob sie zur Seite, um aufschließen zu können.

»Einen heißen Tee, eine neue Wohnung und ein bisschen Geld.« Ihr süßer, aber mit Farbe vergewaltigter Mund spannte sich zu einem liebevollen Grinsen. »Mein Exfreund hat ein Problem mit George. Er duldet keine Ratten mehr in seiner Wohnung, seit seine bekloppte Schwester ihm gesteckt hat, dass sie die Pest übertragen.«

»Seine bekloppte Schwester hat recht. Ich bin viermal an der Pest gestorben. Solltest du vorhaben, deine Ratte bei mir zu parken, schmink es dir ab.«

Während der Aufzug nach oben glitt, schmuste sich Susanna in seinen Arm. »Daniel, bitte, bitte, bitte. Es ist Winter, ich habe keine Bleibe, und bevor ich meine spießigen Eltern um Hilfe anflehe, schneide ich mir lieber die Zunge ab.«

Unter ihrer durchweichten Jacke bewegte sich etwas. Eine kleine pelzige Schnauze tastete sich aus dem Ausschnitt.

»Susanna, wie lange kennen wir uns?« Sie sollte begriffen haben, dass er immun gegenüber den Überredungskünsten eines Teenagers war.

»Zwei Jahre, vier Monate, eine Woche und drei Tage. Willst du auch noch die Stunden, Minuten und Sekunden wissen?«

»Hast du sie gezählt?«

Für einen Moment huschte die Resignation über ihr Gesicht, die sie damals unter der Brücke vollkommen umfangen hatte. »Ich zähle jeden Atemzug, seit du mir gezeigt hast, dass das Leben schön zu Menschen wie mir sein kann.«

Den Kopf voll Erinnerungen, die sie nicht hatte zuordnen können, war sie kurz davor gewesen, den Verstand zu verlieren. Daniel hatte ihr sofort angesehen, dass sie eine Wiedergeborene war. Zuerst hatte sie vor Erleichterung geweint, dann vor Verzweiflung gelacht, als ihr klar wurde, dass die schrecklichen Bilder in ihr ihren eigenen Existenzen entsprangen.

»Wusstest du, dass du der erste Mann bist, der mich nie belogen hat?« Ihre dünnen kalten Finger schlangen sich um seine. »Ich höre Lügnern ihre Lügen an. Dir glaubte ich den Irrsinn nur, weil deine Stimme nach Wahrheit klang.«

Er betete, dass die Bruderschaft von Menschen wie Susanna nichts ahnte. Mahawaj würde sie augenblicklich an sich binden und ein weiteres Werkzeug aus ihr machen. Sie war eine frisch Erwachte. Die Angebote der Anonymen Meister waren zu verlockend, als dass sie ein naiver Neuling ablehnen konnte.

»Überlasse mir die Etage unter deiner. Da wohnt doch keiner.« Sie drängelte sich an Daniel vorbei aus dem Aufzug und kauerte sich vor den Kamin. Daniel entfachte die Glut und Susanna seufzte behaglich. Ihr Kinn war zu spitz. Sie hatte zu wenig gegessen. Unter den Augen lagen Schatten, also sah es mit ihrem Schlaf nicht besser aus.

»Wie heißt dein Exfreund noch mal?« Er würde ihn Kepheqiah als potenzielles Opfer vorschlagen, rein zu Trainingszwecken.

»Rembrandt, aber das ist nur sein Künstlername. Den bürgerlichen Namen gibt er nicht preis, wegen der Polizei, verstehst du? Was ist jetzt mit der Wohnung? Ich habe Freunde, die könnten mir beim Renovieren helfen.« Ihre Ratte huschte aus der Jacke, lief über ihren Arm und sprang auf Daniels Schulter. »George mag dich.« Susanna strahlte.

Daniel packte das fiepsende Tier am Schwanz und ließ es zurück zu Susanna pendeln. »Versprich mir, dass ich George nicht mehr zu Gesicht bekomme, dann kannst du in der dritten Etage tun und lassen, was du möchtest.« Er würde diese Entscheidung bis zum Rest seines momentanen Lebens bereuen.

Susanna schlang die dünnen Arme um seinen Nacken. »Danke. Ich werde dich nicht stören. Versprochen. Du wirst gar nicht merken, dass ich da bin.«

»Ich habe eine Bedingung.«

Susannas Augenaufschlag glich der einer Heiligen. »Welche? Ich mach alles, was du willst.«

»Habe ich Besuch, lässt du dich nicht hier oben blicken. Hältst du dich nur ein einziges Mal nicht an diese Absprache, fliegst du raus.« Kepheqiah durfte sie unter keinen Umständen kennenlernen. Die Gefahr, dass er sie an die Bruderschaft verriet, war zu groß.

Enttäuscht stopfte sie die Ratte in ihre Jacke zurück. »Und ich dachte schon, du lässt mich diesen Gefallen bei dir abarbeiten.« Ihr sehnsüchtiger Blick streifte über sein Bett.

Daniel schlug ihr an die Stirn. »Du bist ein Kind. Ginge es nach mir, würde ich dich so lange von zukünftigen Exfreunden fernhalten, bis du weise genug wärst, es selbst zu tun.«

Susanna schnappte nach Luft, doch er hielt ihr den Mund zu. »Akzeptier meine Bedingungen oder schlaf wieder unter einer Brücke. Ich bezweifle, dass George in der Lage ist, dich ausreichend zu wärmen.«

Bevor sie ging, plünderte sie seinen Kühlschrank, sein Portemonnaie und deckte sich mit einem Stapel Pullover von ihm ein. Sie würde die Dinger fünfmal um ihren dürren Körper wickeln können.

Kaum war sie weg, rief Keph an. »Guter Job. Gab es Probleme?«

»Nein.«

»Seltsam. Xavier sagt, das Ziel wäre zur selben Adresse gefahren wie du. Nur, dass sie Everards Haus zwei Minuten später als du verlassen hat.«

»Sag Xavier einen schönen Gruß, ich werde ab heute die Überwachung des Zieles selbst organisieren.« Einen Seelenlosen in Lucys Nähe zu wissen, machte ihn nervös. »Um Sorokins Verschwiegenheit kümmere ich mich, aber dazu brauche ich einen Dienstwagen und Ives.« Der Junge schuldete ihm einen Gefallen. Es wurde Zeit, dass er ihn einforderte.

»Ich schicke dir einen Fahrer. Verhandle mit Maurice. Er verteilt die Ressourcen.«

Ruben kam persönlich. Sie redeten während der Fahrt über gemeinsame Aufträge, das Wetter und die besten Fischrestaurants an der Algarve. Dass Ruben keine Seele besaß, fiel nur auf, wenn man ihm in die Augen sah.

Kalt und ausdruckslos schienen sie aus Glas zu sein.

Über seine Degradierung verlor Daniel kein Wort. Ruben war jahrhundertelang ein besserer Meister gewesen als alle anderen. Baraq'el hatte eine widerliche Art, verdienten Mitarbeitern seine Dankbarkeit zu zeigen.

»Wappne dich für Spott und Hohn. Denn genau der wird dir entgegenschlagen.« Keph ging voran und klopfte an Maurice' Büro. »Bei seiner momentanen Laune kannst du froh sein, wenn du am Stück bleibst.«

Zusammengesunken hockte Maurice am Schreibtisch, vor ihm stand eine Flasche Calvados. Als er sein Glas füllte, zitterte seine Hand. Seine Augen waren rot geädert.

Daniel hatte Maurice noch nie betrunken erlebt.

»Keph sagt, du willst Ives. Warum?«

»Weil mir ein Dienstwagen zusteht.«

Der Franzose griff in eine Schreibtischschublade und warf einen Autoschlüssel über den Tisch. »Deine Limousine steht hinterm Haus. Nimm sie dir und verschwinde.«

»Ich kann nicht fahren.«

Maurice lachte lustlos. Dann sah er Daniel mit gerunzelter Stirn an. »Wirklich nicht?«

»Wirklich nicht.«

»Wie viele Leben hast du auf dem Buckel?«

»Genug.«

»Und du hast nie gelernt, Auto zu fahren?«

»Das brauchte ich nie. Mir standen Kutschen, Sänften oder Pferde zu Verfügung.« Lediglich Kamele lehnte er nach wie vor ab. Zwischen ihren Höckern wurde ihm schlecht.

»Also gut. Du hast gewonnen. Ives wird für den Zeitraum dieses Auftrags dein Chauffeur.« Er läutete nach dem Jungen, der erstaunlich schnell auftauchte. »Pack ein paar Sachen. Für die nächsten Tage arbeitest du für Meister Levant.«

Ives nickte unüberrascht, bevor er wieder verschwand. Der Kerl hatte gelauscht. Das würde er ihm austreiben müssen.

Um aufstehen zu können, musste sich Maurice auf dem Tisch abstützen. Er schwankte, als er zum Fenster ging und in den Himmel starrte. »Magst du London?«

»Magst du es?«

Maurice wandte sich zu ihm, lehnte sich an das Glas und sah ihn unverwandt an. »Ich wollte nicht in diese Stadt versetzt werden. Ich habe darum gebettelt, in Marseille bleiben zu dürfen, aber Mahawaj meinte, ich sei der richtige Mann für diesen Posten.«

»So. Meinte er das?« Es wäre kein herber Verlust gewesen, wenn ein anderer Meister diese Niederlassung betreut hätte.

»Du hasst mich.« Das schiefe Grinsen entstellte Maurice' Gesicht zu einer Fratze aus Hohn.

»Vom Grunde meines Herzens.« Mit lächelnder Leichtigkeit hatte Maurice Ruth den Kopf vom Körper getrennt. Er war ein Vollstrecker ohne Mitgefühl. Was wimmerte er, dass Baraq'el seine Wünsche überhört hatte? Töten konnte er überall.

Mit vor Eifer roten Wangen kehrte Ives zurück. »Fertig. Können wir?«

»Da. Nimm ihn dir.« Maurice nickte zu dem Jungen, schenkte sich nach und leerte das Glas in einem Zug. Calvados aus Wassergläsern zu trinken war eine Leistung.

»Wenn der Auftrag erledigt ist, bringe ich dir deinen Diener zurück.« Maurice winkte ab. »Mach mit ihm, was du willst. Mir ist es gleich.«

Ives verdrehte hinter Maurice' Rücken die Augen, schulterte einen Rucksack und drückte sich an Keph vorbei nach draußen. Gerade wollte Daniel ihm folgen, als ihm Maurice den Weg vertrat.

»Du taugst nicht zum Meister.«

Wie eine giftige Schlange kroch der Hass auf den Franzosen in Daniel hoch. Als er sein Herz erreichte, ballte er die Faust.

Maurice sah es. »Wut, weil du die Wahrheit nicht ertragen kannst?«

»Geh mir aus dem Weg.«

Maurice trat noch einen Schritt näher. »Du unterschreibst mit deinem Blut, und wenn du töten sollst, kneifst du.«

»Das ist nicht wahr.« Nur zwei Aufträge hatte er verweigert. Die Klienten forderten daraufhin seinen Tod und bekamen ihn. Maurice wusste das.

»Mahawaj mag dich.«

»Weshalb er mich Leben für Leben in Ketten legen und nach seiner Pfeife springen lässt.«

Maurice schlug ihm gegen die Brust direkt auf das Amulett. »Er hätte deine Seele nehmen können. Er hat dich verschont.«

»Baraq'els Entscheidungen gehen nur ihn etwas an.« Keph legte die Hand auf Maurice' Schulter, doch der schlug sie weg. »Mahawaj teilte dir stets die Rosinen zu. Ich bekam nur das schimmelige Brot.«

»Es scheint dir zu schmecken. Immerhin hast du es in der Bruderschaft weit gebracht.«

Die Faust ging ins Leere. Maurice war zu betrunken, um zu treffen. Haltlose Wut sprühte aus seinen Augen. »Wenn du das nächste Mal vor mir erscheinst, will ich Sorokins Kopf in deinen Händen sehen.«

Keph zupfte Daniel am Ärmel. »Lass uns verschwinden. Aus dieser Phase bekommst du ihn nicht raus.«

Daniel zitterte vor Zorn. »Das hat er nicht ernst gemeint.«

»Das mit dem Kopf? Keine Ahnung. Im Vertrag steht nichts dergleichen. Mach dich auf den Weg und überlass Maurice mir. Ich rede mit ihm.«

Ives wartete unten. »Frag mich nicht nach ihm. Ich bin nur ein Diener.«

»Ein Diener, der seine Ohren an Türen klebt.«

Das verlegene Lächeln ließ ihn noch jünger aussehen. »Gestern Nacht brachte ein Kurier die restlichen Unterlagen deines Klienten. Seitdem tickt Maurice ständig wegen allem und jedem aus.« Er ging vor zu einer Reihe Wagen. »Dass ich dich fahren soll, ist okay für mich. Maurice' Launen auszuhalten ist nur bedingt witzig.«

Dezentes Anthrazit, abgedunkelte Scheiben und schwarze Ledersitze. Die Limousine machte was her. Ives hielt ihm die Tür auf.

»Ich finde es lustig, dass du nicht fahren kannst.« Grinsend setzte er sich hinters Steuer. »Ich fahre schon, seit das erste Automobil nicht mehr mit Dampf angetrieben wurde.«

»Was kannst du noch? Immerhin gehört mir deine Arbeitskraft vier Tage lang.«

»Abwaschen, den Müll rausbringen, mich anschreien lassen, leidlich kochen, wenn du keine hohen Ansprüche stellst.«

»Und ein Ziel observieren?«

Ives Ohren färbten sich rot. »Lässt du mich?«

»Wir beginnen sofort. Fahr zur Farrington Road.« Etwas sagte ihm, dass Lucy das Geld zuerst diesem Mann bringen würde.

~*~

Lucy platzierte die Tasche direkt vor Ethans Nase, doch er sah kaum hoch.

»Hat's Spaß gemacht?«

»Es hätte noch prickelnder sein können, wenn Haymans Mörder mich leidenschaftlich in Haymans Bett geliebt hätte.« Auch einer dieser roten Flauschteppiche wäre ihr recht gewesen.

»Fein, fein, das hör ich gern.« Er schob ihr einen Teller mit Ingwer-Keksen hin. »Nimm dir einen, ich muss mit dir reden.«

»Wir sind reich. Dank mir.« Sie erwartete keine Freudentränen, aber etwas Euphorie wäre schön gewesen.

»Ich weiß, was auf dem Ring steht.« Aus der Schublade zog er einige Farbdrucke. Sie zeigten vergrößerte Ansichten des Schmuckstücks. »Es ist so, wie ich vermutete. Der Ring ist alt. Die Schrift ist sumerisch und diese Zeichen bedeuten, *der Vorfahr ist ein Held.*« Mit der Spitze eines Bleistiftes tippte er auf die verzerrten Dreiecke links neben dem Stein. »Mein Bekannter arbeitete die ganze Nacht daran. Er geht davon aus, dass der Ring ein geradezu alttestamentarisches Alter besitzt.« Ethan grinste. »Läuft dir keine Gänsehaut über den Rücken?«

Hoffentlich wusste Kolja nichts von all dem.

»Besser, du versteckst ihn, bis ich mich diskret nach einem liquiden Käufer umgesehen habe.«

Lucy zog den Ring aus der Tasche. Ein schönes Stück. Liebend gern hätte sie es getragen. »Das Ofenrohr?« Dort verschwanden sämtliche wertvollen Dinge. Lucy hatte an einem nasskalten Herbsttag den Fehler begangen, ihn anzuheizen. An diesem Morgen hatte sie die erste und einzige Ohrfeige von Ethan bekommen.

»Lucy!« Zuerst kam der Freudenschrei, dann schlug die Ladentür hinten an.

Jade stand mit wehendem blondem Haar im Eingang, breitete die Arme aus und kam auf Lucy zugesprungen.

»Auch das noch.« Ethan versank hinter dem Bildschirm. »Gleich fällt mir deine Elfenfreundin um den Hals und küsst mich.«

Tatsächlich tänzelte Jade um den Tresen auf Ethan zu, und bevor sie seine weit ausgestreckte Hand bemerkte, küsste sie ihn mitten auf den Mund. Mit Sicherheit war sie die einzige Frau, die das bei ihm wagte. Dann schlängelte sie sich dicht an ihm und seinem heiligen Computer vorbei, wischte das Ladekabel vom Tresen und hätte beinahe den Keksteller mitgenommen, wenn Ethan ihn nicht festgehalten hätte.

»Du bist wieder da. Ich habe dich schrecklich vermisst.« Jade zog sie in eine ausgiebige Umarmung und Lucy schwelgte in einem köstlichen Duft aus Blumen und Kräutern.

»Lecker, was ist das?«

Ihre Freundin legte den Kopf zur Seite und ließ Lucy schnuppern. Fantastisch. Es prickelte in der Nase und vernebelte auf angenehme Art ihre Sinne.

»Eine neue Mischung. Habe ich heute vor Sonnenaufgang über einer heiligen Quelle ausgependelt. Wirkt anregend, aphrodisierend und schützt vor dem bösen Blick.«

Hinter ihrem zierlichen Rücken rollte Ethan mit den Augen. »Wo gibt's hier heilige Quellen?«

Jade sah ihn nachsichtig an. »Gleich die Straße runter. Clerks Well, welche sonst?«

»Die ist nicht heilig, die ist touristisch.« Ethans Kampf mit der Freundlichkeit stand ihm im Gesicht.

»Sie ist ein missverstandener Ort. Ihre energetische Schwingung reicht weit über London hinaus.«

»Jade, Süße. Nimm dir doch einen Keks, dann ist dein Mund mit Sinnvollem beschäftigt.«

»Mach nicht auf grantig.« Sie schenkte ihm das bezauberndste Lächeln des Universums. »Ich weiß, dass du mich magst.« Nebenbei zog sie den Reißverschluss der Reisetasche auf. Kaum hatte der leise Pfiff ihre Lippen verlassen, tauchte sie die Hand in die Scheine und zog sie voll wieder heraus. »Darf ich?«

Lucy nickte, Ethan hielt ihr kommentarlos einen Keks hin.

»Sind da Eier drin?« Ein grün lackierter Fingernagel stupste vorsichtig an die Kekskante.

Ethan nickte.

»Und Butter?«

»Ich backe nie mit was anderem.« Nach und nach färbte sich sein Gesicht rot.

»Dann wurden dafür hilflose Tiere ausgebeutet. Tut mir leid, ich kann das unmöglich unterstützen.« Sie pickte das Gebäckstück aus Ethans Fingern und warf es in den Papierkorb. »Sanfte Kühe werden täglich an Melkmaschinen angeschlossen, deren kalte Metallsaugglocken aus zartestem Gewebe erbarmungslos die letzten blutdurchtränkten Tropfen …«

»Ist ja gut.« Ethan hob die Hand. »Ich will mir das nicht vorstellen.«

Jade lächelte nachsichtig. »Natürlich nicht.« Sie stopfte die Scheine in ihren Rucksack. Dabei fiel ihr Blick auf die Standuhr. »Schon so spät? Ich muss in mein Seminar!« Mit vielen kleinen Küsschen überdeckte sie Lucys Gesicht. »Schamanische Energieheilung in der Gegenwart und ihre Bedeutung für tantrische Meditationspraktiken in der südöstlichen Ukraine.«

Hinter ihr schlug Ethans Stirn auf dem Tresen.

»Ich kenne einen Typen, der braucht so was unbedingt. Seine dunklen Schwingungen umwabern ihn regelrecht. Alles, was ich lerne, probiere ich an ihm aus.«

»Ein Loverboy?«

Jade rümpfte die Nase. »Nicht wirklich. Doch ich bin von seiner Seele fasziniert. Sie hat was Archaisches und schreit nach Erlösung.« Kritisch musterte sie die Partie unter Lucys Augen und klopfte sanft mit der Fingerkuppe ihres Ringfingers dagegen.

Lucy hielt still. Was von Jade kam, war verrückt, aber gut.

»Dein Energiefluss stockt. Du solltest deine Chakren besser aufeinander abstimmen.«

»Ich steh zurzeit ein bisschen unter Strom.«

Jade hob ihr Kinn an und spähte in ihre Augen, dann verfolgte sie etwas, das knapp oberhalb ihres Kopfes hin und her hopsen musste. »Deine Aura ist total durcheinander. Was hast du angestellt?« Ohne mit der Wimper zu zucken, legte Jade ihre rechte Hand zwischen Lucys Beine und ihre linke auf Lucys Herz.

Ethans Braue war bis zum Anschlag hochgezogen, als sein Gesicht über Jades Schulter auftauchte. Lucy verkniff sich ein Grinsen.

»Hier sitzt das Problem.« Beide Hände griffen energisch zu. »Der Dialog zwischen deinem Wurzelchakra und deinem Herzchakra wurde gekappt, aber das ist nicht schlimm.« Sie strahlte sie liebevoll an. »Kommt dein Prinz angeritten, wird alles wieder gut.«

Dieses Thema war fehl am Platz. Peter eignete sich nicht mal als Pony eines Prinzen, und wenn sie wie der Teufel auf ihm reiten würde.

»Lass den Kopf nicht hängen, ich rede nicht von dem Schuhspanner, der nur zufällig ein Mensch geworden ist.« Jade zwinkerte, schloss dann die Augen. »Ein schwarzer Ritter …«

»Eben war es noch ein Prinz.« Ethan fuchtelte mit der Hand vor Jades Gesicht. Sie zuckte nicht.

»Da war ich voreilig. Es ist nur ein Ritter. Tut mir leid.« Sie runzelte die Stirn. »Und er birgt ein düsteres Geheimnis.«

»Kling romantisch.« Und eindeutig nach Daniel. Auch wenn sie ihm seine Flucht niemals verzieh, das Echo des denkwürdigsten Kusses ihres Lebens brach sich sacht an ihren Lippen.

»Nein.« Jade schüttelte energisch den Kopf. »Es klingt nach massivem Stress. Ist in Moskau etwas Ungewöhnliches geschehen? Ich sehe Katastrophen auf dich zukommen. Aus dem kalten Osten.«

Verflixt. »Nö. Warum? War alles schick.« Ihr fiel es leicht, auf Kommando zu lügen.

Normalerweise.

Aber nicht bei Jade.

»Erzähl mir lieber was von diesem geheimnisvollen Typen und seinen dunklen Schwingungen, den du im Visier hast.«

Zur Abwechslung legte ihr Jade die Handballen an die Schläfen und zog sanfte Kreise. Lucy hätte schnurren können.

»Also gut.« Jade erhöhte Druck und Geschwindigkeit.

Lucy schloss die Augen und verfolgte die bunten Lichtblitze, die um sie herum tanzten.

»Auf eine stimulierend träge Weise ist seine Seele überaktiv. Das lockt mein Helfersyndrom an die Oberfläche meines Heilerbewusstseins und macht ihn zum perfekten Versuchskaninchen für meine neu erworbenen Künste.«

Von Ethan kam ein verzweifeltes Schnaufen. Sicher hatte er Mitleid mit dem Kerl.

»Er ist nur ein Freund. Er hat mal die Kaution für mich bezahlt, als ich im Knast saß.«

»Du warst im Gefängnis?« Warum hatte ihr Jade nie etwas davon erzählt?

»Ein Missverständnis.«

Noch ein Kuss auf die Wange und Jade entschwand anmutig wie eine Fee. »Komm die Tage vorbei und lass dich auspendeln.«

Die Tür war längst zu, aber Ethan starrte immer noch hin. »Sie ist eine Heimsuchung.« Zwei Ingwer-Kekse verschwanden gleichzeitig in seinem Mund.

»Sie ist wundervoll.« Jades Leben musste ein einziges Fest sein. Sie lebte in Harmonie mit jeder Schwingung, die es jemals im Universum gegeben hatte oder geben würde. »Eines Tages werde ich ihr meine Sünden gestehen.« Wenn Jade ihr nicht verzieh, verzieh ihr keiner.

»Sicher, und dann meditiert ihr zu zweit in der südöstlichen Ukraine. Aber bis es so weit ist, verstecken wir dieses Geld vor deiner Freundin und feiern deinen Erfolg.« Ethan kniff sie in die Wange. »Shoppen bis zum Umfallen auf dem Piccadilly und danach ein sündhaft edles Essen im L'Escargot. Heute suhlen wir uns im Luxus.«

~*~

Nur um das Fauchen des Motors zu hören, hetzte Kolja den Wagen über die Landstraßen nach Twer. Überschäumende Wut, ätzende Frustration und schlichte Angst waren seine Mitfahrer.

Ramuell Grigorjew hatte ihn zu sich zitiert, auf den Landsitz der Familie. Kolja, als ältester Sohn, hatte zu gehorchen. Die Hand, die sich um das Lederlenkrad verkrampfte, war nackt und schutzlos. Vor Angst zog sich sein Magen zusammen. Er musste seinem Vater gestehen, dass die Diebin einen der mächtigen Nephilimringe gestohlen hatte. Vor niemandem konnte er seine Schande verbergen. Jeder wollte sie ans Licht gezerrt wissen.

Er brauchte Zeit. Nur wenige Tage. Hoffentlich gewährte ihm Ramuell diese Gunst.

Kolja verdrängte die Erinnerung an die kalt blitzenden Augen seines Vaters. Konstantin war da. Sein kleiner Bruder. Der Sonnenschein der Familie. Kolja hätte ihn gern gehasst, doch es ging nicht. Konstantin musste man lieben.

Twer. So schnell? Der Kloß in seinem Hals wuchs, als er rechts auf die Straße nach Slavonye abbog. Auf halber Strecke lag das Gut. Warum konnte es nicht Konstantin sein, dem die Bürde der Familie aufgehalst wurde? Mit seinem Charme, mit seiner Liebenswürdigkeit hätte er alle Widersacher um den Finger gewickelt. Doch Vater misstraute ihm, gerade wegen seiner Menschenfreundlichkeit. Die alten Familien lechzten nach dem unsichtbaren Thron, auf dem Ramuell saß und die Geschicke seines Volkes lenkte. Kolja musste nachfolgen. Ob er wollte oder nicht. Mit derselben Härte, mit derselben Zuverlässigkeit.

Und er kam ohne Ring, übers Ohr gehauen von einer kleinen Diebin, unwürdig, kriechend, als Bittsteller. Der Hass pumpte die Übelkeit bis hinauf in den Hals. Mit quietschenden Bremsen hielt Kolja mitten auf der Straße und schaffte es, sich aus dem Auto zu lehnen, bevor er sich erbrach.

Es dauerte, bis er weiterfahren konnte.

Bald musste er Ramuell Abbitte leisten. Angesicht zu Angesicht.

Der Zufahrtsweg schlängelte sich durch die Felder, Wiesen und Waldbestände, die zum Gut gehörten.

Das Tor stand auf.

Der Hummer seines Vaters parkte nicht auf dem Hof.

Koljas Herz schlug leichter.

Aus dem Stallgebäude kam der Pferdeknecht. Mit rot gefrorener Hand schleppte er einen Eimer mit Weizen. Die Reitpferde der Grigorjews hatten es besser als manche Kinder in der Nachbarschaft. Und wenn schon. Wer Geld besaß, gab es aus. Der Rest hungerte. Das Leben war kompromisslos.

»Hey!« Wie hieß der Kerl noch gleich?

Der Knecht sah teilnahmslos hoch.

»Ist mein Vater da?«

»Nö.« Er trottete weiter, als ob Kolja irgendein dahergelaufener Speichellecker wäre.

»Bleib stehen.« Kolja musste sich zusammenreißen, um langsam auf ihn zuzugehen. »Wie heißt du?«

»Sascha.«

»Das nächste Mal, wenn ich dich anspreche, senkst du den Kopf, und antwortest in ganzen Sätzen.« Er packte Sascha im Genick und drückte zu, bis ihm die Tränen in die Augen traten. »Ich bin Kolja Grigorjew. Und ich schätze keine Unhöflichkeit meiner Person gegenüber.«

Um den Mund des Kerls wurde es weiß. Die Augenpartie stach dagegen rot ab. Er versuchte zu nicken, was ihm wegen des Griffs nicht gelang.

»Sattle Fee. Ich reite aus.« Bevor er seinem Vater gegenübertreten konnte, musste er sich abreagieren.

Der Knecht sah erschrocken hoch. »Das ist die Stute Ihres Bruders. Er möchte nicht, dass sie ein anderer reitet.«

Der Schlag ins Gesicht holte diesen Sascha von den Beinen. Er hielt sich das Ohr und blieb im Dreck kauern. Aus dem linken Auge liefen Tränen.

»In zehn Minuten will ich den Gaul aufgezäumt sehen. Sonst gnade dir Gott.« Fee war das schönste Pferd im Stall. Noch.

Er war der Ältere. Konstantin musste lernen, sich unterzuordnen.

Bevor Kolja das Herrenhaus betrat, lauschte er. Niemand schien da zu sein. Er setzte die Stufen in den oberen Flur hinauf, und erst als die Tür zu seinem Zimmer hinter ihm zufiel, empfand er eine Ahnung von Sicherheit.

Dicke Webteppiche bedeckten den Boden, die Zeichnungen seiner Kindheit hingen an der Wand über seinem Schreibtisch. Er war früh aus dem Nest gestoßen worden. Internate, Universitäten, Heimweh. Wer Ramuell Grigorjew nachfolgte, zahlte einen hohen Preis.

Hinter der Tür standen seine Reitstiefel, im Bord darüber lagen Hose, Gerte und Sporen. Warum nicht? War das Pferd Konstantins sanfte Hand gewohnt, mangelte es ihm an Disziplin und Gehorsam.

Die Reithose war zu weit, doch die Gerte lag gut in der Hand. Er ließ sie durch die Luft zischen, schlug damit auf sein Bett ein, wieder und wieder, bis der Bezug riss und Federn wie Schnee um ihn herumwirbelten.

Sinnlos. Ein Kissen fühlte keinen Schmerz, es schrie nicht und es verstand Koljas Not nicht. Er wischte sich über die Augen, knöpfte die gefütterte Weste zu und kehrte der Zuflucht seiner Kindheit den Rücken.

Mit gesenktem Kopf kam ihm Sascha entgegen. Seine Wange war bis hoch zur Schläfe krebsrot. Fee schritt ruhig neben ihm. Kaum saß Kolja auf dem Sattel, rammte er dem Tier die Sporen in den Bauch. Es bäumte sich auf, wieherte schrill, doch er würde ihm keine Wahl Dersen.

Die hatte es für ihn ebenfalls nicht gegeben.

~*~

Daniel streckte sich auf dem Bett aus. Ives hatte die Schicht allein übernommen, damit er schlafen konnte. Lucy hatte den ganzen Tag mit diesem Mann verbracht. Neben ihm lag ihre Akte. Ein paar Seiten behandelten auch ihn.

Scarborough war ein Sonderling einer alteingesessenen Londoner Familie. Als er ein herumstreunendes Mädchen bei sich aufnahm, wurde er enterbt. Ein netter, kleiner Skandal flammte auf, erlosch aber bald wieder, um sich an der Tatsache neu zu entzünden, dass Scarborough eine Liaison mit einem Abkömmling eines Nebenzweiges der Windsors unterhielt.

Er war Lucindes Mäzen. Stahl sie für ihn? Hatte er sie angelernt? Wie weit ging ihre Dankbarkeit? Obwohl sie eine Wohnung in der Baker Street mietete, hatte sie die letzte Nacht bei Scarborough verbracht.

Daniel warf die Akte vom Bett.

Was interessierten ihn ihre Partner? Der fahlhaarige Kerl vom Flughafen war bisher nicht mehr aufgetaucht. Er passte nicht zu Lucy. Ebenso wenig wie Ethan. Daniel versuchte, die Gedanken aus dem Kopf zu schütteln. Es gelang ihm nur mit Mühe. Die Gefühle für Lucy ließen sich nicht verscheuchen.

Am Himmel funkelten die ersten Sterne. Es war beinahe Nacht. Er war todmüde, trotzdem würde er keinen Schlaf finden. Lucy hatte sich in seinen Kuss fallen lassen wie in einen Berg warmer Daunendecken. Noch jetzt erinnerte sich sein Mund an den sanften Druck ihrer Lippen. Sie hatten den Todeskuss genossen.

Die Verzweiflung schlich langsam aus dunklen Zimmerecken auf ihn zu.

Ganz ruhig. Alles war gut. Er plante einen Mord. Einen wie viele andere zuvor. Es war nichts dabei. Nur ein Job.

Es war gleichgültig, dass sie schön war. Er hatte viele schöne Frauen getötet.

Es spielte keine Rolle, dass ihre Augen leuchteten wie Frühlingsgras nach einem Regenschauer und es war belanglos, dass sie Mitgefühl für eine verunglückte Schwester aufbrachte, die es nicht gab.

Wenn sich der Reißverschluss des Gummisacks schloss, hatte all das keinerlei Bedeutung mehr.

Seine Kehle schnürte sich zu. Daniel rang nach Atem. Er riss das Fenster auf. Schneeluft füllte seine Lungen, die sich immer schneller zusammenzogen.

Nächte, die so begannen, würde er nicht allein durchleben. Davon hatte er genug erlitten. Er musste weg aus diesen Wänden. Sie schoben sich zusammen, erstickten ihn unter Leichenbergen.

Das Clink Inn war noch bis weit nach Mitternacht geöffnet. Dort gab es alles, was er brauchte. Absinth und Grace. Beide würden seine Nerven massieren.

Er hetzte zur U-Bahn. Das elende Gefühl, das ihm das Atmen erschwerte, wurde immer stärker. Das Handybrummen ließ ihn zusammenfahren. Es war Keph.

»Daniel, ich muss mit dir reden. Sofort.«

»Ich kann jetzt nicht.« Er konnte förmlich sehen, wie Keph die Brauen hochzog.

»Ich erfuhr beunruhigende Neuigkeiten. Der Klient heißt Kolja Grigorjew. Maurice arbeitete bereits für seine Familie.«

Hatte Keph nicht zugehört? »Der Name des Auftraggebers hat mich nie interessiert. Das weißt du.«

»Diesmal sollte es das aber. Ich habe im Archiv die Stammakte der Grigorjews gefunden. Dein Ziel hat ein Mitglied der alten Familien bestohlen.«

Welche Familien? Daniels Mund war staubtrocken. Warum ließ ihn Keph nicht endlich in Ruhe?

»Daniel, um Himmels willen! Reicht es, wenn ich dir sage, dass Maurice blass wurde, als er den Namen Grigorjew auf dem Vertrag las?«

»Mir reicht es, wenn Maurice blass wird, weil er die Blattern am Hals hat.«

»Ich muss mit dir reden. Persönlich. Noch heute Nacht.«

Daniel schlug mit der Faust auf den Sitz. Keph würde sich nicht abwimmeln lassen. »Komm in zwei Stunden ins Clink Inn.« Bis dahin ging es ihm dank Grace wieder gut.

Die ausgetretenen Stufen, die ins Gewölbe führten, waren glitschig von dem Atem zu vieler Menschen.

Grace stand an der Bar. Als sie ihn sah, eilte sie ihm entgegen.

»Eine schlimme Nacht?« Sie streichelte ihm den Mantel von den Schultern und warf ihn achtlos neben den Treppenaufgang.

Daniel vergrub sein Gesicht in ihrer Halsbeuge. Grace kannte ihn seit seinem sechzehnten Lebensjahr. Sie hatte ihn für achtzehn durchgehen lassen und ihm wie jedem anderen Kunden auch ihre Gunst bezeugt. Seitdem war er ein häufiger Gast im Clink Inn und in ihr. Damals hatten die

Erinnerungen aus seinen vergangenen Leben nach ihm gegriffen und beinahe erstickt.

Grace liebte ihn, bis es ihm gelang, die Albträume zu verdrängen. Dafür knöpfte sie ihm sein gesamtes Taschengeld ab.

»Da hinten sind wir ungestört.« Sie nickte in eine Ecke neben dem Kamin. Auf dem leeren Weinfass standen bereits Glas und Absinth-Brouille. Die Eiswassertropfen zogen milchige Schlieren durch smaragdenes Grün.

Daniel streckte sich auf dem Chaiselongue aus und Grace schob ihren ohnehin kurzen Rock höher, als sie sich auf seinen Schoß setzte. Ihre warmen Hände verschwanden unter seinem Pullover und massierten seine Brust. Warm und fest griffen sie zu und wussten, was sie taten.

Daniel fasste in ihre Locken und zog ihren Kopf zu sich. Ihr Mund zu üppig geschminkter Mund nahm seine Küsse gierig auf.

»Du hast mich lange nicht besucht.« Die Gürtelschnalle klackerte, als Grace ihn von der zunehmenden Enge befreite.

Daniel ließ seine Hände unter ihren Rock gleiten.

»Ich habe dich vermisst.« Sie tauchte den Finger ins Glas und fütterte ihn mit bittersüßen Tropfen.

Daniel umfasste ihre Hüften und führte sie dahin, wo er sie brauchte.

»Küss mich dabei. Die ganze Zeit. Hör nicht auf, ehe du mein Zittern spürst.«

~*~

Das Pferd strauchelte, sah den Weg ebenso wenig wie er selbst. Bei jedem Fehltritt strafte er es. Es reagierte kaum noch.

Konstantin stand im Tor. Wie ein Schutzengel breitete er die Arme aus und kam ihnen entgegen. Seine Fürsorge galt allein seiner Stute. Sanft strich er übers nasse Fell.

»Wie konntest du es wagen!« Um das Tier nicht zu beunruhigen, sprach er leise und gemäßigt. Kolja hörte den heißen Zorn dennoch heraus. »Sie hat Schaum vorm Maul, ist klatschnass. Es ist Winter!«

Kolja stieg ab. Seine Beine waren steif vor Kälte und der Anstrengung, sich im Sattel zu halten. Es hatte lange gedauert, bis dieses Biest den Widerstand gegen ihn aufgegeben hatte.

»Willst du mich nicht begrüßen?«

Konstantin funkelte ihn hasserfüllt an, ging um das Pferd, bemerkte die blutigen Male am Bauch. »Du bist ein elender Schinder.«

»Es freut mich, dich zu sehen.«

»Halt's Maul, Kolja! Fees Blut läuft über meine Hände!«

Was waren das für freundliche Laute, mit denen er das Pferd mit sich führte? Und seinen einzigen Bruder blaffte er an wie einen Hund? An der Schulter riss er Konstantin zurück, dass er ihn ansehen musste. Das Pferd wieherte ängstlich und versuchte, zur Seite auszubrechen. Kolja gab ihm einen Schlag mit dem Griff der Gerte.

Konstantin schlug sie ihm aus der Hand. »Berühre Fee noch einmal!«

»Und dann?«

Mit geballten Fäusten stand sein Bruder vor ihm. Selbst in seiner Wut war er wunderschön. Die dunkelblonden Haare hatte er zurückgebunden. Die ebenmäßigen Gesichtszüge hatte er von Mutter geerbt. Beneidenswert. Koljas Gesicht war kantiger. Er mochte an sich nur seinen Mund. Alles andere erinnerte ihn auf eine schmerzliche Weise daran, Sohn seines Vaters zu sein.

Wortlos drehte sich Konstantin um und führte Fee in den Stall. Kolja folgte ihm und lehnte sich an einen Balken. Sein Rücken schmerzte. Er war lange nicht mehr ausgeritten. Trotzdem hätte es ihn nicht derart erschöpfen dürfen.

Zärtlich rieb sein Bruder das Fell trocken, redete ununterbrochen freundlich mit dem Tier.

Hatte er selbst je solche Worte gehört?

»Was macht dein Studium? Liegt dir Architektur?«

Konstantin sah nur kurz zu ihm. In seinem Blick lag Abscheu. Kolja schnürte es das Herz ab. Konstantin durfte ihn nicht hassen. Er musste mit ihm lachen, mit ihm trinken und schmutzige Lieder singen, bis sie beide vergaßen, aus welcher Familie sie stammten.

Liebevoll tupfte Konstantin die Wunden ab. Die Stute zuckte dennoch unter den Berührungen zusammen.

Kolja ging einen Schritt auf seinen Bruder zu. Sofort wurde Fee nervös und tänzelte. Mit zurückgelegten Ohren sah sie ihn starr vor Angst an. Oder war es Hass, wie in Konstantins Blick?

»Geh zurück. Du hast genug angerichtet.« Die Hand auf dem Pferdemaul strahlte Ruhe aus, obwohl in der Stimme blanker Zorn schwang.

»Es tut mir leid, Bruder.« Kein Hass, bitte keine Abscheu. Er hatte Konstantin nicht ein einziges Mal gehasst, dabei hatte sein Inneres so oft vor Neid gebrannt.

Mit zusammengezogenen Brauen arbeitete Konstantin weiter, als hätte er ihn nicht gehört. Langsam näherte sich Kolja, damit das Pferd ruhig blieb. Er legte seine Hand auf Konstantins, die den Lappen gleichmäßig über die Seite der Stute rieb.

Sein Bruder erstarrte in der Bewegung. »Wo ist der Ring?«

»Eine britische Schlampe mit russischem Namen hat mich übertölpelt und ihn mir gestohlen.«

Endlich drehte sich Konstantin zu ihm. Der Schrecken in seinem Blick verstärkte Koljas Angst.

»Vater kommt gleich.«

»Ich weiß. Deswegen bin ich hier.«

Konstantin schluckte. »Du darfst ihm so nicht unter die Augen treten.«

Wie im Affekt legte ihm Konstantin die Hand auf die Schulter.

Kolja zog seinen Bruder an sich, drückte sein Gesicht in die Fülle heller Haare. »Hilf mir.« Für wenige Herzschläge fühlte er Geborgenheit.

Bis sich Konstantin von ihm befreite. »Du wartest draußen. Wenn ich fertig bin, komme ich und begleite dich zu ihm.« Strenge und Mitgefühl schwangen in seiner Stimme. Gepaart mit einer Angst, die Kolja während seiner gesamten Kindheit begleitet hatte.

Er konnte nur nicken. Die Worte steckten in seiner engen Kehle fest.

Er verließ den Stall, atmete eisige Winterluft.

Wie wundervoll die Sterne leuchteten. Viel intensiver als in Moskau. Könnte er sich doch in den Anblick vollkommener Schönheit verlieren und niemals wieder hinausfinden.

Das Motorengeräusch des Hummers quälte die Stille der Nacht. Kolja trat einen Schritt zurück in den Schatten.

Als der Jeep im Hof ausrollte, knirschte der Schnee unter den Reifen. Koljas Atem gefror. Hoffentlich hatte sein Vater den Nebel nicht bemerkt, der sich hinter dem Windfang hervorwagte.

Der Wolfspelz seines Vaters reichte bis auf den Boden. Ramuell schritt um den Wagen, um Sofia Grigorjew die Tür zu öffnen. Beim Aussteigen küsste sie ihn zum Dank. Kolja hatte nie erlebt, dass seine Eltern untereinander auch nur ein lautes Wort gewechselt hätten. Welcher Art musste eine Liebe sein, die eine Frau an einen Mann wie Ramuell band?

Sie redeten leise miteinander, während Ramuell bunte Tüten mit sicherlich wertvollsten Weihnachtsgeschenken von der Rückbank nahm. Ramuell schaffte es, seinen Sohn bis aufs Blut zu demütigen, um ihn anschließend mit exquisiten Aufmerksamkeiten zu überhäufen. Es gab keinen Weg rechts und es gab keinen Weg links. Es gab nur den, den Ramuell in die Wildnis dieser Welt geschnitten hatte. Wer ihm nicht folgte, war verloren.

Kolja spürte die Hand seines Bruders im Rücken. »Lass den beiden Zeit, sich umzuziehen und ein Glas Port zu trinken. Nur eins. Dann gehen wir zu ihnen.«

Ein zweites Mal würde er Konstantin nicht anflehen, doch die Worte drängten in seinen Mund.

Er brauchte Hilfe.

Und Trost.

~*~

Die verrottenden Köpfe sahen täuschend echt aus. Sie spießten auf Lanzen, die auf jeder dritten Treppenstufe den Abgang zum Gewölbe zierten. Die Luft war neblig vor Rauch. Was hatte Ethan nur geritten, ihr diese Spelunke vorzuschlagen?

Von unten drang dumpfes Reden. Die Klänge, die sich misstönend unter Wortfetzen mischten, mussten Musik sein.

Unentschlossen blieb Ethan auf der obersten Stufe stehen. »War vielleicht doch keine gute Idee, ausgerechnet hier noch einen Absacker zu trinken. Als Aleister mir von diesem Laden vorschwärmte, hat es romantisch geklungen.«

Rohe Holzschemel um alte Weinfässer, abgewetzte Sessel, ein paar wacklige Stühle. Die gesamte Einrichtung wirkte marode bis morsch. Die Zapfanlage ausgeschlossen. Sie erstrahlte in frisch poliertem Kupferglanz.

Von der niedrigen Decke hing ein Käfig. Das Imitat eines Verwesenden hockte darin.

Lucy schauderte. Trotzdem gefiel ihr der Pub.

»Wenn wir schon mal hier sind, trinken wir aus was.« Sie hakte Ethan unter, der zwei Männern in schwarzen Roben hinterherstarrte. Wenigstens das Publikum schien ihm zuzusagen. »Wir setzen uns zum Kamin. Das sieht es gemütlich aus.« Sie manövrierte ihn bis zu einem Fass, auf dem eine dicke Kerze klebte.

Ethan blickte sich misstrauisch um. Etwas weiter hinter ihnen lag ein Pärchen eng umschlungen auf einer Art gepolsterten Gartenbank. Der Schatten der Lehne zitterte an der Salpeter schwitzenden Wand im Rhythmus ihrer Bewegungen.

»Ein Jammer, dass es zu dunkel ist, um ein bisschen zu spannen.« Mit breitem Grinsen schnappte sich Ethan die Getränkekarte. »Möchtest du einen »Bloody Bone, einen Executioners Love oder einen Jailbirds last wish?«

»Alles. Mit dem Jailbird fange ich an.«

Ethan lächelte glücklich. »Du siehst wunderbar aus. Mit diesem Kleid, diesem Ring, so habe ich mir Guinevere vorgestellt, als ich noch ein kleiner Junge war.«

Zur Feier des Tages hatte sie Ethan überredet, den Ring tragen zu dürfen. Moskau war weit und der Schmuck glänzte im Kerzenschein wie verzaubert. »Warum hast du dich dann doch für Artus entschieden?«

Ethan lachte. »Habe ich nicht. Mein Favorit war Sir Bedwyr. In den Sagen heißt es, niemand in Britannien außer Artus selbst sei schöner als er

85

gewesen, obwohl er nur eine Hand besaß.« Er biss sich mit verträumtem Augenaufschlag auf die Unterlippe. »Aber mit der soll er sehr geschickt gewesen sein.« Sein Blick wanderte in die dunkle Ecke zurück. Das Pärchen ließ sich weder von ihm noch von einem der anderen Gäste stören. Der Mann lag hingebungsvoll unter der Frau. Sein Gesicht war verschattet, doch die Konturen zeichneten sich vielversprechend markant ab. Er war groß. Die Frau auf seinem Schoß wirkte klein wie ein Kind und ebenso behutsam hielt er sie im Arm.

Es musste wunderbar sein, auf diese Weise gehalten zu werden.

»Der wird die doch nicht stören wollen?« Ethan sah einem Mann nach, der eben den Pub betreten hatte. Seinen Hinterkopf zierte ein Haarknoten, der die strengen Gesichtszüge verstärkte. Er legte dem Mann auf der Gartenbank die Hand auf die Schulter und sprach leise mit ihm. Die Frau reagierte nicht. Lucy an ihrer Stelle hätte den Störenfried längst zum Teufel gejagt.

~*~

Daniel erkannte die winzige Kapsel sofort, die ihm Keph hinhielt. Er drückte Grace fester an sich, die ihren Liebesrausch mit einem Dämmerzustand bezahlte.

»Sie ist kein Ziel.«

»Und ich halte nicht den Tod in meinen Händen. Nur seinen kleinen Bruder.«

Daniel nahm die Kapsel und biss sie auf.

Keph schnappte nach Luft. »Bist du bei Sinnen?«

Als Grace seine Lippen auf ihrem Mund fühlte, erwiderte sie seinen Kuss. Das bittere Betäubungsmittel ließ sie die Stirn runzeln. Daniel küsste sie drängender, verteilte das Elixier über ihre Mundhöhle bis in ihren Rachen. Genussvoll rekelte sie sich in seinem Arm, dann wurde sie schlaff.

»Du kannst reden.«

»Und du?« Ungläubig sah ihn Keph an.

»Es braucht mehr, um mich auszuschalten.« Das schwebende Gefühl, das ihn beschlich, war intensiv genug, um seine Gegenwart gelassen zu ertragen. Wenn er sich konzentrierte, würde er sogar den Sinn von Kephs Worten verstehen. Nur das leichte Brennen auf seiner Zunge störte.

Keph zog sich einen Schemel heran. »Was weißt du von den Nephilim?«

In Daniels Beinen begann ein eigentümliches Ziehen. Es war nicht unangenehm. In seinen verschwimmenden Gedanken suchte er nach allem, was er je über die Kinder der Gefallenen erfahren hatte.

»Sie sind ein überdurchschnittlich begabtes Volk der Vorzeit mit labilem bis kriminellem Charakter. Angeblich stammen sie von Überirdischen ab, die sich die Wächter nannten.«

Kephs Augen wurden zu Schlitzen. »Allgemeinwissen. Ist das alles?«

Das lauter werdende Rauschen schien aus Daniels Kopf zu kommen. Kein anderer der Gäste sah sich danach um.

Am Tisch schräg vor ihnen saß Lucinde Sorokin.

Das war unmöglich.

Ives hätte ihn angerufen, wenn sie das Restaurant verlassen hätte. Das Summen in seinem Kopf wurde stärker. »Was war das für ein Anästhetikum?«

Mit Besorgnis im Blick fühlte Keph Daniels Stirn. »Ein Wirkungsvolles. Kann sein, dass dir gleich ziemlich warm wird.«

»Löst es Halluzinationen aus?« Er fischte das Handy aus der Tasche, ohne Grace aus dem Arm rutschen zu lassen. Keine verpassten Anrufe. Dafür sah Lucinde unwirklich schön aus, in ihrem dunkelgrünen Samtkleid. Die hohen Stiefel endeten unter verlockend betörenden Knien und die Art, wie sie die Beine übereinanderschlug, ließ ihn von dem Weg zum Anfang ihrer Seidenstrümpfe träumen.

Keph rüttelte ihn an der Schulter. »Konzentrier dich. Du hättest das Ding ja nicht aufbeißen müssen.«

Lucinde spielte mit einer Haarsträhne und lächelte Scarborough an. An ihrem Daumen glänzte ein Smaragdring.

»Was hat es mit diesem Ring auf sich, den mein Ziel geklaut hat?«

Keph runzelte die Stirn. »Warum fragst du?«

»Weil heute Energie in einer Intensität durch mich hindurchgeflossen ist, die mich beinahe von den Füßen gehauen hat.« Es war heftig gewesen, aber auf eine brachiale Weise auch vitalisierend.

Der leuchtende Blick ihrer grünen Augen schweifte zu ihm, dann wandte sie sich wieder ihrem Begleiter zu. Eine schlanke Hand tauchte vor seinem Gesicht auf. Plötzlich brannte seine Wange und Keph funkelte ihn wütend an.

»Hast du mich gerade geschlagen?«

»Worauf du dich verlassen kannst. Ich rede von der Heimsuchung der Welt und du träumst vor dich hin.«

Die Vision von Lucinde Sorokin runzelte die Stirn.

»Die Nephilim?« Daniel konzentrierte sich auf seinen Freund. Oder war es sein Feind? Pelto-Pekka hatte ihn diverse Male verprügelt und der Finne war definitiv sein Freund. Wo steckte er?

Verschwunden. Gestorben, noch nicht geboren oder erst ein Kind oder schon ein Greis.

»Hey!« Keph stieß ihn an. Richtig, wer wartete noch auf eine Antwort.

»In der Bibel heißt es, die Nephilim seien die Söhne der gefallenen Engel, Helden, Riesen. So was in der Art. in den Apokryphen werden sie als boshaft, aber sehr klug und talentiert beschrieben.« Es existierten sumerische Texte, die sie zusammen mit der Sintflut nannten. »Angeblich verschlingen sie Mensch und Tier.« Ob Lucinde ihn umsorgen würde, wenn Keph ihn niederschlug? Daniel hätte gern in ihren Armen gelegen und sich sanft von ihr übers Gesicht streicheln lassen.

»Die Nephilim sind in erster Linie hintertrieben und grausam bis in die Grundfesten ihrer Existenz. Sie lernten Zauberkundiges von ihren menschlichen Müttern, die es wiederum von ihren himmlischen Buhlern aufgeschnappt hatten.« Keph fuhr sich mit der Hand über den Mund. Er sah aus, als hätte er in eine madige Pflaume gebissen.

Wie grazil Lucinde ihre Hände bewegte. Sie war eine Diebin. Diebinnen-Hände waren geschickt. Ob es sie stören würde, dass er schwitzte? Es musste an der unglücklichen Kombination von Absinth und Kapsel liegen. Er könnte daran sterben.

Dann musste er Lucinde nicht umbringen.

Ein guter Gedanke.

»Dein Ziel hat den Nachfahren eines Nephilim bestohlen. Deshalb hast du den Energiefluss gespürt. Der Ring versorgt Kolja Grigorjew mit Lebenskraft.«

»Welchen Kolja?«

»Den russischen Klienten. Hörst du mir nicht zu? Er ist ein Nachfahre der Engelskinder. Erster Spross einer der einflussreichsten alten Familien.«

Lucinde stand anmutig auf. Das Kleid umschmeichelte alles, was er berühren wollte. Wo ging sie hin?

»Die Nephilim sollten nicht grundlos vom Erdboden vertilgt werden. Sich mit ihnen anzulegen, spricht von Todessehnsucht oder gnadenloser Dummheit.«

»Weder noch.« Mussten Halluzinationen auf die Toilette? »Lucinde Sorokin weiß es nicht. Woher auch?«

»Deine Gleichgültigkeit ist unangebracht. Maurice misstraut den Grigorjews stärker als ich. Er hat versucht, Mahawaj davon zu überzeugen, den Auftrag abzulehnen.«

»Und?«

»Nichts. Mahawaj bleibt unbeirrbar. Die Verträge sind unterschrieben und Maurice' Bedenken lässt er nicht gelten. Ich bitte dich, mit äußerster Achtsamkeit zu agieren. Grigorjew wird keine Fehler dulden.«

»Hast du Angst um mich?«

»Ja.«

»Ich werde nicht versagen.«

Keph legte eine Mappe auf das Fass. »Sie enthält alle Informationen, die dieser Grigorjew einem Komplizen des Ziels abgepresst hat und einen kompletten Background-Check unsererseits.«

Daniel blätterte mit einer Hand. Grace wurde immer schwerer in seinem Arm. Es dauerte, bis die Buchstaben aufhörten, vor seinen Augen zu tanzen. »Undine und Samuel Sorokin. Ihre Eltern waren Vulkanologen?«

»Bis sie über dem Cotopaxi abgestürzt sind.«

Bitter für ein Kind, Vater und Mutter gleichzeitig zu verlieren. »Vollwaise mit sieben Jahren. Eine zweifelhafte Karriere in diversen Kinderheimen, aus allen geflohen, wieder aufgegriffen, wieder davongelaufen.

Pflegeeltern wiederholt bestohlen, galt seit dem als unvermittelbar. Netter Lebenslauf.« Lucinde kam nicht zurück. Scarborough sah auf die Uhr. Ein weiterer Cocktail wurde an ihren leeren Platz gestellt. Wo blieb sie? Vorsichtig legte er Grace neben sich und ordnete seine Kleidung.

Keph starrte ihn entgeistert an. »Du nimmst das hier nicht ernst.« »Doch. Das tue ich. Sag mir, ob du dort einen Mann mit drei Cocktailgläsern am Tisch sitzen siehst.«

Keph wandte sich um. »Ja. Und?«

Wenn ihr Begleiter keine Halluzination war, war es Lucinde ebenso wenig. »Ich bin gleich wieder da.« Fast wäre er gestürzt. Keph stützte ihn. Es wurde Zeit, dass die Wirkung dieses Giftes aufhörte. Daniel atmete tief ein und konzentrierte sich auf jeden Schritt.

Die Damentoilette war leer. Der Gang zur Küche auch. Wo war sie?

~*~

Die Kälte biss in ihre Füße. Lucy ging auf und ab. Die Nervosität blieb. Ihr Kopf fühlte sich an, als ob er auseinanderplatzen wollte. Die Spannung war unerträglich. Auf der Toilette hatte es sie überfallen. Ganz plötzlich.

»Kann ich dir helfen?«

Die samtschwere Stimme würde sie nie wieder vergessen. Als sich Lucy umwandte, klopfte ihr Herz bis zum Hals.

Daniel sah blasser aus als heute Morgen. Die Haare, die ihm ins Gesicht fielen, klebten vor Schweiß. Diese markante Linie vom Kinn bis zu den Wangenknochen. Warum hatte sie ihn nicht gleich erkannt? Er war es, der sich eben im Pub dieser Frau hingegeben hatte. Lucy wollte wütend sein, aber es reichte nur zu bodenloser Enttäuschung. Jetzt wusste sie wenigstens, weshalb er bei Hayman vor ihr geflohen war.

»Du holst dir hier draußen den Tod.« Sein Blick glitt über ihre nackten Arme. Er zog seinen Pullover aus und wickelte ihn eng um Lucy. Seine Hände blieben auf ihren Schultern liegen. Ihre Wärme drang durch den dicken Wollstoff.

»Ich komme schon klar. Geh zu deiner Freundin, sicher wartet sie.«
Die Beulenpest wünschte sie diesem Weib an den Hals.

»Grace tut mir hin und wieder gut. Unsere Beziehung ist rein kameradschaftlich.«

Er rieb über ihren Rücken und hinterließ eine Spur Behaglichkeit.

»Scheint eine sehr innige Kameradschaft zu sein.«

»Du siehst süß aus, wenn du wütend bist.« Seine Hand ruhte an ihrer Wange.

Lucy brachte es nicht über sich, sie wegzuschlagen. Eben hatte er noch unter diesem Weib gelegen.

Und in seiner Lust entsetzlich verführerisch gewirkt.

Dabei hatte sie bloß Schemen erkennen können.

»Warum bist du mit Scarborough hier und nicht mit mir?«

Sie verkniff sich die Frage, woher er Ethans Namen kannte. Seine Organisation schien über eine detaillierte Datei zu verfügen.

»Wieso bist du ein Mörder?« Der Gedanke schreckte sie immer noch nicht ab.

»Weshalb bist du eine Diebin?«

Sein Blick glitt von ihren Augen zu ihrem Mund. Mit dieser tiefen Sehnsucht sah er hinreißend begehrend aus.

»Es macht mir Freude.«

»Das macht es mir auch, manchmal.« Daniel legte ihr die Hand in den Nacken. Mit einer erschütternden Selbstverständlichkeit presste er seine Lippen auf ihre.

Lucy biss ihm in die Zunge. »Hast du nicht gelernt, zu fragen, bevor du dir etwas nimmst?« Sie kannten einander kaum.

Seine Übergriffe lösten zwar Emotionslawinen aus, von denen sie nur zu gern überrollt werden wollte. Aber sie war nie jemandes Eigentum gewesen. Ihre Freiheit gehörte zu ihrem Dasein wie das Kribbeln in den Fingern beim Anblick einer verlockenden Beute.

Daniel löste in ihr dieses Kribbeln aus. Nicht nur in den Fingern.

Er wischte sich das Blut ab. »Mach das nicht noch einmal.« Seine Augen wurden sichelschmal. »Nicht so.«

»Nein? Und wie dann?« Ihr Herz klopfte schneller, als sein Griff in ihrem Nacken fester wurde.

»So.« Er hauchte die Silbe in ihren Mund. Lucy vergaß, zu atmen. Zuerst spielte seine Zunge nur über ihre Lippen. Sie versuchte, den Kopf wegzuziehen. Es war ebenso vergeblich, wie ihren Lippen zu verbieten, seine Liebkosungen reaktionslos zu ertragen.

Alles in ihr vibrierte. Plötzlich biss er zu. Zärtlich, leidenschaftlicher, wild. Der kitschigste Satz aller Liebesromane – ihr schwanden die Sinne – erhielt plötzlich eine ungeheuerliche Relevanz. Lucys Knie gaben nach. Daniel umfasste ihre Taille und hielt sie aufrecht. Flammende Kreise tanzten vor ihren Augen, dabei hatte Lucy die Lider geschlossen. Irgendwo holperte ihr Herz und schrie um Hilfe. Sie konnte ihm nicht beistehen, sie bekam keine Luft mehr. Doch als die Angst kam, war die Sehnsucht nach dem nächsten Kuss größer.

Sie spürte ihren Körper nicht mehr.

Die aufpeitschenden Empfindungen fanden ohne ihn statt. Sie versuchte, die Lider zu öffnen. Sie waren bleischwer.

»Hast du genug?«

Die Sanftheit seiner Stimme verbarg die lauernde Grausamkeit nicht im Geringsten. Sein Finger strich über ihren Mund, der nicht aufhören konnte, nach Atem zu ringen und dennoch den süßen Schmerz zurücksehnte. Lucy war vollkommen verwirrt. Ihr wurde schwindelig. Ihre Ohren sausten und sie zitterte. Sie fuhr sich über den Mund. Kein Blut. Nur eine Sensibilität, die ihre Nerven zum Flirren brachte.

~*~

Wie hatte er sich nur derart hinreißen lassen können?

Lucy war leichenblass, der Rand ihrer Lippen blau. Etwas mehr, und sie wäre in Ohnmacht gesunken. Ihr Lächeln strahlte trotz ihrer Schwäche. Woher sollte sie wissen, dass sie ihren Tod gekostet hatte?

Daniel streichelte über ihr Handgelenk, ihr Puls flog. »Kannst du mir meine Übergriffe verzeihen?«

»Nein.« Ihr Blick war die pure Herausforderung. »Aber ich beginne, sie zu genießen.«

Daniel nahm ihre Hand. Sein Herz wog Tonnen. Warum gehörte ausgerechnet sein Ziel zu den wundervollsten Geschöpfen des Universums?

Plötzlich stöhnte sie auf und presste die Fäuste an die Schläfen.

Der Ring.

Er zog ihn ihr vom Daumen.

Lucy atmete auf. »Hast du den Beruf gewechselt?« Sie fuhr sich über die Stirn, auf der Schweißperlen glänzten. Der Kuss hatte sie geschwächt, der Ring ebenso. Er verfluchte sich dafür.

»Versprich mir, dass du ihn nicht mehr trägst. Er tut dir nicht gut.«

Lucy schüttelte verwirrt den Kopf. »Den Teufel werde ich. Was geht dich mein Ring an?« Sie wollte danach greifen, doch Daniel hielt sie auf.

»Den Teufel hattest du längst. Von ihm stammt dieser Schmuck.«

Lucy richtete sich auf und strich sich die Haare aus dem Gesicht.

Sie war schön, sie war stark.

Und in wenigen Tagen tot.

Ein Frevel.

Nur für eine Nacht würde sie seine Geliebte sein.

Diese Nacht musste ewig währen.

»Du redest Unsinn. Der Ring ist ein Geschenk.«

Sie reckte ihm trotzig das Kinn entgegen. Daniel berührte es. Der harte Ausdruck in ihren Augen blieb.

»Der Ring ist gefährlich.«

»Woher willst du das wissen?«

Über den Rand des Rollkragens kroch eine leichte Röte ihren geschmeidigen Hals hinauf. Er war schlank, würde sich gut umfassen lassen. Wenn er sie bis zur Atemlosigkeit nahm, brauchte er nur ein wenig nachzuhelfen, bis sie in eine süße, schwere Ohnmacht fiel.

Ihr Körper würde erschlaffen, ihr Herzschlag zu einem kaum spürbaren Flattern werden.

Daniel würde sie halten. Bis zum Schluss.

Erst wenn die Todeskälte ihre Haut eroberte, würde er sie persönlich Grigorjew überreichen.

Die schöne Tote für den lebenden Nephilim.

»Was ist?« Lucy sah ihn erschrocken an. »Wenn du mich so anstarrst, machst du mir Angst.«

Sie durfte ihn nicht fürchten. Das verkomplizierte die Dinge. Daniels Herz pochte so stark, dass es schmerzte. Es hatte Angst. Eine grausame Angst. Er hätte sie nicht küssen dürfen. Nicht ein einziges Mal.

Er wandte sich ab, floh zur Tür.

»Daniel?«

Nein.

»Ich möchte dich wiedersehen.«

Dreimal verdammtes Nein.

»Vielleicht sollte ich dir noch einen Stromschlag verpassen.« Ihr Lächeln war verunsichert wie der Blick, der in seinen Augen nach dem Grund für sein wirres Verhalten suchte. »Oder dir alles wiedergeben, was dir gehört.« In ihrer Hand hielt sie sein Portemonnaie. »Und deinen Kuss, dann wären wir quitt.«

Bevor er es verhindern konnte, legte er die Arme um sie. War er verrückt geworden? Er sah in ihre Augen und vermochte es nicht, wegsehen.

Er neigte sich zu ihr hinab und gab ihr alles, was er an überschäumenden Gefühlen empfand. Ihre Lippen nahmen es an, als könnten sie nicht genug davon bekommen. Seine Verwirrung, das Ziehen in seiner Brust, die Lust, Lucy bis zum Ende zu lieben.

Und seine tiefe Verzweiflung über sein Tun. Seine Not, seine Leidenschaft, seine Freude in so vielen Leben; sie küsste es von seinen Lippen, forderte jede Nuance seiner Empfindungen. Er konnte nicht von ihr lassen. Ihr Hunger nach mehr reizte ihn, bis er es nicht mehr in ihrer Nähe ertrug.

Als er sich zwang, sich von ihr zu lösen, spürte er den Verlust bis in die Eingeweide.

»Lucy! Wo warst du?« Scarboroughs Sorge schlug in Misstrauen um, als er Daniel bemerkte.

»Entschuldige, Ethan. Mir ist schlecht geworden. Liegt sicher noch an der Klimaumstellung.«

»Ich muss gehen.« Er küsste sie zum Abschied auf die Schläfe. »Pass auf dich auf.« Wäre sie nicht sein Ziel, er hätte sie davon überzeugt, die Nacht mit ihm und nicht mit Scarborough zu verbringen.

Er eilte zurück in den stickigen Gastraum.

Keph war verschunden. Grace schlief nach wie vor.

»Danke.« Er streichelte ihr über die Wange, nahm seinen Mantel und verließ den Pub.

Draußen wartete Kepheqiah auf ihn. »Hast du dich auf dem Weg zur Toilette verlaufen?«

»Lucinde Sorokin ist da.«

Kephs Pupillen weiteten sich.

»Der Ring schadet ihr. Ich habe erlebt, wie unter seinem Einfluss beinahe zusammengebrochen wäre.«

Keph lachte trocken. »Der Urfunke des Lebens. Wie sollte den ein normaler Mensch ertragen können?« Er sah an ihm vorbei, zog ihn mit gerunzelter Stirn vom Eingang weg. »Sie kommt. Los, hinter die Litfaßsäule.«

Ethan hatte den Arm um Lucys Taille gelegt. Trotzdem stolperte sie über die letzte Stufe. Warum passte dieser Mann nicht besser auf sie auf?

»Daniel, du hast einen Ausdruck in den Augen, der für die Observierung eines Zieles unangebracht ist.«

Wie blass sie war. Wie verunsichert sie lächelte. Sie verstand es nicht, fürchtete sich. Er könnte ihr die Angst nehmen. Noch heute Nacht.

~*~

»Wer war das?« Ethan spähte hinter sich, doch Daniel verfolgte sie nicht. »Soll ich dich bei dir absetzen?«

Lucy nickte. Sie fühlte sich, als hätte sie seit Ewigkeiten nicht mehr geschlafen. Ethan hielt ihr die Beifahrertür auf und sie sank auf den Sitz wie eine alte Frau.

Trotzdem musste sie Daniel wiedersehen. Sie explodierte vor unerfüllter Sehnsucht. Wenn seine Küsse solche Katastrophen in ihr auslösten, wie musste es dann sein, wenn sie sich ihm hingab?

Wie Grace?

»Der Typ aus dem Pub?« Ethan seufzte. »Vergiss Regel Nummer eins nicht; Liebe ist schlecht fürs Geschäft.«

Ethan hielt vor Starbucks. Die Fenster über dem Café waren dunkel und ihre Wohnung würde kalt sein.

Doch sie brauchte das Alleinsein, um einen klaren Gedanken fassen zu können. Der Ring sollte an ihren Kopfschmerzen schuld sein? Im Gegensatz zu Daniels Küssen fühlten sich ihre Zustände harmlos an. Er hatte sie bei einem Diebstahl erwischt. Sie ließ sich nie erwischen. Dass sie ihn bei einem Mord ertappt hatte, war zweitrangig.

Dann war er gegangen. Wieder einmal. Ohne ihr seine Adresse oder Handynummer zu verraten.

Bestand auch nur die leiseste Chance, ihn wiederzusehen?

Wenn sie daran dachte, was Daniel mit ihren Lippen angestellt hatte, wurde ihr heiß und kalt gleichzeitig. Seine Küsse waren mit nichts vergleichbar, was sie je erlebt hatte. Es war zum Verrücktwerden, ebenso wie die Tatsache, dass er wusste, dass sie stahl wie ein Rabe. Damit hatte er sie in der Hand. Ein verachtenswerter Zustand. Obwohl, wenn Daniels Hände ebenso talentiert waren wie sein Mund, wäre es zu ertragen.

Die Wohnung roch nach Einsamkeit. Das änderte sich auch nicht, als sie ein Fenster öffnete und Nachtluft hineinströmte.

Lucy schleuderte die Schuhe von den Füßen und tauschte das Samtkleid gegen Jeans und Pulli. Als sie sich ihre Lieblingswollsocken anzog, streifte der Ring über ihre Wade. Aus einem haarfeinen Schnitt sickerte Blut. Sie hielt den Smaragd ins Licht. Wie konnte ein Schmuckstück derart scharfkantig geschliffen sein? Wie er schimmerte. Fantastisch. Wie ein Zauberring aus einem Märchen. Ob er Wünsche erfüllte? Lucy trat ans Fenster. Wünsche mussten fliegen können. Sie drehte ihn dreimal um ihren Daumen.

»Bring mir Daniel.«

Im Ofen knackte es.

Eine Gänsehaut kam und ging. Sie zog den Schmuck ab und legte ihn unter das Sofakissen. Wenn Daniel recht behielt? Albern. Es gab keine magischen Ringe.

Warum tauchte Daniel ständig in ihrem Leben auf?

Er verfolgte sie. Der Schreck nistete sich in ihrem Magen ein. Er hatte gesagt, sie gehöre ihm.

Niemand besaß einen Anspruch auf Lucy Sorokin. Daniel war ein Mann. Männer unterhielten, befriedigten, ließen sich bestehlen und waren nützlich, so wie Igor und Peter.

Ob Igor endlich geschrieben hatte? Nein. Lucy sendete ihm eine knappe E-Mail, dass alles in Ordnung wäre und sie auf sein Päckchen wartete. Wehe, der Kerl hätte es sich selbst unter den Nagel gerissen.

Sie rief die Prawda auf und überflog die Schlagzeilen. Es war nur eine Randnotiz. Ohne Foto. Ohne Zeugenberichte.

Der Kleinkriminelle Igor Wolkow war tot in der Moskwa aufgefunden worden. Die Moskauer Polizei vermutet hinter der Gräueltat Revierstreitigkeiten rivalisierender Syndikate. Der Leichnam wiese Foltermale auf und es fehlten Gliedmaßen.

Lucy starrte auf den Bildschirm, bis ihre Sicht verschwamm. Igor war tot. Er war gequält worden. Hatte furchtbar gelitten. Lucy wurde übel.

Sie musste Ethan anrufen? Wie war die Nummer?

Sie hatte sie tausendmal gewählt. Jetzt konnte sie sich nicht erinnern. Sie hatte sie gespeichert. Wie die ellenlange Nummer von Igor. Warum brannten ihre Augen?

Zwei gemeinsame Kinderheime. Zwei gemeinsame Ausbrüche. Ein gemeinsames Jahr auf der Straße. Zahllose gemeinsame Diebstähle.

Ethans Nummer.

Wie lange wollte er es klingeln lassen?

»Lucy! Deine schräge Freundin war eben hier. Die, die nur bei Vollmond Grünzeug isst, oder waren es Kohlenhydrate? Ich soll dir ausrichten, sie hätte die Karten für dich gelegt und du solltest dich vor finsteren Mächten in acht nehmen. Die würden nämlich in deine Schicksalsfäden eingreifen. Wenn dieses Weib noch einmal mitten in der Nacht klingelt, bringe ich es um.«

»Igor ist tot.«

Ethan schwieg.

»Geh ins Internet. Ließ die Kurznachrichten der Prawda.«

»Ich kann kein Kyrillisch.«

»Lies die englische Ausgabe.« Lucy drückte ihn weg, verkroch sich auf den Sessel, schlang zwei Decken um sich und fror trotzdem.

Tränen halfen weder ihr noch Igor. Sie zwinkerte sie weg. Sollte Igors Tod etwas mit ihrem Diebstahl zu tun haben? Nein. Sie hatte Kolja gegenüber Igor mit keinem Wort erwähnt. Woher sollte Grigorjew von ihrer Freundschaft wissen?

Und wenn doch? Wenn an dem Ring Igors Blut klebte, klebte es auch an ihr.

Sie brachte Unglück. Die Erkenntnis traf sie wie ein Blitzschlag. Ihre Eltern waren verunglückt. Igor war ermordet worden. Ethan hatte sich mit seiner Familie ihretwegen überworfen und Peter sah in ihr eine ehrenhafte, wenn auch arme Exilrussin. Sie nutzte jeden aus, der es gut mit ihr meinte. Sie würde Peter verlassen und in eine andere Stadt ziehen. Dann hätte auch Ethan seine Ruhe vor ihr. Alles andere wäre unfair.

Lucy raufte sich die Haare. Was war mit ihr los? Seit wann dachte sie solchen Mist? Das Leben war nicht fair. Warum sollte sie es sein? Sie war eine Diebin.

Dinge existierten, Menschen ebenso. Wer sie sich nahm, hatte sie. Punkt.

Sie hatte sich Igor genommen. Igor war tot.

Sie hatte sich Bedwyr genommen. Von einem Sperrmüllhaufen. Einarmig, pelzig, mit runden Knopfaugen hatte er auf einem ausrangierten Tisch gethront.

Der Bär flog in die Zimmerecke.

Sie hatte sich Peter genommen. Er war praktisch, hasste Kerzenlicht beim Sex.

Sie riss die Stummel aus den Halterungen.

Wozu steckten sie dort? Sie kamen nicht zum Einsatz.

Unfair, wenn etwas existierte, aber seinen Zweck nicht erfüllen durfte.

So wie ihr Herz. Es schlug. Mehr nicht. Es hätte lieben sollen. Lieben ging nicht. Lieben machte schwach, abhängig und tat weh. Zu lieben bedeutete, Zugeständnisse zu machen, Sünden zu gestehen, Abbitte zu leisten und zu trauern. Nichts davon war zumutbar.

Ethan war ein Freund. Sie war ihm dankbar. Sie bestahl ihn, wenn ihr das Geld ausging.

Jade war eine Freundin, speziell, verrückt. Sie nicht zu mögen, war unmöglich. Sie zu lieben, untersagte sich Lucy strikt.

Und Daniel? Er war ein Fremder, der ihr Herz mit verbotenen Früchten gefüttert hatte. Jetzt flatterte es hilflos in ihrer Brust. Sie würde es einfangen. Dann hatte der Spuk ein Ende.

~*~

Ramuell Grigorjew überragte Kolja um einen halben Kopf. Unter dem vernichtenden Blick der eisgrauen Augen schrumpfte er zusammen, wie in seiner Kindheit. Konstantin stand nur knapp hinter ihm. Seine Anwesenheit tröstete, gleichgültig, was jetzt geschah.

»In unserer Familie versagt man nicht.« Sein Vater schritt zur Bar und goss sich ein Glas Medowucha ein. Er schloss die Augen und sog den Honigduft tief in die Lungen.

Koljas Handflächen wurden feucht. Er spürte sein Herz im Hals heftiger als in der Brust schlagen.

Die Ruhe vor dem Sturm, sie hatte begonnen.

Seine Mutter erhob sich, küsste Kolja sanft auf die Wange und wünschte allen eine gute Nacht. Dann verließ sie den Raum. Sie war nie zugegen, wenn Ramuell sanktionierte. Konstantin trat einen Schritt näher zu ihm. Sein Vater bemerkte es, zuckte mit der Braue.

»Ein so schlichter Genuss.« Er schmeckte den Medowucha ausgiebig auf der Zunge nach. »Prickelnd, anregend, süß. Wie das Leben.« Das aufgesetzte Lächeln verschwand von einer Sekunde auf die andere. »Wenn man es beherrscht.«

Sein Smaragdring blitzte auf. Der geschliffene Stein zerschnitt Koljas Wange.

Konstantin keuchte hinter ihm, doch die Wunde schmerzte nicht. Nur die Scham brannte.

Sein Vater holte erneut aus. »In unserer Familie verzeiht man nicht.« Er schmetterte ihm die Hand ins Gesicht.

Auch die zweite Wange klaffte.

Wärme floss über Koljas Haut hinunter bis zum Hals.

Er musste dennoch in die kalten Augen sehen. Den Blick zu senken, bedeutete Unterwerfung. Ramuell goutierte den stolzen Starrsinn seines Sohnes mit einem eisigen Lächeln.

»Hier.« Er reichte ihm ein Taschentuch. »Wisch dich ab. Du tropfst den Teppich voll.«

Es kostete ihn Überwindung, nach dem Tuch zu greifen, doch Ramuells helfende Hand schlug niemand aus. Die Folgen wären fatal.

»Ich kann dir zwei Wochen geben, mein Sohn.« Der geschäftige Tonfall seines Vaters entspannte Kolja ein wenig. »Es hätte keinen Sinn, dir mehr Zeit einzuräumen.« Prüfend zog er Koljas Lid hoch. Dann schüttelte er unglücklich den Kopf. »Du könntest sie nicht nutzen. Deine Lebenskraft schwindet. Aber ich werde Gründe nennen müssen.« Er fuhr sich bedächtig über den Mund. »Sofia könnte krank werden, Schonung bedürfen.« Ein amüsiertes Zucken umspielte seine schmalen Lippen.

Seine Mutter war in ihrem Leben nie krank gewesen. Weder sie noch ein anderer der Familie. Würde der Ring nicht schnell den Weg zu ihm zurückfinden, wäre Kolja der erste Grigorjew, der das Schicksal gewöhnlicher Menschen teilen musste. Er hatte es bereits beim Reiten bemerkt, eine körperliche Schwäche war nicht zu leugnen.

»Oder du bist gezwungen, wichtige Termine im Ausland wahrzunehmen, die sich bedauerlicherweise nicht aufschieben lassen. London, vielleicht?« Mit übertrieben fragendem Blick goss sich Ramuell nach.

Selbstverständlich nahm er an, dass sich sein Sohn selbst um die Angelegenheit kümmerte. Hätte Kolja gewusst, dass ihm zwei Wochen zugestanden werden, hätte er die Meister niemals beauftragt. Jetzt war es zu spät. Der Vertrag war unterschrieben und Ramuell durfte nichts davon erfahren. Kolja tupfte sein Gesicht trocken. Die Narben würden ihm erhalten bleiben.

»Nutze diesen Aufschub weise, mein Sohn. Denn er ist, was er ist, eine Galgenfrist.«

Zwei Wochen. Schon in drei Tagen wäre der Ring wieder in seinem Besitz, die Diebin irgendwo in England verscharrt und er ein armer Mann. Doch Geld konnte täglich verdient werden. Das eigene Leben nicht. Er würde nach London fliegen, den Ring in Empfang nehmen und alles wäre gut.

~*~

»Du bist zurück?« Ives sah vom Computer hoch. Die Kartenwellen des Solitärspiels strömten über den Schirm. »Tut mir leid, ich bin eingeschlafen. Ruben hat mich erwischt und selbst übernommen.«

Daniel schickte eine SMS, dass der Cleaner nach Hause fahren sollte. Heute Nacht würde sie den Ring nicht verkaufen, sondern ins Bett gehen und schlafen bis zu dem Moment, wo er ihre Decke zurückschlug.

»Was machst du für ein Gesicht? Quält dich was?«

»Ich bin erregt.«

Ives schaltete den Computer aus. »Echt? Wieso?«

»Lucy.« Bis zur kalten Dusche waren es nur noch wenige Schritte.

»Sorokin? Was hat die denn so drauf?« Wie ein Reporter trippelte ihm Ives hinterher.

»Bist du der Meister oder ich?«

»Scheiß auf den Meister-Mist. Was hat sie mit dir gemacht?«

»Wir haben uns geküsst.«

Die Enttäuschung gefror Ives Gesicht ein. »Mehr nicht? Und das hält so lange an?«

»Es war nicht geplant. Normalerweise habe ich es besser unter Kontrolle.« Lucy sollte den Verstand verlieren und sich in seine Arme sehnen, damit es kurz vorm Abgabetermin keine Scherereien gab. Stattdessen quälte er sich mit Sehnsüchten herum, die immer lauter nach Erfüllung schrien. Das musste ein Ende finden.

Mit kalter Gelassenheit griff Ives in Daniels Schritt. »Das fühlt sich nicht nach Kontrolle an, Meister.«

Daniel streckte sich auf dem kalten Steinboden aus. Am liebsten hätte er sich die Gefühle für Lucy aus der Seele geschnitten. Er brauchte einen kühlen Kopf. Im Moment war nichts kühl, was auch nur ansatzweise mit ihm zu tun hatte.

»Woher willst du wissen, dass sie den Ring nicht verkauft?« Ives begann, Kreise um ihn zu ziehen.

»Das wird sie nicht mehr können.«

»Wenn du dich irrst, lässt dich Maurice vierteilen.«

»Diese Zeiten sind vorbei.«

Ives stellte sich breitbeinig über ihn. »Das ist kein Spiel, Daniel Levant. Sie könnte längst tot sein. Stattdessen liegst du hier mit nem Ständer rum.«

Was für ein mutiger Bursche. Seinen Blick ertrug Ives nur für einen Moment, dann räusperte er sich und zog sich auf den Sessel zurück.

»Entschuldige. Ich vergaß, dass ich nur dein Diener bin.« Die erste Fingerkuppe verschwand zwischen seinen Zähnen. »Außerdem kannst du in deiner Wohnung herumliegen, wie du willst.«

»Du kaust Nägel?«

Ives zuckte unglücklich die Schultern. »Es ist deine Schuld. Du machst mich nervös, wenn du mich ansiehst, als seist du einer der Apokalyptischen Reiter.«

»Das liegt daran, dass ich einer bin.«

Die Hand fiel auf den Schoß. »Du verarschst mich.«

»Durchaus nicht.« Er war jeder Tod gewesen, den es auf dieser Welt geben konnte. Daniel rollte sich auf den Bauch und legte seine Wange auf die Steinplatten. Er brauchte eine Lösung.

Lucy war kein Ziel, das sich leicht eliminieren ließ. Lucy war sein Verhängnis. Wenn Ives ihn nicht mit seinem Gerede ablenkte, fielen Bedürfnisse über ihn her, die seiner Entschlossenheit im Weg standen. Lucy hatte seine Küsse getrunken und seine Gedanken verführt. Jeder Versuch, diese Tatsachen zu ignorieren, verstärkte sein Verlangen.

»Ich will diese Frau, Ives.« Und er würde sie bekommen. Heute Nacht. »Und du fährst mich jetzt zu ihr.«

Ives pfiff lautlos durch die Zähne.

Sie erreichten die Baker Street viel zu schnell. Aus einem der Fenster drang Licht. War Lucy noch wach, ließ er ihr keinen Atem, um nach dem Grund seines Daseins zu fragen.

»Hör auf damit.« Ives sah genervt zu ihm. »Es macht mich irre, wenn du ständig mit dem Knie wackelst. Vor allem in dieser rasenden Geschwindigkeit.«

»Warte auf mich. Egal, wie lange es dauert.« Bevor Ives etwas erwidern konnte, war Daniel schon über die Straße gerannt. Die Vordertür besaß ein Sicherheitsschloss. Es zu knacken, würde zu lange dauern. Hätte er nur dieses elende Pick-Set nicht weggeschmissen.

Um die Ecke war ein Tor. Die Seitenstraße lag ausgestorben vor ihm, fast alle Fenster der angrenzenden Häuser waren dunkel. Er nahm Anlauf und setzte lautlos über das Blech. Für die Hintertür genügte der Nagel, der eine Wäscheleine an die Hauswand pinnte. Ein gutes Werkzeug, mit etwas Glück wäre Lucys Wohnungstür ähnlich leicht zu öffnen.

Sein Herz schlug schneller, als er den Knauf drehte. Warum zum Teufel hatte sie nicht abgeschlossen? Ein Killer stand vor ihrer Tür.

Ein Windspiel klimperte. Daniel erstarrte.

Von Lucy war nichts zu hören.

Er musste gehen.

Er blieb.

Aus einem der Zimmer fiel Licht in den Flur. Lucy lag auf dem Sofa und schlief. Trug sie den Ring, beendete er seinen Job.

Sie trug ihn nicht. Vor Erleichterung wurden seine Knie weich.

Er deckte sie mit einer Patchworkdecke zu. Der Flickenstoff roch nach ihr. Für einen Moment drückte er seine Nase in die Falten. Was für eine Versuchung, unter die Decke zu schlüpfen, ihren Kopf auf seine Brust zu betten und bis zum Morgen friedlich zu schlafen, um sie beim Erwachen zärtlich zu lieben. Daniel zog die Konturen ihres Mundes nach. Ihre Lippen zuckten unter seiner Berührung.

Als er seine Hand zurückzog, nahm sie ihm die Gewalteinwirkung auf ihren Willen übel.

Alles an dieser Frau schien aus Seide zu bestehen. Ihre Haare, ihrer Haut, ihre Lippen. Sie fühlte sich in seinen Armen wohl. Er hatte es gespürt. Sie vertraute ihm. Es war so, wie es sein sollte.

Er musste den Ring finden.

»Ich mache dir deinen Tod zum schönsten Erlebnis deines Lebens. Ich verspreche es dir.« In seiner Brust wehrte sich sein Herz gegen das Eis, mit dem er es überzog.

Sie war das Ziel. Er war ihr Tod. Keine Kompromisse. Kein Versagen.

Wenn er den Ring nicht fand, würde sie die Nacht überleben. Flüchtig sah er sich im Zimmer um. Hier schien er nicht zu sein.

Dunkle Möbel, keine Pflanzen, kaum Bücher, darunter eine zerfledderte Ausgabe von Peter Pan und Baudelaires Blumen des Bösen. Wo Bücher standen, war kein Schmuck. Es lohnte nicht, hinter den Bänden nachzuschauen.

Ein aufgeklappter Laptop, leere Kaffeetassen daneben. Daniel ließ ihn hochfahren und schaltete auf stumm.

Zuletzt hatte Lucy in der Prawda gelesen.

Wolkow war gefunden worden. Tot und übel zugerichtet.

Von ihm hatte Grigorjew seine Informationen über Lucy erhalten. Wenn er dieser Igor gewesen wäre, hätte er lieber seine eigene Zunge abgebissen und verschluckt, bevor er Lucy verraten hätte.

Daniel suchte weiter. Einige Schubladen klemmten, manche Türen quietschten. Er öffnete sie nur einen Spalt.

Kein Ring.

Eine Holzkiste mit Modeschmuck, ein Etui mit zartgliedrigen Ketten und breiten Armbändern. Hier war er auch nicht.

Ein Schlafzimmer mit vielen Kissen, Decken und einem Teddy, dem ein Arm fehlte. Er lag in der Zimmerecke. Sein Pelz war abgegriffen und sein mit Stroh ausgestopfter Bauch strotzte vor Mottenlöchern.

Ein Kerzenleuchter ohne Kerzen. Auf dem Boden verteilten sich die angebrannten Stummel.

Die Küche war schlicht. Niemand versteckte einen wertvollen Ring zwischen Töpfen und Kekspackungen.

Warum suchen?

Daniel kehrte ins Schlafzimmer zurück. Der Kleiderschrank quoll über. Zarte Stoffe. Fließend, edel, eng anliegend, dünne Träger. Lucy zeigte gern Haut. In den Fächern stapelten sich Jeans in allen Farben. Shirts, Pullis, Seidenunterwäsche. Ihr Körper würde sich wundervoll unter diesem Hauch von Nichts anfühlen.

Nirgends ein Ring.

Das Sofa knarrte. Daniel schlich zum Wohnzimmer. Lucy hatte sich ausgestreckt, ihre Arme lagen über ihrem Kopf, die Decke war zur Seite gerutscht. Er kniete sich zu ihr und berührte ihren schlafwarmen Bauch. Unter seinen Fingerspitzen bildete sich eine Gänsehaut. Daniel wickelte die Decke fester um sie.

»Flieh vor mir, Lucy. Noch ist es nicht zu spät.« Er log. Das war es längst. Er streichelte über ihren Hals. Lucy seufzte und schmiegte ihn in seine Hände. Seine Daumen warteten an ihrer Kehle. Sie wussten, was zu tun war. Lucy drehte sich zu ihm. Ihr Atem streifte sein Gesicht. Traumwandelnd suchte sie die Nähe ihres Mörders, legte sich an seine Brust, verbarg ihr Gesicht in seiner Jacke.

Er strich durch ihr Haar. »Willst du nicht aufwachen?«

Sie lächelte im Schlaf. Daniel rutschte näher an die Sofakante.

Etwas bohrte sich in sein Knie.

Der Ring. Er lag vor ihm auf dem Boden.

Kein Hinhalten. Keine Ausrede.

Daniels Hände begannen zu zittern.

»Wach auf. So kann ich das nicht.« Ihr stand eine Nacht mit ihm zu. Er würde sie ihr schenken. Er legte ihr den Kopf zurecht, küsste ihre Lippen. Sie waren weich, warm, schmiegten sich an seine, lockten einen weiteren Kuss. In seine Hände kehrte die Kraft zurück.

~*~

LAUERNDE SCHATTEN

Koljas Wangen brannten höllisch. Er war kurz davor, Konstantins Hand wegzuschlagen, die die Wunden mit Jod betupften.

»Vater hat dir das Fleisch bis auf die Knochen zerschnitten.« Konstantin zuckte bei jedem Schmerzenslaut von Kolja zusammen. »Hättest du den Ring, würde es sofort verheilen.«

»Hätte ich den Ring, hätte mir Vater das hier niemals angetan.«

Und wenn er ihn nicht fand, würde er zusammensinken und vor den Augen seiner Familie verrotten.

»Rebekka!« Konstantin sah erleichtert zu ihrem alten Kindermädchen. »Hilf meinem Bruder.«

»Darf ich?« Mit kritischem Blick musterte sie Koljas Gesicht. »Es wird wehtun.«

»Das tut es schon jetzt. Fang endlich an.«

Konstantin schenkte ihr ein entschuldigendes Lächeln.

Er war zu weich, war es immer gewesen. Der Schmerz brannte sich tiefer in Koljas Gesicht. Er würde die Diebin finden, und dann sollte sie jede Sekunde ihres verschwendeten Lebens bereuen.

»Meine Söhne.«

Kolja zuckte zusammen, als die Stimme seines Vaters den Raum durchschnitt.

»In trautem Mitgefühl vereint.«

Wollte er sich an seinem Schmerz weiden?

»Du suchst diese Frau?«

Kolja nickte und Rebekka sah ihn streng an. »Halt still, Junge.«

Ramuells Lächeln war sirupsüß, als er der alten Frau den Kopf tätschelte. »Sie meint es gut, mein Sohn. Sie hat es stets gut mit dir und deinem Bruder gemeint.«

Die Hand der Alten zitterte an Koljas Wange. Er versuchte, einen Blick auf seinen Vater zu werfen, doch der trat hinter ihn. Plötzlich lag eine Spannung in der Luft, die durch Koljas Herz zog.

»Du solltest diese Diebin wissen lassen, was ihr blüht.«

Blut tropfte auf Koljas Arm.

Nicht seines.

Rebekka keuchte auf.

»Verzeih, meine Liebe. Deine Dienste waren hilfreich, aber meine Söhne sind erwachsen und bedürfen deiner nicht mehr.« Ramuell hielt ihr durchschnittenes Handgelenk über einen Holzkelch.

Konstantin wich zurück, leichenblass im Gesicht. Ramuell stützte die Frau, die vor seinen Augen ausblutete. Als der Kelch bis oben hin gefüllt war, ließ er sie los. Sie stürzte in sich zusammen, das restliche Blut versickerte im Teppich.

»Der Kreis ist ein Ritual höchster Wirkkraft. Ich habe ihn lange nicht mehr gezogen. Welche Freude, es mit meinen Kindern zu tun.« Sein Plauderton stach in Koljas Magen. »Die Diebin hat Grauen verdient. Wir lassen es ihr in üppigem Maße zukommen.« Das Lachen klang nach gesprungenem Eis. »Die Macht, die ich locke, ist willig. Sie war Zeuge dunkler Taten.« Er drehte sich gegen den Uhrzeigersinn und seine Hände schienen den Raum um sich her nach etwas abzutasten. »Sie hat Blut geleckt und will mehr.«

Unter sein Lachen mischte sich ein anderer Ton. Fremd und heiser. Er konnte niemals aus einer menschlichen Kehle stammen.

»Hört ihr sie?« Verzückt sah er seine Söhne an. »Alte Diener sind treue Diener. Konstantin, wir brauchen deine Hilfe. Es sind stets drei, die Gedanken schicken, um den Tod zu verkünden.« Mit höflicher Geste bat er ihn zu sich, während Rebekka ihr letztes Röcheln ausstieß.

Ramuell führte seine Söhne in die Mitte des Raumes.

Konstantin zitterte am ganzen Körper.

»Vater, ich will das nicht tun.« Sein schreckensweiter Blick wurde von seinem Vater mit nachsichtigem Lächeln quittiert.

»Doch. Glaub mir.«

»Wenn Mutter das wüsste.«

Amüsiert sah Ramuell seinen jüngsten Sohn an. Dann blitzte es diabolisch in den Tiefen seines Blickes. »Sofia hat dieses Ritual vorgeschlagen, Konstantin. Deine Mutter ist eine ausgesprochen weise Frau. Überschätze ihr Mitgefühl gegenüber der schlichten Kreatur nicht. Es ist nicht existent.«

Kolja reichte seinem Bruder die Hand, während ihr Vater langsam den Kreis abschritt. Gleichmäßig goss er Rebekkas Blut in ein Rund, beschwor es mit rauen Lauten, die sich erst außerhalb seiner Lippen zu Worten formten. Kolja verstand sie nicht, aber sie weckten etwas in ihm, das gierig war, grausam und böse. Es streckte sich in ihm aus, wuchs mit jeder Silbe. Die dunkle Kraft sickerte durch den Boden in seine Fußsohlen, kroch empor, wand sich durch seine Venen und vergiftete sein Blut.

Der Kreis war vollendet. Ramuell kniete sich in die Mitte, vergoss den letzten Tropfen. »Ihr Name.«

Kolja schluckte durch eine zu enge Kehle. »Lucinde Sorokin.«

Mit dem linken Zeigefinger strich Ramuell die roten Schlieren zu einem Namenszug aus.

Sorokin.

~*~

Wo war sie?

London?

Dichter Nebel hing zwischen gedrungenen Häusern. Es roch nach fauligem Gemüse und Regen. Das fahle Licht der Gaslaternen schnitt streifig durch die Schwaden.

Lucy konnte kaum etwas erkennen.

Eine Frau lief die Gasse entlang. Sie schwankte und musste sich an der Backsteinmauer abstützen. Ihr Rock reichte bis zum Boden.

Sie trug einen Hut auf dem Kopf. Bei jedem Schritt wackelte er auf den hochgesteckten Locken.

Was war das für ein seltsamer Ort? Es war Nacht, die Häuser alt, alle Fenster dunkel. Wieso war es so dreckig? Unrat klebte zwischen den hochragenden Pflastersteinen.

Bis auf die Frau war niemand zu sehen.

Lucy folgte ihr. Kein anderer war in der Nähe. Die Frau blieb stehen, rückte ihren Hut zurecht und lachte schrill. Aus einem Hauseingang trat ein Mann. Seine flache Mütze hing ihm schief auf dem Kopf.

»Schicker Hut, Polly.«

Schwerfällig wandte sich die Frau nach ihm um und kicherte albern. »Gefällt er dir? Der ist brandneu.«

»Im Gegensatz zu dir.« Auf sein gehässiges Lachen zeigte sie ihm die Feigenhand. Der Mann grölte noch lauter. »Na dann, viel Erfolg heute Nacht.« Er schob seine Mütze in den Nacken und ging davon.

Die Frau ordnete ihre Kleider. Schob ihre Brüste unter dem Mieder zurecht und zwickte sich in die Wangen. »Heute Nacht bist du schön, Mary Anne Nichols. Die paar Jahre zu viel sieht dir keiner der Halunken an.«

Plötzlich rührte sich etwas in der Dunkelheit hinter ihr. Schatten glitten über die Häuserwände, wanden sich die Gasse entlang auf Lucy und die Frau zu. Wie flüssiges Pech tropften sie aus Mauerritzen, aus Fensternischen und Türspalten. Die Finsternis brachte Kälte mit.

Lucys Atem gefror. Sie zitterte, schlang die Arme um sich, doch es half nichts. Die Kälte suchte sich einen Weg durch ihre Kleidung bis in ihr Herz. Lucy traute sich nicht mehr, zu atmen. Die Schatten verdichteten sich, wölbten sich zu Gestalten, die näher und näher krochen.

~*~

Lucy wimmerte.

Daniel ließ sie los. Er hatte ihr nichts getan. Noch nicht. Doch sie verzog das Gesicht und stöhnte angstvoll. Plötzlich fuhr sie hoch und starrte mit weit aufgerissenen Augen in die Zimmerecke.

»Lucy?«

Sie nahm ihn nicht wahr. Er fasste sie an den Schultern und schüttelte sie. »Lucy. Wach auf.«

Ihr Mund öffnete sich, als wollte sie schreien, doch kein Laut kam über ihre Lippen.

»Lucy, sieh mich an!«

Sie reagierte nicht, starrte weiter in die Ecke. Er setzte sich zu ihr, zog sie in seinen Arm. Es war gleichgültig, wenn sie wach wurde und ihn für einen Einbrecher hielt. Nur diese Angst durfte sie nicht mehr erdulden müssen.

Lucy keuchte, schlug die Arme vor die Augen. Sie zitterte am ganzen Körper. Ihre Hände waren eiskalt. Ihre Wangen, ihre Arme, wie in Eiswasser getaucht.

»Lucy!« Er rüttelte sie fester. Sie hörte nicht auf, zu zittern. Im Zimmer war es warm. Sie hatte unter einer Decke gelegen. Warum fror sie plötzlich? Er rieb ihr den Rücken, hauchte in ihre Hände. Lucys Finger waren dünn und blau vor Kälte.

Ihr Blick wurde leer, ihr Atem ging flach. Das Wimmern wurde leiser. Es klang verzweifelt, hoffnungslos. Ihre Haut verlor jegliche Farbe.

»Lucy!« Was passierte mit ihr?

Er hob sie hoch, eilte ins Bad. Vorsichtig legte er sie in die Wanne und ließ warmes Wasser über sie fließen.

Ein Schauder ging durch sie hindurch. Für einen Moment klammerte sie sich an den Rand und schnappte nach Luft. Ganz langsam entspannte sie sich. Daniel drehte das Wasser heißer. Endlich sah sie ihn an, aber auf eine Weise, als würde sie durch ihn hindurchblicken.

»Sie kommen zu mir.«

»Wer?«

»Die Schatten.«

~*~

Lucy schrie.

Die Frau hörte sie nicht.

»Dreh dich um!«

Sie blieb nicht einmal stehen. Der Schattenmann wuchs in ihrem Rücken zu etwas Mächtigem, Bedrohlichem. Die schwarzen Schlieren wehten wie Haare um seinen Kopf, als er die Arme nach der Frau ausstreckte. Sie erstarrte, schaute über ihre Schulter.

Schreckensweite Augen.

Sie taumelte zurück, stolperte. Kein Schrei kam über ihre Lippen, als sie wahnsinnig vor Angst an einem Tor zerrte. Es blieb verschlossen.

Die Frau trat dagegen, keuchte.

Das Schattenwesen verschluckte das Licht der Laternen, den roten Schein am Himmel, das Glimmen der wenigen Sterne.

Die Kälte erreichte Lucys Herz. Fraß sich hinein, umschlang es.
Sie bekam keine Luft mehr, wollte rennen. Egal wohin, nur weg.
Ihre Beine gehorchten ihr nicht. Als wären sie festgefroren.
Die Finsternis verschlang die Frau. Sie würde sie töten. Grausam, bestialisch. Lucy wusste es, konnte nichts tun.
Nicht fliehen, nicht helfen.
Nur zusehen.
Pechschwarze Rinnsale sickerten aus der Leiche.
Wunden klafften, es roch nach Blut.
Lucy drängte sich dichter an die Hauswand.
Die Schatten verharrten, witterten. Langsam setzten sie sich erneut in Bewegung, krochen auf sie zu.
Lucy schrie, bis ihre Kehle schmerzte.
Die Schwärze würde sie verschlingen.
Wie die Frau.

~*~

Daniel zerrte ihre nassen Sachen vom Körper. Lucy wehrte sich nicht. Ihr Blick huschte panisch hin und her, als würde sie furchtbare Dinge sehen.

»Schatten!« Sie klammerte sich an seinen Arm, ihr Blick ging an ihm vorbei. »Sie haben die Frau getötet. Sie kommen zu mir.«

»Welche Schatten?«

»Es ist so kalt.«

»Lucy, welche Schatten?«

»Die!« Ihr Arm schoss aus dem Wasser, ihr Zeigefinger durchbohrte die Wasserdampfschwaden. Sie schrie wie am Spieß.

»Lucy!«

Sie hörte nicht auf, schrie lauter, dann röchelte sie und rutschte schlaff aus seinem Arm. Das Wasser überspülte sie, nahm Lucy vollständig auf. Er brauchte nur zu gehen, das Cleaner-Team zu rufen und zu sagen, dass sie die Leiche bergen sollten. Lucy lag ganz ruhig. Nur ihre Haare tanzten im Wasser um ihre blassen Wangen.

Der Schreck fuhr ihm wie ein Dolchstoß ins Herz.

»Lucy!« Er riss sie hoch und schlug ihr ins Gesicht. Mochte seine Hand dafür abfaulen. Sie durfte nicht sterben. »Ich bin dein Tod! Ich entscheide, wie du dieses Leben verlässt!« Er hob sie aus der Wanne und wickelte alle Handtücher um sie, die er zu greifen bekam. Auf den Boden gekauert wiegte er sie in seinen Armen.

Ein Puls. Schwach, aber er war da. Sie lebte. Er strich ihr die nassen Haare aus der Stirn, küsste ihre Lider. Sie durfte nicht sterben. Nicht auf diese Weise. Ihre Lippen waren kalt. Er umschloss sie mit seinen. Langsam kehrte die Wärme in sie zurück.

~*~

»Lucy!«

Die eiligen Schritte hallten von den Mauern wider. Lucy war starr vor Angst.

»Lucy, komm zurück!«

Sie kannte die Stimme. Sie wärmte sie, klang voll Sorge und weich vor Liebe. Der Schatten verharrte.

Es kostete sie Überwindung, den Blick von der Schwärze vor ihr abzuwenden und sich dem Mann zuzuwenden, der sie rief.

Daniel rannte durch die Gasse. Direkt auf sie zu. Er streckte seine Hand nach ihr aus.

»Es ist nur ein Traum, Lucy.« Er kniete sich vor sie und streichelte über ihr Gesicht. »Nur ein Traum. Hab keine Angst.«

Seine Sorge um sie floss von seinen Lippen in ihren Mund bis in ihr Inneres. Wärme breitete sich aus, taute ihr Herz auf. Es holperte, schlug zu schnell. Lucy atmete gegen den Druck in ihrer Brust an. Nur langsam verschwand das erstickende Gefühl.

Warum lag sie im Badezimmer? Wo war die schmutzige Gasse, der Schatten, die tote Frau?

»Ganz ruhig.« Daniel hielt sie fest umschlungen. »Ich bin bei dir.«

Sie schmiegte sich an ihn. Sein Pullover war nass. Als sie zurückzuckte, zog er ihn aus.

Schön, an seiner Brust zu ruhen. Er roch gut, fühlte sich wunderbar warm an.

Er hob sie hoch und trug sie ins Schlafzimmer.

»Warum bist du hier?« Sie wollte sein Gesicht berühren, aber ihre Arme steckten in Frotteeschichten.

»Das bin ich nicht. Du träumst noch immer.«

»Wirklich?«

»Wirklich.« Er legte sich zu ihr, bettete sie in seinen Arm. »Wovor hattest du Angst?«

»Nur ein Traum.« Dunkel und böse. »Jetzt ist er wieder gut.« Er streichelte ihren Nacken.

Was für ein wundervoller Traum. »Schläfst du mit mir?« Dann würde sie die Angst vergessen können, bevor sie sich zu tief in sie eingrub.

Weshalb lachte er? Es war nur leise, klang zärtlich, aber er sollte nicht lachen.

»Nicht heute Nacht. Wenn wir uns lieben, musst du wach sein.« Sein Gesicht strich über ihres. Sein Kinn kratzte.

»Dann küss mich wenigstens.« Irgendwo zwischen den Stoppeln versteckten sich seine Lippen. »Küss mir alles in den Mund, was du empfindest.« In der Realität hatte er es bereits getan. Es war beinahe zu viel für sie gewesen.

»Bist du sicher?«

Warum machte er sich Sorgen? Es war nur ein Traum.

Sacht legten sich seine Lippen auf ihre. Zärtlich, behutsam. Langsam wurden sie mutiger, nahmen ihren Mund drängender, bis Lucy reine Lust schmeckte.

Sie wollte ihm ins Haar greifen, ihn umarmen aber sie konnte sich nicht befreien. Er hielt sie fest umschlungen.

»Du musst nicht geben, Lucy. Nur nehmen.«

»Dann gib mir mehr.«

Daniel zögerte nur einen Moment, dann fühlte sie seine Schwere auf sich. Er ließ sie kaum zu Atem kommen. Er küsste ihr den Schrecken der Traumbilder von den Lippen und eine nicht zu ertragende Erregung in den Körper. Ihre Beine schlugen aus. Daniel umschlang sie mit seinen. Sie hielt es nicht aus. Es war zu viel. Sie konnte sich nicht bewegen und er flutete sie mit immer mehr. Wieder legte er ihr den Kopf zurecht. Sie konnte nicht abwarten, bis seine Zunge ihren Mund nahm, sie versuchte, sich aufzurichten, er empfing sie mit dem tiefsten Kuss ihres Lebens.

Zu viel Lust. Lucy hörte ihren eigenen Schrei. Daniel erstickte ihn mit seinen Lippen. Ihr Atem versiegte. In ihrem Kopf drehte sich alles. Es war so gut. So gut, dass sie Angst bekam.

~*~

Das Licht hatte sich einen sengenden Weg gebrannt, quer durch Koljas Hirnwindungen. Er umfasste seinen Kopf. Wie konnte etwas, das nur in seinen Gedanken zu sein schien, derart schmerzen?

Ramuell starrte keuchend auf den blutigen Schriftzug. Sein Gesicht war vor Anstrengung verzerrt.

»Woher kam dieses Licht?« Er brüllte vor Zorn. »Etwas stand zwischen ihr und uns. Es hat uns aufgehalten. Mit was?« Er sprang auf, krallte sich in seine Haare. »Ich begreife es nicht. Das darf es nicht geben!« Sein hysterisches Lachen schallte von den Wänden wider, als ob der Raum kahl wäre. »Ich erkenne alle magischen Strukturen. Die kläglichen der Priester, ängstlich, kastriert, durchdrungen von geheuchelter Scham. Die Schnapsgeschwängerten der Schamanen, die sinnlos verschnörkelten der Hexenzirkel und auch das intellektuelle Gebrabbel der Magier stellte noch nie eine Hürde für mich dar. Aber was zur Hölle war das?«

Kolja rang nach Atem. Die Beschwörung hatte ihn Unmengen an Kraft gekostet. Kraft, die er nicht ohne Weiteres nachfüllen konnte. Die Haut an Händen und Armen war grau und schlaff.

Konstantin sah ihn besorgt an, schwieg jedoch.

Nur sein Vater schien nichts zu bemerken. Er fuhr mit den Fingern durch das antrocknende Blut. »Da war ein Mann. Dunkel, groß mit einer geliehenen Macht.« Er kniff die Augen zusammen. »Er ist an die Frau gebunden, mit den schwarzen Fesseln des Todes.« Mit den blutbeschmierten Händen verschattete er sein Gesicht. »Da ist ein Widerstand. In seinem Herz.« Ramuell lachte kalt. »Liebe?« Er schlug fest mit der flachen Hand auf den Boden. Die Tropfen spritzten Kolja ins Gesicht. »Das wird ihm nichts bringen. Der Tod gibt nichts her, was er einmal besitzt.« Als er langsam aufblickte, gefror Kolja das Blut in den Adern. »Du hast die Anonymen Meister behelligt.«

Der Blick, der ihn bannte, war nicht menschlich. Kolja hatte sich oft vor seinem Vater gefürchtet, doch nie so sehr wie in diesem Moment. »Du hast Baraq'el um Hilfe gebeten. Er hat einen Meister ausgesandt. Um was zu tun?« Er packte ihn am Schopf, riss seinen Kopf in den Nacken. Kolja verbrauchte den Rest seiner Kraft, um schweigen zu können. »Den Ring für dich zu finden? Die Frau für dich zu töten? Wegen eines Diebstahls?« Er schleuderte Kolja von sich, schüttelte achtlos das Haarbüschel, das er ihm dabei ausgerissen hatte, von den Fingern. »Von meinem Sohn hätte ich erwartet, dass er dieses winzige Problem selbst in die Hand nimmt. Die anonymen Meister sind der höchste und der letzte Trumpf, den man ausspielt. Du hast ihn verschwendet.« Mit ausholenden Schritten eilte er zur Tür. Hinter ihm fiel sie ins Schloss.

Was hatte er getan? Die Scham versengte Koljas Herz.

Wie sollte er sie ausmerzen?

»Warum hast du die Bruderschaft bemüht?« Konstantin legte ihm die Hand auf die Schulter. »Du hättest mich um Hilfe bitten können. Ich bin dein Bruder.«

»Dann hätte ich die Schmach eingestehen müssen. Ich dachte, ich könnte sie verheimlichen.« Wie sollte er seiner Familie nur je wieder unter die Augen treten?

Als er aufstehen wollte, gaben seinen Beine nach.

Konstantin stützte ihn. »Ich bringe dich zu Bett. Du musst ruhen.«

»Einen Spiegel.« Er fuhr sich übers Gesicht. Seine Wangen waren schlaff, die Haut kalt. »Gib mir einen Spiegel!«

»Schlaf erst. Morgen wird es dir besser gehen.« Konstantin wich seinem Blick aus. Er hievte ihn in sein Zimmer, bettete ihn und brachte ihm ein Glas Wasser.

Kolja verschluckte sich und hustete alles wieder aus. Ein sabbernder Tattergreis. Das würde er bald sein. Er musste nach London, solange er noch imstande war, zu laufen.

Den Ring in Empfang nehmen, die Leiche begutachten. Doch seine Ehre hätte er damit nicht wiederhergestellt.

Konstantin verließ leise Zimmer. Koljas Nerven vibrierten trotz seiner Erschöpfung. Die Dunkelheit um ihn bedrohte ihn. Welche Mächte hatte Ramuell beschworen? Sie waren hilfreich. Verbreiteten Schrecken. Auch Tod? Unheilvolle Bilder waren in seinem Geist aufgeflackert. Er hatte die Schatten gesehen. Sie hatten Ramuell umschmeichelt wie Kätzchen. Sie wussten etwas, teilten etwas mit ihm und sie hatten ihm die Erinnerung daran gierig von den Händen geleckt.

Wirre Träume von Tod und Zerfall hetzten ihn über verschneite Felder. Kolja flüchtete auf einen zugefrorenen See. Das todverkündende Klingen brechenden Eises war das Letzte, was er hörte, bevor ihn die kalten Fluten umschlangen.

»Kolja?« Seine Mutter saß neben ihm auf dem Bett. Koljas Herz setzte aus. »Ich wollte dich nicht erschrecken.«

Ihr mildes Lächeln entspannte ihn. Verspielt steckte sie eine weizenblonde Strähne fest, die sich aus ihrem zum Kranz aufgesteckten Zopf gelöst hatte. Mit ihren zweihundertundzwei Jahren machte sie den Eindruck einer in der Blüte ihres Lebens stehenden Frau.

»Dein Vater ist zu hart zu dir. Er ignoriert deine Erschöpfung.« Zärtlich streichelte sie über seine Wange.

»Mutter, ich habe versagt. Niemals hätte ich Baraq'el um Hilfe bitten sollen. Wenn ich könnte, würde ich von dem Vertrag zurücktreten.«

Seine Mutter hob mahnend den Finger. »Das kannst du nicht. Das kann niemand, der ein Bündnis mit der Bruderschaft eingeht. Brichst du den Vertrag, nimmt Mahawaj deine Seele.«

Kolja flüchtete sich in ihren Arm. Er war verloren.

»Es gibt noch eine Möglichkeit.« Sofia lächelte ihn geheimnisvoll an. »Erschaffe einen Joker und bringe ihn ins Spiel. Setze ihn ein, wann und wo immer du willst.«

»Ich darf mich nicht einmischen. Das war eine der ersten Regeln, die mir Meister Orlow genannt hat.«

Sofia lachte. »Du sollst diese Regel auch nicht brechen, du sollst sie nur ein wenig verbiegen. Drück den Geschehnissen deinen Stempel auf.« Sanft fuhr sie ihm durchs Haar. »Deinen grausamen Stempel. Das wäre für

117

dich eine Genugtuung. Und deinem Vater würde es imponieren, dessen kannst du sicher sein.«

»Was muss ich tun?« Die aufkeimende Hoffnung schmerzte vor Intensität in seiner Brust.

Anmutig stand Sofia auf und hielt ihm ihre Hand hin. »Komm mit. Ich zeige dir einen Ausweg, der eines Grigorjews würdig ist.«

~*~

Lucy krümmte sich in seinem Arm unter den Ekstasen, die er ihr zumutete. Er könnte sie nehmen. Jetzt sofort. Weder Keph noch sonst jemand mussten davon erfahren.

Sein Körper rebellierte, so dicht an sie gepresst. Wie er sich in sie hineinsehnte. Wie dringend er diesen wundervollen Körper auf seiner Haut spüren wollte. Er streichelte über ihre Schenkel. Sah seiner Hand dabei zu, wie sie unter den Frotteebandagen verschwand. Lucy stöhnte auf, als er sie tiefer berührte. Sie flehte um mehr. Sein Herz raste vor Verlangen. Er schob das Handtuch höher, küsste die Innenseiten ihrer Schenkel, küsste weiter. Er brach sämtliche Regeln, die er je für sich aufgestellt hatte. Er konnte Lucys Anblick nicht mehr ertragen. Seine wachsende Lust pochte immer stärker.

Daniel floh aus dem Bett. Er konnte sie nicht töten. Nicht heute Nacht. Also durfte er sie auch nicht lieben. Sein Körper schmerzte vor Gier.

Lucy lag da, atmete schwerer als er. Sie versuchte, sich aus den Tüchern zu winden, sehnte sich nach der endgültigen Ekstase ebenso wie er. Langsam ging er zu ihr.

Ihr Blick verschwamm. »Befrei mich, bitte.« Sie zappelte in den Bandagen.

Er wickelte sie noch strammer darin ein.

Nur eine einzige Quelle reinen Genusses billigte er ihr zu.

Ihren Mund.

Lucy ergab sich seinen Küssen, kaum dass er ihre Lippen berührte.

Ihre Erregung raubte ihm jede Beherrschung. Sein Körper brüllte vor Verzweiflung, den Rausch nicht mit ihr teilen zu dürfen.

Er umklammerte sie, so fest er konnte. Kämpfte auf ihrem zuckenden Körper gegen das Verlangen an, sie in den Wahnsinn zu lieben.

Ihr Kopf sank zurück. Daniel legte sich neben sie und strich über ihre blauen Lippen. Diesmal würde das Rot des Lebens zurückkommen. Erst als ihr Herz wieder gleichmäßig schlug und sie friedlich schlief, befreite er sie von ihren Fesseln.

Bei ihrem Anblick brannte sein Inneres erneut.

Sie hielt ihn für einen Traum. So sollte es bleiben. Daniel faltete die Handtücher zusammen und stapelte sie ins Badezimmerregal. Er wischte den Boden trocken und ließ das Wasser aus der Wanne.

Wenn Lucy morgen früh etwas seltsam erschien, würde sie den Traum und ihre Verwirrung dafür verantwortlich machen.

Er floh aus der Wohnung. Sein Hirn spulte die Tode Tausender ab. Heute Nacht hätte er Lucys Leben beenden können. Er hätte es nur zuzulassen brauchen, den Ring nehmen und gehen. Sein Magen rebellierte bei dem Gedanken.

Ives hatte den Sitz zurückgestellt und schlief. Als Daniel die Beifahrertür aufriss, fuhr er hoch.

»Und? Ist sie tot?«

»Fahr mich nach Hause.«

»Aber wir sollten …«

»Sofort.« Er presste sich die Hände auf den Schoß. Die Lust auf Lucy wollte ihn nicht verlassen. Ives zuckte die Braue und schwieg, bis sie zu Hause angekommen waren.

Daniel hämmerte auf den Fahrstuhlknopf ein und stellte sich vor, es wäre Grigorjew oder Mahawaj. Maurice war auch eine gute Wahl.

»Sind wir etwas unentspannt, ja?« Ives zog das Gitter auseinander.

Daniel stürmte an ihm vorbei. Grace hatte ihn mit Vorrat versorgt. Genau den brauchte er jetzt. Unverdünnt. Und wenn ihm morgen das Hirn rausfliegen würde. Teller, Tassen, keine Bleiglasflasche. Hatte er sie nicht in den Schrank gestellt?

Der Küchentresen, nichts. Das Regal, nichts. Ein leerer Tisch, Nippes auf den Ablagen. Wer benötigte schon einen Toaster? Er wischte das Ding hinunter. Die Einzelteile sprangen durch die Küche.

»Ives!«

»Schrei nicht so. Ich stehe hinter dir.«

Verfluchter Kerl. Was hatte er getan?

»Was du suchst, ist im Abfluss.«

Daniel klappte den Mülleimer auf. Auf Orangenschalen ruhte die leere Absinthflasche.

»Wenn es dir guttut, verprügele mich. Es macht mir nichts aus.«

Woher nahm dieser elende Lakai seine Gelassenheit? Wie hatte er es wagen können?

»Maurice war oft ein unentspannter Herr.« Ives ging an ihm vorbei und schloss den Mülleimerdeckel. »Männer wie du und er sollten nicht trinken.«

Daniel ballte die Fäuste.

Ives sah es, stellte sich vor ihn und breitete die Arme aus. »Bitte. Nur zu. Bremse dich nicht.«

»Idiot, verdammter!« Er schleuderte Ives an die Wand und packte ihn am Kragen.

Ives hielt still. »Ihr seid alle gleich.« Er drehte nur den Kopf zur Seite, als Daniel ausholte.

Einen Fingerbreit vor Ives Kinn bremste Daniel ab. »Was meinst du damit?«

»Keiner von euch kommt mit seinem Leben zurecht. Und mir wirfst du vor, es nur bis zum Diener gebracht zu haben.«

Daniel ließ ihn los. Ives packte seinen Arm und hielt ihn vor sein Gesicht. Sie sahen beide Daniels Hand beim Beben zu.

»Du solltest schlafen.«

Daniel lachte, bis ihm die Tränen liefen. Die einzige Möglichkeit, in den Schlaf zu finden, hatte Ives fortgespült. Die Gedanken an Lucy würden ihn auffressen.

Ives schob ihn vor sich her zum Bett, schlug die Decke zurück, zog ihm die Schuhe aus.

»Hinlegen. Augen zu und versuche, nicht zu träumen. Bis zum Sonnenaufgang hast du noch etwas Zeit. Soll ich dir 'ne heiße Milch bringen?«

»Nur, wenn ich dir vor die Füße kotzen soll.«

Ives zuckte die Schultern. »Dann nicht. Hab es nur gut gemeint.«

Daniel biss die Zähne zusammen. Er wollte diese Frau. Ihm musste etwas einfallen. Sein Kopf strotze vor Bildern, wie er sie liebte, wie sie sich wand vor Lust, wie sie um mehr flehte.

Dieser Auftrag kostete ihn den Verstand.

»Ich werde dein Ziel morgen observieren. Du brauchst emotionalen Abstand, sonst wird das nie was.« Der Junge verschränkte die Arme vor der Brust.

»Nein. Du bist Plan B.« Noch ein einziges Mal musste er sie sehen. Vorher.

~*~

Die Rollbahn war eingefroren. Lew half dem Piloten bei der Enteisung. Kolja saß im Wagen, umschlungen von einer Wolldecke und starrte mit leerem Blick vor sich hin. Konstantin hatte seinen älteren Bruder noch nie derart kraftlos erlebt.

Er drehte den Ring am Finger. Er besaß ihn seit seiner Geburt. Wie jeder aus seiner Familie. Erschreckend, was geschah, wenn er einem genommen wurde.

Koljas Gesicht war eingefallen und glich einem Schädel. Die ebenholzfarbenen Haare waren weit über die Schläfen hinaus ergraut und sein ehemals sinnlicher Mund war farblos und schmal.

Der gellende Pfiff des Piloten gab das Zeichen, dass der Jet starten konnte. Kolja schälte sich aus der Decke.

Konstantin reichte ihm seinen Arm und half ihm beim Aufstehen.

»Und ich soll dich wirklich nicht begleiten?«

Kolja schüttelte den Kopf. »Es ist nicht deine Aufgabe, meine Ehre wiederherzustellen.«

Ilja und Lew hievten einen Schrankkoffer in den Laderaum. Lew wischte sich über die Stirn. Er sah ungewöhnlich blass aus.

»Sie nimmst du mit und meine Hilfe schlägst du aus.«

Kolja lächelte matt. »Lew und Ilja sind dressierte Ratten. Nützlich und leicht zu ersetzen. Du bist mein Bruder. Wenn ich zurück bin, will ich dich in meine Arme schließen, bevor ich Ramuell und Sofia meine Aufwartung mache.«

Konstantin brachte es nicht über sich, die Hand zu küssen, die gestern seine Stute misshandelt hatte. Kolja bemerkte sein Zögern. Sein Blick machte ihm keine Vorwürfe, bat aber auch nicht um Verzeihung. Kolja war wie sein Vater, herrisch und unberechenbar. Im Stillen war Konstantin dankbar, dass nicht er das Los seines großen Bruders teilte, der eines Tages den Familien vorstehen musste.

»Sag Ramuell, wenn ich zurückkomme, werde ich den Kadaver der Diebin vor seinen Augen zerlegen und Stück für Stück an die Hunde verfüttern.«

Es war falsch, für die Frau Mitgefühl zu empfinden, die seinem Bruder so viel Leid angetan hatte. Doch seit gestern Nacht konnte er nicht anders. Sein Vater hatte einen Dämon gerufen. Konstantin hatten sich alle Haare aufgestellt. Es war das erste Mal, dass er an einer Beschwörung mitgewirkt hatte. Er wollte es nie wieder tun.

»Du bist mein Zuhause, Konstantin.« Mit unsicherer Hand strich Kolja über seine Wange. Die Adern traten blau darauf hervor. »Wenn ich an unser Elternhaus denke, sehe ich nur Schatten und Kälte. Du bist das einzige Licht in meiner Finsternis.« Er nickte der Stewardess zu, dass sie die Bordtür schließen sollte. »Was auch geschieht, bleibe in Twer. Versprich mir das.«

»Wenn du sicher bist, es allein zu schaffen, warum sollte ich Twer verlassen?«

Kolja küsste ihn auf die Stirn. »Ich bin nicht allein.« Für einen Moment erschien derselbe unheimliche Ausdruck in seinem Blick, den er gestern bei Vater gesehen hatte.

»Erwarte meine Nachricht.«

Schon trübten sich die Augen wieder und glichen denen eines Greises.

Konstantin wartete, bis das Flugzeug abhob. Er konnte nichts für seinen Bruder tun. Ein ganz und gar scheußliches Gefühl.

»Zum Gut.«

Der Chauffeur nickte und legte die kurze Strecke zwischen Startbahn und Landsitz in wenigen Minuten zurück.

Aus dem Pferdestall drang aufgeregtes Wiehern. Die Stalltür schwang in den Angeln, wo war Sascha? Wie konnte er Fee dem eisigen Wind aussetzen? Sie tänzelte in ihrer Box. Der Trog war leer, der Stall unausgemistet. Schubkarre und Harke lehnten an der Wand. Von Sascha war nichts zu sehen.

Verdammter Knecht! Wehe, er würde ihn schlafend im Bett finden.

»Sascha!« Der Hof blieb einsam, bis auf den Chauffeur, der das eingefrorene Garagentorschloss auftaute. Aus dem Gesindetrakt kam kein Laut. Das Personal war längst auf den Beinen und im Haus beschäftigt. Saschas Kammer stand auf. Das Bett war unberührt. War der Kerl im Suff irgendwo eingeschlafen? Dann wäre er erfroren. Die Nächte klirrten vor Kälte.

Auf der Treppe kam ihm Galina entgegen. Die Daunenjacke spannte über ihrer üppigen Brust. Als sie seinen Blick bemerkte, lächelte sie anzüglich.

»Wo warst du gestern Nacht? Ich habe dich vermisst, süßer Konstantin.« Sie schleuderte ihre blonden Haare über die Schultern. »Zwischen meinen Beinen ist es warm und gemütlich. Hattest du keine Sehnsucht danach?«

»Hast du Sascha gesehen?«

Galina zog eine Schnute. »Was willst du von Sascha? Er ist grob, unhöflich und verschwiegen. Ich kann den Kerl nicht ausstehen.«

Das mochte sein, aber er war ein guter Knecht. Jedenfalls für Fee, wenn auch offenbar nicht für Galina.

»Keinen Schimmer, wo der sich rumtreibt.« Sie lehnte sich an ihn und griff in seinen Schritt. »Komm heute Nacht zu mir.« Sie rieb ihm die düsteren Erinnerungen an die Beschwörung aus dem Kopf. Konstantin wollte sie wegschieben, doch sein Körper redete es ihm aus. Galina drängte ihn an die Wand und öffnete mit geschickten Fingern seine Hose. Die andere Hand schob sie unter seine Jacke und knetet seine Brustwarzen. Sie würden morgen noch wund davon sein.

»Ein kleiner Vorgeschmack, süßer Konstantin. Damit du nicht vergisst, wo dein Platz ist.«

Ihre gierigen Küsse ließen ihn nicht zu Wort kommen. Ihre Behandlung war grob und wild. Er zuckte vor Schmerz zusammen, erst dann aus Lust. Konstantin klammerte sich in ihrem dichten Haar fest, um ihren Überfall lautlos ertragen zu können. Erst als er kam, stöhnte er auf.

Galina lachte triumphierend. Sie biss ihn in die Lippe, über die er noch keine Kontrolle besaß. Sein Bewusstsein verharrte in seiner Hose unter ihrem brutalen Griff. Es musste eine Verheißung sein, von den zärtlichen Fingern einer sanftmütigen Frau verwöhnt zu werden.

»Konstantin?« Vater stand hinter ihm auf dem Treppenabsatz.

»Scheuch die Hure weg.«

Galina drückte sich an ihm vorbei und eilte die Stufen hinunter. Konstantin rutschte ohne ihre Stütze an der Wand hinab. Auch wenn er Respekt für Ramuell empfand, von der Magd konnte er sich nur langsam erholen.

»Ich muss dir etwas zeigen. Richte deine Kleider und komm mit.« Ramuell schritt über den Hof zum Herrenhaus und Konstantin beeilte sich, ihm zu folgen. Vor der Bibliothek blieb er stehen. Ihm wurde übel. Die Erinnerung an das Blutritual saß ihm im Nacken. Er hatte Rebekka hinter der Koppel begraben. Nahe des Bachlaufs, an dem sie mit ihm und Kolja früher gespielt hatte. Der Boden war dort sandig und nicht vollständig hart gefroren. Blasen hatte er trotzdem an den Händen.

»Gestern Abend ist mir ein Missgeschick passiert.« Ein überhebliches Lächeln zuckte über Ramuells Lippen. »Ich vergaß, den Bannkreis aufzulösen. Ein dummer Fehler.«

»Was meinst du?«

Wortlos trat sein Vater zur Seite. Der Blutkreis war an zwei gegenüberliegenden Seiten durchbrochen. Die Stellen sahen verwischt aus, als ob etwas über den Rand gezogen worden wäre. Auf der einen Seite hinein, auf der anderen hinaus.

»Der Dämon hat den Kreis verlassen.«

Konstantins Nackenhaare stellten sich auf.

»Er hat einen Körper und er hat einen Auftrag.«

~*~

Was für irrwitzige Träume. Lucy streckte sich die Müdigkeit aus dem Körper. Erst der blanke Horror, dann die absolute Ekstase in Daniels Armen. Wie er sie umschlungen und den Verstand weggeküsst hatte. Fantastisch.

Wie konnte ein Mann nur durch Küsse solche ekstatischen Erdbeben auslösen? Auf irgendeine Weise musste sie herausbekommen, wo er wohnte. Ihr Körper vibrierte vor Erregung, nur, wenn sie an ihn dachte.

Sie stolperte aus dem Bett und torkelte ins Bad. Ihre Knie gaben nach, als hätte sie sich Daniel tatsächlich die halbe Nacht hingegeben.

Sie duschte, bis ihre Haut schrumpelte. Das Puddinggefühl blieb. Als ob ihre Nerven bis zum Zerreißen gespannt worden wären und jetzt überdehnt in der Gegend herumbaumeln würden.

Lucy nahm ein Handtuch vom Stapel. Es war feucht.

Das darunter ebenso.

Der Badewannenvorleger war nass am Rand. Hatte sie gestern noch ein Bad genommen und das verdrängt? Es war ein verrückter Tag gewesen und die Sache mit Igor hatte ihr ebenfalls zugesetzt. Deshalb erlitt sie diese Zustände, träumte seltsame Dinge und war komplett durcheinander.

Storytime erklang vom Fensterbrett. Ethan rief an.

»Wie geht es dir?«

»Weiß nicht. Ich habe das Gefühl, dass mir mein Leben entgleitet.«

»Das kenne ich. Normalerweise kommt das erst mit Mitte vierzig. Komm zu mir. Arbeit wartet auf dich. Das bringt dich wieder ins Lot. Und denke an den Ring. Ich habe einen Käufer.«

Der Ring. Verdammt. Wo war der geblieben? Mit dem Handy am Ohr suchte sie jede Ecke ab.

»Warst du in der Nacht bei mir?« Manchmal reichten Ethans Vatergefühle sehr weit.

»Ich? Wieso?«

»Weil ein Freund von mir ermordet wurde und ich trauere?«

Ethan lachte trocken. »Igor war ein Komplize und kein Freund. Du selbst hast ihn einen dürren Halsabschneider genannt. Und trauern würdest du nicht einmal um mich.«

Das war nicht wahr. Ihr Herz würde zerbrechen und kein Heißkleber der Welt würde es je wieder flicken können.

»Stimmt. Ich bin gleich bei dir.«

Da lag er. Vor dem Sofa. Er musste hinuntergefallen sein. Sie zog sich so schnell und so dick an wie möglich und steckte den Ring in die Tasche.

Als Lucy das Antiquitätengeschäft betrat, war Ethan damit beschäftigt, seinen Zwicker zu putzen. »Ich halte es für klug, wenn du für das nächste Jahrhundert keine Ausflüge mehr nach Moskau unternimmst. Das Pflaster könnte zu heiß für dich werden.«

»Kommt meinen Vorstellungen von der Zukunft entgegen. Peter wird mir lästig. Ich sollte die Verbindung beenden.«

Ethan schenkte ihr einen kritischen Seitenblick, bevor sich seine Mundwinkel an die Ohrläppchen zogen. »Warum so plötzlich? Ist er etwa untreu?«

»Dein Grinsen ist mies und dein Hohn unbegründet.« Sie wusste selbst, dass sie keine Heilige war. »Erzähl mir was über den potenziellen Käufer.« Die tiefe Ernsthaftigkeit, mit der Ethan zu einem Wattestäbchen griff, um akribisch die Tastatur des Computers zu reinigen, machte sie misstrauisch.

»Ein gemeinsamer Freund von Peter und mir. Stell dir mal vor.« Er lächelte unsicher. »Er war es, der mir bei der Entzifferung der Zeichen geholfen hat.«

Das Glockenspiel über der Ladentür bimmelte. Dann war es wieder still. Keine Schritte. Da hatte einer wohl nur mal die Nase reinstecken wollen.

»Achtzehntes Jahrhundert vor Christus.« Ethan kratzte sich am Ohr. »Meine Güte, das ist wirklich alt und mein Bekannter vermutet, dass der Ring vielleicht sogar noch älter sein könnte. Er ist gerade dabei, die restlichen Inschriften zu entziffern.«

»Ich suche eine frühe Ausgabe des Decamerone.«

Hinter dem Regal mit dem viktorianischen Geschirr trat Daniel hervor. Lucy war kurz davor, ihm um den Hals zu fallen. Er sah abgekämpft aus, als hätte er die ganze Nacht Kohlen schaufeln müssen.

»Ist das nicht der Kerl vom Clink Inn?«, fragte Ethan ein wenig zu laut. »Was will der hier?«

»Er hat mich beim Klauen erwischt und ich ihn kurz nach einem Mord. Das verbindet.«

»Mord?« Ethan fiel der frisch geputzte Zwicker von der Nase.

»Sei nicht zu streng. Keiner ist perfekt. Außerdem kann er küssen, dass man meint, vor Verlangen sterben zu müssen. Ich verdanke ihm den lustvollsten Traum meines Lebens.«

Dem trockenen Schlucken folgte ein tiefes Seufzen. »Ich beneide dich.«

»Ich weiß.« Daniel passte zwar nicht hundertprozentig in Ethans Beuteschema, wich aber auch nicht meilenweit davon ab.

»Er kommt.« Ethan räusperte sich, setzte seine Geschäftsmann-Miene auf. »Kann ich Ihnen helfen?«

»Eventuell. Doch vorher möchte ich mit Lucy sprechen.« Daniel musterte sie mit besorgtem Blick.

Ethan hatte sie früher auf diese Weise angesehen, wenn sie krank gewesen war. Bei kühler Stirn war sein Lächeln breiter, bei heißer zu lieb geworden.

»Wie geht es dir?« Ein Schatten huschte über sein schmales Gesicht. Er verschwand so schnell, wie er gekommen war.

»Wilde Träume, aber sonst ist alles in Ordnung. Kommst du, um dich als Blitzableiter anzubieten oder um einen Mord mit mir zu planen?«

»Du kannst frei über mich verfügen.« Sein beinahe schüchternes Lächeln hätte sie nur allzu gern mit einem Kuss erwidert.

Er legte seine Hand auf den Tresen und Lucy legte ihre hinein. War sie bei Sinnen?

Zurückziehen!

Zu spät. Er hielt sie bereits fest. Neben ihr sog Ethan die Luft scharf ein. Sein Seitenblick fragte, ob sie diesem Mann trauen konnte.

Lucy wusste es nicht.

»Bist du zufällig hier?« Sie musste es einfach wissen.

Daniel zuckte amüsiert die Braue. »Glaubst du an Zufälle?«

»Ja.« Schicksal war eine sentimentale Erfindung überspannter Romantikerinnen. Egal, was Jade behauptete.

»Dann kreuzen sich unsere Wege zufällig Tag für Tag.« Er blies sanft über ihr Handgelenk.

Sofort stellten sich die Härchen auf. Lucy träumte sich in seinen Arm. Unter seinen Atem, unter seinen Körper.

»Wenn du die Augen wieder öffnest, kann ich hineinsehen und ihr faszinierendes Farbspiel genießen.«

Ethan lachte neben ihr. Er grinste Daniel an, bevor er weiter zum Thema Babylon recherchierte.

»Die antiken Bände stehen hinten.« Sie räusperte sich. Was machte der verdammte Frosch in ihrem Hals? »Die frühesten Abschriften stecken in den Safes von Privatsammlern oder im Museum.«

»Was immer du mir zeigst, ich werde ihm meine ungeteilte Aufmerksamkeit schenken.« Seine Worte klangen gewichtig wie ein Schwur. Ihr tiefer Ernst betörte sie.

Peters überstrapazierte Seriosität nervte sie oft, doch Daniel sagte Alltägliches und berührte dabei die Festen dieser Welt.

Auch Ethan sah ihn erstaunt an, wechselte einen Blick mit ihr und zuckte kaum merklich die Schultern.

Daniel ließ ihre Hand auch dann nicht los, als er Lucy in den hinteren Teil des Ladens folgte.

»Juvenal, Petronius ...« er fuhr mit dem Finger über brüchige Buchrücken. »Ihr seid gut sortiert.«

Irgendwo musste auch Boccaccios Il Decamerone herumliegen. Während sie suchte, stand er dicht hinter ihr. Sein Atem streichelte ihren Nacken. Lucy wurde nervös. Ob er sie küssen würde, wenn sie ihn darum bat? Hier, zwischen den alten Schinken? Ethan drehte ihnen den Rücken zu. Theoretisch könnten sie sich auch hinter dem Regal mit dem Tongeschirr lieben. Von der Ladenseite her würde nichts zu sehen sein.

Lucy schüttelte den Unsinn aus ihrem Kopf.

Seiten raschelten. Daniel hielt einen Bildband japanischer Holztafel-druck-Kunst in der Hand.

»Shungas.«

Seine Stimme verführte wie ein milder Abendwind. Nur ein wenig An-lauf, und sie hätte sich zu ihm emporgeschwungen und sich von ihm da-vontragen lassen.

»Hast du dich jemals mit den Bildern des Frühlings befasst?«

Nachlässig fächerte er die Seiten vor ihr auf. Was darauf abgebildet war, hätte sie nur zu gern mit ihm praktiziert.

»Inspirierend und einzigartig, in ihrer eindeutigen Schönheit.« Er strich über ein Blatt, das eine Frau mit vor Verzückung geschlossenen Augen darstellte, die sich ihrem Geliebten hingab. »Auch wenn bei diesem Kunstwerk die Fantasie dem Maler Flügel verliehen hat. Diese Stellung ist nicht möglich.« Er hielt ihr den Bildband hin. »Nicht, wenn die Frau unten liegt.«

Erst jetzt bemerkte Lucy, dass beide Liebenden seltsam verrenkt ge-zeichnet waren. Warum war es hier plötzlich so warm? Daniel betrachtete sie gelassen, wie sie eine Hitzewallung nach der anderen erlitt, und erwar-tete tatsächlich eine Stellungnahme.

Lucy konzentrierte sich auf das Bild, was nicht dazu führte, dass sie sich abkühlte. Die abgebildete Position war schwierig. Aber unmöglich? Sie nahm das Buch, drehte es hin und her. Ihr Rücken streifte seinen Man-tel. Der Geruch nach benutztem Leder lenkte sie ab. Er mischte sich mit Daniels Duft. Wie um die Zeichnung besser betrachten zu können, legte sie den Kopf schräg. Dadurch war sie ihm näher.

»Bist du sicher, dass es nicht funktioniert?«

»Ganz sicher.«

Dieses amüsierte, nur angedeutete Lachen weckte ein Kribbeln in ih-rem Bauch. Es verteilte sich großflächig in ihrem Körper.

»Wenn die Frau akrobatisch und das Glied des Mannes lang genug ist ...« nur mühsam unterdrückte sie ein Grinsen »... könnte es klappen.« Und es würde sich wundervoll anfühlen.

»Meinst du?«

Dieser Blick! Wenn er sie länger damit ansah, garantierte sie für nichts.

129

Sie wollte ihm dieses elende Buch aus der Hand nehmen, aber er hielt es fest.

»Ich würde dich gern auf diese Art lieben.« Seine Stimme umschmeichelte ihre Seele und ihr Körper würde blind vor Sehnsucht hinterher tappen. »Dann können wir ausprobieren, ob der Künstler ein Aufschneider war, oder ob er aus der Erinnerung heraus gemalt hat.«

»Küss mich vorher.« Die Worte schlichen sich schneller aus ihrem Mund, als sie Lucy zurückhalten konnte.

Daniels Hand kühlte ihre Wange. »Ich werde dich dabei küssen. Die ganze Zeit, bis das letzte Beben deinen Körper verlässt.«

Drei, vier heftige Herzschläge und ein Pochen, das mit dem Herz nicht das Geringste zu tun hatte. Endlich gab er den Bildband frei. Seine Finger streiften über ihre, versprachen ihr unvorstellbaren Genuss.

»Stell es dir vor, Lucy.« Seine Augen glühten, als er sie rückwärts an die Wand drängte. »Stell dir vor, dass wir uns lieben.«

Er war zu nah. Wie in ihrem Traum. Konnte die Erinnerung an eine geträumte Ekstase sie derart erschüttern? Er berührte ihr Kinn und hob es an. Langsam neigte er sich zu ihr hinab.

Sie sehnte sich mit jeder Faser nach diesem sinnlichen, großen Mund. Gleich ...

Daniel runzelte die Stirn, sah an ihr vorbei.

»Gibt es in deinem Leben noch den fahlhaarigen Mann, der dich zwingt, durch deine Tage zu hetzen?«

»Peter?« Ihre Stimme klang zu schrill. »Wie kommst du ausgerechnet jetzt auf ihn?«

»Er steht draußen und sieht uns zu.«

Lucy fuhr herum.

Verdammt!

Die Hände schirmten die Augen ab und die Nase drückte sich am Glas platt. Als Peter merkte, dass sie zurückstarrte, richtete er sich kerzengerade auf. Daniel winkte ihn herein.

»Was machst du da?« Hatten sie sich nicht eben noch in ihrer Fantasie bis zur Belastbarkeitsgrenze des menschlichen Körpers geliebt? Peter störte nur. Schon kam er in den Laden und schlängelte sich durch die Regalreihen und Tische.

»Lucy, da bist du ja.« Sein irritierter Blick glitt über Daniel. Er erkannte ihn nicht. Sein höflich oberflächliches Lächeln verriet es. »Ich bin früher als geplant nach London zu meinem Haselkätzchen zurückgekehrt.«

Lucy versank im Erdboden. Wie konnte er es wagen, vor Fremden diesen hochpeinlichen Kosenamen zu gebrauchen? Hinter ihr trat Daniel einen Schritt näher an sie heran. Die Entscheidung, Peter entgegenzugehen und einen sterilen Kuss zu empfangen, verflüchtigte sich.

Daniel legte eine Hand an ihre Hüfte, mit der anderen schob er ihren Pulli hoch und zupfte das T-Shirt aus dem Hosenbund.

Lucy hielt den Bildband vor sich, während ihr die Hitze bis in die Wangen stieg.

»Haselkätzchen?« Daniels zärtlicher Spott kitzelte an ihrem Ohr. »Deine Augen sind wundervoller als die Lagune von Aitutaki. Hat sich dein Freund nie die Zeit genommen, sich in ihrer Schönheit treiben zu lassen?«

Das tonlose Wispern war nur für sie bestimmt. Sicher hatte Peter nicht einmal gesehen, wie sich Daniels Lippen bewegt hatten.

Peter berichtete von der wohltuenden Wirkung des Landlebens aufs Gemüt und die Konstitution und beschrieb detailverliebt die Reaktionen seiner Bronchien auf das Reizklima.

Lucy bekam kaum etwas mit. Ihre Konzentration gehörte dem Mann, der sie mit einem kleinen Ruck dichter an sich zog.

»Ich bin sicher, wir würden beide dem Shunga gerecht werden. Es wäre ein unvergleichlicher Genuss, den du niemals vergessen würdest.«

Sie spürte hinter sich dieselbe Erregung, die durch sie strömte. »Du wagst viel. Mein Verlobter steht vor uns.« Die maßlose Übertreibung hatte einen bitteren Nachgeschmack. Umso süßer fühlte sich Daniels Hand auf ihrem Bauch an.

»Alle Männer, die vor Begehren brennen, wagen viel.«

Das raue Flüstern setzte ihr mehr zu, als die Härte, die sich sacht an ihr rieb.

131

»Dein Peter sieht nur Lackpapier, Farbe und ein leichtes Zittern. Es entspringt deiner Lust, doch er kann es nicht zuordnen.«

Gott! Fast wären ihr die Shungas aus der Hand geglitten.

»Halte das Buch still«, befahl die verführerischste Stimme, der sie jemals gelauscht hatte.

Peters Blick flackerte zwischen ihr und Daniel hin und her. Dann wurde er von dem Umschlag ihres Sichtschutzes abgelenkt. Peter rückte seine Brille zurecht und starrte auf überdimensioniert gezeichnete Beweise japanischer Männlichkeit. Er schnappte nach Luft, suchte Zuflucht in einem ausgiebigen Räuspern. »Mäuselchen, willst du uns nicht vorstellen?« Mühevoll riss er den Blick von dem Hochglanzumschlag. Anscheinend hatte er begriffen, dass es für normale Kunden ungewöhnlich war, sich von hinten an die Verkäuferin zu drängen.

Aber Lucy besaß keine Stimme mehr, mit der sie hätte reden können.

Ein Arm blieb um ihre Hüfte geschlungen, der andere streckte sich über ihre Schulter Peter entgegen. »Entschuldigen Sie bitte meine Unhöflichkeit. Ich bin Lucys Cousin. Mein Name ist Ebenezer Smith.«

Sie schluckte den winzigen Kiekser hinunter, der in ihrer Kehle lauerte.

Zögernd griff Peter zu, um schnell wieder loszulassen. »Noch ein Cousin? Ich wusste nicht, dass du eine so große Familie hast.«

Peters Irritation lächelte sie hilflos weg. Sie senkte das fantastische Werk über japanische Liebeskunst ein klein wenig. Ihr neuer Cousin verstand den dezenten Hinweis und ließ seine einfühlsamen Hände folgen. Konnte Peter nicht wie ein Ballon platzen oder wenigstens einer vorübergehenden Blind- und Taubheit zum Opfer fallen?

~*~

Daniel strich über ihren Bauch. Die zarte Haut zog sich unter seinen Berührungen zusammen. Er spürte ihre Anspannung, doch Lucy verharrte in ihrer Position auch dann noch, als er seine Hand in ihren Hosenbund schob. Die Verlockung, ihren Hals zu küssen, war groß. Die, ihr die Kleider vom Körper zu lieben, unendlich.

»Die beiden haben sich lange nicht gesehen.« Scarborough lehnte sich an eines der überfüllten Regale. Seine grauen Haare passten nicht zu der Dynamik seiner Bewegungen. »Sie hatten schon in ihrer Kindheit ein inniges Verhältnis.« Sein Lächeln zu Peter glich dem eines Unschuldslamms. Der Blick zu Daniel mahnte zur Vorsicht. Ein gut aussehender Mann. Distinguiert, schlank und mit sympathischen Lachfalten. Lucy stand ihm nah. Ein kleiner Splitter Eifersucht stach in Daniels Herz.

»Wirklich?« Stirnrunzelnd betrachtete Peter die Frau, die er hätte besser kennen müssen als sich selbst.

Er wusste nichts von ihr.

Scarborough verwickelte Peter in ein Gespräch über das Wetter und die beste Zeit, Schafe zu scheren.

»Soll ich dich loslassen?«

Lucy schüttelte kaum merklich den Kopf. Sie lehnte sich noch fester an ihn.

»Deine Haut ist zart wie Samt. Sie verführt meine Fingerspitzen. Ich hoffe, es stört dich nicht.«

Wieder schüttelte sie den Kopf. Als er ihren Hosenknopf öffnete, seufzte sie leise. An die Art, wie sie seine Küsse genommen hatte, durfte er nicht denken. Sie würde alles von ihm auf diese Weise genießen.

»Ich habe letzte Nacht von dir geträumt.« Unter seiner Hand zuckte sie leicht zusammen. »Es war ein Albtraum, aber du hast mich gerettet. Ich weiß nur nicht mehr, wovor. Und dann hast du mich geküsst, bis mir die Sinne schwanden.«

»Lucy, ich …«

Peter drehte sich zu ihnen. Er übersah, wie sich Lucy an ihm streckte. »Liebes, was hältst du von der These, dass die Moorhuhnjagd immer bedrohlichere Ausmaße für die Touristen annimmt?«

»Wie bitte?«

Lucys Luftschnappen nötigte sowohl Peter als auch Scarborough zum Stirnrunzeln. Daniel glitt in Gebiete vor, die mit seidigem Stoff bedeckt waren. Der Bildband begann, in den schlanken Fingern zu beben.

»Tut mir leid, Peter. Ich bin heute etwas unkonzentriert.«

So zart, so liebesbedürftig. Was er auch berührte, es nahm seine Zuwendung dankbar an. Lucy schluckte nass, räusperte sich und erzählte ein Erlebnis mit einem Japaner im North York Moor. Mit eiserner Disziplin zwang sie ihre Stimme zu einem gleichmütigen Tonfall. Die verlockenden Vibrationen zunehmender Hilflosigkeit nahm niemand außer ihm wahr. So unauffällig wie möglich bewegte er sich an ihr, nur um die Falle auszulegen, in der er sie bald fangen musste.

Nicht daran denken. Nur an den Moment. Er versenkte seine Nase in ihren Haaren, ihr Duft machte es schlimmer.

»Apropos Kopfschüsse.« Scarborough legte Peter freundschaftlich den Arm um die Schulter und führte ihn zu einem Regal mit angelaufenen Duellierpistolen. »Wissen Sie, ich verabscheue Gewalt, aber was meinen Sie, wie diese Drecksdinger hier gekauft werden?« Hinter seinem Rücken wedelte er energisch mit der Hand. »Dabei rosten die seit über zweihundert Jahren vor sich hin. Doch die samtausgeschlagenen Holzkisten sind sehr dekorativ, finden Sie nicht?« Er reichte Peter eine der Pistolen. »Gut ausbalanciert, nicht wahr? Ist eben noch echte Handwerkskunst.«

»Ich mag deinen Boss.« Daniel nutzte Peters Ablenkung und küsste Lucys Hals, soweit ihn der Rollkragen vordringen ließ.

»Er ist ein Freund. Der Beste, den es geben kann.« Sie legte den Kopf zur Seite und Daniel liebkoste ihren Hals bis hinauf zum Ohrläppchen.

»Nur ein Freund?«

»Bist du eifersüchtig?«

»Ein klein wenig. Er ist attraktiv.« Er gestattete seinen Händen etwas mehr Freizügigkeit. Ein Schaudern erfasste Lucy. Bevor sich ein Laut aus ihrer Kehle löste, presste er seine Lippen auf ihren Mund. Ihre Lust schmeckte zu köstlich, um es bei einem harmlosen Ablenkungskuss zu belassen.

Ethan schien plötzlich an einem Hustenanfall zu ersticken. Als sich Peter zu ihnen umdrehte, stand Daniel wieder hinter Lucy. Zum Glück konnte ihr Verlobter nicht sehen, dass er sie stützen musste.

»Haselmäuschen, ich hatte vor, den Abend mit dir zu verbringen.«

»So?«

Daniel biss sich auf die Zunge.

Lucy klang nach reiner Panik.

Scarborough warf ihr einen warnenden Blick zu. »Ich habe hier eine fantastische Übersetzung von Kalendersprüchen ins Altenglische. Wenn Sie einmal schauen wollen?« Er tippte Peter auf die Schulter, hielt ihm ein Buch vor die Nase. Hoch genug, dass es die Sicht auf Lucy und Daniel verstellte. Sie ging seufzend einen Schritt von ihm weg.

»Was sollte das eben?« Ihr Versuch, empört zu flüstern, misslang. Sie klang so sehnsüchtig, wie er sich fühlte.

»Es war eine Einladung.«

»Was für eine Einladung?«

»Auf mehr von mir.«

Ihr Lächeln schlich sich an seinen Vorsätzen vorbei in sein Herz. Es wurde bleischwer. Diese funkelnden Augen würde er schließen. Für immer. Er nahm ihr das Buch ab, hielt es hoch und Scarborough nannte einen astronomischen Preis. Daniel legte ein Bündel Pfundnoten auf ein Regalbrett.

Er brauchte Distanz. Körperlich und emotional.

Lucys Nähe erschütterte ihn bis ins Mark. »Wir sehen uns später, Cousine.«

»Versprochen?«

»Versprochen.« Er eilte an ihr und den Männern vorbei und schlug Peter dabei fest auf die Schulter. Dieser Trottel wusste nichts. Er verschwendete eine Rose für etwas, dem auch eine Primel genügt hätte.

~*~

Sein Rücken schmerzte bestialisch. Mühsam richtete sich Kolja im Hotelbett auf. Der kurze Schlaf hatte ihn kaum erquickt. Wie er das Altwerden verabscheute. Ballte er die Faust, spannte sich welke Haut über die Fingerknöchel, als ob sie zerreißen wollte.

Lew und Ilja standen hilflos um den Koffer. Aus seinem Inneren drang ein Scharren.

»Hilf ihm da raus.«

Lew sah Kolja flehend an. »Auf keinen Fall. Ich habe dir geholfen, ihn da reinzuzwängen. Da soll er bleiben.«

»Er wird ersticken, wenn wir ihn im Koffer lassen.«

»Und wenn du mich häutest, ich rühr den Kerl nicht an.«

Ilja seufzte und zog Lew beiseite. »Ist doch nur ein Pferdeknecht. Piss dir nicht ins Hemd.«

Lew schüttelte verzweifelt den Kopf. »Das da drin ist nicht Sascha. Sascha kenne ich. Sascha würde niemals die Laute ausstoßen, die der da von sich gegeben hat.«

»Wir haben ihn durch eine stinkende Blutlache gezogen, wie hättest du das gefunden?«

Lew wurde grau im Gesicht. »Daran darf ich nicht denken.«

Es war nicht einfach gewesen, den Dämon in den ohnmächtigen Mann zu bannen. Sascha hatte sich gewehrt, der Dämon ebenso.

Kolja verdrängte den Gedanken, dass er den Geist eines Tages wieder aus der Hülle hinausscheuchen musste.

Ilja ließ die Schnallen zurückschnappen und Lew bekreuzigte sich. Der Deckel schnellte hoch, keuchend lag der Körper, der längst nicht mehr Sascha gehörte, zusammengekrümmt im Inneren. Als er sich aufrichtete, floh Lew in die entfernteste Zimmerecke und brabbelte das Herzensgebet vor sich hin.

»Halt's Maul!« Ilja warf mit seinem Schuh nach ihm. »Wenn du beten musst, tu es still.«

Sofort formten Lews Lippen stumme Worte.

»Du kennst mich?«

Das Wesen fixierte Kolja mit stechendem Blick und nickte.

»Ich bin es, der dich aus dem Blutkreis befreit und dir eine Hülle geschenkt hat.«

In der ausdruckslosen Miene glühten Menschenaugen in einem fremden Glanz. »Dein Vater hat mich gebannt, du zwingst mich zum Gehorsam. Erwarte keine Dankbarkeit.«

Saschas Zunge wirkte unter dem Einfluss des Dämons seltsam spitz, als sie über die trockenen Lippen fuhr.

Kolja fröstelte. Der Dämon sah es und bleckte die Zähne zu einem hässlichen Grinsen.

»Wie dem auch sei. Du schuldest mir Treue, bis ich dich entlasse, also hör zu.« Trotz des holprigen Herzschlags sprach er ruhig und gelassen. Es gab einen Herrn und einen Diener. Der Dämon musste begreifen, dass Kolja der Herr war.

»Die Frau während der Beschwörung …«

»Ist längst tot.« Die Stimme des Dämons klang nach dem Rascheln alter Blätter.

Lew wimmerte in seiner Ecke.

»Ich meine die Jüngere.« Kolja hielt mit Mühe der Finsternis in den starr blickenden Augen stand. »Die, bei der du versagt hast. Kannst du sie aufspüren?«

»Ich versage nie. Mein Auftrag lautete Angst, nicht Tod.«

»Gut. So soll es bleiben. Finde sie und folge ihr. Ein Mann wird sich ihr nähern. Er soll sie töten. Nimm seinen Körper und gestalte das Geschehen nach deinem Gutdünken.«

Die krächzenden Geräusche sollten ein Lachen sein.

Sie klangen entsetzlich.

Kolja lief es eisig über den Rücken.

»Ich soll einen Meister besetzen?«, fauchte der Dämon.

»Ist das ein Problem?«

»Kein unüberwindbares. Aber es erhöht den Preis. Baraq'els Lakaien sind geschützt durch altes Silber. Ich muss Schutzzauber durchbrechen, die einen Geringeren als mich vernichten würden.«

»Deshalb habe ich dich gewählt.«

Boshaftes Gelächter antwortete ihm. »Dein Vater hat mich gewählt. Vor langer Zeit. Doch du wirst mich bezahlen.«

»Wie viel?«

Der Dämon stieg steifgliedrig aus seinem Gefängnis.

Kolja erstarrte, als er die Finger nach ihm ausstreckte und sich in sein Hemd krallte. Mit einem Ruck riss er es auseinander.

»Sieh dich an, alter Mann.«

Die zusammengesunkene Brust, das graue Haar, die schlaffen Lenden. Ihm ekelte vor sich selbst.

»Sie hat deinen Ring. Daher deine Wut. Daher deine Angst.« Der Dämon neigte sich zu ihm. Er stank nach geronnenem Blut und fremder Todesangst. »Deine Hand ist nackt, dein Leben sickert aus dir heraus. Es sollte dir einen Menschenkörper wert sein.« Geduckt schlich er um Kolja herum. »Ich besetze den Meister für dich. Ich lasse ihn Dinge tun, die ihn in den Irrsinn treiben werden. Aber dafür gibst du mir diesen Körper.« Er schlug sich auf die Brust. »Bis er an mir verrottet.«

Wie dumm konnte eine Ausgeburt der Finsternis sein? Kolja würde den Körper des Pferdeknechtes in gleichschwere Stücke zerteilen und jedes an einem anderen Ort vergraben. Er brauchte nur darauf achten, ihm nicht in die Augen zu sehen, dann musste der Dämon dorthin zurückweichen, wo er herstammte.

»Einverstanden. Behalte ihn und mach damit, was du willst.« Grauenhafte Szenen fluteten sein Hirn.

Der Dämon nickte.

Er glaubte die Lüge. Das sprach nicht gerade für seine Intelligenz. Immerhin hatte er es mit einem Grigorjew zu tun.

»Lew?« Sein Diener erwachte aus der Angststarre. »Gib ihm die Wagenschlüssel für den SUV. Er muss mobil sein.«

»Wozu? Sascha kann nicht fahren.« Mit zitternder Hand reichte er dennoch die Schlüssel.

»Jetzt schon.« Ein unkoordiniertes Grinsen verzerrte das Gesicht, das immer weniger der Miene eines Menschen glich.

Ilja warf ihm frische Kleidung zu. »Wasch dich und zieh dich um.«

Der Dämon schnappte sich die Sachen und stakste zur Dusche. Die Türöffnung verfehlte es um eine Handbreit. Seine Schulter knackte, als sie gegen das Holz rammte.

Er schmiss die Tür hinter sich ins Schloss.

Lew und Ilja starrten einander schweigend an.

Glas klirrte, etwas polterte, es klirrte noch einmal, Wasser rauschte.

Die Zeit verstrich, ohne dass einer von ihnen ein Wort sagte.

Endlich kam der Dämon heraus.

Sauber und umgezogen.

Dennoch spotteten der maskenhafte Gesichtsausdruck und das unnatürliche Glühen der Augen jedem Ansatz von Menschlichkeit.

Aber er war jung. Fühlte keinen Zerfall, strotzte vor Kraft. Das alles hatte Kolja weggeworfen für ein paar Augenblicke Vergnügen mit dem kleinen Miststück.

Seine Rache würde sie zerschmettern.

Eine Welle heißer Erregung rollte durch seine schwachen Glieder.

Sie würde ihm sein Leid zurückzahlen. Hundertfach, tausendfach.

Und der Dämon wäre seine ausführende Hand.

»Hast du einen Namen?«

Boshafte Kälte schlug ihm entgegen. »Nicht für dich.« Er drehte sich um und wollte gehen.

Wie konnte der Geist es wagen, so mit ihm zu reden?

»Hey!« Ilja warf ihm eines der Handys zu. »Du musst Kontakt zu uns halten. Unsere Nummern sind gespeichert.«

Der Dämon steckte es in die Brusttasche und wandte sich zu Kolja. »Vergiss unseren Handel nicht, Nephilim.«

Eisig und grausam hart ballte sich alte Angst in Koljas Magen. Der Dämon durfte es nicht sehen. Keine Schwäche vor verbannten Augen oder sie machten den Herrn zum Diener.

Der Dämon ging. Ilja drückte leise die Tür zu. Sein warnender Blick heftete auf Kolja.

»Die Geister, die du riefst, werden wir nicht mehr los, hm?«

~*~

Jade klopfte von innen wild gegen die Scheibe, als Lucy ihr Fahrrad an den Abgang zum Souterrain lehnte. Sie hatte die unterste Stufe noch nicht erreicht, als die Tür aufgerissen wurde.

»Lucy! Gut, dass du kommst. Ich brauche dich für die Bestätigung meiner Theorie.«

»Welche Theorie?« Lucy hängte ihre Jacke an den Zweig einer abgeschnittenen Astgabel, die als Garderobenständer diente. Eine beachtliche

Spinne huschte in die Ecke ihres noch beachtlicheren Netzes. »Du hast ein Haustier?«

»Nur im Winter. Draußen würde sie frieren. Sie heißt Rosalie. Pass auf, dass du ihr Netz nicht kaputtmachst, der Ärmel hängt rein.« Mit Tadel im Blick pflückte sie den Jackenärmel ab. »Ich habe Tee gekocht und die Kartendecks liegen schon bereit.«

Lucy bahnte sich einen Weg durch Bücher, verstreute Runensteine und Sternenkarten.

»Setz dich aufs Bett und lass die Energie des Universums durch deinen Körper fließen.« Jade verschwand in der Küche und kam mit zwei Bechern wieder. »Folgendes: Ich will einem Freund beweisen, dass intuitiver Tarot ebenso verlässlich ist wie die klassischen Varianten.« Jade tauschte den Becher mit einem Kartenstapel. »Denk an nichts, zieh fünf Karten und dann lass dich überraschen.«

»Jade, ich glaube nicht an diesen Mist.«

»Musst du nicht. Der Mist glaubt an dich. Das genügt.« Jade breitete einen Kartenfächer vor ihr aus. »Schließ die Augen.«

Lucy atmete tief ein. Gestern hatte sie sich von einem Ring Daniel herbeigewünscht. Heute war er im Laden erschienen.

Lucy hielt die Luft an und zog fünf Karten.

»Wirf sie hoch.«

Lucy gehorchte. Als sie die Lider öffnete, saß Jade mit geblähten Wangen vor ihr. Eine Frau mit wallenden Gewändern umfasste mit beiden Händen das Heft eines Schwertes und blickte ihr herausfordernd, wenn auch nur zweidimensional, entgegen.

Quer über ihr lag eine Karte mit einem Mann mit schönem Gesicht und ernsten Augen. An den Stellen, wo sein schwarzer Mantel auseinanderklaffte, kam sein Skelett zum Vorschein. In der Knochenhand ruhte eine Sense.

Lucy fröstelte es.

»Wenn die Karten auf dem Kopf liegen, dreh sie einfach um. Du wirst spüren, ob sie für dich eine Bedrohung oder Rettung bedeuten.«

Jades Lächeln konnte Lucy nicht aufmuntern. Sie hob die dritte Karte an. Ein dicker Teufel mit Widderhörnern fläzte fett auf einem Thron aus

Flammen. Warum wunderte sie das nicht? Die vierte Karte zeigte sieben goldene Kelche und auf der Fünften steckten zehn Schwerter im Rücken eines auf dem Boden liegenden Mannes.

»Faszinierend. Als ich für dich die Karten gelegt hatte, kam etwas Ähnliches bei heraus.«

»Und ist das gut oder schlecht?«

Jade zuckte die Schultern. »Für meine Theorie ist es hervorragend. Für deine Zukunft ziemlich düster.«

Lucy erinnerte sich daran, dass sie an Hokuspokus nie geglaubt hatte. »Vergiss den Humbug. Ich brauche einen Rat.«

Mit versonnenem Blick sammelte Jade die Karten ein. »Der Tod liegt auf dir. Da gibt es keinen Rat. Du kannst ihn lieben oder es lassen. Das entscheidest du selbst.«

Die Zeit schien stillzustehen. »Das ist mein Problem. Ich habe mich verliebt. In einen Auftragskiller.«

Jade fielen die Karten aus der Hand.

»Ich habe versucht, es mir auszureden, vergeblich. Daniel ist wundervoll, seine schwarzen Haare, der sinnliche Mund, die Art, wie er einem in die Seele zu blicken scheint. Selbst sein Name. Levant. Ich habe gegoogelt, es heißt Wind und das passt zu ihm. Der Wind, der mir den Atem nimmt.« Lucy schlug die Hände vors Gesicht. Was faselte sie da? Sie war nie Romantikerin gewesen. »Ich träume schon von ihm und heute hat er mich im Laden besucht. Er kommt auf mich zu, berührt mich auf eine Weise, die mich alles vergessen lässt und …«

»Hast du mit ihm geschlafen?«

»Ich kenne nicht mal seine Adresse.«

»Ich schon.« Sie tippte auf die Todeskarte. »Du hast die Wahl, Lucy Sorokin. Entweder nimmst du den Tod oder der Tod nimmt dich. Was ist dir lieber?«

»Keine der Varianten?« Warum war die Luft so stickig? Das mulmige Gefühl wurde stärker.

Jade seufzte, holte Lucys Jacke und hielt ihr die Hand hin. »Komm mit. Du besuchst jetzt deinen persönlichen Tod und stellst dich ihm. Ich dachte, Daniel sei ein Vampir, den ich mit Energiearbeit aus seiner Blutsucht therapieren könnte, aber ich habe mich geirrt. Daniel ist elementarer und er ist nicht mein Problem, sondern deins.«

~*~

Morgen Nacht.

Etwas mehr als vierundzwanzig Stunden blieben Lucinde Sorokin zum Leben. Daniel rutschte an der Duschwand hinunter. Das Wasser rann heiß über seinen Nacken und entspannte ihn trotzdem nicht. Eine ausweglose Situation. Er hasste ausweglose Situationen.

Als er sich die Haare trocken rubbelte, sah sein Gesicht unter dem weißen Handtuch grau und müde aus. Ein martialisches Kreischen quälte seine Nerven. Der Fußboden vibrierte, von der Decke rieselte Staub. Ob er hinuntergehen und Susannas Freunden klarmachen sollte, dass weder tragende Wände noch Balken eingerissen werden durften? Nach einem letzten verzweifelten Aufschrei verstummte die Kreissäge, dafür erklang dumpf Susannas Schimpfen zu ihm herauf. Daniel verkroch sich unter Decken und Kissen. Nur eine Stunde Schlaf, dann würde er Ives ablösen und Lucy wieder persönlich observieren.

Der Aufzug knarrte in den Seilen. Daniel fluchte ins Kopfkissen. Sollte Ives seinen Posten verlassen haben, würde er ihn einen Kopf kürzer machen.

»Daniel? Wo bist du?«

Jade? Ihr fröhliches Gesicht erschien zwischen den Stäben.

»Die Kleine von unten hat mich hereingelassen. Seit wann schließt du ab? Spontane Besuche sind schicksalsbestimmt. Es ist nicht gut fürs Karma, wenn sie unterbunden werden.«

Daniel verkroch sich noch etwas tiefer unter die Decken.

»Hey, dunkler Held! Deine düstere Aura tentakelt bis in den Aufzugschacht. Ich finde das sexy.« Sie hielt ein Deck Spielkarten hoch. »Willst du in deine Zukunft schauen?«

»Auf keinen Fall.«

Als er Jade das erste Mal getroffen hatte, tanzte sie um ein Arrangement aus Blüten und Knochen mitten im Sherwood Forest. Dass sie von

142

einem Haufen Touristen umstanden und angestarrt wurde, hatte ihr nichts ausgemacht. Irgendwann war die Polizei gekommen, hatte sie in eine Decke gehüllt und mitgenommen. Engländer waren empfindlich, wenn es um Nudismus in der Öffentlichkeit ging. Mit ihren endlos blonden Haaren war sie ihm wie eine Nymphe erschienen. Doch wenn sie noch so schön war, sie sollte verschwinden und ihn allein lassen.

Jade rümpfte die Nase. »Sei nicht so negativ. Das Universum hält überraschende Wendungen in deinem Leben bereit.«

»Ich kann heute nicht. Termine.«

»Das wird sich ändern. Ich habe dir eine Fußreflexzonenmassage versprochen und die bekommst du jetzt.«

Das konnte nicht ihr ernst sein. »Dazu fehlt mir im Moment der Nerv.«

Sie schüttelte energisch den Kopf, kramte ein Buch aus ihrem Rucksack und legte es aufgeklappt neben ihn. »Ich bin dabei, meine neue Mitarbeiterin einzuarbeiten. Sie wird dich heute übernehmen.« Sie lächelte ihn an wie ein Arzt einen Sterbenden.

»Ich will das nicht!« Seine Nerven waren zum Zerreißen gespannt. Morgen tötete er die Frau seines Lebens. Sein Inneres stülpte sich nach außen bei dem Gedanken daran. Konnte Jade nicht verschwinden und ein Nein akzeptieren?

»Ich akzeptiere kein Nein, Daniel. No Chance.«

Verdammt!

»Jade! Bitte!«

»Lucy, du kannst kommen. Er ist so weit.«

Lucy?

Sie trat aus dem Aufzug. Sie musste sich hinter der Absperrung versteckt haben.

»Ich geh dann mal. Lucy, alles, was du brauchst, liegt für dich auf dem Bett bereit. Solltest du nicht weiterkommen, sieh ins Buch. Die Meridiane sind farblich markiert.« Sie ging.

Und ließ ihn mit Lucy allein.

»Jade hat gesagt, du seist mein Tod und ich soll dich lieben, weil du mich sonst umbringen würdest.« Lucy setzte sich im Schneidersitz vor ihn

143

und begann, kräftig über seinen Fuß zu streichen. Daniels Mund war trocken. Er brachte keinen Ton heraus.

»Ich glaube nicht an Prophezeiungen, aber ich brauchte eine Ausrede.« Sie zog an seinen Zehen und lächelte ihn dabei an. »Wenn wir uns sehen, schürst du ein Chaos in mir, das du nie beseitigst. Ich bin gekommen, um mich zu rächen.«

»Du solltest nicht hier sein.«

Sie legte den Finger auf seine Lippen. »Hast du eine Freundin?«

Er schüttelte den Kopf.

»Eine Frau?«

Ganz gewiss nicht.

»Begehrst du mich?«

Er nickte, seine Gedanken verselbstständigten sich. Gut, dass er wenigstens ein Handtuch trug. Mit Schwung zog sie es von seinen Hüften.

Ihre Augen weiteten sich.

Daniel schloss seine. Das hier war verrückt. Es konnte nur ein Traum sein, entsprungen aus seinem wundgedachten Hirn, das nach Lösungen suchte, und keine fand.

Als der Handy-Gong dröhnte, hätte er am liebsten gebrüllt. Lucy saß da, seinen Fuß in ihrem Schoß und massierte seine Sohle.

»Du bist verspannt. Du solltest jetzt nicht telefonieren.«

»Ich muss rangehen, es ist wichtig.« Ives Nummer blinkte. Er würde ihn durchs Telefon ziehen. Lucy streckte sich auf dem Bauch aus, streichelte vom Fußknöchel zum großen Zeh und biss hinein. Daniel hielt ihr den anderen Fuß ebenfalls hin. Sie lächelte und biss wieder zu. Diesmal stärker.

»Hier tut sich nichts.« Ives Stimme klang zittrig.

Lucys Zunge umspielte Daniels Fußknöchel.

»Von der Sorokin keine Spur. Sie hat das Haus nicht verlassen.«

»Ist ziemlich warm bei dir.« Sie knöpfte ihre Strickjacke auf, führte seine Hand zu ihrer Brust, lenkte sie in großzügigen Kreisen über heißes, festes Fleisch. Daniel schloss die Augen, um sich auf Ives konzentrieren zu können.

»Bist du sicher, dass sie nicht den Hintereingang genommen hat?«
Immerhin massierte er nicht die zarte Brust einer Fata Morgana. Ihr Herz
schlug schneller in seiner Hand. Seinen Puls konnte er weit vom Herzen
entfernt spüren. Auch er wurde schneller, stärker und beanspruchte immer
mehr Platz.

»Ganz sicher«, sagte Ives im Brustton der Überzeugung.

Lucy kroch wieder zu seinen Füßen, strich mit der Zunge kräftig über
die Sohlen.

Daniel keuchte auf.

»Daniel? Geht es dir gut? Du stöhnst so,« kam es besorgt aus dem
Handy.

»Mach dir keine Gedanken. Ich bin müde. Ich habe gegähnt.« Als sich
ihre Zunge zwischen seine Zehen schlängelte, biss er sich auf die Lippen.

»Es ist saukalt im Wagen. Ich habe zwischendurch den Motor laufen
lassen. Willst du nicht einfach kommen und sie töten, damit ich heiß duschen und was essen kann?«

»Nein. Willkommen im aufregenden Dasein der Bruderschaft. Außerdem verfügt die Karre garantiert über eine Standheizung.«

Zärtlich streichelte Lucy über seine Schenkel, je höher sie kam, desto
knapper wurde ihm die Luft. Daniel hielt das Mikro zu. »Das ist eine Fußreflexzonenmassage?«

Lucy grinste zu ihm hinauf. »Nicht mehr. Jetzt aktiviere ich deine Meridiane. Halt still, wenn du schon dabei quatschen musst.«

Ihre sanften Finger tänzelten über seine Fußknöchel weiter zu seinen
Oberschenkeln bis in seine Leiste. Seine Erregung sammelte sich vor ihren
Augen. Er konnte es nicht ändern. Sie lag auf dem Handtuch.

Sie nickte zu seinem Handy, das er immer noch zuhielt. »Dein Ge-
sprächspartner wartet.«

Offenbar hatte Ives nichts von Daniels Ablenkung bemerkt.

»Ich verhungere langsam. Sei gnädig und schick wenigstens Ruben.«

Lucy blätterte in dem Buch »Mit dem Magenmeridian fangen wir an.
Und zwar genau hier.« Ihre festen Küsse verteilte sie großzügig auf seinen
Lenden. Daniel versuchte, sich zu entspannen. Wo sie küsste, war sein
Magen auch während seiner Ausweidung im Sommer 1084 nicht gewesen.

145

»Hör auf damit, ich halte das nicht aus.« Lusttrunkene Augen sahen zu ihm auf. »Vergiss es.« Lucy intensivierte ihre Liebkosungen.

Daniel biss die Zähne zusammen.

»Was hältst du nicht aus? Ich bin es, der erfriert!«

Warum hielt Ives nicht einfach die Klappe?

»Hier verläuft dein Nierenmeridian.« Sie hauchte auf empfindliche Haut. »Er ist wunderschön, weißt du das?«

»Der Nierenmeridian?« Seine Gedanken verschwammen.

»Nein, das hier.« Sanfte Küsse weckten ein Pulsieren, das er kaum noch folgenlos ertragen konnte. »Soll ich immer noch aufhören?«

Daniel schüttelte den Kopf. Die Erregung legte ihn in süße Fesseln, die Hingabe forderten. »Mach weiter. Das tut gut.«

»Was? Ich kann dich nicht verstehen. Die Standheizung rauscht so laut.«

Ives, verdammt!

Daniel schnappte nach Luft, Lucys Biss war grausam gewesen. »Ich sagte, folge ihr weiter. Das wäre gut.«

Eine Kaskade französischer Flüche folgte, die plötzlich ins Portugiesische wechselten. »Bist du blöd? Ich sagte doch, da gibt es nichts zu verfolgen. Ich will Kaffee, ein Steak und eine Dusche! Ich verhungere und dich kümmert es nicht!«

»Oh Gott!« Daniel fasste in ihr Haar und presste die Lippen zusammen. Welcher Meridian es auch war, sie aktivierte ihn heftig.

»Ach, so schlimm ist das nun auch wieder nicht. Aber danke, dass du dich um mich sorgst.«

Daniel schlug seine Zähne den Handballen. Was diese Zungenspitze an ihm vollführte, grenzte an Schmerz. Lucy nahm ihm das Handy ab, beendete das Gespräch. Er wollte sie von sich schieben, öffnete jedoch nur seine Schenkel. Sanft drückte er ihren Kopf zurück in seinen Schoß. Was sie mit ihm tat, war zu wundervoll, um darauf zu verzichten.

Sie liebte ihn. Das zwang ihn zu nichts. Er musste ihr das Leben jetzt nicht stehlen. Er hatte Zeit, morgen war auch noch ein Tag. Und übermorgen und nächste Woche und die Ewigkeit unter Lucys Lippen, ihrer Zunge, ihren Händen.

Daniel streckte sich unter ihr, um Platz für das Übermaß an Lust zu schaffen, das sie auf konsequente Weise auf die Spitze trieb. Gleich. Bitte, gleich. Das Aufkeuchen brach aus ihm heraus. Er konnte es nicht mehr verhindern.

Lucy blickte auf, legte ihr Kinn auf seinem Schenkel ab und sah ihn mit einem grausamen Leuchten in den Augen an. »Soll ich dir zeigen, wie es mir geht, wenn du mich küsst und dann verschwindest?«

Was hatte sie vor?

»Das ist der Moment, in dem du vor Erregung vibrierst und nichts dringender ersehnst als Erlösung.« Ihre Fingerspitze zog sanfte Kreise an hochsensiblen Stellen. »Und in dem du qualvoll unbefriedigt einfach so hängen gelassen wirst.«

Lucy stand auf, knöpfte ihre Jacke zu, zog sich an und ging, ohne sich nach ihm umzudrehen.

~*~

Daniels verzweifeltes Aufstöhnen hörte sie noch im Fahrstuhlschacht.

Lucy kämpfte mit den Tränen. Sie hatte nicht nur ihn gequält. Auch sich selbst.

Der Fahrradsattel machte es nicht besser und sie hätte sich für ihre Konsequenz ohrfeigen können. Sie fuhr wie der Teufel, die Visionen höchster Lust verließen sie nicht.

Daniels nackter, erregter Körper war hingegossene Poesie gewesen. War sie bescheuert, ihn ungeliebt liegen zu lassen? Das silberne Amulett wäre auf seiner schweißnassen Brust hin und her gerutscht. Es hätte den Reiz erhöht. Sicher war der Verschluss nur ein Häkchen. Der komplizierte Schiebemechanismus des Colliers von Raquelerre war ein Hindernis gewesen. Lucy hatte ihm die Ellbogen hinter dem Rücken zusammengebunden, um genug Zeit zu haben, es zu öffnen.

Ob sich Ethan für Silberschmuck begeisterte?

Vor dem Antiquitätengeschäft parkte ein austernfarbener Rolls-Royce inklusive Chauffeur mit Mütze. Offenbar hatte Ethan liquide Kundschaft.

Lucys Herz quoll über vor Gefühlen, die es flattern und schmerzen ließen. Nach einem höflichen Small Talk stand ihr nicht der Sinn.

»Lucy, schön, dass du da bist.« Ethans Lächeln krampfte in den Mundwinkeln. Neben ihm, mit dem Rücken zu Tür, stand ein großer Mann mit weißen Haaren und langem Lodenmantel.

»Ich habe dir erzählt, dass ein Freund von mir die Ringinschrift für mich entziffert hat. Er ist vorbeigekommen, um ihn in Augenschein zu nehmen.«

Hatte Ethan den Verstand verloren? Er sah betreten zu Boden, als sich sein Bekannter umdrehte. Die stechend stahlblauen Augen musterten Lucy von oben nach unten.

Ihr Herz setzte aus.

Aiden Callahan. Peters Mentor. Hatte Ethan vor, sie auffliegen zu lassen?

»Ich war überrascht, als mein guter alter Freund Ethan die Bilder dieses beeindruckenden Ringes mailte.«

Ethan verzog hinter Callahan das Gesicht zu einer schmerzvollen Grimasse.

»Ich hege ein persönliches Interesse an diesem Schmuckstück und bin hier, um mit Ihnen über den Preis zu verhandeln.« Er spreizte den Mund zu einem Lächeln, das Lucy frösteln ließ. »Selbstverständlich muss unser gemeinsamer Freund Peter nichts von unseren geschäftlichen Angelegenheiten erfahren. Ich denke, darin stimmen Sie mit mir überein oder sollten Sie ihn über ihr lukratives Hobby informiert haben?«

Callahan war der Teufel. Er würde sie zappeln lassen und Bedingungen stellen. Der Ring beulte ihre Jeanstasche aus. Daniel hatte recht. Er war gefährlich. Aber auf eine andere Weise.

»Begleiten Sie mich zu einem kurzen Ausflug. Mein Wagen steht draußen. Dort können wir ungestört plaudern.«

Ethans knappes Nicken machte ihr keinen Mut. Schweigend ging sie voraus. Der Chauffeur stieg aus, öffnete ihnen die Tür.

Kaum setzte sich der Rolls-Royce in Bewegung, zog Callahan ein Seidentuch aus der Manteltasche.

»Ich hielt es für besser, Ihnen meinen Familienring nicht bereits im Laden zu präsentieren. Das hätte nur unseren Freund beunruhigt.«

Der prachtvolle Goldring fasste einen gigantischen Rubin. Der Schmuck war bis auf den Edelstein das exakte Gegenstück von ihrem.

»Die Familie Grigorjew, von der dieses Prachtstück, das Sie irgendwo an ihrem bezaubernd jungen Körper tragen, stammt, teilt sich mit der Sippe der Callahans gemeinsame Vorväter.«

»Helden, wie ich vermute?«

Callahan lächelte verzückt. »Sie haben meine Übersetzung der Keilschrift erhalten?«

»Was hat es mit diesen Ringen auf sich?« Bevor sie auch nur daran dachte, ihm ihre Beute zu überlassen, musste er mehr Informationen preisgeben.

»Der Ring steht Ihnen nicht zu«, sagte Callahan kalt. »Sie wissen nicht, wie gefährlich die Grigorjews sind. Sollten sie Ihnen auf die Schliche kommen, wird ein schneller Tod das Letzte sein, mit dem Sie rechnen dürfen.«

Dieser alte Mann bluffte. Lucy schluckte ihren Schreck hinunter. »Wir leben nicht mehr im Mittelalter.«

Sein spontanes Lachen erschreckte sie. »Meine Liebe, die Wurzeln der Grigorjews reichen über das Mittelalter weit hinaus. Ich mache Ihnen einen Vorschlag. Sie geben mir den Ring und ich verrate Sie dafür nicht an Kolja, der zweifellos schon Himmel und Hölle in Bewegung gesetzt hat, um Sie zu finden. Zusätzlich erwarte ich von Ihnen einen kleinen Bonus. Sonst erfährt alle Welt, dass Sie seit Jahren Ihre Hände nach fremdem Eigentum ausstrecken.« Die langen knochigen Finger legten sich auf ihr Knie. »Ich wohne im Waldorf-Hilton. Sie könnten mir den Nachmittag versüßen.«

»Wer garantiert mir, dass Sie sich an die Absprache halten?« Sie war oft erpresst worden. Wer an der Leine hing, spürte sie. Sein ganzes Leben.

Callahan legte ihr die Prawda auf den Schoß. Unter dem Papier schob sich seine Hand zwischen ihre Beine. Das gierige Aufleuchten der kalten Augen und sein grobes Zugreifen widerten sie an.

»Lies, Jana Kusnezow und dulde meine Berührungen, Lucy Sorokin. Du wirst sie zur Genüge genießen dürfen.«

Es kostete sie sämtliche Anstrengung, ihr Zittern zu verbergen.

Er schlug die Zeitung auf, tippte auf die Nachricht von Igors Tod.

»Dieser Mord trägt Koljas Handschrift. Bei seinem Nächsten werden Sie es sein, die die Londoner Polizei stückchenweise aus der Themse fischt.« Sein Griff unter dem knisternden Papier wurde zudringlicher.

Lucy zwang sich, stillzuhalten. »Und Sie garantieren mir Schutz? Wie?«

»Die Grigorjews und ihre stets wachsende Macht sind mir seit Ewigkeiten ein Dorn im Auge. Alles, was sie schwächt, ist mir willkommen. Der Ringdiebstahl wird sie zweifellos schwächen. Sie haben mir damit einen Gefallen getan. Ich erweise mich aus Prinzip großzügig gegenüber Menschen wie Ihnen. Der Ring, wenn ich bitten darf.«

Seine Hand wanderte direkt vor ihre Nase. Lucy zog den Schmuck aus der Tasche. Sie hasste solche Situationen. Es war lange her, seit sie das letzte Mal in eine Falle getappt war.

Callahan hielt den Ring ins Licht. »Wunderbar, nicht wahr?« Sein gehässiges Lachen wollte nicht aufhören. In Lucys Magen krochen Schlangen.

»Machen Sie sich keine Gedanken mehr. Kolja Grigorjew wird weder Ihren richtigen Namen noch Ihren Wohnsitz erfahren.«

Er hatte Igor gefoltert. Kolja wusste alles, was er gewusst hatte. Dass Callahan sie für derart naiv hielt, schürte ihre Wut mehr, als das Gegrapsche seiner geilen Hand, die sich unter ihren Pulli schob. Sie musste diesen Mann loswerden und verschwinden. So schnell wie möglich.

»Ich schlage vor, Sie begleiten mich gleich. Gutes soll man nicht warten lassen.«

Der Brechreiz ließ sich im letzten Moment hinunterwürgen. »Vorher fahren Sie mich bitte nach Hause. Ich möchte mich frisch machen und dem Anlass entsprechend umziehen. Es wird schnell gehen. Sie können im Wagen auf mich warten. Baker Street 126.«

Callahans Augen leuchteten auf. »Es ist mir ein Vergnügen. Wussten Sie, dass ich es war, der den Großteil der Waren, die durch Ihre Hände gegangen sind, an vertrauensvolle Käufer vermittelt hat? Betrachten Sie Ihren kleinen Dienst an mir als Provision.«

Die Provision, die Lucy vorschwebte, hatte etwas mit einem hoffentlich ewig währenden Schlaf zu tun.

»Gestatten Sie meinem Chauffeur, dass er Sie in die Wohnung begleitet. Es wäre ungünstig, würden Sie eine Flucht in Erwägung ziehen.«

»Bitte, wenn er mir nicht vor den Füßen steht.« Auf die Toilette würde ihr der Kerl nicht folgen und da wartete das, was sie brauchte.

Schweigend folgte ihr der Mann.

Sie sperrte die Badezimmertür vor seiner Nase zu. Zur Tarnung drehte sie das Wasser der Dusche an. Dann klappte sie den Toilettenspülkasten auf. Noch zwei Phiolen schwammen im Spülwasser. Igor hatte sie ihr grinsend überreicht und versprochen, dass sie bei moderater Anwendung nicht töteten.

Was bedeutete *moderat*? Offenbar die Konzentration, die sie Kolja verabreicht hatte, denn er lebte leider immer noch.

Sie versteckte eines der Fläschchen im BH, ließ ihren Bewacher links liegen und wählte ein Abendkleid mit tiefem Ausschnitt im Rücken.

Für diese glänzende Verführung war es zu früh am Tag, aber Callahan sollte seine Augen nicht von ihrem Hintern lösen können. Dann übersah er hoffentlich die Hand, die im entscheidenden Moment zum Gift griff.

In den silberglänzenden Riemchen mit den nadeldünnen Absätzen brach sie sich zweifellos die Knöchel, wenn sie rennen musste. Flache Schuhe passten jedoch nicht zum Outfit und würden Callahan misstrauisch machen.

Im Notfall flüchtete sie barfuß.

Wie nah würde sie Callahan an sich heranlassen? Nah genug, um ihm die Sinne zu vernebeln.

Ein Mann wie er protzte sicherlich mit Champagner.

Ob er sich von ihr füttern ließ? Dann könnte sie ihm das Gift auf einmal in den Rachen kippen. Bevor er den Geschmack bemerkte, würde die Wirkung schon einsetzen. Es durfte nur kein Zeuge in der Nähe sein.

Der Plan beruhigte sie. Noch heute Abend verließ sie die Stadt.

In einem Mietwagen. Anonym. Niemand durfte erfahren, wo sie steckte. Auch Daniel nicht. Bis man Callahans Leiche fand, war sie längst über alle Berge.

Der Kloß in ihrem Hals wuchs mit jedem Augenblick. Ebenso wie die Angst.

~*~

Sie hatte ihn hängen lassen.

Daniel tigerte auf und ab. Was für eine eiskalte Frau. Das Buch von Jade lag noch auf seinem Bett. An Lucys Behandlung durfte er nicht denken, sofort reagierte sein Körper mit massivem Protest. Als der Handygong erklang, zuckte er zusammen.

»Daniel? Es tut sich was bei der Sorokin. Eben hat sie ein alter Kerl im Rolls-Royce mitgenommen. Ihrem Gesicht nach war sie wenig bis gar nicht begeistert. Sie sind zu ihr nach Hause gefahren.«

»Finde heraus, wem der Wagen gehört. In zehn Minuten bin ich da.«

Eine Frau mit einer Pudelmütze sprang erschrocken zur Seite, als Daniel auf das Taxi zurannte. »Baker Street. Schnell!« Auf was für Leute ließ sich Lucy ein? Rachsüchtige Nephilim, Auftragskiller und nun dieser Fremde. Daniel fühlte es bis in die Eingeweide. Lucy schwebte in Gefahr.

Der Fahrer sah ihn konsterniert an, als Daniel auflachte.

Er war ihr Killer. Gefährlicher konnte ihr der Kerl kaum werden.

Ives parkte auf der anderen Straßenseite. Direkt vorm Haus stand der Rolls.

Daniel zahlte und rannte zu Ives.

»Der Wagen gehört einem Aiden Callahan, Wohnsitz in Dublin. Und jetzt halte dich fest, er ist führendes Mitglied einer Nephilim-Sippe, die seit den Zeiten der Tuatha de Danaan in Irland siedelte. Und es wird noch besser, die Callahans rivalisieren mit den Grigorjews um die Alphastellung unter den alten Familien.« Ives holte Luft. »Kepheqiah geht davon aus, dass er hinter dem Ring her ist.«

»Wir müssen Lucy da rausholen.« Musste sich diese Frau mit den ältesten Kriminellen der Weltgeschichte anlegen? Genügten ihr keine normalen Verbrecher?

Lucy erschien in der Tür. Der Saum eines schimmernden Abendkleides umspielte ihre nackten Knöchel.

Ives pfiff leise durch die Zähen. »Mann, sieht die klasse aus. Ich kann dich verstehen.«

Konnte er nicht. Würde der Kerl seine Finger nicht bei sich lassen, musste heute noch das Cleaner-Team ausrücken.

Ives ließ den Motor an. »Der fährt in die City.«

Vor dem Waldorf-Hilton hielten sie an. Der Mann reichte Lucy den Arm und sie nahm zögernd an. Die Situation gefiel Daniel immer weniger. Keph musste ihm helfen. Er wählte die Nummer und atmete auf, als Keph nach dem zweiten Freizeichen das Gespräch annahm.

»Ich brauche Geld. Der Umschlag sollte dick sein. Wozu sage ich dir später. Das Ziel wurde von Callahan ins Waldorf abgeschleppt.«

»Ein neuer Mitspieler?« Keph klang besorgt. »Das würde unserem Klienten mit Sicherheit nicht gefallen. Beschatte sie. Das Geld kommt sofort. Ich bringe es selbst.«

Hoffentlich beeilte sich Keph. Jede Minute mit diesem Mann allein war für Lucy ein Risiko.

~*~

Callahans Hand lag kalt auf ihrem Rücken. Er lotste sie in seine Suite und nahm ihr den Mantel ab. Wenigstens war der Chauffeur im Wagen geblieben.

Lucy schob die Phiole zurecht. Er sollte sie nicht gleich bei der ersten Tuchfühlung ertasten. Das charmante Lächeln fühlte sich an wie ins Gesicht gemeißelt, aber Callahan schien sich daran nicht zu stören. Der gierige Glanz verließ seine Augen keinen Moment. Erwartungsgemäß stand der Champagnerkühler neben dem Bett. Die Schalen danebe.

»Keine Erdbeeren?«

Aiden verzog kurz den schmalen Mund.

153

»Muss ja auch nicht sein.« Lucy dekorierte sich auf die kühlen Batistlaken. »Obwohl sie eigentlich Standard sind.« Eventuell war es unklug, ihn zu provozieren, doch sie konnte nicht anders.

Callahan legte seinen Mantel ab, lockerte die Krawatte und setzte sich etwas steif zu ihr.

Seine Hand fühlte sich nach trockenem Pergament an. Immerhin eins, auf dem noch kein Schimmel wucherte. Sie raschelte über ihren Rücken, verschwand im tiefen Ausschnitt und Lucy war froh, die Phiole nicht dort versteckt zu haben. Schon rutschte er näher, schob ihr Kleid hoch und gab es auf, leise zu atmen. Der erste Träger glitt von ihrer Schulter, der zweite folgte.

Als Callahan sein Gesicht in ihre Brust versenken wollte, flüchtete Lucy nach hinten.

»Ein wenig vorglühen wäre schön.« Sie lächelte zu den Champagnergläsern. Aiden wandte sich ab, um ihr einzuschenken.

Als er sich wieder zu ihr herumdrehte und das Glas an ihre Lippen hob, befand sich sein Tod längst in Lucys verkrampfter Faust.

Callahan ahnte nichts davon.

Er neigte das Glas zu steil. Ein Teil des Champagners rann über Lucys Kinn bis in ihren Ausschnitt.

Callahans lüsternes Grinsen verriet, dass genau das bezweckt hatte.

Seine schlaffe Zunge leckte ihr über die Haut.

Lucy schauderte.

~*~

»Ich muss zu ihr.«

Daniel schnappte sich den schweren Umschlag.

Keph hielt ihn fest. »Wenn sich die Gelegenheit ergibt, erledige deinen Job gleich. Ob Ruben ein oder zwei Leichen bergen muss, ist ihm völlig egal.«

Daniel konzentrierte sich auf das Schillern der Benzinpfützen auf dem Asphalt. Kephs Worte hallten in seinem Kopf. Sein Herz weigerte sich, ihre Bedeutung zu erfassen.

Der Herr am Empfang nickte diskret, als er einen Blick in seine Zukunft geworfen hatte. Schweigend ging er Daniel voran in den Aufzug, führte ihn vor eine Suite und öffnete die Tür. Dann verschwand er im Sturmschritt.

Der Schlafbereich war abgeteilt. Daniel betrat ihn lautlos.

Lucy saß auf Callahan mit dem Rücken zur Tür. Das Kleid umschlang locker ihre Hüften und gab genug preis, um in ihm eine tiefe Sehnsucht nach dem zu wecken, was es fast nicht mehr verbarg.

Als Callahan aufkeuchte wie ein Walross, flutete bittere Eifersucht sein Inneres.

Sie würde einen Zweck mit ihren Aktionen verfolgen. Sie tat das hier nicht zum Vergnügen. Sie traf keine Schuld. Und warum wand sie sich auf ihm? Der Kerl steckte noch in Hose und Hemd. Geduckt schlich sich Daniel näher an ihn heran. Lucys verlockend nackte Schenkel spannten sich um Callahans Hüften.

Nein, sie durfte diesem Mistkerl nicht das schenken, was sich Daniel bis in die letzte Faser seines Körpers ersehnte.

Die Vorstellung schnitt seine Därme in Streifen.

Callahan verdrehte vor Entzücken die Augen.

Als er plötzlich hektisch an dem Verschluss seiner Hose nestelte, hätte Daniel am liebsten vor Erleichterung aufgelacht.

Lucy schürte die Lust des Alten allein mit ihrem Hin- und Herruckeln.

Daniel duckte sich an den Boden.

Würde es seiner Sippe auffallen, wenn ihr Patriarch den Lough Neagh niemals wieder besuchte? Callahan bewegte sich in Daniels Jagdgründen. Lucy war sein Ziel. Alles, was der Kerl befingerte, stand ausschließlich ihm zu. Wehe, er dachte ernsthaft daran, sich in Lucys süßem Schoß zu versenken.

Daniels Herz raste vor Zorn.

Lucys Hand verschwand in die Falten ihres Kleides. Sie zog etwas hervor, schnippte etwas weg und griff gierig in Callahans Gesicht.

Der stöhnte auf, als sie ihre Finger in seinen Mund schob.

Lucy leckte über seine Wange.

Daniel stellten sich die Haare zu Berge.

155

Sie griff unter sich.

Was sie dort heftig massierte, durfte sich Daniel nicht vorstellen. Callahan bäumte sich auf vor Lust.

Lucy fasste ihm ins Haar, zog seinen Kopf in den Nacken.

Aus dem weit geöffneten Mund drang lautes Stöhnen.

Sie beugte sich entsetzlich nah über ihn. Ihre Hand tauchte aus den Tiefen auf, hielt etwas Glänzendes an seine Lippen.

Callahan schluckte mit überdehnter Kehle. Daniel hörte es bis zu seinem Versteck.

Lucy widmete sich dem Zentrum Callahans Lust erneut.

Mit brachialer Intensität.

Der Alte keuchte, als läge er im Sterben. Er griff gierig an ihre Brust, erstarrte.

Seine Hand fiel kraftlos zurück.

Noch ein Röcheln, dann blieb er bewegungslos unter Lucy liegen. Sie strich über seinen Körper, fühlte hektisch den Puls. Fingerte an seinen Händen, richtete ihr Kleid.

Sie schwang ihre schönen Beine von ihm, da schnellte Callahan hoch. Lucy schrie. Irre Augen starrten sie hasserfüllt an, faltige Hände legten sich um ihren Hals, drückten zu.

Daniel sprang auf. Callahan sah erstaunt an ihm hinauf, reagierte jedoch nicht, als Daniel seinen Schädel umfasste.

Es ging schnell. Ein kräftiger Ruck, ein Knacken und Callahan fiel zur Seite.

Lucy hielt sich den Hals, rang nach Luft. Daniel wickelte sie in seine Jacke. »Gleich geht es besser. Atme so ruhig wie möglich.« Während er die Nummer des Cleaner-Teams tippte, hielt er Lucy im Arm.

Sie starrte ihn an, als wäre sie eben aus einem Traum erwacht.

»Ich wollte ihn töten.«

»Hab ich gesehen.« Vielleicht wäre es bei einem normal sterblichen Greis auch gelungen. »Doch du hast es nicht getan. Ich war es. Mir macht es nichts aus, aber du bist keine Mörderin.« Sanft massierte er ihre Kehle. »Besser?«

Lucy nickte.

»Was wollte dieser Mann von dir?«

»Mich als Diebin denunzieren, wenn ich ihm nicht über einen öden Nachmittag hinweghelfe. Ethan hat ihn ins Vertrauen gezogen und als Käufer vorgeschlagen. Dafür werde ich ihn büßen lassen.« Sie zog seine Hand von ihrem Hals. »Was machst du hier? Bist du mir gefolgt?«

»Ich sollte Callahan liquidieren. Ich war sehr erstaunt, dich bei ihm vorzufinden.« Keph würde ihn lynchen, dass er ohne Auftrag ein Oberhaupt der alten Familien getötet hatte. Die Leiche musste sofort entsorgt werden.

Lucys Stirnrunzeln war niedlich. Hätte sie nicht überall nach diesem alten Bastard gestunken, hätte er sie geküsst.

»Langsam wird es mir unheimlich, dass wir uns ständig über den Weg laufen.«

Sie kletterte von seinem Schoß, Daniel hielt sie am Bein fest. Dieses warme Fleisch hatten welke Lenden nehmen wollen.

»Dusch dich.« Nebenbei tippte er in rasender Eile ein Stopp für Ruben. »Oder stört dich die Leiche?«

Lucy lächelte kalt. »Und dann verdrückst du dich, während ich unter dem Wasser stehe.«

Daniel konnte nicht warten. Er würde diesen süßlichen Geruch von ihrem Körper herunterlieben, bis sie nur noch nach ihm duftete. Er zog sie in seinen Arm, strich über ihren Rücken, bis seine Hände im verboten tiefen Ausschnitt verschwanden. Da war nichts. Keine Seide, kein Satin, keine Spitze. Nur nackte zarte Haut.

»Hast du uns zugesehen?«

Wie wundervoll rau ihre Stimme klang, als er fester zugriff. Daniel flüsterte ihr die Antwort ins Ohr.

»Warst du eifersüchtig?«, fragte sie lauernd.

»So sehr, dass ich beinahe meine Beherrschung verloren hätte.«

In den grünen Abgründen ihrer Augen leuchtete es.

~*~

Seine Hände fuhren sehnsüchtig durch ihr Haar.

»Ich rase vor Eifersucht, wenn ich dich in fremden Armen liegen sehe, wenn du fremde Lust befriedigst, obwohl mein Körper nach dir schreit.«

Die Leiche neben ihnen versank in Vergessen.

Der lustverhangene Blick aus den nachtschwarzen Augen war das Einzige, was Lucy noch wahrnahm.

Er versprach die Erfüllung all ihrer Wünsche und Sehnsüchte.

Sie würde alles dafür geben, sich jetzt und hier von Daniel lieben zu lassen.

Nur nicht den Rubinring, dessen Festhalten intime Muskelpartien herausforderten. Als Daniel über Callahan hergefallen war, war ihr auf die Schnelle kein besseres Versteck eingefallen. Ihr eigener Ring steckte noch in der Brusttasche von Callahans Jackett.

Mit einem kurzen Ruck zog Daniel den Leichnam vom Bett. Den dumpfen Aufschlag ignorierte er.

Wie in Zeitlupe schob sich Daniel auf sie.

Lucy bebte vor Erregung.

Sinnliche Küsse vernebelten ihre Sinne, zarte Berührungen verführten jedes bisschen ihrer Haut.

Lucy schmolz unter seinen Liebkosungen, verlor den Atem, als seine Küsse tiefer wurden. Plötzlich lag seine Hand auf ihrem Schenkel. Langsam streichelte sie höher, noch höher. Lucy stöhnte auf und zerrte Daniel den Pullover über den Kopf.

Seine Küsse brachen jeden Widerstand. Sie krallte sich in sein Haar, zog sich zu ihm hinauf. Da merkte sie es.

»Halt!« Sie konnte ihn nicht lieben. Nicht sofort. Vorher musste sie ein neues Versteck für ihre Beute finden. »Fahr mich nach Hause, gib mir eine Minute zum Erholen, und dann mach genau an der Stelle weiter, die du hoffentlich erreichen wolltest.«

Blanke Qual lag in seinem Blick, als er erneut zum Handy griff und einen Ruben samt Team herbestellte.

Sie stand ihm gut. Lucy könnte sie ihm oft bereiten, bevor sie ihn erlösen würde. Ein verlockender Gedanke. Plötzlich zog sich eine heiße Spur durch ihren Körper. Ihr Ursprung war dort, wo sie den Ring sanft umschlossen hielt. Sie musste ihn dringend loswerden. Schon setzte ein dumpfer Schmerz im Kopf ein.

Lucy kletterte aus dem Bett, raffte ihr Kleid zusammen und schnappte sich ihre Schuhe.

Daniel hielt sie fest. »Wo willst du hin?«

»Ins Bad. Du kannst vor der Badezimmertür Wache schieben, wenn du mir nicht vertraust.«

Sein Lächeln war nicht zu deuten. »Das werde ich.«

Kaum fiel die Tür ins Schloss, flutschte der Ring in ihre Hand. Sie versteckte ihn dort, wo sie vorher die Phiole untergebracht hatte.

Als sie herauskam, lehnte Daniel mit verschränkten Armen an der Wand. Er sah drei Männern in grauen Overalls dabei zu, wie sie Callahan eintüteten.

»Moment. Die Leiche hat etwas, das mir gehört.«

Daniels Brauen zuckten. »Wirklich?«

Lucy tastete die Jacketttaschen ab, bis sie den Ring fühlte. »Reichst du mir bitte meinen Mantel?«

Daniel gehorchte mit verschmitztem Grinsen. Der Ring verschwand in der Manteltasche. Später würde sie beide Schmuckstücke im Ofenrohr deponieren.

Daniel fasste sie im Nacken, zog sie sanft zu sich. Lucy konnte dem, was seine Zunge mit ihrem Mund anstellte, nichts entgegensetzen. Sie hielt sich an ihm fest, als die Wellen der Erregung höher schlugen. Er reizte sie bis zur Atemlosigkeit.

»Ich liebe deine Skrupellosigkeit, Lucy Sorokin.« Die verführerische Rauheit seiner Stimme schürte den Aufruhr in ihr. »Wirst du heute Nacht wieder kalt lächelnd verschwinden, während ich vor ungestillter Lust vergehe, oder wirst du bleiben, und das Versprechen einlösen, was deine Hände und deine süßen Lippen mir heute Mittag gegeben haben?«

Ihre Antwort trank er aus ihrem Mund. Lucys Beine gaben nach. Er hob sie auf und trug sie durch Flure, Aufzüge, Hallen. Die Welt um sie her verschwamm.

Plötzlich blieb er stehen und setzte sie ab.

»Lass uns den Hinterausgang nehmen. Hier ist zu viel los.«

Bevor sie sehen konnte, was er meinte, führte er sie zum Fahrstuhl und drückte den Knopf für die Parkdecks.

Die Fahrt nach unten dauerte nicht lang genug für das, was sie am liebsten mit ihm gemacht hätte.

Ihre Enttäuschung verschwand schlagartig, als sie die Flotte der Prachtwagen vor sich sah.

»Darf ich dir zur Feier des Tages ein Auto knacken?« Die meisten Limousinen und Sportwagen besaßen unter Garantie eine Alarmanlage, aber allein die Aussicht war verlockend.

Daniel lachte. »Wir nehmen uns ein Taxi. Mit Haymans Geld solltest du dir auf legalem Weg ein ebenso schickes Auto leisten können.«

Er nickte zu einem Porsche 911. Keine schlechte Wahl.

Die Abfahrt rannten sie hinunter wie Kinder. Lucy schleuderte nach der zweiten Etage die Schuhe von den Füßen, bei der ersten nahm Daniel sie huckepack.

»Blasen?« Zärtlich streichelte Daniel ihre asphaltschwarzen Sohlen.

»Ist egal. Das war es wert.«

Er winkte für sie ein Taxi heran.

Die Baker Street erreichten sie viel zu schnell.

Peters Wagen parkte vor Starbucks. Lucy stieß die wüstesten russischen Flüche aus, die ihr einfielen. Peter hatte sich angekündigt. Er wollte die Nacht mit ihr verbringen. Sie quoll über vor Leidenschaft. Aber die war nicht für ihn bestimmt.

Daniel sah sie erstaunt an. »Was hast du?«

»Peter.«

Das Glück aus seinem Blick verschwand.

»Ich kann ihn abwimmeln.« Irgendeine Lüge würde ihr mit Sicherheit einfallen und im schlimmsten Fall tat es auch die Wahrheit. Sie hatte sich in einen Mann verliebt, der charmant genug war, ihren geplanten Mord zu Ende zu bringen und mit jeder Berührung einen Orkan in ihr auslöste. Von den Küssen ganz zu schweigen.

»Nein. Er wartet auf dich und du solltest nicht so grausam sein, ihn zu enttäuschen. Es ist besser so. Verbringe die Nacht mit ihm.« Die Dunkelheit in seinen Augen war erschreckend, als er ihr aus dem Wagen half.

»Soll ich dich auf die andere Straßenseite tragen? Du bist barfuß.«

»Ich werde rennen. Der Dreck wird ihn ohnehin abschrecken und dann wird er lamentieren, sich die Nase schnäuzen und mich erst an sich ranlassen, wenn ich in Sakrotan gebadet habe.«

Daniel nickte. Plötzlich wirkte er unnahbar wie der kalte Winterhimmel.

»Du warst eben auf einen alten Mann eifersüchtig. Jetzt schickst du mich zu Peter. Ich verstehe das nicht.« Wollte er sie auf einmal los sein?

Die Hand war kühl, die sich an ihr Kinn legte und es sanft anhob. »Unterschätze meine Gefühle für dich nicht. Ich bin eifersüchtig. Rasend, und wenn du dich nicht beeilst, werde ich Ruben ein zweites Mal bemühen.«

»Sag mir, dass ich dich morgen wiedersehen werde.«

Daniel schwieg. Sein Blick schien durch sie hindurchzugleiten. Was immer er sah, es sorgte dafür, dass seine Miene zu Eis gefror.

»Überlassen wir es dem Schicksal, Lucy.« Er nahm ihre Hand, hauchte einen Kuss auf ihre Fingerknöchel.

Dann wandte er sich ab, gab dem Fahrer ein Zeichen und ließ sie zurück.

~*~

Der Menschenkörper war sperrig wie ein Stück Holz. Unmöglich, in ihm mit der Hauswand zu verschmelzen.

Die Frau sprang barfuß über die schmutzige Straße. Der Mantel, das an ihr herabfließende Kleid, alles schmiegte sich eng an, wollte ihr nah sein.

Caym leckte sich über die Lippen. Ungestillte Lust oszillierte wie ein Schleier um ihren Körper. Woher stammten diese Gefühle? Warum war sie nicht gestillt worden? Die Hülle aus Fleisch reagierte auf diese Frau.

Er hätte sie, randvoll mit sättigenden Lüsten, nie von dannen ziehen lassen. Er hätte sie genommen, bis sie um Gnade gewinselt hätte. Menschen waren dumm, schwach, leicht zu verführen. Ebenso wie sein neuer Herr.

Er bildete sich ein, Caym zu kontrollieren.

Dazu bedurfte es eines weitaus stärkeren Willens.

Ramuell Grigorjew besaß ihn.

Er war mächtig. Caym hatte sich qualvoll unter seinem Zwang gewunden, doch er war mit heißem Blut für seine Dienste entlohnt worden.

Die Frau verschwand im Haus. Bevor die Tür zuschlug, stellte er den Fuß in den Spalt. Als ein Schlüssel klimperte und eine Tür klappte, schlich er ihr hinterher.

Ihr Duft war geschwängert von der Begierde nach einem Mann. Auch dessen Geruch nahm Caym wahr. Er zog ein Band über die Stufen, durch die Streben des Geländers bis vor ihre Wohnung.

Ein Mann sprach mit ihr. Caym presste die Nase auf das Schlüsselloch. Ein widerlicher Blütengestank wehte ihm entgegen.

Die Stimme klang überheblich, war zu kraftlos. Er würde ihr nichts von dem geben können, was sie brauchte.

Caym konnte es. Mehr als das.

Danach würde sie röchelnd im Straßendreck liegen, blutend aus unzähligen Wunden.

Das war der Preis, den sie für die Qual unmenschlicher Lusterfüllung bezahlen musste.

~*~

Wo zum Henker sollte sie den verdammten Ring verstecken?

Der Rubin leuchtete wie pulsierendes Blut. Er stand seinem Samaragd-Bruder an Schönheit in nichts nach.

»Haselkätzchen? Bist du fein?« Peter kratzte an der Badezimmertür. Mit dem Callahans Schmuck konnte sie das Bad nicht verlassen. Zwei Ringe hätten selbst Peters Misstrauen erregt.

»Gleich. Einen Augenblick noch.«

Die Dose mit der Gesichtscreme! Lucy schraubte den Deckel ab und drückte den Rubin-Ring in die duftende Masse.

Den anderen behielt sie in der Hand. Heute Nacht war ihr nach Wunscherfüllung. Sie schlüpfte sie in einen Hauch von Nichts und stellte sich Peter. Er wartete neben dem Bett und lächelte unsicher.

»Wir hatten lange kein Schäferstündchen mehr, Lucy. Bist du aufgeregt?«

Lucy befahl ihrem Mund ein Klein-Mädchen-Lächeln. Der Strauß Nelken, den Peter mitgebracht hatte, verseuchte mit seinem penetranten Gestank das Schlafzimmer. Ob der Ring ihr noch einmal zu Diensten sein würde und die Nelken mit Rosen und Peter mit Daniel tauschte? Sie steckte ihn an und drehte ihn um den Daumen. Nichts geschah.

»Wolltest du den nicht Ethan schenken?« Sorgfältig legte er seine Hose über die Stuhllehne. »Er ist zu wuchtig für dich. Du solltest zierlicheren Schmuck tragen.«

Es war ein Fehler gewesen, ihm zu gestatten, die Nacht bei ihr zu verbringen. »Ethan wollte ihn nicht. Da habe ich ihn behalten.«

Peter entnahm seiner Reisetasche einen akkurat gefalteten Pyjama. »Über was wolltest du vorhin mit mir reden?«

Kosmetiktücher für später, Asthmaspray und seine Armbanduhr landeten nebeneinander auf ihrem Nachttisch.

Die Vorstellung, dass Daniel ins Zimmer stürmte, sie an sich presste und vor Leidenschaft nicht einmal seine Jeans vollständig auszuziehen, geschweige denn an Kosmetiktücher denken würde, versetzte ihre Nerven in einen sirrenden Zustand. Ohne Vorwarnung würde er ihr den Hauch Seide vom Leib reißen und sie tief, wild und laut nehmen. Lucy schlug die Hände vors Gesicht. Ihr Körper schrie sie an, was für einen elende Idiotin sie war, dass sie ihn hatte davonfahren lassen.

Sie hatte ihn gesehen, gefühlt und geschmeckt. Daniel hatte nicht übertrieben, die Szene auf dem Shunga wäre ein Kinderspiel mit ihm.

»Und? Hast du es vergessen?« Peter knöpfte den obersten Knopf des Pyjamaoberteils zu.

Lucy verdrängte die Vorstellung, Daniels Erregung zuckend in ihrem Schoß zu spüren. »Ich habe über unsere Beziehung nachgedacht.«

Peter hob die Brauen. »Du klingst heiser. Bist du sicher, dass du gesund bist?«

163

Daniels Hitze auf ihrer nackten Haut. Seine Lippen, die ihrem Mund Dinge zumuteten, die ihr gesamter Körper aushalten musste. Sie würde sich revanchieren. Könnte ihn liebkosen. Noch aggressiver, als sie es heute in seinem Loft getan hatte. Wie bei Kolja, in dieser seltsamen Nacht. Kolja hatte gebrüllt vor Lust, bevor er zusammengesunken war.

»Mir geht es gut. Mach dir keine Gedanken.« Sie schlüpfte unter die Decke und konzentrierte sich auf eine Spinnwebe an der Wand. Sie würde die Beziehung zu Peter beenden, und zwar noch bevor er seine lange Unterhose auszog. Nur wie?

Sie hatte ihr ganzes Leben über gelogen.

Es wurde Zeit, es mit der Wahrheit zu versuchen. »Ich habe mich verliebt.«

Peter sah auf.

»In den Mann, der mich am Flughafen geküsst hat.«

»Welcher Mann hat dich geküsst?«

Sein selektives Erinnerungsvermögen war zum ersten Mal ein Ärgernis. »Es ist derselbe, der auch bei Ethan im Laden war.«

»Dein Cousin?« Sein fassungsloses nach Luft schnappen hätte sie am liebsten mit einem Kissen erstickt.

»Wir sind nicht verwandt. Er hat das lediglich als Ausrede benutzt, um mich vor dir nicht zu kompromittieren.«

Peter schüttelte ungläubig den Kopf. »Du ziehst diesen Kerl *mir* vor? Warum?«

Die endlose Liste der Gründe würde sie unmöglich in nur einer einzigen Nacht abspulen können.

»Mutter wird entsetzt sein. Sie hat dich ins Herz geschlossen. Wie soll ich ihr das verständlich machen?«

Seine Mutter würde fünf Kreuze schlagen und ihrem Sohn zu diesem Verlust gratulieren. Die Mundwinkel dieser Frau waren jedes Mal über den Boden geschliffen, wenn sie Lucy gesehen hatte.

»Ist das dein letztes Wort?«

Lucy nickte und Peter schlug sich heroisch auf die Knie, bevor er aufstand.

»Nun denn, dann soll es wohl so sein.«

Die Lippen wie im Schmerz zusammengekniffen, zog er sich schweigend wieder an. Allzu viel schien es ihm nicht auszumachen, wenn er nicht den kleinsten Versuch unternahm, um sie zu kämpfen.

»Aiden Callahan hat mich gleich davor gewarnt, mich zu früh an eine Frau zu binden. Das stünde meiner Karriere im Weg.« Er rückte die Brille zurecht und verstaute seine Habseligkeiten in seiner Tasche. Es war erstaunlich, wie leer ihr Nachttisch plötzlich aussah.

»Verzeih, wenn ich mich nicht um gebührende Worte des Abschieds mühe. Ich muss den Schmerz erst verwinden.« Schnell neigte er sich zu ihr und küsste sie flüchtig auf die Stirn. »Leb wohl. Es tut mir leid, dir das sagen zu müssen, aber du hast einen großen Fehler begangen, einen Mann wie mich wegen eines dahergelaufenen Cousins ziehen zu lassen.«

»Er ist nicht mein Cousin.«

Peter sah sich nicht mehr um.

Als er die Tür hinter sich geschlossen hatte, atmete Lucy auf. Ein Grund weniger in ihrem Leben, zu lügen.

~*~

Auf der heißen Milch schwamm eine Haut. Der Honiglöffel durchbrach sie.

Daniel würgte und Ives verschränkte entschlossen die Arme vor der Brust.

»Runter damit. Ihr Freund ist bei ihr. Sein Auto steht vorm Haus, da wird es auch bis morgen bleiben. Wir haben Pause vor deinem großen Auftritt. Ist doch nett.«

Daniel setzte das Glas an. Als die glibberige Schicht seine Lippen berührte, stellte er es wieder weg.

Lucy ließ diesen Peter an sich ran. Er selbst hatte ihr dazu geraten.

War er von allen guten Geistern verlassen?

Sie gehörte ihm! Ihm allein! Existierte ein bedingungsloseres Band als der Tod?

»Ich verstehe deine Frustration.« Mitfühlend tätschelte Ives seine Hand. »Wäre dieser Kerl nicht bei ihr, könntest du sie ganz entspannt um die Ecke bringen. Gibst du mir zehn Prozent deiner Provision ab? Immerhin helfe ich dir bei dem Auftrag.«

Der Schlag klatschte schneller in Ives erstauntes Gesicht, als Daniel denken konnte.

»Mir reicht es jetzt mit dir, Meister Übersensibel.« Er stapfte in die Küche, fluchte und kam mit einem Glas Wasser wieder, das seltsam sprudelte. »Trink das aus.«

»Was ist das?«

»Ein harmloses Schlafmittel. Wenn du es nimmst, verspreche ich dir, die restliche Nacht bei Sorokin Wache zu schieben.«

»Geh in ihre Wohnung und zieh diesen Bastard aus ihr heraus.« Allein die Vorstellung, dass dieser Kerl in Lucy herumstümperte, machte ihn rasend. »Sie ist eine Stradivari und dieser Mann weiß nicht einmal, wo ihre Stimmwirbel sitzen.«

Ives blähte entnervt die Wangen. »Ich bin heilfroh, wenn dieses Weib sechs Fuß unter der Erde liegt.« Dem nächsten Schlag wich er gekonnt aus. »Du bist eifersüchtig wegen einer Toten! Denn genau das wird sie sein. Schluck es endlich und komm zu dir. Du bist ein Mitglied des ehrwürdigsten und ältesten Syndikats der Welt. Es ist für mich demütigend, einen Anonymen Meister dabei zu erwischen, wie er brüllend unter der Dusche onaniert und danach den Namen seines Zieles wimmert.«

»Ich habe nicht gewimmert und sei froh, dass ich es war, der Hand an mich gelegt hat. Ich habe Zeiten erlebt, in denen war für solche Notfälle die Dienerschaft zuständig.«

Ives verzog das Gesicht. »Ich weiß. Diese Zeiten habe ich auch noch mitbekommen, als Diener, wohlgemerkt.«

Daniel leerte das Glas. Es hatte keinen Zweck, sich zu verweigern. Er brauchte Schlaf. Warum grinste Ives derart hinterhältig? Sein Gesicht verschwamm vor seinen Augen, der Raum begann, sich um ihn zu drehen. »Ein harmloses Schlafmittel?«

Ives zuckte die Schultern. »Ich habe etwas untertrieben.«

Alles wurde schwarz, Daniel fiel. Er durfte nicht in diese dunklen Tiefen stürzen, die unter ihm warteten. Er musste Lucy retten.

Vor sich.

~*~

Die Nacht schien festzustecken. Warum ging sie nicht endlich vorbei? Lucy sah dem Mond beim Scheinen zu, bis er an ihrem Fenster vorbeigezogen war. Wehalb hatte sie nicht den Mut besessen, zu Daniel zu fahren?

Sie musste ihm sagen, dass es in ihrem unsteten Leben keinen Peter mehr gab.

Der Zeiger des Weckers rückte in Zeitlupentempo nach vorn. Halb fünf, halb sechs, halb sieben. Lucy hielt es im Bett nicht länger aus. Der Tag, der vor ihr lag, war auch ohne ihr kompliziertes Liebesleben schwierig. Sie zog sich an, trank den ersten Kaffee vor dem Spiegel im Flur. Ihre Haare streiften ihre Schultern.

Ein Jahr war um. Sie mussten ab. Der einundzwanzigste Dezember, der Todestag ihrer Eltern und damit ein Tag der Rituale. Er war nicht nachtschwarz, aber dunkel genug, um organisiert werden zu müssen. Als sie die Jacke schon übergezogen hatte, leuchtete das Handy auf der Ablage. Eine SMS von Ethan.

Lass sie nicht zu kurz schneiden. Komm nachher bei mir vorbei. Wir sehen uns schnulzige Filme an. Kopf hoch, mein verlorenes Mädchen!

Danke, Ethan.

Lucy schleppte ihr Fahrrad aus dem Keller und stellte sich einem grauen Morgen. Einzelne Schneeflocken tanzten durch die Luft. Sie glitzerten im Schein der Lichterketten und Plastiksterne, die in Schaufenstern und Ladeneingängen hingen.

Mr. Paddock schob die Ständer mit den Taschenbüchern vor die Ladentür und zwei erfroren aussehende Arbeiter wärmten sich die Hände an ihren Pappkaffeebechern.

Ein Junge sah auf, als sie vorbeiradelte. Er musste schon lange in der Kälte gestanden haben. Seine Ohren waren krebsrot.

Lucys fühlten sich ebenfalls eisig an, als sie vor Marius' Friseursalon abbremste.

Die pinken und metallicgrünen Christbaumkugeln konkurrierten an Geschmacklosigkeit mit dem zartrosa Wattebauschschnee im Schaufenster. Ein aufblinkendes Leuchtschild wünschte jedem mutigen Kunden frohe Weihnachten und tauchte für Bruchteile von Sekunden den Kunstschnee in das kalte Blau einer Winternacht.

Neben ihr bremste ein SUV. Er rollte aus, während sie ihr Fahrrad anschloss. Der Fahrer starrte sie an.

Aus leblosen Augen.

Lucy blinzelte. Offenbar hingen ihre Nerven nach wie vor in den Seilen.

Langsam fuhr der Wagen an ihr vorbei.

Den Blick des Mannes spürte sie noch in ihrem Nacken, als die Tür hinter ihr zufiel.

Marius sank über seinem dicken Timer zusammen. »Super, Lucy. Du bist die Erste, die mir heute den Tag versaut.«

»Charmant. Ein schlichtes *guten Morgen* hätte mir genügt.«

»Selbst schuld.« Er kam um den Tresen, nahm ihr die Jacke ab. »Ich liebe deine Haare.« Tief seufzend streichelte er ihr eine Strähne aus der Stirn. »Ich will das nicht tun.«

»Es ist dein Job.« Langsam sollte er sich daran gewöhnt haben. Sie machte es sich auf einem der Friseursessel bequem.

Zögernd griff er zur Schere. »Deine Haare umschmeicheln dein Gesicht wie ein Schleier.« Er verzog den Mund, als hätte er Schmerzen. »Es ist grausam, sie abzuschneiden.«

Er würde klein beigeben. Wie jedes Jahr.

Unter seinen geschickten Händen verwandelte sich Lucy in eine andere. Mit jeder Strähne, die auf den Boden fiel, wurde ihr Herz leichter.

Marius verpasste ihr eine hübsche Fransenfrisur, die Lucy unbeschwerter aussehen ließ, als sie sich fühlte.

Als er fertig war, trat er einen Schritt zurück und musterte sein Werk mit sichtlichem Wohlwollen.

»Hübsch angewuschelt und peppig. Und deine grünen Augen kommen auch besser zur Geltung.« Er stemmte die Hände in die nicht vorhandene Taille. »Ich bin ein Genie. Los! Lass es uns gemeinsam sagen.«

»Du bist ein Genie.«

»Sag ich ja.«

Der Teppich aus abgeschnittenen Haaren wurde in den Bodensauger geschnorchelt.

Der Junge mit den roten Ohren stürmte in den Salon.

Marius lächelte ihn durch den Spiegel an. »Einen Moment noch. Ich bin gleich für dich da.«

Der Junge nickte, setzte sich aufs Wartesofa und blätterte fahrig in einer Zeitschrift. Ab und zu musterte er Lucy verstohlen.

Er schien ein schüchternes Kerlchen zu sein.

Lucy zahlte und ging. Draußen erwartete sie Schneematsch und Düsternis. Die fahle Wintersonne schob sich mühsam über den Horizont und kam gegen die Wolkenberge nicht an. Der Fahrtwind strich ihr durchs kurze Haar, als sie durch die Baker Street Richtung Mayfair radelte.

Die North Audleys Street, die South Audleys Street, ein paar schmale Sträßchen und schon wäre sie am Piccadilly. Alles halb so wild. Sie würde den Tag mit einer Shoppingtour fortsetzen. Mühelos zog sie an einem Bus vorbei. Fantastisch. Der Schneematsch spritzte links und rechts von ihren Reifen.

Ein Mann im Lodenmantel sprang erschrocken zur Seite. Seine Bundfaltenhose hatte sie dennoch erwischt. Sie raste weiter, fuhr schneller als ein Taxi, schneller als ein SUV. Hatte sie so einen eben nicht schon einmal gesehen?

Fußgängerampeln existierten nur für Fußgänger.

Von links dröhnte eine Hupe. Der SUV kreuzte knapp ihren Weg. War der verrückt geworden? Lucy schlenkerte um den Kotflügel und fuhr noch schneller. Der Wind fühlte sich gut an in ihrem kurzen Haar.

Lächerlich, dieser pinkfarbene Hut. Er biss sich mit der roten Handtasche. Der Hund darunter war nicht viel größer. Plötzlich kniff er den Schwanz ein, zerrte an der Leine. Er riss sich los, rannte auf Lucy zu. Die lilafarbene Leine flatterte hinter flusigen Ohren her. Die Frau schrie, der Hut rutschte ihr vom Kopf.

Bremsen!

Es war zu spät.

Eine Scheibe glitt hinunter. Starre Augen beobachteten sie.
Das Rad schlitterte, Asphalt raste auf sie zu.

~*~

Hirnzerfetzendes Gejaule stach Caym durchs fleischige Ohr bis ins
Hirn. Die blinkenden Lichter, die Hast der Wesen, die so taten, als wären
sie wertvoll, gingen ihm auf den Geist. Es waren nur ein paar Kratzer, die
diese Frau abbekommen hatte. Der Tumult war unnötig. Auf sie wartete
eine Pein, die ärger war.

Die Gaffer wichen nur langsam. Rote Schlieren verschwammen auf der
regennassen Straße. Niemand bemerkte sie. Caym schmeckte den begehr-
ten Geruch auf der stumpfen Zunge. Benzindurchsetzt, aber dennoch
verlockend. Der Lebenssaft verrann in den Ritzen. Welch törichte Ver-
schwendung. Beinahe hätten die plumpen Füße eines Menschen den winzigen Schluck Köstlichkeit besudelt. Er stieß den Mann beiseite, kniete
sich nieder und fuhr mit der Zunge über den rauen Belag. Welch ein Genuss. Zu lange schon hatte er ihn entbehren müssen. Schon einmal hatte
er Hände besessen, sie in zähes Rot getaucht. Doch sein Wirt hatte ihm
nicht gehorcht. Jedes Bisschen Grausamkeit hatte Caym ihm abringen
müssen.

Blut und Fleisch.

Nichts begehrte er dringender.

Das schrillende Auto entfernte sich. In ihm lag das, was ihm zustand.
Die saftigsten Stücke würde er für sich behalten. Ein zähes als Beweis
seines verhassten Gehorsams dem Nephilim bringen. Dann war er frei
und konnte den Körper benutzen, wie es ihm beliebte.

~*~

»Mrs. ...«

Assistenzarzt Dr. Trevena, wie Lucy das kleine Schild auf der Brusttasche seines strahlend weißen Kittels verriet, sah flüchtig auf das Aufnah-
meprotokoll. »Sie haben drei ungewöhnliche Vornamen.«

170

Lucy zog den Kopf ein. Ihre Mutter musste high gewesen sein, als sie die Namen ausgesucht hatte. Auch an ihrem Todestag war dieses Vergehen am guten Geschmack unentschuldbar.

»Philippa Lucinde Violetta Sorokin. Alle Achtung.«

»Ich denke, Mrs. Sorokin reicht.«

»Verstehe.« Sein Lächeln war von amüsiertem Mitleid geprägt. »Sie haben sich nichts gebrochen, keine Gehirnerschütterung, was ein Wunder ist, und auch sonst kann ich keine schwerwiegenden Verletzungen feststellen.« Mit einer kleinen Lampe leuchtete er erst in ihr eines Auge, dann in ihr anderes. »Seien sie nicht beunruhigt, wenn sie sich morgen vor Schmerzen nicht rühren können. Nach einem solchen Unfall ist das normal. Kommen sie vorbei und ich gebe ihnen eine Spritze.«

»Und wie soll ich das anstellen, wenn ich mich nicht rühren kann?« Sie war in hohem Bogen über den Lenker gestürzt. Klar, dass das nicht spurlos an ihr vorbeigehen würde.

Trevena lächelte mild. »Sie schaffen das schon.«

»Wenn Sie das sagen?« Sie bückte sich, um ihre Jeans hochzuziehen. Die meisten Schürfwunden hatten ihre Knie und Schienbeine abbekommen. Schade um die Hose. Sie sah genauso ramponiert aus wie ihre Beine. Der dumpfe Schmerz kroch über ihr Genick, den Hinterkopf bis zu den Schläfen. Dann sammelte er sich in der Stirn. Vielleicht kam das von dem Sturz. Lucy richtete sich langsam auf. Es wurde schlimmer.

Zwischen Trevenas Brauen wuchs eine Falte. »Ihre Hände zittern.«

»Das sieht nur so aus.« Sie steckte sie in die Taschen, dafür begann ihr Fuß, auszuschlagen. Sie klemmte ihn hinter die Wade. Ausgerechnet jetzt musste sich ein Anfall anbahnen. Der Kopfschmerz wurde stärker, als ob ihr Hirn in ein Marmeladenglas gequetscht würde. Als der Deckel verschraubt wurde, biss sie die Zähne zusammen. Ein zügiger Abgang wäre perfekt, bevor der Arzt auf die Idee kam, sie hierzubehalten.

»Ich hatte eine anstrengende Nacht. Ich fahr heim, schlafe und alles ist gut.« Ein Kommandolächeln täuschte ihn nicht.

»Sollte Ihnen schlecht werden, Sie Kopfschmerzen bekommen oder Schwindel empfinden, kommen Sie wieder her. In Ordnung?«

Sie nickte brav, während der Schmerz ihr Tränen in die Augen trieb.

»Und morgen will ich die Pflaster erneuern und mir die tieferen Schürfwunden noch einmal ansehen.«

Sie nickte erneut. Das Behandlungszimmer schwankte auf und ab.

Noch ein weiteres freundliches Nicken und sie war entlassen.

Sie musste diese Spannung loswerden, bevor sie Funken schlug.

»Vorsicht!«

Weiße Laken, silberglänzende Gestänge, ein gewölbter Bauch unter einer Decke. Wo kam das Bett plötzlich her? Sie rannte mitten hinein. Die Spannung entlud sich, als sie den Arm des Mannes berührte.

Lucy keuchte vor Erleichterung auf.

»Runter von meinem Patienten!«, keifte ein Pfleger. »Was fällt Ihnen ein?«

Überall hingen Schläuche mit durchsichtiger oder dunkelgelber Flüssigkeit.

Der Mann lag reglos da.

Lucy rappelte sich von dem Krankenbett auf. »Tut mir leid.«

»Das hoffe ich.« Der Pfleger ordnete fluchend die Schläuche. »Seien Sie bloß froh, dass Mr. Adlam von ihrem Ungeschick nichts mitbekommt.«

»Ich sagte doch, dass es mir ...«

Mr. Adlam öffnete die Augen.

Der leere Blick füllte sich mit Leben, ein Lächeln huschte übers blasse Gesicht.

»Das gibt's doch nicht!« Der Pfleger fuhr sich fahrig über die Augen. »Der war doch schon so gut wie im Kühlraum.« Hektisch tastete er seine Taschen ab. »Ich piepe jetzt Dr. Plympton her. Der muss sich das ansehen.«

Sollte er herpiepen, wen er wollte. Hauptsache sie war bis dahin weit weg. Lucy schlich rückwärts hinter einen Rollwagen mit Handtüchern. Ihr Opfer sah ihr hinterher.

Und lächelte immer noch.

Sie schleppte sich den Korridor entlang zum Ausgang.

Die Glastüren schwangen vor ihr auf, ein junger Kerl rempelte sie an. Der Typ mit den roten Ohren. Litt sie an Verfolgungswahn?

Wahrscheinlich hatte sie doch mehr abbekommen, als der Arzt vermutete.

Ihr Fahrrad lag verbeult irgendwo am Straßenrand.

Dort sollte es bleiben. Mit ihrem Anteil vom Hayman-Job konnte sie sich zig Räder kaufen.

~*~

»Reg dich bitte nicht unnötig auf.« Ives drückte sich an der Wand entlang, beide Hände beschwichtigend vor sich gestreckt. »Sorokin hatte einen Unfall, war im Krankenhaus, ist wieder zu Hause und ihr ist nichts passiert. Nichts Wesentliches jedenfalls. Das ist die gute Nachricht.«

Daniel mühte sich um einen klaren Gedanken. Was immer Ives ihm verabreicht hatte, es hatte ihn für Stunden ausgeschaltet. Was faselte der Kerl von einem Unfall?

»Du wolltest sie bewachen.« Die Knochen würde er ihm brechen.

Ives schluckte. »Sieh mich nicht so an. Das Thema hatten wir schon. Ihr geht's gut. Hab ich doch gesagt. Hör dir erst mal die schlechte Nachricht an.«

»Fahr mich sofort zu ihr.« Er hätte sich nie auf Ives Deal einlassen sollen.

»Heute ist Stichtag, Großer. Mitternacht. Du erinnerst dich?«

Etwas Scharfkantiges schnitt durch seine Därme.

»Fehler kannst du dir nicht mehr erlauben. Der Klient ist in London. Er will die Leiche persönlich entgegennehmen.«

Tief in ihm plante etwas minutiös den Mord an Lucy. Daniel hasste sich dafür.

»Du hast unterschrieben. Deine Seele sollte dir heilig sein und was ich von Kepheqiah gehört habe, ist Baraq'el nicht mehr bereit, nachsichtig mit dir umzugehen. Also pack deine Sachen, mach dich schick und auf geht's.«

Es gab keine schöneren Augen als Lucys, keine zartere Haut, kein sehnsüchtigeres Anschmiegen an seinen Körper. Gallebitter schmeckte die Erkenntnis, dass er ihr Mörder sein würde. »Geh zurück auf deinen Posten. Ich rufe dich an, wenn ich so weit bin.«

Ives klappte die Kinnlade herunter. »Freund, du hast keine Zeit mehr, Margeriten zu befragen, ob du sollst oder nicht.«

»Auf deinen Posten!«

Ives taumelte zurück. Er starrte Daniel an, schluckte und nickte endlich. »Ich mag dich, Meister Levant, und ich würde um dich trauern, solltest du versagen.« Ohne ein weiteres Wort ging er hinaus.

Daniel fuhr sich durch die Haare, kämpfte um einen klaren Kopf. Erst im letzten Moment. Vorher würde er Lucy nicht unter die Augen treten.

~*~

Ihre Hand schmerzte und in ihren Schläfen stach es. War sie eingeschlafen? Draußen war es bereits dunkel. Ihr Kiefer war verspannt und knackte. Die Haut um den Ring war rot und geschwollen. Lucy zog ihn ab. Sofort wurde es besser.

Sie würde ihn nicht mehr tragen. Und wenn er zehnmal der schönste Schmuck war, den sie je besessen hatte.

Wie spät mochte es sein? Der Blick zur Wanduhr jagte ihr einen stechenden Schmerz durch das Genick. Lucy versuchte, sich aufzusetzen. Jede Bewegung war eine Qual. Hatte ihr das der Arzt nicht angedroht?

Holen Sie sich eine Spritze ab.

Guter Scherz. Sie kam nicht mal bis zum Klo. Vorsichtig angelte sie nach dem Blackberry, ohne den Kopf zu drehen oder mit den Schultern zu zucken. Ethan musste ihr helfen.

»Lucy? Fein, dass du anrufst. Ich habe uns einen Tisch im L'Escargot reserviert. Danach warten stapelweise DVDs auf uns.«

»Ethan, ich hatte einen Unfall und brauche eine helfende Hand. Sie hängt an deinem Arm.« In knappen Sätzen schilderte sie ihren missratenen Vormittag.

»Ist es sehr schlimm?«

Wenn sich Ethan um sie sorgte, klang seine Stimme butterweich.

»Solange ich reglos auf dem Sofa liege, nicht. Ich darf mich nur nicht bewegen.«

»Ich bin sofort bei dir. Meinst du, du kannst dich in den Mini falten?«

174

Es würde eine Tortur werden. »Klar. Kein Problem.«

»Rühr dich nicht, bis ich bei dir bin.«

»Danke.«

»Kein Ding.«

Doch, war es. Ethan hatte sich ein Bein ausgerissen, um ihr diesen Abend zu versüßen. Der blöde Unfall zog einen dicken Strich durch seine Rechnung. »Warte.« Wie war das mit der Spritze? Wenn sie wirkte, konnte sie genauso gut mit Ethan ausgehen, statt auf dem Sofa Trübsal zu blasen. »Ich schmeiß mich in Schale, du fährst mich in die Notaufnahme und danach bin ich fit für den Abend.«

Ethan lachte. »Alles klar, bis gleich.«

Mit steifem Kreuz humpelte sie zum Bad. Es dauerte ewig, bis sie sich aus der Jeans geschält hatte. Mit den Pflastern an den Beinen würde sie in Nylons kaum eine gute Figur machen. Lucy tippte vorsichtig auf das Größte. Darunter tat nichts weh. Sie zog es ab. Nur ein wenig Schorf und rosa, frischverheilte Haut. Pflaster für Pflaster landete im Mülleimer. Keine Schramme blutete mehr.

Dann konnte sie wohl doch ein Kleid tragen. Sie bekam die Arme kaum hoch, um es sich überzustreifen und das Anziehen der Nylonstrümpfe war eine Zumutung für ihren schmerzenden Rücken. Trotzdem sah sie in diesem Seidenhängerchen nur noch halb so elend aus.

Der Türklopfer donnerte ans Holz, als ob er durch die Tür brechen wollte.

»Ist offen! Komm rein!«

Ethan tauchte hinter ihr im Spiegel auf. Vorsichtig drehte sie sich zu ihm um und drückte ihm den Mascara in die Hand.

»Mach mal.«

Er rückte ihr Gesicht näher zum Licht. Gekonnt bürstete er die Härchen zu einem sanften Schwung. »Noch was?«

Sie tauschte Wimperntusche gegen Lippenstift. Nachdem Ethan sie kritisch betrachtet hatte, nickte er zufrieden.

»Fertig. Bist du sicher, dass du in diesem Nichts in die Winternacht willst?« Er zupfte an dem Spaghettiträger ihres Kleides, dann verschwand er und kam schließlich mit einer transparenten Stola zurück. »Ist zwar

175

auch nur ein Hauch, aber besser, als mit nackten Schultern durch die Gegend zu rennen.«

Zusätzlich bestand er auf einen Wintermantel und hohe Stiefel. Lucy drehte sich steif vor dem Spiegel. Ein interessanter Stilbruch.

Die Treppe war ein Hindernis, das sich noch nehmen ließ. Das Bücken in den Mini war eine Prüfung.

»An der Klinik zieh ich dich heraus. Keine Angst.«

Ethan hatte sie schon in weit schlimmeren Verfassungen erlebt.

»Glaubst du an Magie?«

»Hat dich Jade missioniert?«

»Ich glaube, mit dem Ring stimmt etwas nicht.«

»Das glaube ich auch.« Mit zusammengezogenen Brauen starrte er auf den Straßenverkehr. »Wo ist er?«

»In meinem Wohnzimmer.«

»Gut. Ich dachte schon, Aiden hätte ihn dir abgekauft.«

»Sollte er das nicht?«

Ethan verzog das Gesicht. »Als du mit ihm weggefahren bist, überkam mich ein ganz seltsames Gefühl.«

»Mochtest du ihn?« *Bitte sag Nein.*

»Ob ich ihn *mochte*?« Sein Blick schweifte kurz zu ihr. »Nun ja, ich *mag* ihn eigentlich immer noch. Obwohl ich finde, dass er etwas Unheimliches an sich hat. Heute kam es mir zumindest so vor.«

Lucy biss sich auf die Zunge. Besser, sie verschwieg ihm Callahans Tod.

»Was hattet ihr zu bereden?« Ethan versuchte erst gar nicht, seine Neugierde zu verbergen.

»Dies und das.« Sie würde lügen, bis sich die Balken bogen. »Vor allem ging es um Peter und seine Karriere im Institut und ob wir vorhätten, zu heiraten. Er würde Peter dann eine besser bezahlte Dozentenstelle vermitteln.«

Ethan starrte sie an, als ob die Lüge in seiner Kehle steckte. »Ich hatte keine Ahnung, dass Aiden so ein Menschenfreund ist.«

»Ist er. Er war sehr charmant. Wir haben noch etwas zusammen getrunken.«

»Und nach dem Ring hat er nicht gefragt?«

Lucy schüttelte den Kopf. Nach dem Ring würde er nie wieder fragen.

»Bevor wir essen gehen, holen wir das Ding und verstecken es im Ofenrohr. Dann müssen wir uns keine Gedanken mehr darum machen.« Er kaute auf seiner Unterlippe. »Mit dem Ding stimmt etwas nicht.« Bis zum Krankenhaus blieb seine Stirn gerunzelt.

Nach zwei Versuchen gab es Lucy auf, sich aus dem Wagen zu quälen. Ethan musste sie tatsächlich herausziehen.

Platzwunden, dicke Knöchel, rote Gesichter, ein Arm in einer Schlinge. Der Warteraum quoll über.

»Gütiger!« Ethan wollte sie zu dem letzten freien Stuhl schieben, als Greensleeves aus seiner Westentasche tönte.

»Margaret? Was ist los?«

Ethans Schwester. Sie meldete sich nur in Notfällen beim schwarzen Schaf der Familie.

»Kannst du nicht ein paar Kerzen anzünden?« Ethan verdrehte die Augen. »Ist gut. Ich komme, bleibt ganz ruhig.«

»Sag nichts. Unser Dinner fällt aus.«

»Bei ihr ist der Strom ausgefallen.« Er zuckte bedauernd die Schultern. »Sie fürchtet sich zu Tode und vermutet in jeder Ecke Vergewaltiger.«

»Meint sie das ernst?« Lucy kannte Margaret nur von Fotos. Eine hagere Frau mit verkniffenem Mund und freudlosem Blick.

Ethan seufzte. »Leider ja. Schaffst du es allein?«

»Kein Problem, ich rufe mir nachher Taxi.«

Behutsam nahm er sie in den Arm. »Tut mir leid. Dabei hast du dich so hübsch gemacht.« Ein Kuss auf den Scheitel, und er ging.

Was für ein durch und durch grässlicher Tag.

~*~

Die Dunkelheit kroch über die Dächer der Backsteinbauten und trug den Lärm des Nachtlebens zu Daniel. Das Whiskyglas fühlte sich zu schwer in seiner Hand an.

Du sollst nicht töten.

Das Gesetz war reiner Hohn, hatte zu keiner Zeit Gültigkeit in einem seiner Leben besessen.

Du sollst nicht lieben. Auch ein Gesetz unter den Meistern. Es wog schwer wie Blei.

Die Heiligen an den unverputzten Wänden starrten ihn teilnahmslos an. Er wollte Teilnahme. Er brauchte sie. Absolution für alles, was er jemals begangen hatte und noch tun würde. Er wollte längst aufgebrochen sein, hatte schon auf der Straße gestanden, war wieder zurückgegangen.

Der Lastenaufzug polterte. Sicher war es Ives, der ihn an seine Pflicht ermahnen wollte.

»Hi Daniel!« Auf nadelspitzen Absätzen stöckelte Susanna unsicher auf ihn zu. Die Löcher ihrer Netzstrumpfhose waren doppelt so groß wie bei ihrem letzten Besuch. »Mensch, Junge! Du bist nicht mal angezogen!«

Der schwarz bemalte Schmollmund schob sich Daniel fingerbreit entgegen. Susannas Kuss schmeckte nach Schminke, seiner nach Whiskey. Sie waren quitt.

»Du hast es versprochen, an meinem Geburtstag führst du mich schick aus.«

Mit saftigem Schmatzen zog sie ihren Kaugummi aus dem Mund und klebte ihn unter die Tischplatte. Ihr Geburtstag. Daniel hatte ihn völlig vergessen. Als er ihr das Versprechen gegeben hatte, war die Bruderschaft noch eine dunkle Erinnerung gewesen.

»Mach hin, es ist schon nach neun. Beste Ausgehzeit.«

»Ich kann nicht. Tut mir leid.« Um elf hatte er einen Termin. Er würde bis zwölf dauern. Hatte er Lucy nicht eine ganze Nacht schenken wollen?

»Hörst du mir nicht zu?« Susanna schnappte sich sein Kinn und hob es an. »Ich habe Geburtstag.«

»Herzlichen Glückwunsch.«

Eine Kunstlederstiefelette platzierte sich auf der rechten Stuhllehne, eine auf der linken. Der kurze Rock aus schwarzem Samt wurde hochgeschoben und verschaffte Daniel interessante Einblicke. Zu jedem anderen Zeitpunkt hätte er sie genossen.

»In edlen Restaurants bevorzugen sie die Anwesenheit von Unterwäsche und das Fehlen jeglicher Löcher. Und zwar in sämtlichen Kleidungsstücken.« Anscheinend hatte bisher niemand Susanna darüber informiert.

»Dafür habe ich mir die Haare frisch gefärbt.« Pappharte grüne und schwarze Stacheln standen geometrisch angeordnet von ihrem hübschen Kopf ab. »Und George schläft unten in der Butterdose. Du siehst, ich war brav.«

»Fein, das ersetzt aber nicht makellose Kleidung.«

»Du bist halb nackt.« Verträumt spielte Susanna mit dem Whiskeyglas. »Darf ich?« Schon war es an den Lippen.

»Du bist minderjährig.«

»Das hat dir nie etwas ausgemacht.«

»Aber deiner Leber. Glas weg.«

»Komm schon, ich bin siebzehn!« Ihr spitzes Knie schob sich durch eine gigantische Laufmasche.

»Heute geworden. Das gilt nicht.« Er leerte das Glas mit einem Schluck. Seine Kehle brannte höllisch.

»Du siehst schrecklich aus, Daniel. Wie viel hast du getrunken?«

»Zu wenig.« Er schenkte sich den Rest ein, sie nahm ihm das Glas aus der Hand.

Hatte sie ihm nicht zugehört?

»Dir sprießen Stoppeln im Gesicht, Süßer. Von dem Trübsinn, der dir aus dem Mundwinkel tropft, ganz zu schweigen. Was ist los?«

Daniel legte den Kopf auf ihr Bein. Er war plötzlich viel zu schwer. »Vertraust du mir?«

»Natürlich.« Zärtlich zauselte sie seine Haare. »Ohne dich hätte man mich eines Tages aufgedunsen aus der Themse gefischt.«

Ob sie das ernst meinte? Es wäre schade um ihr junges Leben gewesen.

»Erinnerst du dich noch daran, was ich dir von dem ältesten Syndikat der Welt erzählt habe?«

Susanna nickte. »Die Anonymen Meister.«

»Sie haben mich gefunden.«

Unter dem weißen Make-up wuchsen rote Flecken. »Oh Gott.«

»Nein, der hat damit nichts zu tun.« Die Bruderschaft unterstand nur sich selbst.

»Was wollen sie von dir?« Ihr ängstlicher Blick verriet, dass sie die Antwort längst kannte.

»Ich soll ein Ziel eliminieren.« Was sonst?

»Verweigere dich ihnen.«

Sein Lachen klang selbst in seinen Ohren schauerlich.

Das Handy klingelte. Keph war dran.

»Du weißt, dass dir nur ein paar Stunden bleiben?«

Daniel versuchte, einen klaren Gedanken zu fassen, aber alles in seinem Kopf schwamm hin und her. Er schnappte das Whiskeyglas, das erneut auf dem Weg zu Susannas Mund war.

»Daniel? Bist du noch dran?«

»Wo ist sie jetzt?«

»Wieder im Krankenhaus. Hast du was zum Schreiben?«

Daniel riss das Etikett von der Flasche und tat, als ob er mit einem unsichtbaren Stift in der Luft schrieb. Susanna tastete ihre Taschen ab und hielt ihm schließlich einen Kuli hin.

»Leg los.«

Eine Klinik in Marylebone. Es war so weit. Was hatte er gedacht? Dass ein Wunder geschah? Susanna sah ihn fragend an.

»Ein Freund.« Er wischte das Glas vom Tisch. Es zersprang auf dem Steinboden. Warum auch nicht? Das war sein gutes Recht. Gläser besaßen Rechte. Das Recht, ausgetrunken zu werden, das Recht, abgewaschen zu werden, das Recht, zerschlagen zu werden.

Nur er hatte keine.

Er hatte nichts. Hatte seinen Körper, seinen Geist und seine Seele Mahawaj für fremde Zwecke überlassen.

»Ich bin betrunken.«

»Ach.« Susanna zog die Nase hoch, rutschte vom Tisch und balancierte über Scherben. »Wo ist das Kehrblech?«

»Lass die Scherben Scherben sein.« Er stand auf, fühlte die scharfe Glaskante unter seinem Fuß und trat drauf. Sie bohrte sich in sein Fleisch. Er zog es heraus, das Blut tropfte auf die Steine.

Susanna kam zu ihm und besah sich die Wunde. »Du bist so blöd, wie du blau bist!«

Der Schmerz kroch langsam den Unterschenkel hinauf. Seltsam, dass ihm der Fuß nicht zu genügen schien. Seine Jacke landete in seinem Schoß.

»Anziehen. Du blutest wie Sau. Ich fahr mit dir in eine Klinik.«

Daniel reichte ihr das beschriebene Etikett.

~*~

Ab und zu kam die Schwester und nahm einen Patienten mit, ab und an kam ein neuer. Die Luft wurde stickig und der Schweißgeruch penetrant. Lucy bereute ihre Entscheidung. Vielleicht hätte ein Kirschkernkissen gegen die Schmerzen genügt.

»Du kannst gehen, Susanna. Du hast Geburtstag und solltest feiern. Auch ohne mich.«

Daniel?

Er humpelte in den Warteraum. Eine junge Punkerin stützte ihn. Sofort begann Lucys Herz zu galoppieren. Er lächelte das Mädchen an, steckte ihm ein paar Scheine zu. Ihre Brauen zuckten überrascht und sie gab ihm einen Kuss, bevor sie ging.

Die Enttäuschung schmerzte mehr als Lucys Genick. Dieses Mädchen durfte nicht seine Freundin sein.

Lucy zwang sich, ihn anzulächeln. Aus rot geäderten Augen lächelte er zurück. Er war betrunken, unrasiert und stank nach Whiskey, als er sich neben sie setzte.

»Wie war es mit Peter?« Er legte seinen Fuß auf sein Knie. Aus dem Schuh tropfte es rot.

Er hatte sich verletzt.

Lucy starrte auf die sich bildende Lache auf dem Linoleum.

»Warum redest du nicht mit mir?«, fragte Daniel traurig.

»Dein Fuß ...«

»... verschließt deine Lippen?«

»Peter?« Was sollte sie dazu sagen? »Es war aufschlussreich.« Er hatte sich von einer ihr noch völlig unbekannten Seite gezeigt.

Daniel nickte ernst. »Und weshalb bist du hier?«

Die Sanftheit seiner Stimme war betörend. Sie klang nicht nach Alkohol. Sie klang nach dem Flüstern in Ethans Laden, als er sie an sich gezogen hatte, sie berührt und ihr Zärtlichkeiten ins Ohr gewispert hatte.

Erneut öffnete sich die Tür. Ethan stürmte den Warteraum. Irritiert sah er zu ihrem neuen Nachbarn. Schließlich nickte er knapp und beugte sich zu Lucy.

»Der Ring. Ich will ihn aus deiner Wohnung holen. Gib mir den Schlüssel.«

Lucy fischte ihn aus der Handtasche. »Leg ihn ins Versteck.« Wenigstens war der Blumentopf mit der Kunstpalme ein origineller Ort für solche Dinge als der Platz unter der Fußmatte.

Ethan küsste sie auf die Wange und eilte davon. Bildete sie es sich ein, oder war er wirklich ungewohnt besorgt?

Daniel starrte ihm hinterher. »Ich mag ihn.«

»Fein.« Damit waren sie schon zu zweit.

»Du wolltest mit mir reden.« Es klang wie eine Bitte. »Sag mir, warum du zwischen roten Köpfen und blutenden Füßen sitzt.«

»Ich hatte einen Unfall.«

»Das tut mir leid.«

Unsichere Finger schoben ihre Stola zur Seite und streichelten über ihre verspannte Schulter.

Lucy wischte sie von sich. Weshalb erklärte er ihr nicht, wer das Mädchen war?

Daniel legte die Hand in seinen Schoß, als ob er nun keine Verwendung mehr dafür hätte. Nacheinander betrachtete er die anderen Wartenden, dann seinen Fuß, dann sie. Er musste Schmerzen haben, aber er wirkte nicht wie ein Mensch, dem etwas wehtat, sondern dem etwas Wichtiges verloren gegangen war. Ein armer schwarzer Kater mit seidigem Fell, das ihm ständig vor die Augen fiel.

»Rede mit mir.« Sein trauriger Blick schmolz ihren Zorn. Am liebsten hätte sie ihn in den Arm genommen.

»Warum blutet dein Fuß?« Die rote Pfütze wurde immer größer.

»Eine Unachtsamkeit meinerseits.« Sein Blick blieb an ihren Lippen hängen. Er lehnte den Kopf an die Wand und sah sie weiter an. »Du zuckst zusammen, wenn du dich bewegst.«

»Wie gesagt, ich hatte einen Unfall.«

Sein träges Nicken schuldete er sicher den Prozenten, die durch seine Adern flossen.

»Ich kann dich auf eine Art lieben, bei der weder dein verspanntes Genick noch mein Fuß stören würden. Magst du?«

Ihre Spucke wollte nicht geschluckt werden. Dabei war ihr Mund voll davon.

Ein Typ mit Knollennase lachte, aber Daniel sah sie aufrichtig an. Die Sehnsucht in seinem Blick verwandelte sich in etwas, das bereits Erfüllung gefunden hatte. Er stellte sich vor, sie zu lieben. Er verbarg seine Gedanken nicht vor ihr. Mit offenen Augen träumte er eine Liebesnacht mit ihr in ihren Körper, der sich plötzlich schmerzlich nach Daniels Berührungen sehnte.

»Du brauchst dich nicht bewegen, nur genießen. All deine Schmerzen, all deine Sorgen würde ich von dir nehmen.« Seine Hand lag auf einmal nicht mehr in seinem, sondern in ihrem Schoß. Ganz entspannt, mit der Handfläche nach oben. »Sieh dir meine Lebenslinie an.«

Lucy fuhr mit dem Finger darüber. Die Linie überzog die gesamte Fläche und wurde von zahllosen Falten gekreuzt.

»Glaubst du mir, dass ich schon oft gestorben bin?«

»Dafür hast du dich gut gehalten.« Ihr Lachen geriet zu kieksig.

»Ich scherze nicht. Jede dieser kreuzenden Linien ist ein Tod, gefolgt von einem neuen Leben.«

Eine tiefe Traurigkeit rollte über sie hinweg. Es war nicht ihre, doch sie presste ihr Herz zusammen. Sie umschloss seine Hand. Mit diesem schweren, alles erstickende Gefühl kannte sie sich aus. Dagegen half nur Trost. »Du bist betrunken.«

»Ich weiß, aber das ändert nichts an den Tatsachen.«

~*~

Lucys wunderschöne Augen versuchten, ihn empört anzufunkeln. Es gelang ihnen nicht. Sein Lächeln lockte ihr Lächeln. Es war überrascht, etwas verunsichert und er wollte es noch viele Male sehen, doch nach dieser Nacht wäre es für immer verschwunden.

»Mr. Levant?«

Die Krankenschwester sah müde aus. Sie blickte in die Runde und für einen Moment war die Vorstellung verlockend, zu schweigen und stattdessen mit Lucy an einen Ort zu verschwinden, der sie vor allem Bösen versteckte.

Diesen Ort gab es nicht.

Außerdem würde er sie vollbluten. Das würde sie ablenken. Die Dinge, die er mit ihr tun wollte, vertrugen keine Ablenkungen. Er hob die Hand.

»Kannst du Blut sehen, Lucy?«

»Ich teile ein Bett mit Leichen.«

»Dann komm mit und halte meine Hand.«

Auch wenn die Krankenschwester die Augen verdrehte, Lucy erfüllte seinen Wunsch. Sie lachte leise vor sich hin, als sie den Flur überquerten und ins Behandlungszimmer gingen. Er würde sie heute nicht mehr loslassen, bis sie leblos in seinen Armen lag. Danach würde er in der Finsternis ertrinken.

»Philippa Lucinde Violetta Sorokin!«

Lucy zuckte zusammen, als der Arzt überrascht aufsah. »Ich dachte mir schon, dass wir uns bald wiedersehen.« Verblüfft bemerkte er die Blutspur hinter Daniel. »Ich denke, wir sollten die Regel *Ladys first* für einen Moment ignorieren und mit dem Fuß beginnen.«

»Also gut. Zuerst mein Fuß und dann nichts mehr.«

Lucy trat ihm auf den anderen. »Ich habe ein steifes Genick und kann mich kaum rühren. Ich will eine Spritze!«

»Gute Wahl.« Während der Arzt Daniels Fuß aus dem durchtränkten Schuh zog, schüttelte er den Kopf. »Was haben Sie angestellt?«

»Scherben bringen Glück.« Daniel malte mit dem Daumen Kreise auf Lucys Handfläche. Sie sah ihn nicht an, aber um ihren Mund zuckte es.

»Du brauchst keine Spritze. Du brauchst mich.« Der dünne Stoff ihres Oberteils straffte sich über ihrer Brust. »Wir hätten die ganze Nacht.« Es war eine seiner schwärzesten Lügen, doch der Köder hing. Gedanklich schnupperte sie daran. Ihre Augen leuchteten und das verträumte Lächeln wollte ihre Lippen nicht verlassen.

»Und du flüchtest nicht im letzten Moment?«

»Nicht, wenn auch du bleibst.«

Der Arzt sah hin und her wie bei einem Tennismatch.

»Ich habe die Ewigkeit vieler Leben. Ich könnte dich über den Tod hinaus lieben.«

Lucy schluckte, die Nadel stach in sein Fleisch, zog den Faden nach. Sie sah den Handgriffen des Arztes schweigend zu, während sie immer wieder über seine Handfläche streichelte.

»In einer Woche kommen Sie zum Fadenziehen.« Der Arzt wandte sich zu Lucy. »Nun zu Ihnen. Spritze oder nicht?«

Ihr Blick fragte Daniel. Er schüttelte den Kopf. »Betäube heute Nacht weder deine Sinne noch deine Nerven. Dir würde zu viel entgehen.«

Sie biss sich auf die Lippen. Ihre Hand in seiner verkrampfte sich und wurde feucht. Ein zarter Glanz überzog ihre Augen, die andere Dinge wahrnahmen als sterile Skalpelle und weiße Metallschränke. Ihr Mund öffnete sich, sog die Luft ein, die ihr schnell schlagendes Herz brauchte. Es gab keinen schöneren Anblick als eine Frau, die sich auf die Liebe freute.

»Keine Spritze.«

Der Arzt zuckte die Schultern. »Wie Sie möchten.« Das Rezeptblatt, das er schon in der Hand hielt, nahm ihm Daniel ab.

»Ich brauche keine Schmerztabletten.«

»Noch nicht, aber die Betäubung wird nachlassen, dann benötigen Sie sie garantiert.«

Gegen die Schmerzen, die nach dieser Nacht auf ihn lauerten, wären sie nutzlos.

Der Blick des Arztes kribbelte in Daniels Rücken, als er Hand in Hand mit Lucy hinausging. Die Krankenschwester reichte ihm zwei Krücken und tippte auf eine Zeile, wo Unterschrift stand. Eine der Krücken gab er ihr wieder zurück. »Ich benötige eine Hand für Philippa Lucinde Violetta.« Die Namen verwöhnten seine Zunge wie Honig. Er würde sie in Lucys Mund hauchen, bevor er ihr den Atem nahm.

~*~

»Wer war das Mädchen vorhin?« Sie musste es einfach wissen.

Nur ein Mundwinkel kletterte etwas höher. »Susanna. Eine Freundin.«

»So wie Grace?« Lucys Wangen brannten. Sie war die Letzte, die ein Recht hatte, eifersüchtig zu sein.

»Nein. Eher wie eine Tochter. Es gibt nicht viele Menschen in ihrem Leben, denen sie vertrauen kann.«

»Und du gehörst dazu?«

Daniel nickte. Lucy konnte das Mädchen verstehen. Sie selbst hätte Daniel ihr Leben anvertraut.

»Hast du keine Angst, dass ich dich enttäuschen könnte? Ich bin eine Diebin.« Sie wollte lächeln, aber stattdessen wuchs ein Tränenkloß in ihrem Hals. Hinunterschlucken ging nicht, wegräuspern auch nicht.

»Das wirst du nicht.« Daniel zog sie vor sich, streichelte ihren Arm hinab. »Dein Blick sagt mir, was du begehrst.« Er neigte sich zu ihr, seine Lippen streiften ihre. »Deine Stimme verrät mir, was du fürchtest und dein Mund will genau das, was meiner auch will.«

Zärtliche Küsse betupften ihr Kinn, wanderten zu ihrem Kehlkopf, der eingeschnürt sämtliche Luft aussperrte.

Lucy legte den Kopf in den Nacken. Jeder Kuss löste den Druck etwas mehr, bis er in winzige Splitter zersprang. Sie stachen nur kurz, nur bis zum nächsten Kuss. Dann verschwanden sie.

»Wir werden einander nicht enttäuschen.« Sein felsenfestes Vertrauen in sie erschütterte Lucy.

Sie wandte sich ab.

In den Tiefen ihrer Handtasche musste ein Taschentuch sein. Ihre Tränen hingen bereits an den Wimpern, und als sie zwinkerte, tropften sie in zartgrünes Satin.

»Lucy?«

»Alles Okay. Achte nicht auf mich.« Wenn er sie weiter mit diesem Mitgefühl ansah, würde sie ihre Handtasche fluten.

»Ich soll nicht auf dich achten, obwohl du weinst?«

»Ich weine nicht. Ich habe …«

»… Staub ins Auge bekommen?«

»Genau.«

Daniel zog mit seinem Zeigefinger einen unsichtbaren Strich über ihre Stirn bis zur Nasenspitze. »Wenn du lügst, wird deine Nase lang und spitz, Pinocchio.«

Das Letzte, was sie wollte, war lachen. Sie tat es dennoch.

»Lass uns zu mir fahren und herausfinden, warum du weinen musstest.«

Der Sensor der Eingangstür erfasste sie und langsam schoben sich die Glastüren auseinander. Vor dem Krankenhaus wartete eine Taxischlange geduldig auf potenziellen Inhalt.

Lucy stolperte über ihre eigenen Füße. Daniel hielt sie garantiert für tollpatschig, überspannt, wenn nicht gar hysterisch. Was ihm Moment vollständig zutraf.

Er blieb stehen. Sein intensiver Blick suchte etwas, das tief in ihr verborgen sein musste. »Fürchte dich nicht.« Er hob ihre Hand an seine Lippen und küsste sie, ohne Lucy aus den Augen zu lassen. »Und vertraue mir.«

Der Taxifahrer kam ums Auto und öffnete ihnen die Tür.

Daniel legte vorsichtig den Arm um sie und half ihr auf die Rückbank. Er stieg von der anderen Seite ein, nannte dem Fahrer eine Adresse, die sie nicht kannte. Seufzend lehnte sich Daniel zurück und sah zum Innenhimmel des Wagens. Plötzlich wirkte er verloren.

»Heute Nacht brauche ich deine Gesellschaft. Wenn du dich von mir lieben lassen willst, wird es mir eine Freude sein. Wenn du mich lieben willst, werde ich jede deiner Berührungen bis zum Ende genießen.«

In ihrer Vorstellung kletterte sie auf seinen Schoß, legte sein Gesicht an ihre Brust und liebte ihn, bis ihm kein Atem mehr blieb, um Worte wie Traurigkeit oder Resignation auch nur zu denken.

Seine Hand lag auf ihrem Schoß, verschlungen in ihrer. Seine Finger lösten sich und streichelten die Innenseite ihres Schenkels. Die Zartheit seiner Berührung löste ein Beben in ihr aus, dessen Epizentrum sich dicht an seinen einfühlsamen Fingerspitzen befand.

»Stell dir vor, es wäre meine Bestimmung, dich zu lieben und deine, dich von mir lieben zu lassen.« Der dunkle Tonfall seiner Stimme betörte sie. »Dann wäre es gleichgültig, dass du eine Diebin bist und ich ein Auftragskiller. Nur deine Hingabe wäre von Bedeutung.« Er liebkoste ihren Mundwinkel mit der Zungenspitze. »Gib dich mir hin, Lucy. Ganz und gar. Ohne Bedenken, ohne Ängste, und ich werde dich an einen Ort führen, der dich für immer schützen wird.«

Die Verlockung war unendlich. Nicht nur die Worte, auch die Berührungen in ihrem Schoß. Lucy rutschte auf dem glatten Bezug weiter nach vorn. Berauschend langsam machte Daniel von den Möglichkeiten Gebrauch, die sie ihm dadurch einräumte. Sein Tasten und Streicheln war ein zartes Versprechen. Allesamt durch seidige Stoffe gegeben. Lucy schloss die Augen und spürte dem Weg seiner verführenden Fingerspitzen nach. Sie musste sich auf die Lippen beißen, um dem Fahrer keinen Grund zu geben, nach hinten zu schauen.

~*~

Frauen seien Blumen, die unter der Liebe aufblühten und die Schlichteste konnte in diesen köstlichen Momenten die Schönheit einer Rose überstrahlen. Ein grober Klotz sei jeder Mann, der das nicht wüsste.

Seine Weisheit hatte Paolo nicht vor der Pest bewahrt und Daniel nicht vor der Trauer um seinen Freund, doch es hatte ihm die Augen für dieses Geschenk der Natur geöffnet.

Zaghaft fasste Lucy seine Hand, schob sie unter ihr Kleid. »Hör nicht auf.«

»Nur noch wenige Minuten, dann sind wir bei mir.«

Sie schüttelte den Kopf.

»Der Fahrer wird den Verstand verlieren.«

Lächelnd schloss sie die Augen. »Soll er doch.«

Wie sehnsüchtig sie seine Zärtlichkeiten annahm. Ihre Erregung strömte durch seine Finger, sammelte sich in ihm, bis er sich selbst nach ihren Liebkosungen verzehrte.

Der Taxifahrer leckte sich über die Lippen und sein Schlucken war bis in den Fond zu hören.

»Um diese Uhrzeit erfordert der Verkehr draußen auf der Straße Ihre ungeteilte Aufmerksamkeit.«

Sie waren fast allein auf der Shaftesbury Avenue. Dennoch huschte der ertappte Blick schuldbewusst nach vorn.

Daniel könnte ihn links ranfahren lassen, ihn bitten, die Sun zu lesen, die auf dem Beifahrersitz lag und ihnen ein paar zusätzliche Minuten verschaffen. Er sehnte sich danach, Lucy in die Augen zu sehen, wenn sie aufblühte. Doch auf der schmalen Rückbank eines Taxis konnte er es ihr unmöglich bequem machen. Er hatte ihr versprochen, ihre Schmerzen fortzulieben. Das würde er halten. Es kostete Kraft, sich nur auf ihre Lust zu konzentrieren, während die eigene sich immer weiter ausdehnte und ihr Recht forderte.

Lucys Lider flatterten. Sie krallte sich in sein Bein und presste die Lippen zusammen. Er löste ihre Hand und ließ sie seine Erregung fühlen. Sie sollte wissen, dass es auch ihm Lust bereitete, sie zu verwöhnen.

Sie strich über zu straff anliegenden Jeansstoff. Ihr Atmen wurde zu einem Keuchen, wurde lauter, je stärker sie das Zucken unter ihrer Handfläche fühlte. Es gefiel ihr. Ein verträumtes Lächeln verriet sie und machte es ihm noch schwerer, sich zurückzuhalten. Im Moment ihrer Erlösung biss er sich auf die Zunge, um ihren Anblick ohne Folgen ertragen zu können. Kein Laut kam über ihre Lippen, nur ein Zittern durchlief ihren Körper, das Daniel unendlich gern mit ihr geteilt hätte.

~*~

Wie der Hunger in seinen Eingeweiden wühlte. Caym hielt sich den Magen. Er musste etwas essen. Fleischhüllen waren anfällig. Wurden sie nicht gehütet, wurden sie schwach und starben. Die Vibration der Ringmagie lag in der Luft wie grüner Nebel. Er würde ihr folgen können. Weder die Frau noch der Meister konnten ihm entkommen.

Regenwasser sickerte am Brückenpfeiler hinab. Caym öffnete den Mund. Zu wenig. Zu fade. Die Erinnerung an süßes Blut zuckte über seine Zunge, aber er hatte nur wenig Zeit. Es war Nacht. Die Gegend war schmutzig und einsam. Menschen verkrochen sich bei Dunkelheit, wenn sie nicht finsteren Geschäften nachgingen.

Kehliges Frauenlachen ließ ihm das Wasser im Mund zusammenlaufen. Die schleppende Männerstimme würde nicht stören. Er schlich näher. An der Brückenwölbung lehnte sie. Hohe Stiefel, kurzer Rock, viel nacktes Fleisch für eine Winternacht. Die Haare umschmeichelten ein volles Kinn, die Augen gierten nach Mammon statt nach Lust. Ihr Freier war betrunken. Caym leckte sich über die Lippen. Wie verschwenderisch Menschenmänner mit Frauen umgingen. Er würde es ihnen gleichtun. Mit diesem Körper konnte er es. Es gab zahlreiche Gelüste. Er würde sich in allen suhlen.

Der tumbe Mann drehte sich zu spät zu ihm herum. Sein Genick brach, bevor ein Laut seine triefenden Lippen verlassen hatte. Sein Blut würde in toten Venen gerinnen, doch das der Frau würde Caym laben und ihm einen Vorgeschmack auf noch köstlichere Genüsse bieten.

Sie schrie. Gellend und ohne Luft zu holen. Bis er sie ansprang und lehrte, dass ewiges Schweigen eine Tugend war.

~*~

»So, da wären wir dann.«

Der Taxifahrer zog seine Mundwinkel hoch, als litte er an einem Gesichtskrampf. Daniels Lächeln war angespannt, aber echt. Lucy wusste, woher die Anspannung kam. Sie hatte es gefühlt und fühlte es noch.

»Wie lange hältst du es aus?« Ganz sanft berührte sie ihn zwischen den Beinen.

Daniel hielt ihre Hand fest. »Du bist grausam.«

Seine Kiefermuskeln verspannten sich. Es war wundervoll, ihn erregt zu sehen. Die stumme Bitte in seinem Blick bat nur um vorübergehende Schonung.

Das Taxi parkte vor dem Backsteinbau. Bei Nacht war er noch beeindruckender als am Tag. Er erinnerte an Gotham City. Doch er war nicht ansatzweise so überwältigend wie der Sturm, der nur langsam in ihr zur Ruhe kam. Sie konzentrierte sich auf das Rascheln der Pfundscheine, auf die nichtssagenden Worte des Fahrers und auf Daniels Arm, der ihr aus dem Wagen half. Ihre Knie waren weich wie Butter. Nach zwei Schritten knickte sie ein. Daniel legte den Arm um ihre Taille, um sie zu stützen. So behutsam, dass sie seine Berührung kaum fühlte. Dabei war er es, der auf eine Krücke angewiesen war.

Die Dunkelheit, die aus den Ecken kroch, konnte von der nackten Glühlampe an der Decke nicht verscheucht werden. Ein langer Flur verlor sich in der Schwärze, ebenso wie die Räume, die rechts und links von ihm abzweigten. Daniel schob das Gitter eines Lastenaufzugs beiseite. Die Fahrt ging bis unters Dach. Unverputzte Steinwände, geschmückt mit den schönsten Ikonen, die sie je gesehen hatte. Als ob die Farben selbst in Finsternis leuchteten.

Ethan würde seine rechte Hand dafür geben.

Einige wiesen so viele Risse in den Farbschichten auf, dass sie ein paar Hundert Jahre alt sein mussten. Zwei wirkten, als ob sie gestern erst gemalt worden wären. Ein Nikolaus von Myra sah streng auf Lucy herab, ein Franz von Assisi voll Verständnis. In dem Blick einer Gottesmutter lag reine Liebe.

Daniel trat hinter sie. Allein seine Nähe ließ ihre Sinne vibrieren.

»Sie gefallen dir.« Eine schlichte Feststellung.

»Ich habe nie Schönere gesehen.«

»Und du kennst dich mit solchen Dingen aus?« Seine Lippen streiften ihr Ohr, seine Stimme schlich sich warm und weich in ihr Herz.

»Ich kenne mich mit vielem aus, was alt und wunderschön ist.«

»Wirklich?« Er drehte sie in seinem Arm, dass sie sein Gesicht sehen konnte. Sie legte die Hände an seine Wangen. Sie musste ihn einfach berühren. »Du bist der Traumgott eines längst vergessenen Mythos und nur für mich in diese Welt hinaufgestiegen. Nimm mich mit zu dir.« Was für seltsame Worte verließen ihren Mund?

Aber Daniel lachte nicht. Er zog sie an sich, umarmte sie so behutsam, als ob er Angst hätte, sie zu zerbrechen. Nichts zerbrach sie. Doch doch woher sollte er das wissen?

»Und wenn es die Unterwelt wäre?« Wie traurig er klang. »Würdest du mir auch dorthin folgen?«

Sie nicke. Wieder blockierte etwas ihren Hals. Stand sie so weit neben sich?

Bevor ihr erneut Tränen in die Augen stiegen, fiel ihr Blick auf ein ein Himmelbett.

Gedrechselte dunkle Pfosten und schwerer dunkelblauer Samt. Es sah aus, als käme es direkt aus einem Museum.

»Ein wenig protzig.« Ihre spitze Zunge half ihr oft über zu viel Sentimentalität hinweg.

»Es gefällt dir nicht?«

»Besser als die Rückbank des Taxis.«

»Das habe ich mir auch immer wieder sagen müssen.« In seinen Augen glomm ein tiefes Begehren, das ihr für einen Moment die Luft zum Atmen nahm.

Sie sehnte sich nach seinem verboten sinnlichen Mund, nach diesem wehmütigen Lächeln, das sie mit Küssen überdecken wollte.

Daniel humpelte zu einem der großen Bogenfenster und sah über die lichterglänzende Stadt. Die Reklameleuchten reflektierten auf seinem Gesicht, spiegelten sich in seinen Augen und plötzlich wirkte er fremd und verloren.

Vielleicht war er ein Elb oder ein anderes Wesen, das nur zufällig unter den Menschen gestrandet war und nicht mehr nach Hause zurückfand.

Er zog seine Jacke aus, warf sie auf den Stuhl. Das rote und grüne Leuchten der Straße huschte über seine Brust. Es brach sich an dem silbernen Anhänger. Er sah schwer aus. Alt. Unsäglich kostbar.

Ob er ihn ablegte, wenn sie sich liebten?

»Mich bezaubert der verträumte Ausdruck deiner Augen, wenn du etwas siehst, was dir gefällt.« Daniel lehnte sich an die Fensterbrüstung. »Ich frage mich nur, gilt dein Verzücken mir oder meinem Amulett?«

»Euch beiden.«

Daniel sah sie versonnen an. »Dann hast du Glück. Du bekommst uns beide. Du brauchst nur zuzugreifen.«

In Lucys Fingern juckte es.

Ein Original? Dann war es keltischen Ursprungs. Die zu Knoten verschlungenen Kordeln ließen keinen Zweifel.

»Setz dich.«

Die Geste umschloss den einzigen Sessel und das Bett gleichermaßen und befreite Lucy aus ihren diebischen Visionen. Sie wählte den Sessel. Das Leder war spröde voller Risse. Die Lehnen waren so hoch, dass sie darin versank.

»Möchtest du etwas trinken?«

Auf dem Tisch stand eine leere Whiskeyflasche, daneben lag eine angebrochene Zigarettenschachtel.

Der Boden war mit Scherben übersät.

An einer klebte angetrocknetes Blut.

Daniel hatte getrunken, ein Glas zerschlagen, und war hineingetreten.

Genügte eine Taxifahrt, um nüchtern zu werden?

Angst? Eher Bedenken.

Konnte sie ihm trauen?

Daniel beobachtete sie dabei, wie sie ihn beobachtete.

Verflixt. Sie lächelte, wandte sich ab.

Ein Totenschädel.

Er stand neben dem Bett und grinste sie an.

Lucy schluckte. Es war ein Fehler gewesen, Daniel zu begleiten.

Nicht der erste ihres Lebens.

Im Notfall würde sie sich zu helfen wissen.

Daniel drehte ihr den Rücken zu. Er öffnete die Fensterflügel und ließ die kalte Luft über seinen nackten Oberkörper streichen. Im Flackerlicht zuckte eine schwarze Schwinge auf seiner Schulter, als ob sie sich auf und ab bewegte.

Nur ein Tattoo.

Nichts, weshalb sie nervös werden musste. Trotzdem pochte ihr Herz bis in die Schläfen.

Sie sollte gehen. Sofort.

»Du hast Angst vor mir.«

Der Schatten in seinem Gesicht war so real wie der Stuhl, die Scherben auf den Steinen und das Himmelbett. Er verging nicht. Auch nicht, als Daniel darüber hinweg lächelte.

»Ich habe es dir bereits gesagt. Fürchte dich nicht.«

Er nahm sie an der Hand und führte sie zum Bett. Ihr Herz stolperte in seiner Nähe.

»Du hast mir nicht gesagt, was du trinken möchtest.« Er ließ sie vorsichtig aufs Laken gleiten, blieb dicht vor ihr stehen.

»Ein Wasser vielleicht.« Ihre Kehle war ausgedörrt.

»Wasser?«

Beim Versuch, ihm in die Augen zu sehen, legte der Schmerz eine scharfkantige Spur vom Nacken über die Schulterblätter bis in den Rücken. Ihr Hals wollte sich weder drehen noch beugen lassen.

»Du brauchst Wärme.« Daniel schloss das Fenster, ging zum Tisch und goss den letzten Tropfen Whiskey auf das Holz. »Und Liebe.« Er tauchte den Finger hinein. Dann kam er zu ihr und kniete sich vor sie.

»Wasser überdeckt weder den Geschmack noch den Geruch des Whiskeys. Beides haftet mir an. Im Krankenhaus hast du dich deshalb von mir abgewandt.«

Er hatte es bemerkt. Natürlich. Der winzige, minimale, vollkommen zu ignorierende Hauch Alkohol störte sie plötzlich nicht im Geringsten. Dazu verlockten sie Daniels Lippen zu sehr.

Er fuhr mit dem feuchten Finger über ihre eigenen.

»Jetzt schmeckst du genauso. Das macht es für dich erträglicher, mich zu küssen.«

Rauchig, herb, sinnlich.

Wie seine Lippen, die die Nässe kosteten.

Es war nur ein Kuss. Wieder stockte ihr der Atem.

Sanft streichelte seine Zunge über den letzten Hauch. Sie schob sich tiefer. Lucy schloss die Augen.

Daniel verführte ihren Mund, liebkoste ihn, bis Lucy ihren restlichen Körper vergaß.

Er setzte sich neben sie, legte ihr fest und sicher die Hand in den Nacken.

»Lass dich fallen. Ich halte dich, bis du liegst.«

Noch nie war sie so sanft gebettet worden. Noch nie hatte sie sich unter einem schlichten Griff so geborgen und beschützt gefühlt.

»Bequem?«

Noch einmal hob er ihren Kopf an, schob ein Kissen unter, streichelte sacht über ihre Schultern. Der Gedanke, dass sie das Wichtigste in seinem Leben sein könnte, streifte sie.

Albern. Ein Mann wie Daniel besaß viele Frauen.

Dennoch nistete sich dieser Gedanke mit jeder Zärtlichkeit tiefer in ihr Herz.

»Wie machst du das?«

Daniel küsste eine Spur der Erregung auf ihren Bauch, hoch über ihre Brust bis zu ihrem Mund.

»Was meinst du?«

»Du schenkst mir das Gefühl reiner Liebe. Bettest mich in eine Geborgenheit, die ich noch nie vorher ...« bevor sie sich für den Kitsch schämen musste, biss sie sich auf die Lippen.

Die dunklen Augen erstrahlten in warmen Glanz. »Nimm mein Geschenk einfach an.« Seine Berührungen glitten wie sanfte Flügelschläge über sie hinweg. Sie bezirzten ihre Haut, lockten ihre Beine, näherzukommen, überredeten ihre Brust, sich ihm entgegenzuwölben. Schmerzen?

Sie bestand nur aus dem, was Daniel liebkoste.

Ihr Kleid lag neben ihr. Ihr Slip auf der anderen Seite. Sie hatte nichts davon bemerkt.

»Ob mein Klumpfuß durchs Hosenbein passt?« Er klang rau vor Erregung. Seine Haare hingen ihm ins Gesicht und sein Mund schloss sich auch nicht, als er sie anlächelte. Er brauchte Atem, ebenso wie sie. »Vielleicht muss ich dich mit Jeans lieben.«

»Lieb mich, wie du willst. Nur tu es.« Sie kniete sich auf die Bettkante vor ihn und Daniel lachte leise, als er ihr dabei zusah, wie sie versuchte, den widerspenstigen Knopf durch das zu enge Loch zu zwängen.

»Du hast dich eben geschmeidig wie eine Katze auf mich zubewegt. Und ebenso schnell.«

Der verflixte Knopf ließ sich nicht öffnen.

»Was macht dein Rücken?«

»Welcher Rücken?«

Er nahm ihre Hände in seine und küsste die Fingerspitzen. »Du zitterst.«

Sie schmiegte ihr Gesicht an seinen Bauch. Die Haut glühte heißer, als ihre Wangen.

Unter ihren Lippen öffnete er die Jeans, sie küsste über seine Finger, küsste über duftende zarte Haut, streifte die Hose von seinen Hüften, küsste noch heißere Haut. Der Duft wurde stärker, ihre Finger und Lippen gieriger.

Daniel legte den Kopf in den Nacken, stöhnte auf, als sie ihn zärtlich biss.

»Lass mir Zeit.« Er flehte, doch sie überhörte es.

Lucy umschloss pralle Erregung, spürte dem kleinsten Zucken nach, streichelte über jede pulsierende Erhebung.

»Du tust mir unsagbar gut.« Er keuchte jedes Wort, das Zucken wurde stärker. Sie wollte es tief in sich fühlen, wollte sich von ihm ausfüllen lassen. Noch einmal ließ sie ihn hilflos aufstöhnen.

Daniel umklammerte den Bettpfosten, lehnte die nasse Stirn ans Holz und stöhnte das Übermaß der Lust aus sich heraus. Er sollte die Ekstase in ihr erleben und sie hatte ihn dazu schon fast zu weit getrieben. Seine Augen blieben geschlossen, als er sich an das Holz schmiegte.

»Sieh mich an.« Lucy legte sich zurück.

Nur ein leises Keuchen begleitete seinen sehnsüchtigen Blick über ihren Körper. Dann schob sich auf sie. Die Kühle des lackierten Holzes haftete noch an ihm. Er wärmte sich an ihr, küsste sie so hingebungsvoll, dass sie nur für den Bruchteil einer Sekunde an das Schmuckstück dachte, das sie auf ihrer Brust fühlte.

Sie konnte seine Küsse nicht erwidern, nur empfangen. Er fütterte sie mit Liebe, bis sie vergaß, was sie war.

Ein zärtlicher Biss in ihre Lippe, und er glitt unerträglich langsam in sie hinein.

»Nein! Warte!« Sie schrie vor Lust und Schreck.

Daniel war dabei, ihr den letzten Rest Verstand wegzulieben. Lucy musste sich abwenden, um einen klaren Gedanken fassen zu können.

»Daniel, meine Handtasche. Bitte!« Sie zeigte irgendwo in den Raum. Was wusste sie, wo sie das Ding abgelegt hatte? Jeder Gedanke wurde von dem Mann über ihr beherrscht.

Sie hielt ihren Mund zu, um das verzweifelte Wimmern zu ersticken und schloss die Augen. Irgendwo jenseits ihrer Lider hörte sie sein Atmen. Plötzlich fühlte sie seine Zungenspitze zwischen ihren Fingern. Sie drängte sich hindurch.

»Hör auf!« Sie drehte den Kopf zur Seite, presste ihr Gesicht ins Kissen.

»Du quälst mich, ich quäle dich.« Die Vibration seines Flüsterns erreichte jede Stelle ihres Körpers gleichzeitig.

Als sie ihn nicht mehr an sich fühlte, sah sie auf.

»Wolltest du das?« Zwischen seinem Zeige- und Mittelfinger steckte ein latexfreies Kondom.

»Wo sind die anderen?« Versonnen stupste er die mehr oder weniger nützlichen Utensilien in ihrer Handtasche hin und her.

»Die anderen? Welche anderen?«

»Warte.«

»Auf was?« Ihr panischer Ton brachte ihn zum Lächeln. Sie konnte nicht warten. Alles an und in ihr pochte, wollte geliebt werden.

Daniel ging zum Tisch und klappte die Zigarettenschachtel auf. »Drei Stück.«

Was interessierte sie jetzt sein Zigarettenvorrat?

»Wenn du nicht sofort zu mir ins Bett kommst, weiß ich nicht, was passiert!« Wie konnte er sich ins Profil stellen? Schön, verlockend, und viel zu weit von seinem Zielort entfernt. »Bitte!«

Daniel schüttelte entschieden den Kopf. »Ein Gummi. Drei Zigaretten. Das passt nicht.«

»Doch. Das passt. Alles an dir passt. Versuche es!« Lucy kämpfte mit ihren Emotionen, die sich nach und nach verselbstständigten. Was tat er ihr an?

»Du bist eine wunderschöne Frau.«

Er drehte sich um und ging. Lucy raufte sich die Haare. Er musste wiederkommen. Musste halten, was seine Berührungen und sein Körper ihr versprochen hatten. Sie ließ sich auf den Rücken fallen, schlang die Arme um sich und wartete. Etwas Kaltes und Leichtes wurde sanft auf ihren Bauch gelegt, eins auf ihren Schoß, eins auf ihr Herz.

»Drei Zigaretten, drei Gummis.« Er kniete sich vor ihr aufs Bett und spreizte seine Oberschenkel.

Er sah ihr dabei zu, wie sie die Hülle aufriss und ihre Hände zur Ruhe zwang.

Bevor sie es über ihn rollte, legte sie ihren Kopf an Daniels Brust.

Sein Herz pochte in einem schnellen, harten Rhythmus.

Genau so würde er sie lieben.

Heiße Wellen schlugen über ihr zusammen.

~*~

Ihre Küsse auf seiner Brust wurden fester, gieriger. Sie hinterließen Male auf der Haut, die sie erneut küsste.

Daniel griff in ihr Haar. »Lucy, hör mir zu. Es ist wichtig, dass du mir heute Nacht vertraust.« Er würde ihr den schönsten aller Wege zum Tod zeigen und sie begleiten, solange er konnte.

Sie legte ihren Finger auf seine Lippen, streckte sich ihm entgegen und verführte seinen Mund auf eine Weise, die sein Herz rasen ließ. Zärtlich umfasste sie seinen Nacken, und als sie sich zurücklegte, musste er folgen.

Lucy schlang ihre Beine um ihn und er versank in reiner Lust, tiefer und tiefer, bis er vergaß, dass er sich kontrollieren musste.

Der Glanz ihrer Augen, ihre feuchten Lippen und ihr Körper, der unter seinem zu beben begann, waren zu wundervoll, um sich zurückzuhalten.

Das Klirren der Kette weckte ihn aus seinem Taumel. Es gab einen Grund für diese Nacht. Er hatte nichts mit Liebe tun. Der Gedanke stach durch sein Hirn. Im letzten Moment zwang er sich zu Bewegungslosigkeit. Würde er den Rausch mit ihr erleben, könnte er diesen Auftrag unmöglich erfüllen.

Lucy schluchzte. »Ich sterbe.« Tränen rannen über ihre Schläfen. »Und du bemerkst es nicht einmal.«

Er würde es merken. Nur sie nicht. Je dichter sie sich an ihn schmiegte, desto mehr flüchtete seine Seele zu ihr.

»Du hast Flügel.« Lucy strich über seine Schultern. »Lass mich fliegen.«

»Sie wurden mir gestutzt.«

Mit dem Finger streichelte sie über seinen Mund. »Du klingst traurig, Daniel mit den dunklen Schwingen.« Sie umklammerte ihn, krallte sich in seinen Rücken. Vor Schmerz stöhnte er auf. Sie lächelte grausam über seine Qual hinweg.

»Flieg!«

Sie zwang ihn, sich weiter zu bewegen. Er durfte sich nicht gehen lassen. Er musste handeln, kühl bleiben, den Überblick behalten. Irgendwann war Mitternacht. Irgendwann, ganz weit weg. Jenseits der Gefühle, die jeden klaren Gedanken verscheuchten.

Er hatte einen Auftrag. Welchen? Diese Frau zu töten, die sich unter ihm in ihrer Lust wand. Er brauchte Zeit dafür. Zeit, die sie ihm freiwillig nicht geben würde. Daniel hielt ihre Hände fest und zwang ihr einen Rhythmus auf, den er ertragen konnte.

Lucy schüttelte wild den Kopf. »Tu mir das nicht an.« Sie versuchte, sich aus seinem Griff zu befreien.

Er legte sich mit seinem ganzen Gewicht auf sie und wartete, bis sie seine Schwere zu genießen begann. »Vertrau mir, Lucy.«

Noch einmal schluchzte sie auf, dann gab sie sich ihm hin.

Er trieb sie zu einem Ort, an dem Atmen nicht mehr möglich war. Daniel bekam selbst kaum noch Luft, so sehr krallte sich die Erregung in seinen Unterleib. Alles in ihm schrie danach, sich aufgeben zu dürfen.

Er nahm ihren Mund mit seiner Zunge ebenso langsam, wie er ihren Schoß nahm. Mit seiner gesamten Willenskraft stemmte er sich gegen das Verlagen, Lucy schnell und hart zu nehmen.

Er musste sich zurückhalten, wusste nicht mehr, wie er es schaffen sollte. Die Sehnsucht nach Erlösung war unendlich.

Er ertrank in Lust.

Lucys feuchte Enge barg ihn vor dunklen Erinnerungen und grausamen Träumen.

Er wollte sie nicht verlassen.

Er brauchte diese Zuflucht, wollte sich ewig in sie versenken, bis seine Seele mit Lucys verschmolz und endlich Frieden fand.

Die grünen Iriden weiteten sich. Lucy streckte sich unter ihm in der lustvollen Qual der nahen Ekstase. Im Moment des verzweifelten Luftholens erstickte er ihren Schrei. Er fühlte ihr Beben unter sich, hielt ihre Lippen weiter umschlossen.

Er musste sie hinhalten. Im letzten Moment vor dem erlösenden Stoß kämpfte sie um jeden Atemzug. Nur ein wenig warten. Nur noch einen Moment durchhalten.

Vergebens. Lucy hatte sich befreit. Ihre Hände suchten Halt, fanden ihn an seiner Hüfte, und pressten Daniel noch tiefer in sich hinein.

Ihr dabei zuzusehen, wie sie sich dem Rausch ergab, war zu viel für ihn. Sei Verlangen trieb ihn an einen Ort, weit entfernt von Zwang und Tod. Er genoss Lucy in einer Intensität, die jenseits aller Vorstellungskraft war.

Explodierende Lust überschwemmte ihn, zog Lucy mit sich. Sie presste sich an ihn, hielt ihn mit aller Kraft fest und ließ nicht zu, dass er in den tosenden Wirbeln verloren ging.

Sie brauchten lange, um sich zu beruhigen. Zitternd lagen sie ineinander verschlungen, ertrugen die Nachbeben, die nur langsam abflauten.

Irgendwann stützte sich Lucy auf den Ellbogen und streichelte über seine Brust. »Warum fürchtest du dich?«

Daniel spürte, wie sein Herz an ihrer Hand schlug.

»Ich habe es in deinen Augen gesehen, als du gekommen bist. So viel Erfüllung neben so viel Angst ist wie Tag und Nacht im selben Moment.«

Der Biss in sein Ohr war gerade noch sanft genug, um nicht zu schmerzen.

Ich fürchte mich davor, dich zu töten.

Den kalten Stein in seinem Bauch küsste sie weg.

~*~

»Sie paaren sich wie Besessene.«

Die knisternde Stimme des Dämons ließ Kolja einen Schauder über den schmerzenden Körper fließen.

»Wo bist du?«

»Auf der Feuerleiter vor dem Fenster. Der Mann ist verletzt. Ich kann sein Blut riechen.«

»Und die Frau?«

»Sie lebt.«

Der Meister hatte versagt. Mitternacht war seit fünfunddreißig Sekunden verstrichen. Ein Vertragsbruch. Nun stand es Kolja zu, Bedingungen stellen und, was noch wichtiger war, er konnte die Dinge selbst regeln.

»Ich will den Körper ihres Geliebten. Dann die Frau. So wie es mir gefällt. Jetzt!« Die Gier verzerrte die Dämonenstimme noch mehr. »Du hast mir ihr Blut versprochen. Ich will es fließen sehen, es ablecken, während ihr Blick bricht.«

Ähnliche Sehnsüchte wuchsen in Koljas kurzatmiger Brust. Er musste den Dämon von dieser Tat abhalten. »Der Plan hat sich geändert. Sollte er sie am Leben lassen, bleib in ihrer Nähe. Ich werde dich für deinen Gehorsam entlohnen. Üppiger, als du es dir vorstellen kannst.«

Am anderen Ende knurrte es. Kolja bezwang seine Angst. Nun gehörte Sorokin ihm allein. Weder Baraq'el noch der Dämon konnten das verhindern. Häppchenweise würde er sie mit seiner Rache füttern.

201

»Du musst mir gehorchen. Das weißt du.« Der Dämon durfte ihm nicht dazwischenkommen.

»Ich weiß, dass ich dich vernichte, wenn du dein Versprechen brichst.« Kolja verweste. Er sah, roch und fühlte es. Nichts konnte grausamer sein.

Er brauchte den Ring. Dann würde er es mit allem aufnehmen. Auch mit dem Dämon. »Dein Lohn wird deine sehnsüchtigsten Wünsche erfüllen, doch bis dahin halte dich zurück.« Kolja beendete das Gespräch.

»Wir fahren zu Scarborough.«

Lew sah von einer Zeitschrift auf, Ilja rieb sich verschlafen die Augen.

»Wann?«

»Jetzt.« Der Alte wusste unter Garantie, wo der Ring steckte. Und er würde darum betteln, dieses Wissen mit Kolja teilen zu dürfen.

Während der Fahrt kreisten seine Gedanken um befriedigende Rachefantasien. Endlich stand das Glück auf seiner Seite.

Er war nur wenige Augenblicke davon entfernt.

Aus den vollgestellten Schaufenstern drang Licht. Das halbrunde Haus wirkte umgeben von Dunkelheit und Kälte wie ein Hort der Geborgenheit. Kolja war hier, um diesem Anschein zu spotten.

»Parke eine Straße weiter.«

Hinter einem angrenzenden Café bog Ilja ab und hielt an. Wortlos reichte er Kolja eine Jarygin. Sie war mit Schalldämpfer ausgestattet. Kolja wog die Waffe in der Hand, dann gab er sie Ilja zurück.

»Du wirst sie benutzen. Doch erst, nachdem wir wissen, wo der Ring steckt.«

Ilja grunzte und stieg aus. Lew half Kolja aus dem Wagen.

Kalte Nässe umfing sie, als sie die wenigen Schritte zum Antiquitätengeschäft zurücklegten.

Kolja fuhr sich durchs Haar.

»Das würde ich lassen, bis du den Ring wiederhast.« Ilja grinste verlegen.

Zwischen Koljas Fingern klemmten graue Haare.

Lew ging vor zum Schaufenster. »Da ist einer drin. Der könnte Scarborough sein.«

Ein Mann machte sich an einem verbeulten Bollerofen zu schaffen. Als die Türglocke anschlug, sah er erschrocken über seine Schulter und richtete sich auf. Er war stattlich, vielleicht Mitte fünfzig. Auf eine kultivierte Art attraktiv. Wie weit reichte sein Mäzenatentum bei Jana?

Jana, Lucy, irgendwie, namenlos, nie gekannt. Ihre Existenz versickerte bereits in der Zeit.

»Der Laden ist geschlossen. Kommen Sie bitte morgen früh wieder.« Das höfliche Lächeln wirkte eintrainiert.

»Ich will nichts kaufen. Ich will etwas wiederhaben, das mir gestohlen worden ist.«

Scarborough wechselte die Farbe. Er wusste von dem Ring. Den empörten Gesichtsausdruck setzte er einen Moment zu spät auf.

»Das hier ist keine Pfandleihe. Diebesgut werden Sie bei mir umsonst suchen.«

Ein bewundernswerter Charakterzug, trotz einer offensichtlichen Bedrohung gelassen bleiben zu können. Aber auch er war nur ein Mensch und Menschen gaben ihre Haltung früher oder später auf, wenn sie in Koljas Hände fielen.

Ilja ließ seine Fingerknöchel knacken. Ein primitiver Versuch, Scarborough einzuschüchtern, der jedoch gelang.

Er ging einen Schritt zurück.

»Ich will offen mit Ihnen reden.« Kolja nahm eine zierliche Porzellantasse aus einem Regal. »Sie sind ein kultivierter Mensch und haben die ungeschminkte Wahrheit verdient.«

»Dazu gibt es geteilte Meinungen.« Scarborough sprach ruhig, ohne den Blick von Kolja zu wenden. »Meine Schwester zum Beispiel, die längst auf mich wartet, würde Ihnen an dieser Stelle widersprechen. Übrigens hasst sie es, wenn ich mich verspäte. Wenn Sie mich also entschuldigen wollen?« Er griff zu seinem Mantel und hatte den Regenschirm bereits im Visier, als ihm Iljas Wurfmesser das Kleidungsstück aus der Hand riss und an die Holzvertäfelung pinnte.

»Ihre werte Schwester wird warten müssen, bis wir uns in aller Ruhe unterhalten haben. Sagen Sie mir, wo der Ring ist, und ich lasse Sie eventuell am Leben.«

Scarboroughs Kehlkopf quälte sich nach oben, dann rutschte er wieder nach unten. »Bedaure zutiefst, aber von welchem Ring sprechen Sie?« Der Kerl wagte sogar ein ahnungsloses Lächeln.

»Ist Ihnen Ihr Schweigen Ihre Nase wert? Oder eines ihrer Ohren?«

Ilja gluckste vergnügt und zog ein weiteres Messer aus den Tiefen seiner Jacke. Kolja hob die Hand. Diese warnende Geste weckte eine verständliche Enttäuschung in Iljas Blick, aber das hier war London. Fremder Boden. Sie sollten subtiler agieren. Um Blutlachen fortzuwischen, fehlte die Zeit und Rinnsale ließen sich leichter beheben. Menschen konnten auf vielerlei Weisen gebrochen werden.

Kolja schritt um den Tresen. Eine Schublade nach der anderen fiel auf den Boden. Scarborough rührte sich nicht. Neben dem Tacker und der Zange zum Heftklammernentfernen lag Paketband. Kolja reihte alle nützlichen Dinge vor Scarborough auf. Auch das Knäuel Sisalschnur zum Verschnüren von Paketen, ebenso wie die große Papierschere und der Brieföffner.

Scarborough streifte die Auswahl mit einem Blick, der verzweifelt reine Panik zu verbergen suchte. »Sie haben spitzfindige Argumente, Mister.«

Ein kluger Mann.

»Gut, reden wir.«

Lew schloss die Ladentür zu und steckte den Schlüssel ein.

Es würde eine anstrengende Nacht werden.

~*~

Dieser Bastard! Die Nephilim wären besser bis auf den Letzten in den gerechten Fluten ersoffen.

Kepheqiah schleuderte die Teekanne an die Wand. In eiskaltem Geschäftston hatte ihm Grigorjew Vertragsbruch vorgeworfen. Er sei auf dem Weg hierher, um über seine Entschädigung zu verhandeln.

Er würde Daniel wollen. Die Tasse teilte das Schicksal der Kanne. Wie lange konnte er diese Katastrophe vor Baraq'el verheimlichen? Daniel würde nicht vollkommen versagen, sondern das Ziel wahrscheinlich zu spät eliminieren.

Was war mit ihm los? Hatte er sich in dem Weib festgeliebt?

Kepheqiah eilte durch die Flure. Maurice' Büro war leer. Aus dem Zimmer des Jungen drang noch Licht. »Wo ist Maurice?«

Erstaunt schaute Ives von seinem Observationsbericht auf. »In seinen Privaträumen. Er sagte, er wolle nicht gestört werden.«

»Komm mit.«

Ives sprang auf und folgte ihm.

Maurice saß zusammengesunken an der Wand, umgeben von seinen Krummsäbeln und Schleifsteinen. Schwerer Alkoholdunst hing im Raum. Seine Lider waren geschlossen.

Kepheqiah trat ihm ans Bein.

»Daniel eliminiert das Ziel und du schmust mit deinen Waffen?«

»Ich schleife sie.« Der Blick zu ihm hoch war verschattet wie eine Nacht bei Mondfinsternis.

»Grigorjew verlangt den Abzug des Meisters.«

Maurice fluchte auf Französisch und Aramäisch gleichzeitig, während er sich mühsam aufrappelte. »Das geht nicht. Das ist ein Vertragsbruch. Ist er von Sinnen?«

»Genau das wirft er uns vor. Es ist kurz nach Mitternacht und wir haben noch keine Nachricht von Daniel.«

Maurice wurde kreideweiß. »Kontaktier ihn. Er muss sich beeilen.«

»Denkst du im Ernst, er hätte auch nur einmal den Sender im Ohr gehabt? Weder lässt er sich belauschen noch beobachten.«

»Ruf ihn an!«

»Zwecklos.« Das hatte er längst versucht.

»Levant spielt mit seiner unsterblichen Seele.« Der Franzose klang wie frisch aus dem Grab. »Und ich rede nicht von Mahawajs Sanktionierung.«

Ives drängelte sich an Kepheqiah vorbei. »Von was dann?«

Maurice Augen wurden schmal. »Von der Schuld, seinen Willen der Dunkelheit zu überlassen.«

205

»Von welcher Dunkelheit sprichst du?«

Nie hatte Kepheqiah einen trostloseren Blick gesehen.

Maurice kam ganz nah, legte seine Hände auf die Schultern des Jungen. »Du siehst dir bei Dingen zu, die dich schreien lassen. Doch kein Laut kommt über deine Lippen, denn sie gehören dir nicht mehr. Du kämpfst dagegen an, aber eine fremde Stimme in deinem Innern lacht vor Hohn. Du beschmierst dich mit schuldigem Blut und bist es selbst, der Schuld auf sich lädt. Bis du daran erstickst.« Würgend wandte er sich ab.

Ives schluchzte auf. Kepheqiah zog ihn von Maurice weg.

»Raus mit dir und mach uns einen Tee. Ich muss mit deinem Meiser allein reden.«

Auf unsicheren Beinen tappte der Junge zur Tür.

»Und hüte dich, zu lauschen. In deinem eigenen Interesse.«

Kaum war Ives draußen, packte er Maurice und schüttelte ihn. »Sag mir, was du weißt.«

»Wann kommt Grigorjew?«

»Noch diese Nacht.«

»Dann wirst du es erfahren.« Er streifte Kepheqiahs Hände ab, ging zum Safe, öffnete ihn und entnahm ein vergilbtes Notizbuch. »Nimm es mir ab, wenn es an der Zeit ist.« Er steckte es sich in die Brusttasche seines Sakkos. »Lies es und entscheide selbst, zu welchen Taten dich dieses Wissen treiben wird. Und jetzt geh. Ich muss mich auf den Klienten vorbereiten.«

»Maurice ...«

»Raus!« Mit geballten Fäusten stand Maurice vor ihm.

Kepheqiah schluckte seinen Zorn hinunter.

Selbst Mahawaj wagte es nicht, ihn anzuschreien.

Vor der Tür kauerte Ives und kaute an den Nägeln. »Oute ich mich als Schlappschwanz, wenn ich dir sage, dass ich mir vor Angst ins Hemd scheiße?«

»Nein.« Seine Angst war berechtigt.

»Sie fängt wieder an.« Ives' Finger krallten sich in die aschblonden Locken.

»Was meinst du?«

»Die Katastrophe«, wimmerte er. »Sie begleitet mich von Leben zu Leben. Sie endet damit, dass ich aufgespießt oder geviertelt im Matsch lande und mir mit meinem letzten Atemzug vornehme, es nächstes Mal besser zu machen. Nur habe ich es bisher nie geschafft.«

Kepheqiah hockte sich zu ihm und nahm die zitternden Hände in seine. Die Trostlosigkeit in so jungen Augen zu sehen, war unerträglich.

»Fürchte dich nicht.« Die Worte wirkten, während er sie formulierte. Ives atmete tief ein und sah ihn erwartungsvoll an. Dann straffte er die Schultern. Es war ewig her, dass Kepheqiah diesen Satz einem Menschen gesagt hatte.

»Diesmal wird alles gut. Du wirst als alter Mann sterben, umgeben von den Menschen, die du liebst und der Erinnerung an Abenteuer in deinem Herzen, in denen du der Held gewesen bist.« Was spielte es für eine Rolle, dass er log? Lügen trösteten und Ives brauchte Trost.

Das Jungengesicht verzog sich zu einem resignierten Grinsen. »Du bist der einzige Meister, den ich kenne, der nie die Nerven verliert.«

Kepheqiah musste lachen. Er war der einzige Meister, der Zeugen in solchen Situationen nicht zuließ.

»Ruben sagt, du wärst Baraq'els erster Meister und ebenso lang bei der Bruderschaft, wie er selbst.«

»Das ist wahr.« Mahawaj hatte ihn nie rekrutieren müssen. Kepheqiah hatte freiwillig seine Dienste angeboten.

»Seit wann gehört Daniel dazu?«

»Du magst ihn?«

Ives nickte. »Auf eine seltsame Weise ist er sehr nett.«

Daniel war der erste Meister des dritten Kreises, den Kepheqiah im Auftrag Mahawajs für die Bruderschaft verpflichtet hatte.

Für diese Tat hatte er sich ebenso oft verflucht wie beglückwünscht.

»Vergiss Daniel für einen Moment.« Sie durften keine Zeit verschwenden. »Wenn Grigorjew kommt, müssen wir vorbereitet sein. Er ist ein gefährlicher Mann.«

Kepheqiah würde schlichten, verlockende Angebote unterbreiten und damit Daniels Leben und hoffentlich auch seine Seele retten.

~*~

EINE LEICHE AM STARKSTROMKABEL

In ihren Armen lag ein Wunder. Dicht an sie geschmiegt, tief schlafend. Ihre Beine zitterten. Sie hatten allen Grund dazu. Daniel hatte sich ihr geschenkt, mit jedem tiefen Kuss, mit jeder Berührung seines geschmeidigen Körpers. Jeder Herzschlag hatte ihr gegolten. Er hatte ihre Seele umwoben, ihren Geist gefesselt und ihr jeglichen Atem genommen.

Manchmal war es wie Sterben gewesen. Absolutes Loslassen, Dahintreiben, nur noch Gefühl sein.

Wie Zauberei. Sanft, doch unaufhaltsam, hatte er ihr die Zügel abgenommen und sie dorthin gelenkt, wo er sie haben wollte.

Mitten hinein in den intensivsten Rausch ihres Lebens.

Lucy legte ihm sacht die Hand auf die Brust. Sein Herz schlug ruhig und gleichmäßig.

Jetzt war der Moment, wo sie aufstehen, stehlen und sich davonschleichen musste. »Ich liebe dich, Daniel Levant.« Mit zärtlichen Küssen bedeckte sie sein entspanntes Gesicht. »Aber ich bin, was ich bin.« Es war der denkbar schlechteste Moment zum Weinen. Sie tat es trotzdem. Konnte man sich hassen und dennoch gierig seine Hände nach Schätzen ausstrecken, die einem nicht gehörten?

Vorsichtig zog sie ihm das Amulett über den Kopf. Es war so faszinierend und geheimnisvoll wie sein Eigentümer.

In der Küche stand eine Krepprolle. Fünf Ikonen wickelte sie einzeln in das Papier.

Der Nikolaus, Franz von Assisi, Maria, eine, deren Lack von tiefen Rissen überzogen war, und eine, die aussah, wie frisch gemalt.

In einer Truhe fand Lucy Bettlaken und Handtücher.

Daniel war der einzige Mensch, den sie kannte, der keinen Schrank besaß.

Die Ikonen verschwanden in einem Kopfkissenbezug. Mochte der Taxifahrer denken, was er wollte.

Sie war fertig. Musste nur noch verschwinden. Daniel konnte sie nach dieser Aktion nie mehr wiedersehen. Ihr Herz stach bei dem Gedanken.

Komm schon, Lucy, häng die Heiligenbilder wieder an die Wand. Tut doch nicht weh, sich zurück zu ihm ins Bett zu legen und in ein paar Stunden mit ihm Croissants und Kaffee zu frühstücken.

Es tat weh. Der gefüllte Kissenbezug schien sich an ihr festzuklammern und versprach auf paradoxe Weise Freiheit.

Bleib dir treu. Dann geschieht dir nichts. Mit dieser Erkenntnis hatte sie Heime und Straßen überlebt. Sie war eine Diebin. Sie konnte es sich nicht leisten, ihr Herz zu verschenken.

Sie wischte die Tränen ab, schluckte gegen den Kloß in ihrem Hals an. Sinnlos, sich für das zu schämen, was man war.

»Ich liebe dich, Daniel Levant.« Hoffentlich drang ihr Flüstern in seine Träume. Wenn er erwachte, würde er sie verachten.

Ihr Herz krümmte sich bei dem Gedanken.

Je schneller sie aus Daniels Leben verschwand, umso besser für sie beide.

Sie öffnete eines der mächtigen Fenster und kletterte einhändig die Feuerleiter hinab. Sie biss die Zähne zusammen, als ihre wunden Muskeln in der kalten Winterluft streikten.

Die Leiter führte auf den Hinterhof. Alle Fenster der Umgebung waren dunkel und niemand würde sie sehen. Der Aufzug hätte zu viel Lärm gemacht.

Als sie unten angekommen war, zitterte sie wie Espenlaub. Die Kälte, die Anspannung, die Ekstasen, die sie mit Daniel erlebt hatte.

Ein Traum. Er endete in diesem Moment.

Das Tor zur Straße schwang quietschend im kalten Wind. Für die U-Bahn war es noch zu früh. Sie musste ein Taxi erwischen. Sie würde zu Ethan fahren, ihm die Ikonen bringen und für eine Weile untertauchen.

Ethan besaß ein Cottage in Tintagel.

Ein perfekter Ort, sich vor sich selbst zu verstecken.

Als das Taxi neben ihr hielt, hing Daniels Amulett bereits um ihren Hals.

»Zur Farrington Road bitte.«

An jeder Straßenecke war sie kurz davor, dem Fahrer zu sagen, dass er umkehren sollte.

Als sich das Antiquitätengeschäft aus der Dunkelheit schälte, war ihre Zunge wundgebissen.

»Warten Sie, bitte. Ich bin gleich zurück.«

Der Taxifahrer nickte müde.

Im Laden brannte Licht. War Ethan wieder einmal über den Seekarten von Kapitän Bligh eingeschlafen?

Er saß auf einem Stuhl, mitten im Raum, einen Golfschläger in der einen, eine Tasse in der anderen Hand.

Schwarze Schatten umrandeten seine Augen und stachen grell von seinem kalkweißen Gesicht ab. Um den Hals trug er einen seiner bunten Seidenschals.

»Bist du erkältet?« Er sah schrecklich aus.

Ethan lachte. Auf eine Weise, dass ihr eine Gänsehaut über den Rücken lief. Die Tasse bebte in seiner Hand.

»Was ist passiert?« Er hatte das letzte Mal das Neuner Eisen gezückt, als ein paar Kerle in Springerstiefeln damit drohten, seinen Laden kurz und klein zu schlagen. »Wer war hier?«

»Drei charmante Herren, die nachdrücklich nach dem Ring und dir gefragt haben. Russischer Akzent, gut gekleidet, einen Hang zum Sadismus konnte ich bei dem einen feststellen, einen Hang zu primitiverer Grausamkeit bei den anderen.«

Oh Gott. Kolja! Lucy wurde übel. »Was haben sie dir angetan?«

»Falsche Frage.«

»Dann eine andere. Was hast du ihnen gesagt?«

»Dass ich den Ring einem Kaito Yoshida verkauft hätte.«

»Wer ist das denn?«

»Ein erfundener Manga-Künstler aus Tokio, der den Ring seiner Tante als Hochzeitsgeschenk überreichen will.« Sein Lächeln war schauriger als sein Lachen. »Ich habe den Kerlen eine exakte Personenbeschreibung geliefert plus den halben Lebenslauf dieses gesprächigen Touristen. Die Geschichte war dermaßen kompliziert, dass sie mir der Russe irgendwann abgekauft hat.« Seine Miene war zu gleichgültig, sein Gesicht zu blass, sein Mund zu schmal.

Igor hatten sie in der Moskwa gefunden. Ethan stand lebendig vor ihr. Sie fiel ihm um den Hals und vergrub ihr Gesicht an seiner Brust. Sein Hemd war durchgeschwitzt und stank nach Angst. Ethan machte sich steif und schob sie von sich.

»Du musst fliehen. Sofort.«

Lucy drückte ihm den Kissenbezug in den Arm. Das Schmerzensgeld konnte nicht hoch genug sein.

Ethan fühlte die Konturen nach. »Was ist das?«

»Ikonen. Die Besten, die du je gesehen hast. Ich habe sie Daniel gestohlen. Wenn er nach mir fragt, sag, ich sei gestorben.«

Ethan nickte. »Hieß er nicht Ebenezer?«

»Nur für Peter.«

Unendlich sanft strich er über ihre Wange. Eine Träne glitzerte auf seinem Finger. »Du ziehst es immer durch, Lucy Sorokin. Ist kein Platz für Liebe in deinem kleptomanischem Herz?«

Welches Herz? Sie musste es auf dem Weg hierher verloren haben. Ethans kritischer Blick glitt über ihren Hals.

»Was ist das?«

»Ein Erinnerungsstück.« Das Amulett war unverkäuflich.

»Das meine ich nicht.« Vorsichtig tastete er an ihrem Kehlkopf. »Da sind rote Flecken.«

Was immer es war, es tat nicht weh. Sie nahm seine Hände und legte sie an ihre Wange. »Du weißt, wo ich bin, aber suche mich nicht auf.«

Ethan nickte. »Wie lange?«

Sie wusste es nicht. Vielleicht würde sie nie wiederkommen.

Nicht umdrehen. Nicht in sein versteinertes Gesicht sehen. Er lebte. Das musste reichen.

Auf dem Weg zum Taxi rannte sie beinahe in einen Jeep. Sie stützte sich auf der Motorhaube ab. Der Wagen stand sofort. Ein kalter Blick hinter Glas starrte sie an.

Heute Nacht konnte sie nichts mehr schrecken.

Der Taxifahrer kam ihr aufgeregt entgegen und drohte dem Jeepfahrer mit der Faust. Dann half er ihr zum Wagen. Warum fragte er ständig, ob alles in Ordnung wäre? Sie wollte nicht antworten. Es gab nichts zu sagen.

~*~

Bleierne Schwere und das Vibrieren seiner überreizten Nerven war alles, was Daniel fühlte. Nicht enden wollende Exstasen. Die gesamte Nacht hindurch. Lucys Duft haftete an den Kissen. Ihre Wärme wohnte noch in seinem Körper.

Lucy!

Daniel fuhr hoch. Sein Herz raste, Schweiß brach ihm aus. Er hatte sie getötet. Sie hatte dagelegen, reglos und mit geschlossenen Augen.

Sie war weg.

Wo? Hatten die Cleaner sie bereits geholt? Mitternacht war längst vorbei. Draußen wurde es hell.

Die Schachtel Benson & Hedges war leer. Ein Gummi lag vor dem Bett, eins hing an der Tischkante, das dritte klebte noch an ihm.

Dreimal. Und keine Leiche. Innerlich sank er vor Erleichterung auf die Knie. Langsam kam die Erinnerung zurück. Er hatte ihr den Atem genommen. Nach endlosen Sekunden war ein Zittern durch ihren Körper gefahren, sie hatte nach Luft geschnappt und um mehr gebeten.

Warum hatte Kepheqiah nicht längst angerufen, ihm mit Vorwürfen überschüttet und ihm die ewige Verdammnis angedroht? Sein Handy war auf stumm geschaltet.

Die Liste der Anrufe unendlich.

In seinem Kopf herrschte Chaos. Keph musste ihm helfen.

»Und? Ist sie tot?« Der gehetzte Klang in Kephs Stimme gefiel ihm nicht.

»Ich weiß es nicht. Sie ist nicht mehr da.«

»Was?«

»Dafür fehlen ein paar meiner Ikonen.« Fünf spinnennetzüberzogene Rechtecke an der Wand ließen sein Herz vor Freude höherschlagen. Er fühlte an seine Brust. Das Amulett war ebenfalls verschwunden. Es gab keinen besseren Beweis für Lucys Lebendigsein.

»Daniel, hör zu. Grigorjew ist hier. Er tobt auf eine eiskalte Weise, die mein Blut gefrieren lässt.«

Der Russe. Lucy durfte ihm nicht in die Arme rennen.

»Du hast den Vertrag gebrochen, du elender Scheißkerl!«

Zorn. Bei Kepheqiah?

Dann hatte Daniel den Bogen überspannt. »Was ist mit Lucy?«

»Nenn das Ziel nicht Lucy!« Keph ihm schrie ins Ohr. »Du hast mit ihr nichts mehr zu tun. Er will sich später selbst um sie kümmern. Vorher will er den Ring. Von dir. Oder er zieht dir die Haut bei lebendigem Leibe ab.« Keph schnappte nach Luft. »Er sagt, der Ring sei in Japan und er sei nur bereit, auf dein Leben zu verzichten, wenn du ihn innerhalb von drei Tagen beschaffst.«

»Der Ring ist bei Scarborough.«

»Der hat ihn an einen japanischen Touristen verkauft.«

»Sagt wer?«

»Grigorjew. Er hat Scarborough ins Verhör genommen.«

»Scarborough lügt. Gestern Abend hat er Lucy danach gefragt. Er wollte ihn aus ihrer Wohnung holen.«

Keph knirschte mit den Zähnen. »Grigorjew hat die Wahrheit aus ihm herausgepresst. Ich will nicht wissen, wie er ihn zugerichtet hat.«

Daniels Gedanken überschlugen sich. Lucy konnte überall sein. Er wusste nur, wo sie nicht war, bei Scarborough, der jetzt, wie sie, in größter Gefahr schwebte. Es war seine Schuld. Alles. Er musste sie finden.

»Halte mir den Nephilim vom Hals. Verstrick ihn in die Verhandlungen über seine Schadensersatzansprüche oder tanz mit ihm. Meinetwegen kannst du ihm auch die Kehle durchschneiden, nur gib mir Zeit.« Daniel trennte die Verbindung. Seine Seele hatte er verspielt, seit er den Vertrag mit der Bruderschaft unterzeichnet hatte. Was spielte das noch für eine Rolle?

»Du versaust schon wieder einen Job, Daniel Levant, Superkiller der Ewigkeit.«

Keph versuchte erneut, ihn anzurufen. Daniel schaltete das Handy aus. Er musste zu dem Antiquar. Er wusste unter Garantie, wo Lucy steckte.

In Susannas Wohnung erwartete ihn ein Schlachtfeld. Zwischen durchtrennten Balken und abgerissenen Tapetenfetzen lag eine Matratze mit Schlafsack und Inhalt. Daniel schüttelte das Mädchen heraus. Wenigstens war sie allein.

»Daniel? Spinnst du?«

»Noch nicht.« Er packte sie am Kragen und schleppte sie hinter sich her. Auf dem Weg zur Tür sammelte er Socken und Turnschuhe auf. »Anziehen. Kannst du Auto fahren?«

Susanna riss sich von ihm los und schlüpfte in ihre Jacke. »Klar, kann doch jeder. Frag mich nur nicht nach dem Führerschein.«

»Mach ich nicht. Du bist engagiert. Im Hof steht eine Limousine. Zur Farrington Road. Schnell.«

»Macht es Sinn, zu fragen …«

»Nein.«

Das Mädchen fuhr wie der Teufel. Die Hälfte der Strecke verbrachte Daniel mit geschlossenen Augen.

»Du bist gut.« Dennoch war ihm übel.

»Ich weiß. Soll ich im Wagen auf dich warten?«

Auf sein Nicken hin schob sie den Sitz zurück und legte die Beine aufs Lenkrad.

Die Schutzgatter des Antiquitätenladens waren heruntergelassen und an der Tür hing ein Zettel.

Wegen Betriebsaufgabe geschlossen.

Daniel klingelte Sturm. Nichts geschah. Hinter dem Fenster im ersten Stock bewegte sich eine Gardine. Daniel winkte nach oben. Der Schatten dahinter verschwand.

Für Spielchen blieb keine Zeit. Daniel quälte sich die Fassade hinauf. Die Nummer mit der Scherbe im Fuß bereute er jede Sekunde.

»Verschwinde«, keifte es dumpf durch die Scheibe. »Oder ich ziehe dir eins über den Schädel.«

Auch für Diskussionen war keine Zeit.

Daniel klammerte sich an den Mauervorsprung und sprang mit den Füßen vorweg durchs Glas.

Scarborough musterte ihn kalt, während er sich fluchend den Fuß hielt.

»Warte mein Junge, ich hol nur eben meinen Golfschläger.«

»Lucy ist in Gefahr, ich muss mit Ihnen reden. Grigorjew ist ihr auf den Fersen.«

Scarborough wurde eine Spur blasser. »Was hast du mit dieser Sache zu schaffen?« Als er die Arme vor der Brust verschränkte, gaben seine Manschetten tiefe rote Striemen an seinen Handgelenken preis.

»Ich sollte Lucy töten. Für den Irren, dem Sie das da zu verdanken haben.«

Scarborough rieb über die wunden Stellen und sein Gesicht verwandelte sich in eine Maske der Ausdruckslosigkeit. »Was hast du vor?«

»Ich will sie beschützen.«

Scarborough lachte trocken. »Wehe, du sagst jetzt, dass du sie liebst.«

»Das wäre mein nächster Satz gewesen.«

»Verschwinde. Wie kann ich einem Killer trauen? Lucy ist längst über alle Berge und in Sicherheit.«

»Ist sie nicht. Es gibt keinen Ort außer in meiner unmittelbaren Nähe, an dem sie vor Grigorjew sicher wäre. Er ist ein Nephilim. Die verzeihen Kleinigkeiten wie den Diebstahl ihrer Lebensquelle nicht.«

Scarborough senkte die Lider. »Ein Nephilim? Willst du mich verarschen?«

Daniel sprang ihn an, riss ihn zu Boden und drückte ihm ein Knie auf die Brust.

Für Geplänkel fehlte ihm die Ruhe.

»Runter von mir«, keuchte es unter ihm.

Daniel zerrte den Schal vom Hals.

An einigen Stellen hatte das Seil so tief eingeschnitten, dass die Wunden noch nässten. »Wollen Sie das für Lucy?« Er berührte die Würgemale und Scarborough schauderte. »Ein Mann wie Sie besitzt genug Fantasie um sich auszumalen, dass es nicht dabei bleiben wird.« Sein Magen rebellierte bei jedem Wort.

Scarborough schluckte. »Schwör es mir, dass du sie schützen wirst.«

Daniel nahm die verkrampfte Hand und legte sie sich an die Brust. »Solange dieses Herz schlägt, werde ich sie vor allem schützen, was sie

216

bedroht. Vor den Nephilim, vor der Bruderschaft, vor ihrem eigenen Leichtsinn und vor mir.«

»Übertreib's nicht«, ächzte der Mann unter Daniels Gewicht. »Nimm dein Knie weg und wir kommen ins Geschäft.«

Daniel ließ ihn los und Scarborough rappelte sich auf. »Ethan.« Er reichte ihm die Hand. Daniel ergriff sie. »Angenehm. Und nun raus mit der Sprache, wo steckt sie.«

»Auf dem Weg nach Paris. Mit dem Eurostar. Du schaffst es nicht mehr. Der Zug fährt um fünf Uhr vierzig von St. Pancras ab.«

Verdammt. Daniel sprang auf. »Warten Sie hier. Gleich kommt ein Freund von mir. Sie erkennen ihn an einem Bramahnenknoten. Sein Name ist Kepheqiah und sie werden mit ihm gehen.« Keph würde ihn vor Grigorjew verstecken müssen.

Daniel nahm denselben Weg zurück, den er gekommen war und humpelte zum Wagen.

»Coole Nummer.« Susanna pfiff durch die Zähne.

»Zum St. Pancras. Schnell!«

Er rief Keph an. Der hielt ihn für geisteskrank. Dass er dem Plan dennoch zustimmte, war ein Wunder oder die Spuren uralter Freundschaft. Er würde Scarborough in Daniels Loft bringen und Ruben als Bewachung bei ihm lassen. Mehr konnte er nicht von ihm fordern.

Kaum hatte Susanna die Limousine mit quietschenden Reifen zum Stehen gebracht, rannte Daniel los.

Der viktorianische Uhrenturm läutete zweimal. Noch zehn Minuten. Lucy musste noch im Check-in-Bereich sein, sonst hätte er keine Chance mehr, sie vor dem Einsteigen abzufangen.

Er stürzte beinahe die Rolltreppe hinunter.

Die Schalter lagen einsam vor ihm.

Zu spät.

Die Lifts hinter der Sicherheitsabsperrung.

Sie führten zu den Gleisen.

Daniel setzte über das Gatter und taumelte einem Security-Mann in die Arme. Bis er ihn von seiner Redlichkeit überzeugt hatte, fuhr der Zug los. Daniel hätte den Kerl verprügeln können.

»Und?« Susanna drehte die Musik leiser.

»Sie ist weg.«

»Wer?«

»Lucy.«

Susanna nahm die Füße vom Lenkrad. »Die Frau, die dich neulich besucht hat?«

»Besucht, geliebt, bestohlen.«

»Wow.«

»Allerdings.« Eine Chance blieb ihm noch.

Er konnte nicht Lucy und Ethan gleichzeitig schützen.

Er brauchte Hilfe.

~*~

Zäher Schleim rann durch seine Kehle. Kolja hasste das röchelnde Geräusch beim Einatmen.

Der Ring, nichts anderes konnte ihn retten. Meister Lacroix musterte ihn mit nur zum Teil unterdrücktem Ekel.

»Das Versagen der Bruderschaft wird Folgen haben.«

Lacroix nickte schweigend. Ein Diener kam und brachte Tee. Ekelhaft jung. Ekelhaft hübsch. Die Haare voll und weich, der schlanke Körper ohne Schmerzen. Kolja packte ihn am Arm. Die Muskeln krampften unter seinem Zugriff. Wie erbärmlich sich seine knöcherne graue Hand von dem rosa Fleisch abhob.

Dieser Junge gäbe einen perfekten Lakaien ab, einen Ersatz für Sascha. Konstantin würde sich über das Geschenk freuen.

»Angesichts der prekären Lage fordere ich neben Meister Levant auch diesen Knaben als Entschädigung.«

Der Junge keuchte vor Schreck.

Meister Lacroix schüttelte den Kopf. Dachte er wirklich, jetzt noch verhandeln zu können?

»Meister Levant ist in diesem Moment dabei, den Ring zu beschaffen. Sein Leben gehört Ihnen, wenn Sie das wünschen. Mein Diener steht nicht zur Diskussion.«

Die Tasse klirrte, als der Junge sie vor ihn stellte.

Angst. Sie tanzte in seinen Augen, zitterte in seinen Fingern.

Hinter ihm erhob sich Ilja, zeigte auf das Handy, das er ans Ohr hielt.

Als er das Gespräch beendet hatte, grinste er vielversprechend.

»Die Sorokin verlässt die Stadt Richtung Westen. Sascha ...« er räusperte sich. »... *er* folgt ihr.«

Die ganze Fülle seiner Rachegedanken würde Kolja in diesem welkenden Körper nicht ausleben können, doch die Diebin führte ihn unweigerlich zu dem Ring und damit zu seiner Genesung.

»Pack den Jungen ein.« Er konnte ihm unterwegs die Zeit vertreiben.

Statt zu gehorchen, starrte Ilja zu dem Anonymen Meister.

Mit wutverzerrter Miene sprang Lacroix über den Schreibtisch auf Kolja zu. In den Händen zwei Krummsäbel.

War der Mann wahnsinnig? Kolja floh zurück.

Eine Klinge sirrte durch die Luft, Lew fasste sich an die Kehle und keuchte. Zwischen seinen Fingern quoll Blut hervor. Lacroix holte erneut aus, doch Ilja war schneller und schoss ihm in die Brust. Lacroix sackte zusammen und blieb reglos liegen.

»Scheiße«, keuchte Ilja. »Was war das denn?«

Ein Komplott! Kolja fasste sich ans Herz. Es schmerzte unerträglich. Wo steckte der verdammte Bengel?

»Wir sollten uns beeilen.« Ilja stand bereits an der Tür. »Wenn uns die Bullen erwischen, geht uns die Kleine durch die Lappen.«

Oder fiel dem Dämon in die Hände.

Wenn er es wagte, Sorokin auch nur ein Haar zu krümmen, zerhackte er ihn in winzige Stücke.

Die Frau gehörte ihm!

Ebenso wie der Lakai. Es wurde Zeit, dass er Baraq'el über das Versagen seiner Mitarbeiter informierte.

~*~

Daniel war wahnsinnig und er unterstützte ihn auch noch dabei.

Kepheqiah schlug aufs Lenkrad. Scarborough war vorerst in Sicherheit. Er war der Einzige. Auf dem Display des Bordcomputers erschien Ives Nummer.

»Was ist passiert? Ich bin gleich zurück.«

Er hätte die Filiale niemals in so einer heiklen Situation verlassen dürfen. Am anderen Ende schluchzte es.

»Maurice stirbt. Überall ist Blut. Dieser Ilja hat ihn erschossen. Maurice wollte Grigorjew töten, den anderen Russen hat er erwischt.«

Kepheqiah Atem stockte. »Beruhige dich! Lebt Maurice noch?«

»Ja! Nein! Ich weiß es nicht.«

»Bleib, wo du bist. Ich schicke Leute zu dir, die helfen werden.«

Das medizinische Team wäre in wenigen Minuten vor Ort. Er selbst würde länger brauchen. Verflucht! Warum hatte er sich von Daniel dazu bringen lassen, Maurice mit Grigorjew allein zu lassen?

Als er in der Turner Street ankam, wurde Maurice bereits die Treppe heruntergetragen. Sein Gesicht war eingefallen und grau.

»Schafft er es?«

Die Sanitäter zuckten die Schultern.

Im Büro war ein Team dabei, Ordnung zu schaffen. Mittendrin stand Ives. In der Hand hielt er ein blutdurchtränktes Notizbuch.

»Von Maurice. Du sollst es lesen. Du wüsstest Bescheid.«

Kepheqiah nahm es ihm ab. Bevor er es las, musste er Mahawaj informieren.

Die Antwortmail kam sofort. Mahawaj zog ihn und Daniel von dem Auftrag ab. Er sollte seine Sachen packen und unverzüglich zurück nach Rom fliegen. Die Filiale in London wurde aufgelöst. Die Hilfsteams hätten Anweisung erhalten, sich ebenfalls in der Zentrale einzufinden. Kepheqiah sollte den Diener von Meister Lacroix in das nächste Flugzeug nach Moskau setzen. Er würde auf den ausdrücklichen Wunsch des Klienten der Familie Grigorjew als Vergebungsgeschenk offeriert.

Seine Akte, seine persönlichen Dinge und alles Weitere, was seine Existenz bei der Bruderschaft bezeugen konnte, sollte Kepheqiah persönlich vernichten.

Er fuhr den Laptop hinunter. Ives stand über Maurice' Schreibtisch gebeugt. Seine schmalen Schultern zuckten. Mahawaj hatte ihn für dieses Leben abgeschrieben. Kepheqiah schloss die Augen.

»Du sollst nach Moskau. Zu Grigorjew. Du bist ein Geschenk an ihn.« Jedes Wort schnürte seinen Hals enger.

Ives erstarrte. Dann richtete er sich langsam auf und sah ihn mit leerem Blick an. »Ich bin nicht Mahawajs Eigentum.«

Wäre es nicht so tragisch, Kepheqiah hätte gelacht. »Doch. Du, Daniel, Maurice und alle hier im Raum.«

»Ich bin kein Meister! Ich trage kein Amulett.«

Der Junge glaubte tatsächlich an seine Freiheit. Seine Naivität war rührend. »Wenn Daniel meint, er müsse für eine gewisse Zeit untertauchen, lässt ihm Baraq'el das durchgehen. Er ist wertvoll und Mahawaj Baraq'el schätzt ihn sehr. Aber wenn ein Diener wie du sich widersetzt, hetzt ihm Mahawaj einen Suchtrupp hinterher. Ich gebe dir drei, vielleicht vier Tage. Dann haben sie dich.«

»Ich kann zur Polizei gehen und alles sagen, was ich weiß.« Trotzig reckte er das Kinn vor.

»Und die würden dir Glauben schenken, ja?«

Die erste Träne lief. Der Junge wusste viel zu wenig von der Bruderschaft. »Ich weiß, was Grigorjew ist.« Er wischte sich die Tränen ab und verteilte Maurice' Blut über sein Gesicht. »Niemals werde ich mich ihm oder einem anderen dieser Sippschaft aussetzen.« Das Lächeln tauchte sein Gesicht in tiefe Resignation. »Ich bin nicht zum ersten Mal auf der Welt. Ich weiß, was mich bei einem Grigorjew erwartet.« Er hob eines der Sarazenenschwerter vom Boden. »Machst du es, oder muss ich es tun?«

Kepheqiah hatte sich noch nie einer konkreten Anweisung widersetzt. Es war ein seltsames Gefühl.

»Lass das Schwert fallen. Du brauchst es nicht.«

~*~

Ethan saß am Tisch. Vor ihm stand eine Tasse Tee, als ob nichts Böses sein Leben je bedroht hätte. Er musterte die Ikonen an den Wänden, zuckte zusammen, als sich die Aufzugsgitter öffneten.

»Hast sie nicht mehr erwischt, was?«

Daniel schüttelte den Kopf. »Wenigstens ist sie vorläufig vor Grigorjew in Sicherheit.« Die Sorge um sie zerrte an ihm. Ebenso wie die Liebe, die sich trotz Schwüren und Verboten in sein Herz geschlichen hatte.

»Ich muss mich wohl bei dir bedanken«, brummte Ethan in die Tasse. »Weil du dir für mich ein Bein ausreißt.«

»Nur einen Finger.« Das Bein war für Lucy reserviert.

»Auch gut.« Ethan nickte Susanna zu, fragte nach ihrem Namen, tauschte Belanglosigkeiten mit ihr aus.

Daniel verdrängte die Stimmen aus seinem Bewusstsein. Er musste sich auf seinen Plan konzentrieren.

Pelto-Pekka.

Einen verlässlicheren Freund gab es nicht.

Sie hatten einander Ewigkeiten nicht mehr in die Arme geschlossen. Er würde ihn heimsuchen.

Wann war er das letzte Mal mithilfe eines Raben gereist?

Der Finne würde ihn erkennen. Selbst dann, wenn Daniels Geist in einer Elster steckte.

Pelto-Pekka hatte bereits auf die Bruderschaft geschissen, als es noch keine Wasserklosetts gegeben hatte. Mit seiner Hilfe hatte Daniel die Schwingen gespannt und über den schäbigen Hütten der Menschen nach Freiheit gesucht.

Jetzt musste er Lucy suchen.

Auf einem Dach saß eine Krähe. Sie spreizte die Flügel, hob ab und flog einen weiten Bogen um das fremde Haus. Auf die Hilfe ihrer Artgenossen im Norden wäre er erst angewiesen, wenn er eine Stimme und eine Hülle brauchte, um sich bemerkbar zu machen.

Daniel zog den Gürtel aus seiner Jeans und band sich die Fußgelenke zusammen. Der Körper wollte dem Geist folgen, egal, wohin. Er wollte sich aus Höhen stürzen und sich vom Wind fangen lassen. Unter allen Umständen musste er das vermeiden.

Ethan war kein Schwächling. Mit etwas Glück würde er ihn halten können.

Daniel streckte Susanna die Hände hin. »Fessel mich. Was auch geschieht, ich darf mich nicht befreien.«

»Bitte?« Sie sah ihn erschrocken an. »Nicht die Rabennummer.«

Verdammt, er hatte ihr davon erzählt. »Tu, was ich sage und wehe, ihr lasst mich los und ich wache mit gebrochenen Knochen und aufgeschlagenem Schädel wieder auf.«

»Was hast du vor?« Ethan band sich den Schal ab.

Susanna pfiff leise, als sie die Wundmale bemerkte.

»Ich verreise.«

Pelto-Pekka war Finne. Immer gewesen. Er hatte dem Land in allen Leben nie länger als wenige Monate den Rücken gekehrt. Er war dort. Irgendwo.

Freundschaft war ein guter Kompass. Er würde ihn finden.

Daniel fixierte den Himmel, lockte in sich die Sehnsucht nach Wind und Kälte, nach Schnee und Höhe. Hinter seinem Brustbein begann es zu flattern wie ein junger Spatz, der flügge wurde.

Ethan schlang das Tuch um Daniels Handgelenke. »Du weißt, was du tust?«

»Ja.« Es war nicht das erste Mal.

»Wird das so eine komische Nummer, von der ich Albträume bekommen werde?«

»Wenn alles gut geht, nein.« Daniel schloss die Augen. Für einen Moment klammerte sich sein Geist noch an ihn, ängstlich, nach all der Zeit. Dann schüttelte er ihn ab, warf ihn in den Winterhimmel. Er flog.

~*~

Die letzten Akkorde verklangen im Dom. Roope Turunen atmete die Vibration der Orgelpfeifen wie Luft. Dieses Volumen, dieser Donner, wenn er ihnen die Abgründe seiner uralten Seele anvertraute.

»Sing für mich.« Er schlug machtvolle Töne an. Die Härchen auf seinen Armen stellten sich auf. Das war es. Keine Elektronik reichte an diesen aus der Tiefe des Daseins kommenden Sound.

Die Töne erschufen Welten und zerschmetterten sie nur einen Atemzug später zu Staub.

Die Johanniskirche war leer, er konnte wüten, wie er wollte. Als dicke Schweißtropfen auf den Tasten zerplatzten brach er ab.

Aus der Kälte einer finnischen Winternacht hatte er Disharmonien ins Leben gezerrt, die seinen Fans den Atem gefrieren lassen würden. Finster, eisig, glasklar. Roope lachte, bis das Kirchenschiff vibrierte. Er liebte seine Musik wie das Land, das sie gebar. Jedes Leben, das nicht in Finnland stattfand, war ein verlorenes.

Sein Körper dampfte, als er die knarrenden Stufen hinabging. Aus den dunklen Ecken zwischen den Holzbänken wisperte ihm die Nacht zu, dass sie ihn liebte.

Morgen würde er wiederkommen. Die Düsternis seiner Kompositionen entfaltete sich nur hier. Dennoch würde er zu Hause weiter experimentieren. Klänge warteten geduldig in der Dämmerung, um von ihm zueinandergeführt, umschlungen, geliebt und erwürgt zu werden.

Der Volvo war mit zartem Schnee bedeckt. Über die Motorhaube zogen sich die Spuren von Vogelkrallen. Roope legte seine Hand darauf und ließ die dünnen Abdrücke unter seiner Hitze schmelzen. Es hatte eine Zeit gegeben, in der diese Zeichen ihm lieb und teuer gewesen waren. Jedes Krächzen eines Raben hatte ihn zum Himmel blicken lassen in der Hoffnung, dass der Vogel mehr war als ein nervöser Herzschlag und eine Ansammlung zerrupfter Federn.

Sinnlose Schwermut sickerte in sein Herz. Roope stieg ein und ließ den Motor laufen, bis der Schnee von der Scheibe geschmolzen war. Die Eisschicht auf dem Asphalt ließ den Wagen bei jeder Kurve ausbrechen. Roope gab in den Scheitelpunkten Gas und driftete.

Wie in seinen unzähligen Leben. In regelmäßigen Abständen brachen sie aus und führten ihn an den Rand sämtlicher Begrenzungen. Manchmal darüber hinaus.

Dann begann ein Neues.

Er hatte sich an diesen Rhythmus gewöhnt.

Knapp vor seiner Windschutzscheibe segelte ein Rabe entlang. Er hockte sich auf einen Torpfosten, sah zu ihm.

Eine unsichtbare Seite schlug in Roope an, schwang, heftiger, erzeugte uralte Töne. Er fuhr langsamer. Der Rabe blieb sitzen, sah ihm hinterher.

Roope fuhr rechts ran und stieg aus. »Abay Coskun?«

Der Vogel breitete seine Flügel aus und krächzte. Dann hob er ab, umkreiste Roope einmal, zweimal, dreimal.

Sein Herz begann zu singen. Er streckte dem Tier den Arm entgegen, doch der Rabe flog knapp über ihn hinweg. Seine Krallen fuhren ihm durchs Haar und rissen eine Strähne dabei aus. Mit lautem Krächzen verschwand er in der Dunkelheit des Abendhimmels.

Er war es.

Freude ballte sich in seinem Bauch und explodierte in seiner Kehle.

Der Rabengott. Der Gott der Ekstase und des Todes. Der Kerl hatte ihn tatsächlich gefunden.

»Dieses Mal ist mein Name Roope Turunen!« Über ihm erklang wieder ein Krächzen. »Wehe, du gestehst mir bei unserem Wiedersehen, dass du diesen Schwachsinns-Stunt allein fabriziert hast!« Diese Torheit würde er ihm aus den Knochen prügeln und ihn erst dann in seine Arme schließen. Der sanfte Tod lebte, teilte sich eine Erdenzeit mit ihm. Roope jubelte wie ein Kind.

Alle Mythen der Erde vereinigten sich zu einem heißen Strom des beginnenden Lebens, der den Tod durchfloss, um wiedergeboren zu werden. Er musste Urho, Nouel, Adone, Rochus, Abay, Ebenezer, oder wie er diesmal auch immer heißen mochte, ausfindig machen. Ohne ihn und sein Arsenal an Breitschwertern und Morgensternen war der sanfte Tod hilflos.

~*~

Aus unendlicher Höhe trudelte Daniel hinab wie Ikarus zu seiner schlechtesten Zeit.

Er hatte den Raben zu früh verlassen. Wo war er?

Unter ihm türmten sich eisige Wellen. Sie rasten auf ihn zu, je schneller er fiel. Der Aufschlag auf die Wasseroberfläche fühlte sich nur in der Erinnerung an Kälte entsetzlich an.

Er durfte keine Angst haben. Ertrank sein Geist, gab auch der Körper auf.

Wassermassen pressten ihn zusammen, bis er nur noch aus fadendünnen Gedanken bestand. Strömungen erfassten ihn, zogen ihn auseinander, drohten, ihn zu zerreißen. Keine Teilung. Kein Verlorengehen in den Elementen. Er musste ein Ganzes bleiben, wenn er je wieder seinen Körper ausfüllen wollte.

Eine Welle schleuderte ihn an einen Felsen. Er nutzte den Schwung und befreite sich aus den überschlagenden Wogen.

Luft, er war frei. Es zog ihn dorthin, wo ein wesentlicher Teil seines Seins auf ihn wartete.

Felsen, Weiden, dann Wald. Dächer, stinkende Schornsteine, ein Meer aus Licht, Straßen, die er kannte, eine Backsteinmauer, ein Fensterbogen, eine blutende Hülle, der an der Wand entlangschrammte.

Der Gürtel lag abgestreift neben ihm, Ethan und Susanna versuchten, Daniels Körper einzufangen, der wild um sich schlug.

Daniel krachte mit voller Wucht in sich hinein.

Er öffnete die Augen und fand sich auf dem Boden wieder. Sein Mund war staubtrocken, sein Magen rebellierte und Lichtblitze tanzten vor seinen Augen. Vorsichtig kam er auf die Knie. Jeder Muskel schmerzte und aus seiner Nase tropfte Blut. Sein Schädel dröhnte verdächtig. Er tastete und fühlte eine walnussgroße Beule am Hinterkopf. Sein verletzter Fuß stach höllisch.

Beim geistlosen durch die Gegend toben nahm ein Körper keine Rücksicht auf Schwachstellen.

»Mach das nie wieder!« Ethan keuchte vor Anstrengung. »Du hirnloser Bastard! Das war das Schlimmste, was ich je mit ansehen musste.«

Auch Susanna war blass um die Nase. »Gruselig. Wie ne Leiche an nem Starkstromkabel.«

Sie band seine Hände los und Daniel schleppte sich zum Laptop.

Roope Turunen. Die gab es massenweise. Er ergänzte den Namen mit Pelto-Pekka. Da, eine Metalband aus Tampere. Daniel rief die Homepage der Musiker auf. Der Leadsänger hieß Roope Turunen. Auf dem ersten Bild reckte er seinen eindrucksvollen Schädel dem Fotografen direkt vor die Linse und grinste auf eine apokalyptische Weise, die Daniel kannte und liebte.

Er war es. Daniel strich mit den Fingern über den Schirm. Er würde seinem alten Freund eine Nachricht senden, die nur er verstehen konnte.

~*~

Roope stürmte in seine Wohnung, warf die Tür hinter sich zu und schaltete den Rechner an.

»Fahr schon hoch, du langsames Drecksding!«

Das letzte Mal war er so nervös gewesen, als der sanfte Tod in sich selbst versunken war. Nur wegen einer Frau, die ein fremder Tod geraubt hatte.

Roope hatte Tag und Nacht für ihn gekämpft. Ihn ermahnt, geschlagen, gefüttert und zig Mal das Messer aus seiner verkrampften Hand genommen. Er hatte seine Tränen ertragen, sein irres Lachen. Hatte endlose Nächte mit ihm durchwacht, wenn zu viele finstere Gedanken seinen Geist zerfraßen.

Nun brauchte er ihn wieder. Sonst wäre er dieses Wagnis nicht eingegangen. Warum hatte er ihm keine einfache Mail geschickt, verdammt noch mal? Roope war zu allen Zeiten Pelto-Pekka für seine wiedergeborenen Freunde gewesen. Der Kerl hätte nur googeln müssen.

In Windeseile hämmerte er sämtliche Pseudonyme für den Tod ein, die sein flirrendes Hirn stürmten. Hinter einem der Götternamen würde er sich verstecken, würde sich auf irgendeine Weise zu erkennen geben. Es wäre diffiziler, diskreter als bei Roope. Unter Raben- oder Totengott musste er gar nicht erst zu suchen.

Vielleicht funktionierte es mit Tuoni, dem finnischen Gott der Unterwelt. Er empfing seine zu ihm Befohlenen mit Fröschen und Würmern.

Nein, das war nicht die Art des sanften Todes.

Roope holte sich ein Bier aus dem Kühlschrank. »Wo steckst du?«

Sie hatten sich immer gefunden, wenn sie einander gebraucht hatten, seit Roope ihn in einer Schenke in Dover unter den Tisch gesoffen hatte. Damals hatte die Stadt noch Portus Dubris geheißen. Erschreckend, wie schnell die Jahre ins Land gingen.

Der Tod war populär. Zu jedem Synonym gab es massenhaft Einträge. Raben waren auch populär, und Mythen und morbide Poesie und Sehnsucht nach Freunden.

Roopes Augen brannten. Wie lange saß er schon vor dem Rechner? Kein sanfter Tod.

Nergal, Mot, Cromm Cruach, Yama. Kein Hinweis. Anubis oder O-siris? Auch nichts. Das hätte er auch nicht erwartet. Hatte er irgendein soziales Netzwerk vergessen? Xing, Facebook, Myspace. Alle abgegrast. Bebo, Orkut. Vergeblich. Jappy? Wohl kaum.

Ein kleiner gelber Brief erschien in der Taskleiste. Eine Nachricht von einem Thanatos. Im Betreff stand *Dunkle Schwingen.*

Roope hielt die Luft an, als er die Mail öffnete. Sein Herz sprang in seiner Brust wie ein Elchkalb.

Dunkle Schwingen kreisen über mir. Ihr Rauschen begleitet mich wieder und wieder. Der ewige Tod ist ein Trunk, zu köstlich, als dass er mir gereicht würde.

Thanatos. Der sanfte Tod. Deutlicher konnte es nicht sein. Die Mail war mit Daniel Levant unterschrieben. Ein schöner Name.

Roope schüttelte die Gänsehaut von sich. Dunkle Schwingen. Der Kerl hatte es geschafft, diesen arroganten Bastarden wieder ins Netz zu gehen.

Einer Einladung in den Chat folgte eine sofortige Annahme.

Roope lachte, als das Chatfenster aufpoppte.

»Was hast du Kardinal della Rovere auf dem Piazza Venezia gezeigt?«

Eine Erkennungsfrage? Wann war er in Rom gewesen? Die Stadt war zu warm und voll mit Klerikern, die Schaden stifteten. Es lag lange zurück.

»Hilf mir mal.« Wenigstens einen Tipp brauchte er noch.

»Armbrustbolzen.«

Scheiße aber auch. Fast wäre er vom Stuhl aufgesprungen, als die Erinnerung des Schmerzes durch ihn zuckte.

»Ich habe dem Gecken meinen nackten, dreckigen Arsch gezeigt.«
Und als Dank hatte einer der Wachen seine Armbrust auf ihn angelegt
und den Bolzen auf eine Reise geschickt, die in Roopes Hintern ein jähes
Ende fand. Trotzdem. Das war es wert gewesen.

»Du bist es!«

»Wer sonst, Thanatos. Was ist los? Pflügst du wieder Schlangenacker?«

»Damit habe ich nie aufgehört. Ich habe einen Job versaut. Es ist eine
Frau. Ich habe sie geliebt. In meinem Bett und in meinem Herz und sie
hat mich überlebt.«

»Wie das denn?«

»Kondition.«

Daniel schilderte den Hergang. Eine Diebin, die neben einem Nephilim auch ihren Killer bestahl, verdiente Respekt. Die Website vom Flughafen Tampere-Pirkkala öffnete er nebenbei. Am Mittag ging ein Flug nach
London. Das war zu spät. Helvi schuldete ihm noch mehrere Gefallen,
außerdem liebte sie spontane Überfälle auf ihren Terminplan. Nachdem
sie wie eine Hyäne über ihn hergefallen wäre und ihn einen ignoranten
Berserker genannt hätte, würde sie ihn nach London fliegen. Umsonst.
Die Gefallen waren groß.

»Bin in drei Stunden da.«

Für dieses Abenteuer brauchte er seine Freunde. In der Holzkiste unter seinem Bett ruhten sie und warteten auf ihre Erweckung aus der Frie-
densstarre. Den Morgenstern würde er hierlassen. Die Waffe war zu auf-
fällig. Aber das Schwert und die Breitaxt mussten mit. Schon für die Mo-
ral. Der sanfte Tod war stets zu feinstofflich für die Rauheiten dieser Welt
gewesen.

~*~

Kurz nach Launceston war es Lucy schlecht geworden. Die Übelkeit
lag am leeren Magen, an den vielen Kurven und an der Angst, die sie
überkam, wenn sie an Kolja dachte.

Die Straße schlängelte sich seit einer Stunde durch die Felder, die grau
und trist den Winter hinnahmen. Nur noch wenige Minuten, dann würde

sie Tintagel durchqueren und etwas weiter westlich, dichter am Atlantik und an ihrer eigenen Trübsinnigkeit sein.

Sie war keine Unbekannte in Tintagel. Versteckte sie sich im Cottage, hieß sie Maggie McFadden und war eine Freundin von Geoffrey Terrell, einem Ex-Geliebten von Ethan.

Ihr Bauchgefühl sagte, dass sie mit falschem Namen dort sicherer war als irgendwo sonst auf der Welt. Im Winter gab es nur wenig Touristen, die einen Blick auf Arthus' angebliche Zeugungs- und Geburtsstätte werfen wollten.

Lucy brauchte Einsamkeit, um über ihr verrücktes Leben nachdenken. Ständig sah sie Daniel vor sich. Sein liebevolles Lächeln verwandelte sich in ihrem schlechten Gewissen zu vorwurfsvollem Stirnrunzeln. Wäre sie mutig, würde sie zurückfahren, ihm die Ikonen bringen und um Verzeihung flehen.

Und Kolja würde sie im besten Fall erschießen, im schlechtesten ... Nein, besser, die dachte nicht darüber nach.

Gepriesen sei die Ausweglosigkeit.

Sie schlug aufs Lenkrad. Außer, dass der Mietwagen ausschlug, geschah nichts Sinniges.

Endlich lag der kleine Ort vor ihr. Sie fuhr die Hauptstraße entlang. Das *King Arthur's Arms* warb mit Tee und Pasteten. Kaffee wäre ihr lieber. Mit Croissants und Daniel. Wieder schlich sich eine Träne über ihre Wange. Lucy wischte sie ab. Jammern war zwecklos. Sie hatte sich diesen Schlamassel komplett allein eingebrockt.

Am alten Postamt fuhr sie langsamer vorbei. Nur zwei Touristen standen davor und knipsten sich gegenseitig vor dem Eingang. Lucy durchquerte ein Wäldchen, bis rechts die Klippen mit den Festungsresten und der Ruine der Kapelle auftauchten. Dahinter, auf der Halbinsel, die Mauerreste des Schlosses Tintagel.

Der Feldweg wurde immer schmaler, bis er nur noch einem Trampelpfad glich. Was scherte sie der Mietwagen? Er würde schon nicht aufsetzen.

An den Rücken einer Felserhöhung geduckt wie ein schüchternes Kaninchen stand Geoffreys Häuschen. Lucy lenkte den Wagen hinter die

230

einsturzgefährdete Gartenmauer, auf der jetzt nur Gras den Winterstürmen trotzte. Im Sommer blühten in den Ritzen der verwitterten Steinplatten wilde Blumen.

Als sie ausstieg, hörte sie die Brandung. Der Wind türmte schwarze Wolken über dem Meer auf. Nur einzelne, blasse Sonnenstreifen trafen auf die gischtgekrönten Wellen.

Wie hatte sie diesen Anblick vermisst.

Die Möwen schrien mit dem Sturm um die Wette und weckten ein schwermütig schönes Gefühl, das sie allein nicht aushalten wollte.

Unter dem windgebeutelten Schieferdach lugten über dem Türsturz die in Stein gemeißelten Worte *Rest in peace* zwischen einem mutigen Efeu hervor. Vielleicht lag ein Bann auf dem Häuschen, der jeden verbarg, der bei ihm Schutz suchte.

Der Schlüssel lag unter einer mit Moos überzogenen Steinschnecke. Da weder Blumentöpfe noch Fußabtreter in der Nähe waren, sprang den blödesten Einbrecher dieses Versteck geradezu an. Dass noch kein Unbefugter das Cottage betreten hatte, lag an dem Zauber dieses Ortes. Kolja würde sie hier niemals finden.

~*~

Um zwischen dem Schleppen und Schrauben Ruhe zu haben, hatte sich Kepheqiah in seine Privaträume zurückgezogen. Dem Poltern von unten nach demontierten sie gerade den Eliminator. Was herausgeschafft wurde, kam in ein Zwischenlager in Dover und wartete auf den Einsatz in einer neuen Filiale.

Das Notizbuch von Maurice lag vor ihm. Er hatte es aufgeklappt, gelesen, zugeklappt, wieder aufgeklappt und noch einmal gelesen und wieder zugeklappt.

Vor hundertvierundzwanzig Jahren war Ramuell Grigorjew an die Anonymen Meister herangetreten. Ein ungewöhnlicher Auftrag, das Hochzeitsgeschenk für seine junge Braut Sofia.

Eine Blutgabe. Sieben Frauen, mit denen er sich während eines Londoner Aufenthalts die Zeit vertrieben hatte, sollten als Zeichen seiner

Abkehr vom Junggesellenleben getötet werden. Ihr Blut diente als Grundlage des ewigen Treueschwurs, den er Sofia Callahan zu entrichten gedachte. Ohne ihn hätte ihr Vater, Aiden Callahan, einer Verbindung mit der verhassten, aber einflussreichen Familie Grigorjew niemals zugestimmt.

Daniel war der beauftragte Meister gewesen. Einen Tag vor dem ersten Mord war er abgesprungen und hatte seinen Tod in Kauf genommen. Maurice' wüste Beschimpfungen zogen sich über viele Seiten.

Er hatte den Auftrag übernommen. Am Abend des Stichtages bekam er überraschenden Besuch von dem Klienten persönlich. Ein entspanntes Gespräch über die Hintergründe, ein Angebot zur weiteren Zusammenarbeit, Lob an die Bruderschaft. Nur ein Glas Wein hatte Maurice getrunken. Als er aufwachte, hatte die Welt eine andere Farbe angenommen.

Blutrot.

Von Mord zu Mord hatte sich das Fremde in ihm mehr ausgebreitet, hatte ihn beherrscht und sich von den Zielen genommen, was es brauchte.

Fleisch und Blut.

Der Klient war entzückt und bestellte die besten Grüße seiner Braut. Dass die Polizei die Leichen in Verwahrung genommen hatte, nahm er der Bruderschaft nicht übel, was laut Maurice' Eintragungen Baraq'els Misstrauen erregte, aber den modifizierten Bedingungen zuschulden war. Der Dämon hatte keinen des Cleaner-Teams in seine Nähe gelassen.

Mit dem kläglichen Rest seines sich wehrenden Geistes hatte sich Maurice gezwungen, diese Zeilen zu schreiben. Die Schrift war dementsprechend. Worte waren verwischt, einzelne Seiten zerknüllt, als ob sie jemand hätte rausreißen wollen und über ganzen Passagen klebte geronnenes Blut. Es musste ein furchtbarer Kampf in Meister Lacroix' Innerem stattgefunden haben.

Seiner Akte entnahm Kepheqiah, dass Maurice im Anschluss verschwunden war. Nach seiner Bewusstwerdung im nächsten Leben hatte er sich der Bruderschaft freiwillig wieder angeschlossen und kein Wort zu diesen Vorfällen verlauten lassen.

Ramuell Grigorjew hatte den Vertrag gebrochen. Seine Schuld verjährte nach hundert Jahren. Er kam trotz dieses entsetzlichen Frevels straflos davon. Kepheqiah ballte die Fäuste. Er würde mit Mahawaj über die Sicherheitslücken in der Bruderschaft reden müssen.

Das zaghafte Klopfen hörte Kepheqiah nur, weil der Lärm aus dem Keller für einen Moment verstummte.

»Grigorjew hat kurz vor Maurice' Angriff einen Anruf erhalten. Einer seiner Leute verfolgt die Sorokin aus der Stadt nach Westen.«

»Ein vierter Mann?«

Ives nickte. »Der Typ vom London-City-Airport sagt allerdings, dass in dem russischen Privatjet nur drei Passagiere mitgeflogen sind. Der Rest war Besatzung.«

Für die Bannung eines Dämons brauchte es ein Blutopfer und einen Wirt. Der Wirt könnte jeder sein, der das Pech hatte, Grigorjew über den Weg zu laufen. Was sollte den Sohn daran hindern, die Tat des Vaters zu wiederholen?

»Pack deine Sachen. Wir fahren zu Daniel.« Während er Ives den Finger aus dem Mund zog, an dem er manisch den Nagel abkaute, wählte er Rubens Nummer. Die Cleaner hatten nichts mehr zu verlieren. Sie würden dem folgen, der sie gut behandelte und ausreichend bezahlte. Beides konnte sowohl er als auch Daniel gewährleisten. Rubens Leute wären für das, was vor ihnen lag, ein unschätzbarer Gewinn.

~*~

»Wie hast du das gemacht?« Ethan betastete vorsichtig Daniels Nase.

»Ich werde an die Wand geklatscht sein, weil du unfähig warst, mich festzuhalten.«

»Nicht die Nase! Ich will wissen, wie du deinen Körper verlassen hast.«

Diese Gabe war ihm sieben Jahre zu spät in die Wiege gelegt worden.

»Du würdest mir nicht glauben. Die Wahrheit klingt wie ein Märchen.«

Ethan sah ihn lange an. »Ich mag dich. Ich weiß nur noch nicht, warum. Also rede endlich.«

Susanna kniete auf dem Sessel und rieb sich die Rippen. Anscheinend hatte sie einstecken müssen, als Daniel auf Reisen war. »Mich würde die Nummer auch interessieren.«

Sein Herz schlug schneller, als er Luft holte, um zum ersten Mal in seinen Existenzen einem Unbeteiligten den Beginn seines ungewöhnlichen Daseins zu offenbaren. »Vor etwas mehr als zwölftausend Jahren erlebte ich in einem Tempel in Göbekli Tepe meine erste Bewusstwerdung.«

Ethans Mund öffnete sich langsam, ohne dass ein Laut daraus hervorkam.

»Ich kann mich nur noch vage erinnern.«

»Echt? Ist mir völlig unverständlich.« Ethan schüttete den Kopf, starrte Daniel an. Dann schüttelte er wieder den Kopf. »Soll ja ein schönes Land sein, die Türkei.«

»Ist es. Soll ich weitererzählen?«

Ethans Hand flatterte durch die Luft. »Nur zu, nur zu.«

Es war seltsam, nach so langer Zeit die Erinnerungen an seine Opferung hervorzuziehen. »Ich lag inmitten des Kreises der Tiergeister.« Die Säulen schienen sich im Lichtschein der Fackeln zu bewegen, wie die Tiere, für die sie standen. Eidechsen, Tiger, Keiler, Skorpione. Daniel hätte sich fürchten müssen. Er war noch ein Kind. Dass er es nicht tat, lag an dem Trank, der ihm verabreicht worden war. »Ein Schamane in Federmantel und Rabenmaske schritt um mich herum. Er zitierte magische Formeln, die meine Seele bannen sollten.« Schweiß war dem heiligen Mann in Strömen über die Brust geflossen und seine Stimme war heiser gewesen. Zu lange schon zog er seine Kreise, sprach, schrie, flehte, doch die Luft blieb ruhig wie Daniel selbst.

Ethan schüttelte sich.

»Die Nacht war sternenklar und windstill. Ich lauschte auf jedes Wort und wunderte mich, dass ich mich nicht bewegen konnte. Der Schamane zog immer schneller Kreise um mich. Plötzlich griff der Wüstenwind in seinen Mantel. Die Federn bauschten sich auf. Ich dachte, er würde davonfliegen, doch ich war es, der fliegen sollte.«

»Erzähl um Himmels willen weiter, wenn du nicht willst, dass meine Nerven zerreißen.« Susannas Blick klebte an Daniels Lippen.

»Der Schamane lachte auf, stemmte sich dem Wind entgegen und forderte ihn auf, sich meiner Seele anzunehmen und sie über die Ewigkeit mit sich zu tragen. Der Rest ging schnell. Ich erinnere mich an eine geschliffene Steinklinge, dass mir plötzlich eiskalt wurde und ich zu zittern anfing, dann wurde es dunkel.« Seltsam, wie alte Erinnerungen einen noch berühren konnten. »Glaubt ihr mir?«

»Jedes Wort.« Ethan nickte voll Entschlossenheit, Susanna sah ihn an, als hätte er sie nicht mehr alle.

»Ich weiß, dass die Ikonen, die Lucy dir geklaut hat, von ein und demselben Künstler angefertigt wurden, obwohl zwischen ihren Entstehungsdaten Jahrhunderte liegen müssen. Genauso wie die anderen hier. Du hast deinen Stil perfektioniert, aber die Augen hast du immer auf dieselbe Weise gemalt, so lebendig, als ob sie gleich blinzeln oder weinen würden.« Er ging zur Ostwand und betrachtete eine der Hieronymusikonen. Sie zeigte den Heiligen als jungen hübschen Mann. Ohne den Löwen zu seinen Füßen hätte niemand geahnt, um wen es sich handelte.

»Schenk mir den Hieronymus, quasi als Besiegelung unserer neu entstehenden Freundschaft.«

»Nimm ihn dir.«

Ethan grinste. »Bei Gelegenheit. Solange ich bei dir wohne, lass ich ihn hängen.«

»Erwartest du Besuch?« Susanna sah zum Aufzug.

Keph. Neben ihm stand Ives. Sein verhuschter Blick verriet seine Angst.

Beide hatten Taschen dabei und zuckten mit keiner Wimper, als drei Augenpaare auf sie starrten. Wie ein Tonbandgerät spulte Keph Nachrichten herunter, die Daniel nicht verstand.

Mahawaj zog die Teams ab. Lucy auf der Flucht in einem Wagen, der Angriff auf Maurice, Lucy mit einem Dämon und Grigorjew im Nacken.

Ethan duckte sich in Zeitlupe unter ihm weg.

»Du schamloser Verräter!« Zu viel Wut, noch mehr Angst um Lucy. Alles staute sich, entlud sich an Ethan. Keph sprang auf ihn zu, riss ihn zu Boden und hielt Daniel umschlungen. »Lass mich los! Wenn der Dämon sie erwischt, ist es seine Schuld! Paris? Ha!«

235

»Bist du krank im Hirn?« Ethan sprach an Ives vorbei, der sich vor ihn gestellt hatte. »Es gibt keine Dämonen! Aber es gibt Killer und du bist einer. Ein verrückter Killer mit verrückten Freunden!«

»Und wenn schon! Vergiss den Hieronymus!«

»Ich sehe, hier haben sich alle lieb. Wie früher.« Ein blonder Hüne baute sich vor Keph und Daniel auf.

Roope Turunen. Er musste durchs Treppenhaus gekommen sein.

»Was macht der Verräter hier?« Mit einem einzigen Wisch fegte er Keph von Daniel hinunter. »Jeden Dienst erweise ich dir, Daniel Levant, Meister einer zwielichtigen Bruderschaft, aber töte vorher diese Kreatur, die nur vorgibt, ein Mensch zu sein.« Roopes Stimme dröhnte mit einem Bass, dass Daniels Inneres zitterte.

Keph senkte den Blick und schüttelte langsam den Kopf. »Du missverstehst mich, Finne. Du hast mich immer missverstanden.«

Roope donnerte brüllend einen Koffer auf den Boden, der groß wie ein Sarg war. »Sklaventreiber! Elender! Sippenloser Bastard!«

Daniel war zu erschrocken, um eingreifen zu können. Was geschah hier? Der Pelto-Pekka, den er kannte, war nie aus der Ruhe zu bringen.

»Ich habe dich lange gesucht, Kepheqiah. Ich wollte dir das kalte Herz aus der Brust reißen. Aber ich habe dich nicht gefunden. Jetzt bist du hier. Was für eine günstige Fügung.« Glut loderte in den hellen Augen, als er sich Keph näherte.

Daniel sprang auf die Beine und stellte sich Roope in den Weg.

»Was du auch mit Keph auszutragen hast, es muss warten. Ein Dämon verfolgt Lucy. Ich muss zu ihr, sie warnen. Sofort.«

Roope schnappte sich Daniels Kinn und drehte sein Gesicht zum Licht. »Du siehst aus, als hättest du bei deiner letzten Geistreise genug abbekommen.«

Daniel streifte die Hand ab. »Du bist jetzt da. Du kümmerst dich. Aber vorher sagt dieser lügnerische Mann, wo sie ist.« Ethan würde die Nacht nicht überleben, sollte Lucy etwas zugestoßen sein.

»Denkst du, ich verrate Lucy an geisteskranke Spinner?«, brüllte Ethan. »Seht euch an! Ihr habt sie doch nicht mehr alle!«

Roope musterte Ethan von oben nach unten. Dann ging er langsam auf ihn zu und Ethan flüchtete, bis ihn die Wand im Rücken bremste.

In aller Ruhe tippte Roope auf die Würgemale an seinem Hals. »Das hier waren geisteskranke Spinner. Beleidige weder mich noch einen meiner Freunde ein weiteres Mal und du wirst es bereuen.«

»Tintagel.« Ethan schluckte laut. »Etwas mehr als vier Stunden von hier, wenn man schnell fährt.«

»Kein Problem.« Susanna schnappte sich den Autoschlüssel. »Auf geht's.«

»Wir können Grigorjew nicht mehr einholen.« Keph zuckte zusammen, als Roope seine Pranke hob.

»Sag mir nicht, was ich kann und was nicht. Nicht, solange dein Pesthauch das Glück anderer Menschen zerstört.« Mit einem Schritt war Roope bei ihm und packte ihn an der Kehle. »Sag mir lieber, wie dein Sippenname lautet, oder hast du keinen?«

»Roope, bitte. Ich hab's eilig!«

»Still, Daniel. Oder du machst den Stunt allein.«

Selbst Keph verdrehte genervt die Augen, obwohl er noch in Roopes Klammergriff hing. »Es würde nichts bringen, ihn dir zu nennen. Du könntest ihn nicht aussprechen.«

Roope lachte unheildrohend. »Ich bin Finne. Ich spreche jede Aneinanderreihung menschlicher Laute aus, die es gibt.«

»Das ist es ja! Es ist nicht menschlich!«

Zuerst kam Stille. Dann schnappte Ethan nach Luft.

Roope zog die Brauen hoch und setzte Keph ab. »Nicht?«

Mit finsterem Blick rieb sich Keph die Kehle. »Nein. Kepheqiah muss dir reichen. Ich verstehe jetzt, warum Mahawaj Baraq'el nur aus Hochkulturen rekrutiert hat.«

Roope sah Keph immer noch ungläubig an, dann fiel sein Blick auf Daniels Brust und er pfiff durch die Zähne. »Wo ist deine Hundemarke?«

Bevor Daniel es verhindern konnte, hatte ihm Roope das Hemd hochgezogen. Er pfiff noch einmal. »Tatsächlich. Du hast sie nicht.«

»Lucy hat das Amulett geklaut.«

»Bestens. Versprich mir, dieses Drecksding nie wieder umzulegen.«

»Hast du gern Golems in deinem Freundeskreis?« Zu etwas Ähnlichem würde er werden, sollten ihn Baraq'els Häscher erwischen.

Roope sah unbeeindruckt an ihm hinab. »Ich nenne dir jetzt die Bedingungen für meine Hilfe, Daniel Levant. Nimm sie an oder kümmer dich allein um deine Katastrophen.« Er zeigte auf Ethan, Susanna und Ives. »Kehr Baraq'el den Rücken und führ dein eigenes Team ins Rennen.«

»Mein Team?« Etwas Großes, Warmes breitete sich in Daniels Brust aus.

Roope nickte bedächtig. »Du, ich, diese Igelfrau mit bunten Stacheln, der hier und Lucy, von der du ohnehin nicht wirst lassen können.« Er legte Daniel die Hände auf die Schultern. Das Blau seiner Augen leuchtete. »Du warst zu lange ein überbezahlter Sklave im Dienst eines Teufels. Schüttle das Joch ab, bevor es dich unter sich begräbt. Um deine Seele zu fangen, muss dich Baraq'el erst mal in die Finger bekommen. Das kann er nicht, wenn ich vor dir stehe.«

»Können wir zum Plan Wie-retten-wir-Lucy zurückkommen?« Ethan hatte hektische rote Flecken im Gesicht. »Mir wird schlecht, wenn ich mir vorstelle, dass dieser Grigorjew ihr im Nacken sitzt. Ich weiß, wozu er fähig ist.«

»Du weißt nicht genug.« Alle Blicke wandten sich zu Keph. »Er wird nicht sofort agieren können. Der Alterungsprozess ist weit fortgeschritten. Er wird Pausen brauchen, um für Lucinde Kraft zu sammeln, aber dann …«

Kraft sammeln … für was? Die Angst sprang Daniel an und krallte sich in sein Herz.

»Roope, du schnappst meinen Körper und fährst ihn nach Tintagel. Meinen Geist schicke ich vorweg. Ich muss wissen, wie es ihr geht.«

»Ein Scherz?« Mit Schwung zog ihn Roope auf die Beine. »Schuhe an, Mantel an und nimm etwas zum Töten mit, oder willst du Grigorjew zu Tode lieben?«

Susannas Augen wurden weit. »Du kannst so was? Wahnsinn!«

Bei Lucy hatte er es nicht gekonnt. Die Sorge um sie breitete sich immer weiter in ihm aus.

Roope hob gebietend die Hand. Dann klappte er seinen Koffer auf. In etwas, das wie ein grob gestrickter, geringelter Schal aussah, steckte ein Schwert. Gerade, zweischneidig und als sich Daniel über die Klinge beugte, konnte er sein Gesicht wie in einem Spiegel betrachten.

»Norischer Stahl.« Zärtlich streichelte Roope darüber. »Was den Römern zu Siegen gereicht hat, hat auch mich nie enttäuscht.«

Ethan sah Roope über die Schulter. »Willst du damit sagen, dass das Ding über 2200 Jahre alt ist?«

Roope grinste breit. »Theoretisch ist es über 2000 Jahre alt, praktisch kenne ich einen von uns, der schwört, ein Noriker gewesen zu sein, der schon Cäsar persönlich mit diesen Dingern beliefert hat. Ich werfe für ihn meine gezinkten Runen, er schmiedet für mich Waffen.«

Es war unendlich beruhigend, den Finnen an seiner Seite zu wissen.

»Verrate mir, warum du dich immer in die falschen Frauen verliebst?« Das Öltuch glitt über die scharfe Schneide. »Wenn die Sache hier für Lucy mies endet, lege ich dich in Ketten und lass dich erst dann wieder frei, wenn ich sicher sein kann, dass du dich überlebst.« Roope sah hoch, nur kurz, dann putzte er weiter an seinem Schwert.

Daniel kniete sich neben ihn. »Ich habe dir nie gedankt.«

»Das sollte unter Freunden auch nicht nötig sein.« Seine Pranke legte sich schwer in Daniels Genick. »Ich hänge an dir. Das habe ich immer. Versprich mir nur, dass du mir im Ernstfall vertraust.«

Daniel nickte. Roope war der Einzige, dem er blind vertraute.

»Ich halte es für keine gute Idee, nach so kurzer Zeit ein zweites Mal den Geist von dem Körper zu lösen. Es ist gefährlich, Daniel. Wir sollten ihr mit dem Wagen folgen und schneller sein als der Nephilim.«

»Was ist das für ein Gefasel von den Nephilim?« Hektisch ging Ethans Blick zwischen Keph, Roope und Daniel hin und her. »Die Nephilim, die Tiere und Menschen fraßen, Kriege führten und das Land verwüsteten?«

»Kennst du noch andere?« Kephs überheblich sonore Stimme entlockte Roope ein Schnaufen.

»Die Nephilim, die ertränkt wurden?« Ein Hoffnungsschimmer glomm in Ethans Augen auf.

»Die Nephilim, die der Flut entkamen und sich weiter mit den Menschen fortgepflanzt haben. Wir haben es mit ihren Nachkommen zu tun, aber böses Blut ist böses Blut.«

Ethan nickte. Dann wurde seine Nase weiß. »Ihr seid irre. Alle miteinander.«

Sie redeten hier, während Lucy in Gefahr war. »Schluss jetzt. Susanna, du fährst. Roope, komm. Ihr anderen wartet hier auf Ruben und beantwortet keine Nachrichten von Mahawaj.« Früher oder später würde er ein Spezial-Team schicken. Zum Eliminieren ungehorsamer Meister und ihrer Helfer. Bis dahin wollte Daniel Lucy in Sicherheit wissen. Die Angst schärfte seinen Geist. Auf Roopes Bedenken konnte er keine Rücksicht nehmen. Wenn er erst unterwegs war, musste sich der Finne um seinen Körper kümmern.

Daniel zählte stumm bis drei, dann schoss er aus sich heraus. Er sah seinem zusammenbrechenden Körper zu, wie er von Roope aufgefangen wurde.

»Idiootti!«, brüllte der Finne, aber es war zu spät.

Es war anders als letztes Mal. Besser. Roope half beim Fokussieren, seine Stärke versprach Sicherheit. Für einen Moment schwebte er unentschlossen über ihm, dann raste er davon. Er fühlte, wie Roope die Muskeln anspannte, wie es eng um seine Brust wurde. Dann spürte er nichts mehr, was seinen Körper betraf. Nur noch Freiheit.

Lichter unter ihm. Ein gewundenes Band. Die Straße, Felder, einzelne Autos. Daniel hielt sich dichter über der Erdoberfläche, als bei seiner Reise nach Tampere. Würde er Grigorjew fühlen, wenn er an seinem Auto vorbeiflog? Oder den Dämon? Lautlos schwang er sich höher, streifte die Wolken, ließ sich fallen, glitt durch die Nebelschwaden über dem Moor.

Aus der Ferne brüllte eine Bassstimme. Daniel hörte sie durch Kanäle, die dort zusammenliefen, wo sein Herz hätte sein müssen, aber das quetschte Roope ein. Er hatte seine Eskapaden auffangen müssen. Er konnte nicht erwarten, dass Daniel die Gelegenheit zu Loopings ungenutzt verstreichen ließ. Sollte der Finne zeigen, wie stark er war.

Noch schneller. Ein Sog nach vorn, der nicht enden wollte. Am Horizont schäumte das Meer.

Lucy. Wo bist du?

Es zog ihn zu dem Ort an der Küste, dicht an der Halbinsel musste es sein. Ein Wäldchen am Stadtrand. Er umkreiste die Bäume. Auf einem hockten eine Handvoll Raben auf einem Bein, den Kopf unter dem Flügel. Daniel zog den Kreis enger. Einer der Vögel krächzte und flatterte. Daniel fuhr in ihn hinein und der Schwung riss den Raben in die Luft. Er taumelte, fing sich wieder. Der Rabengeist machte Platz, überließ Daniel die Führung.

Der Fußweg lag unter ihm. Nur Moos, Felsen und Stein. Keine Hütte. Er kreiste höher. Lucys leuchtende Augen, der Spott auf ihrer Zunge, ihr Liebesblick, als sie sich ihm ergab. Das Rabenherz zitterte in seiner Brust. Er musste vorsichtig sein, durfte ihm nicht schaden. Er brauchte es noch. Für solch starke Emotionen war es nicht geschaffen.

Da! Eine Bruchsteinmauer, ein Dach, dicht an die Felswand geschmiegt, ein weiteres Dach. Aus den Fenstern schien Licht. War sie noch wach?

Als er sich flügelschlagend auf dem Mauervorsprung niederließ, streiften die Flügel die Scheibe. Lucy saß vor dem Kamin, die Beine angezogen, das Kinn auf die Knie abgelegt und starrte in die Flammen. Sie hörte das Geräusch am Glas und sah auf. Daniel saß ganz still. Zögernd kam sie zu ihm. Sie öffnete das Fenster, Daniel blieb, wo er war.

Wie müde sie aussah.

»Hast du dich verflogen?«

»Lucy!« Was hätte er jetzt für eine menschliche Stimme gegeben.

Sie lächelte über sein motiviertes Krächzen. »Mutiger Rabe. Hast du keine Angst vor mir?« Langsam klappte sie auch den anderen Fensterflügel auf.

Daniel verharrte an seinem Platz, obwohl der Rabeninstinkt ihn warnte. Er musste sich stärker konzentrieren, um den Tiergeist noch weiter zurückzudrängen.

»Lust auf einen Plausch? Ich bin furchtbar einsam.«

Der Rabe sperrte sich in der menschlichen Nähe. Er wollte fliehen. Daniel zwang ihn zur Ruhe, während Lucy die Hand nach ihm ausstreckte.

Er musste fort. Blödes, hirnloses Rabenvieh! Konnte es sich nicht zusammenreißen? An der Mauer schaffte er es, den Tierinstinkt zu bezwingen. Lucy sah zu ihm, dann schloss sie das Fenster.

Immerhin war sie noch in Sicherheit. Weit und breit nichts Auffälliges, was sie hätte bedrohen können. Er umflog das Gelände, segelte ein paar Meilen über die keltische See und den Weg zurück nach Tintagel.

Alles war ruhig. Der Vogel wurde müde und versuchte, seinen Schnabel unter sein Gefieder zu stecken. Daniel musste ihn in Ruhe lassen und sich einen anderen Wirt suchen.

Was war das für ein Geräusch? Ein Motor? Daniel flog auf, der Rabe wehrte sich, wandte sich immer wieder in Richtung der Baumgruppe.

Ein dunkler Offroad rollte über den holprigen Weg. Ohne Licht. Einer von Grigorjews Männern? Dann hatte er keine Zeit mehr. Lucy war in Gefahr. Mindestens die Augen konnte er dem Kerl aushacken. Das würde ihn aufhalten. Der Rabe weigerte sich, auf den Wagen zuzufliegen.

Mistvieh! Komm schon!

Es war nichts zu machen, der Vogel drehte ab, krächzte wie verrückt, taumelte.

Sein Geist starb, danach sein Vogelkörper. Er fiel vom Himmel wie ein Stein.

Daniel musste aus dem toten Tier heraus. Ein lebendiger Geist hatte in einem Kadaver nichts zu suchen.

Bevor der Rabe aufschlug, schwebte Daniel über ihm. Hinter seinem Brustbein begann das Ziehen, das ihm sagte, dass er zurückmusste. Nicht jetzt!

Es war zu spät. Es riss ihn nach London mit einer unfassbaren Intensität. Dunkelheit, ein Stern zwischen den Wolken, Großstadtlärm, und eine Limousine, die nach Westen raste. Susanna saß am Steuer. Auf der Rückbank war Roope, Daniels zuckenden Körper im Arm. Er massierte seine Brust und brüllte auf ihn ein. War er zu lange in dem toten Vogel geblieben? Es war nur ein Augenblick gewesen.

Der Aufprall war hart, erschütterte seinen Geist, aber er lebte.

»Daniel?«

Seine Zunge klebte am Gaumen. Er brachte keinen Ton heraus. Er wollte die Hand heben, aber sie gehorchte ihm nicht, flatterte nur vor seinen Augen herum wie ein Flügel.

Roope stemmte ihn auf und hielt ihn an den Schultern. Sein Gesicht war aschgrau vor Anstrengung.

»Sag was. Was ist geschehen?«

Er krächzte fast so heiser wie der Rabe. Bei Daniel war es noch schlimmer. Warum kam kein vernünftiger Satz von seinen Lippen? Nur Geräusche, sinnloses Gebrabbel. Daniel konzentrierte sich, versuchte es noch einmal. Wieder nichts.

Roope holte aus und klatschte ihm die Hand ins Gesicht. Noch etwas fester und Daniels Kopf wäre weggeflogen.

»Lass das!«

Der Finne atmete auf.

»Sie wird beobachtet. Ein SUV …« Sein Magen krampfte sich zusammen. Er bekam kaum noch Luft. Er war zu schnell zurückgekommen.

»Noch drei Stunden. Mindestens.« Susanna trat das Gaspedal durch.

Daniels Geist war noch nicht richtig verankert. Sein Körper fühlte sich an wie ein zu großer Anzug. Es war krank, sich noch einmal von ihm zu lösen. Aber er musste es tun.

»Hol mich zurück, wenn wir bei Lucy sind.«

Roope starrte ihn an. »Denk nicht einmal dran.«

Daniel riss sich aus sich selbst hinaus. Es ging zu leicht. Das war nicht gut.

~*~

IN THANATOS' ARMEN

»Der Dämon wartet auf Anweisungen.« Ilja sah Kolja aus den Augenwinkeln an. »Sie ist in einem Steinhaus, nahe der Küste. Coole Kulisse für einen Racheakt.«

Grinsend hielt er Kolja das Handy hin, aber er winkte ab. Die Stimme des Dämons konnte er jetzt nicht ertragen. »Er soll warten.« Sorokin sollte sich in Sicherheit wähnen. Die Nacht war lang. Kolja musste sich ausruhen. Seine knotigen Finger umkrampften ein Taschentuch. Es war voll roter Sprenkel. Seine Lunge verrottete ebenso wie der Rest von ihm.

»Wie willst du den Dämon aus Saschas Körper herausbekommen, wenn es so weit ist? Freiwillig wird er nicht gehen.«

»Was wir auch tun, wir dürfen ihm nicht in die Augen sehen, wenn der Körper stirbt. Sonst öffnen wir ihm ein Tor in uns selbst.«

Ilja schüttelte sich. »Ich hätte mich niemals hierauf einlassen sollen. Wenn wir nicht aufpassen, ergeht es uns wie Lew.«

»Wage es nicht, zu versagen.« Angst führte zu Fehlern und die konnten sie sich nicht leisten. »Du tötest den Dämonenwirt. Es ist mir egal, ob du dabei den Verstand verlierst.« Sofia hatte ihm anvertraut, dass der Ring schützte. Was half es ihm?

Er besaß das verdammte Ding nicht und keiner wusste, ob er ihn je wiedererlangen würde. Nur kurz zuckte der Gedanke durch sein Hirn, Konstantin um seinen zu bitten. Nur so lange, bis er genesen war oder bis er seinen eigenen gefunden hatte. Er könnte ihn auch behalten. Könnte zusehen, wie Konstantin vor seinen Augen zerfiel.

Nein. Er liebte seinen Bruder.

Obwohl ... die Idee verlockte.

~*~

Der Offroad parkte an der Zufahrt des Feldweges. Hinter den verdunkelten Scheiben erkannte Daniel schemenhaft die Gestalt eines Mannes. Er saß vollkommen bewegungslos hinterm Steuer. Nur die Augen leuchteten in einem unheimlichen Licht. Es konnte unmöglich der Schein der Armaturen sein. Das Wageninnere war dunkel.

Daniel umkreiste das Fahrzeug. Wehe, der Kerl würde auch nur einen Schritt nach draußen wagen.

Er flog vor zum Cottage. Nur das Feuer im Kamin leuchtete. Lucy lag zusammengerollt auf einem Sessel und schien zu schlafen.

Wenn nur Roope bald ankam. Auch wenn sich dieser Rabe besser fügte als sein unglücklicher Artgenosse, Daniel konnte mit einem Vogelkörper nicht allzu viel ausrichten. Er flog zurück und hockte sich auf die Reste einer verwitterten Mauer. Der Mann im Wagen wandte sich zu ihm um und starrte ihn an.

Kreischend schwang sich der Vogel in die Luft. Das Rabenherz bebte vor Angst.

Es hatte den Dämon erkannt.

~*~

Welch unheimliche Nacht. Draußen krächzte ein Rabe so laut, dass Lucy ihn bis in ihren Traum gehört hatte. Von den hell lodernden Flammen waren nur noch einzelne Züngelein zu sehen. Sie legte ein weiteres Scheit auf. Am liebsten hätte sie alle Lampen im Haus gleichzeitig eingeschaltet.

Sie rutschte näher ans Feuer. Der Wind pfiff durch die Ritzen der alten Mauern und es wurde nicht warm. Sie schlang die Decke fester um sich, aber auch das brachte nichts.

In was für eine kranke Situation war sie geraten? Ihr einziges Problem war Kolja. Wäre er weg, würde sie zu Daniel fahren, um Verzeihung bitten und ihm unter tausend Küssen und Tränen das Amulett um den Hals hängen.

Sie betrachtete es im Feuerschein.

Nein, sie würde es niemals wieder ablegen können.

Daniel. Der Killer, den sie liebte. Mit einem Satz sprang sie auf. Sie hatte Geld. Warum engagierte sie ihn nicht? Bei Callahan hatte er keine Sekunde gezögert. Sie hatte das Blackberry schon in der Hand, als ihr einfiel, dass sie seine Nummer nicht kannte. Dann Ethan? Er musste Daniel ausfindig machen. Für einen Profi wie Daniel wäre es ein Klacks, das Kolja-Problem für immer zu lösen.

Was war das für ein Brummen? Ein Auto? Lucy hielt den Atem an. Das Motorengeräusch kam näher. Ein Wagen parkte vor dem Haus. Die Scheinwerfer waren aus. Lucy rannte zur Tür.

Der Riegel war vorgeschoben.

Gott sei Dank.

Wagentüren schlugen zu, knirschende Schritte näherten sich.

»Wo ist dieser verdammte Rabe?« Die tiefe Stimme klang wütend, vermischte sich mit Rabenkrächzen. »Bleib da, Vogel. Du hast etwas, was dir nicht gehört.«

Lucys Herz donnerte dermaßen laut, dass sie für einen Moment kaum noch was anderes hörte.

Die Stimme gehörte nicht zu Kolja. Immerhin.

Sie tastete nach dem Schürhaken am Kamin und schlich hinter die Tür. Wer auch immer dieses Haus betrat, würde es bitter bereuen.

Vor dem Fenster flatterte etwas.

Lautes Krächzen, dann ein heiserer Schrei.

Schluss! Sie musste wissen, was dort draußen vor sich ging.

Lucy riss die Tür auf, den Haken fest umklammert.

Ein Mann kniete über einer Gestalt, schlug ihr ins Gesicht, seine Miene angstverzerrt. Dahinter stand das Punk-Mädchen, das bei Daniel wohnte. Sie versuchte, den Riesen davon abzuhalten, noch einmal zuzuschlagen.

»Du bringst ihn um!«

Daniel! Reglos lag er am Boden. Totenbleich, schweißüberströmt.

»Bist du Lucy?«, donnerte der Mann lauter als ein Orkan.

»Weg von ihm!« Sie holte aus.

Bevor der Haken auf seinem Schädel niederschlug, pflückte ihn der Mann aus der Luft und schleuderte ihn knapp an dem Mädchen vorbei in die Nacht. »Lass das! Du musst mir helfen!«

»Helfen?«

Er zog Lucy zu sich hinunter, nahm ihre Hand und legte sie auf Daniels Herz.

»Sein Geist steckt in diesem Vogel. Seit Stunden. Mach, dass er aufwacht.«

Die Worte trudelten sinnfrei durch ihren Verstand.

»Es ist gefährlich, zu lange von seinem Körper getrennt zu sein«, erklärte ihr der Hüne, als wüsste das normalerweise jeder. »Hol Daniel aus dem verdammten Vogel raus und stopfe ihn in sich selbst rein, oder das war's mit ihm.«

»Was?« Das konnte nur ein böser Traum sein.

Ein Rabe hüpfte auf der Bruchsteinmauer auf und ab. Der Mann sah zu ihm, flehte etwas in einer fremden Sprache. Oder war es ein Fluch?

»Hilf ihm«, bat das Mädchen verzweifelt. »Ehrlich, wir verarschen dich nicht. Später erkläre ich dir die Sache.« Sie holte tief Luft. »Aber jetzt tu irgendwas!«

Lucys Ohren klingelten. Trotz des Schreies zuckte Daniel nicht einmal mit der Wimper. Sie spürte sein Herz, nur schwach, doch es schlug.

»Daniel, kannst du mich hören?« Sie strich ihm die nassen Haare aus dem Gesicht. »Was habt ihr mit ihm gemacht?«

»Wir?« Der Mann lachte trocken. »Nichts. Das ist eine von Daniels hausgemachten Katastrophen und ich will, dass er sie überlebt.«

Der Rabe krächzte, hob ab, flog vor ihre Füße.

»Lucy, glaub mir.« Das Mädchen kniete sich neben sie. »Ich habe es selbst erlebt. Daniel kann seinen Geist auf Reisen schicken. Mithilfe eines Vogels. Aber irgendwie kommt er dieses Mal nicht mehr zurück.«

Lucy kniff sich in den Arm. Das konnte nur ein Traum sein. Der Mann schüttelte den Kopf.

»Du bist wach, Lucy Sorokin. Daniel nicht. Hilf ihm, und zwar schnell. Da hinten steht ein Wagen. Er ist leer. Wer immer dort drin saß, ist gefährlich.« Er hob Daniel hoch und trug ihn ins Haus. Der Rabe flatterte hinterher und hockte sich auf den Rand des Ascheeimers.

»Ich bin Roope Turunen. Daniels Freund.« Vorsichtig legte er Daniel vor dem Kamin ab und massierte dessen Brust. »Es tut mir leid, dass ich dich erschreckt habe.«

Was machte das? Daniels Geist steckte in einem Vogel fest und der sah sie an, als verstünde er jedes Wort, das sie mit diesem Riesen wechselte.

»Sein Herz schlägt zu langsam.« Roope fühlte den Puls, Lucys eigener raste. »Dieser Nephilim-Bastard ist auf dem Weg hierher. Daniel wollte dich warnen, dir nah sein.«

»Welcher Nephilim?« Die Geschichte des Ringes berührte die Geschichte der Sintflut. Koljas Ring. Kolja war ein Nephilim. Ihr wurde übel.

»Du weißt, wer?«

Sie nickte. Roope sah aus wie ein König der Vorzeit. Die langen Haare, die Zöpfe, seine Art, trotz Angst ruhig zu sprechen. »Wir sind hier, um dich in Sicherheit zu bringen. Ich kann dich auch allein schützen. Dich und Daniel und das Igelmädchen Susanna. Du brauchst dich nicht fürchten, nur lass dir etwas einfallen, dass er die Augen aufschlägt.«

Lucy kroch näher an den blonden Riesen und Daniel heran.

Roope nahm ihre Hand, legte sie erneut auf Daniels Brust. »Lock ihn zurück in seinen Körper.« Er führte ihre Hand über die kalte Haut. »Besser du schaffst es, bevor der Russe auftaucht. Er hat Gesellschaft.« Er stand auf, ging zum Wagen und kehrte mit einem Schwert zurück.

Die Vision eines Wikingers streifte Lucy.

Jede Feuchtigkeit vertrocknete in ihrem Mund, während Roope Geschichten von Zauberringen, gefallenen Engeln, anonymen Meistern und Daniels Auftrag, sie für Kolja zu töten, erzählte.

Sein Entschluss, sich zu verweigern, seine Fähigkeit, seinen Geist Raben anzuvertrauen und der Gefahr, in der sie jetzt steckten. Die Sätze schwirrten haltlos in ihrem Kopf und die Übelkeit wuchs mit jedem einzelnen Wort.

Irgendwann, als Roope gestand, dass Daniel und er Wiedergeborene waren, die seit Ewigkeiten die Welt durchwanderten, stand sie auf, ging ins Bad und umklammerte die Kloschüssel. Es kam nichts. Trotzdem traute sich nicht mehr ins Zimmer nebenan.

Das Puzzle passte. Jedes Stück. Nur das Motiv war vollkommen unmöglich. Sie konnte in keiner Welt leben, die Engel, Dämonen und Menschen wie Daniel und Roope beherbergte. Sie bewohnte einen Planeten, in der Flugzeuge abstürzten, alte Männer junge Frauen erpressten und auf die Lücke zwischen U-Bahn und Gleis aufmerksam gemacht wurde. Da war kein Platz für Himmelsstrafen, Engelskinder und geheimnisvolle Bruderschaften.

Roope kam, half ihr auf und hielt sie einen Moment fest.

»Lucy, er bleibt eine leere Hülle, wenn du nichts tust. Er liebt dich. Deshalb ist er hier.« Er winkte Susanna zu sich. »Ich bin draußen und pass auf. Lass dir nicht zu lange Zeit.«

»Sie werden dich erschießen.«

Kam ein Schwert gegen Kugeln an?

»Dann sehen wir uns alle im nächsten Leben wieder.« Er nickte zur Tür und Susanna folgte ihm hinaus.

Lucy kniete sich zu Daniel. Seine Haut war kalt, sein Herz schlug schwach, seine Hand griff nicht zu, als Lucy sie an ihre Wange legte. Sie knöpfte sein Hemd auf, streifte es ihm über die Schultern.

Es war feucht vor Schweiß.

»Ich liebe dir Wärme in deinen Körper.« Sie küsste reglose Lippen. »Ich gebe dir alles zurück, was du für mich verloren hast.« Sie legte frische Scheite auf. Die Flammen leckten über das Holz, ließen es knacken und knistern.

Lucy schlüpfte aus den Schuhen, zog Sweatjacke und Jeans aus.

Der Rabe krächzte leise.

»Fühle mich.« Sie schauderte, als sie sich nackt auf Daniel legte.

Sie streichelte kalte Haut, küsste seinen Mund, seine Lider, biss ihn zärtlich in die Brust. Sein Herz schlug kaum noch.

Keine Angst.

Die Liebe ihres Lebens starb unter ihr, ein Nephilim trachtete nach ihrem Leben und ein Rabe sah ihr zu. Die Panik, die auf sie lauerte, musste sich gedulden. Daniel brauchte sie. Verrückt werden konnte sie später.

Als er sie geküsst hatte, war eine Flut von Empfindungen über sie hereingebrochen. Sie hatte sich lebendig gefühlt wie nie zuvor in ihrem Leben.

Sie würde ihm alles zurückgeben.

Als sie seine Lippen berührte, ließ sie ihre unbändige Angst um ihn frei. Sie küsste sie in seinen Mund. Wie würde sie schmecken? Bitter, herb, nach Tränen und Tod. Sie krallte sich in seine Haare. Seidig umschmeichelten sie ihre Finger.

In seinem Arm hatte sie sich geborgen gefühlt. Sie schlang ihre Arme um seinen Hals und hob seinen Kopf an. Er war furchtbar schwer.

»Wach auf!« Ihre Zeit war zu kurz gewesen, viel zu kurz. Lucy schlug ihm ins Gesicht. Er musste aufwachen. Für sie, für dieses Leben, was lag er hier herum? »Daniel!« Hörte er ihr Schreien nicht? Sie schüttelte ihn, schlug wieder, schrie lauter. »Fühle mich!« Sie kratzte ihm über die Brust, quer über den Bauch bis zu seinen Lenden. »Lebe!«

~*~

Schmerz. Er stammte von einem Ort außerhalb seines Geistes. Er traf ihn wieder. Wo war er?

Der Vogelblick auf die Frau und den leblosen Mann verschwamm. Die Gedanken an Flucht und Rückzug versanken in dem Rabenkörper. Sie hatten mit Daniel nichts mehr zu tun. Die Frau war Lucy. Wegen ihr war er hier. Er erinnerte sich.

Sie schlug ihn, kratzte ihn, zerrte an ihm, bis sich der Schmerz immer tiefer in ihn grub. Er besaß einen Körper, er litt, blutete und wurde von ihr gewärmt.

Daniel musste zu ihm. Er löste sich von dem Raben. Es war schwer, er wollte ihn nicht hergeben. Der Vogelgeist war mit seinem verschmolzen. Daniel riss ihn mit sich aus dem kleinen Körper, dessen Herz angstvoll zitterte und schließlich verstummte.

Der Vogel fiel zu Boden. Sein Tod lenkte ihn ab. Wo wollte er hin? Er war verloren, ohne Halt.

Lucy sah hoch, starrte auf die Rabenleiche. »Ich bin hier! Komm hierher!«

Sie schrie in sein Ohr, das er noch nicht bewohnte. Es war laut. Daniel taumelte zu sich, zwängte sich in sich hinein. Es fühlte sich fremd an. Er war zu lange fort gewesen.

~*~

Ein Zucken durchlief Daniels Körper. Er öffnete den Mund, holte tief
Atem. »Daniel!« Seine Lippen bewegten sich, doch sie konnte die leisen
Laute nicht verstehen. Er musste hierbleiben. Musste aufwachen. Sie griff
fest in seine Arme, drückte in die Muskeln seines Oberkörpers, kratzte
über seine Schenkel. »Fühl dich. Fühl mich.« Sie hatte Angst, ihn jetzt zu
küssen. Endlich atmete er wieder tief. Statt seiner Lippen küsste sie die
blutigen Male, die sie ihm zugefügt hatte.

»Es tut mir leid.« Sie küsste die Striemen über seinem Bauch, küsste
bis zu den Lenden. Die Haut erwärmte sich. Fühlte sich lebendig an. Lucy
weinte vor Erleichterung, als sie Daniels Hand auf ihrem Nacken spürte.

Er streichelte sie unsicher, dann fiel seine Hand von ihr ab, um sich
erneut auf den Weg zu ihr zu machen.

Lucy schmiegte ihr Gesicht hinein, küsste sie.

Daniels Lider flatterten.

»Ich helfe dir, dass du dich wieder in deinem Körper zurechtfindest.«
War das winzige Zucken in seiner Miene ein Lächeln? Ein Nicken?

»Alles, was ich küsse und liebe gehört zu dir. Konzentriere dich auf
meine Berührungen.« Sie fasste ihm ins Haar, wuschelte durch die Strähnen. Sie fuhr mit den Fingerspitzen über seine Brauen, seine Nase, küsste
die Wangenknochen entlang bis zum Kinn. Mit der Zungenspitze zog sie
seine Lippen nach. »All das bist du. Spürst du es?«

Eine einzelne Träne lief über seine Schläfe. Lucy nahm seine Hand,
biss in jede Fingerkuppe, küsste die Handfläche, verweilte am Puls.

Daniel streichelte zittrig ihre Wange.

Es funktionierte.

Sie strich über seine Arme, bog sie zurück, neckte mit der Nasenspitze
die Achseln.

Daniels Duft nahm sie gefangen. Die Spur Angst darin ignorierte sie.

Daniel streckte den Kopf in den Nacken und schloss die Augen.

»Genießt oder erleidest du mich?«

Diesmal war es eindeutig ein Lächeln.

Sanft fuhr sie ihm zwischen die Schenkel.

Leben. Lucy biss ihn ins Kinn. »Siehst du? Ich bringe dich nach Hause.« Sie massierte seine Füße. »Hier hörst du auf.« Sie schlängelte sich über seine Beine. »Hier geht es weiter.«

Daniel hob den Kopf, sah sie an. Er versuchte, sich aufzustützen, es gelang ihm nicht.

Lucy sie half ihm. Nahm ihn in den Arm, zog ihn hoch. Er hielt sie fest und strich über ihren Rücken. »Soll ich dich in deinen Körper hineinlieben?«

Draußen war alles still. Kolja war noch nicht da.

Vielleicht kam er nicht. War längst gestorben.

Dann gehörte ihnen die Nacht allein.

Sie knöpfte seine Jeans auf.

Daniel sah ihr zu, wie ihm den Hosenbund über die Hüften zog. Er half kaum mit, doch das brauchte er auch nicht.

Roope würde ihr Zeit verschaffen.

Sie streichelte Daniel in sich hinein. Immer ein wenig tiefer, immer ein wenig fester. In seinen Augen glomm die Flamme auf, die sie in ihrer ersten Nacht verbrannt hatte. Lucy schlang die Beine um ihn, ließ ihm Zeit, sich in ihr wohlzufühlen, bewegte sich nur langsam und behutsam.

Daniel griff ihr ins Haar, strich sacht über ihren Hals, ihre Brust. »Lucy.«

»Fühlst du mich?«

»Nichts anderes als dich.« Er schloss die Lider, als ob er Mühe hätte, sich zu konzentrieren. »Du bist in Gefahr. Ich bin hier, um dich fortzubringen.« Nur ein Wispern an ihren Lippen. »Du musst aufhören, Lucy. Wir müssen gehen.« Er schaffte es nicht, sie festzuhalten. Niemand konnte sie jetzt aufhalten.

»Lucy!« Mit Macht drehte er sie unter sich. Woher nahm er plötzlich die Kraft?

»Wir hören jetzt auf.«

»Nein.« Sie umfasste sein Gesicht. Die Augen, die sie ansahen, quollen über vor Liebe.

Und Angst.

Sie hatte sich auch gefürchtet. Gerade eben noch.

Davor, dass Daniel sie nie wieder berühren, sie nie wieder küssen würde. Dass er sein Leben geopfert hätte, um sie zu schützen.

Lucy versuchte, den Aufruhr in sich hinunterzukämpfen. Er bäumte sich nur noch stärker gegen Daniels Bewegungslosigkeit auf. Sie hatte es schon einmal unter ihm gefühlt, das Wissen, sterben zu müssen, wenn er sie nicht erlöste.

»Lucy.« Seine Stimme war voll Qual. Er presste seine Lippen auf ihre, küsste sie verzweifelt, wisperte immer wieder ihren Namen. »Ich will dich nicht verlieren.« Diesen Blick in ihrer Seele zu spüren und seine kaum gezähmte Erregung tief in sich beben zu fühlen, war nicht zu ertragen. »Und ich werde dich nicht verlieren.« Er presste sie an sich, griff hart in ihr Fleisch, strich über ihren Körper, der unter seinen Berührungen zu zittern anfing. »Ich will dich für die Ewigkeit.«

Die hingehaltene Lust explodierte in ihr.

Daniel nahm sie schneller, tiefer. Unerträglich intensiv.

Jeder Stoß trieb sie tiefer in sengende Glut.

Lucy verbrannte in hochschlagenden Flammen.

Von Ferne hörte sie Daniel am Scheitelpunkt seiner Lust. Er trieb sie weit über ihren hinaus. Irgendwann sank er auf ihr zusammen. Haltloses Beben, das nicht aufhörte, wie sehr sie ihn auch festhielt.

»Pack sie ein! Wir müssen fort.«

Wer brüllte da? Es war egal. Sie war längst fort. Zuckte in Nachbeben, ergab sich den Wogen, die qualvoll langsam abebbten.

Lärm. Er interessierte sie nicht. Geschrei. Wer lachte? Böse. Weit weg von ihr.

~*~

»Zieh dich an.« Susanna warf ihm sein Hemd zu. »Sie sind da!«

Daniel wischte sich den Schweiß vom Gesicht. Jetzt war der falsche Augenblick für Schwäche. Er rollte von Lucy, zog sie mit sich hoch. Sie schwankte, ebenso wie er.

Was für eine unglaubliche Frau.

Ohne sie wäre er zwischen Federn und Flattern verloren gewesen.

Lucys Blick wurde klar. Dann kam die Angst. Mit zitternden Händen tastete sie nach ihren Sachen.

Susanna ballte die Fäuste. »Roope will mir seine Axt nicht geben, dabei kann ich kämpfen. Stattdessen sollen wir zum Wagen flüchten und losfahren, wenn er das Zeichen gibt.«

»Du bekämst die Axt nicht mal hochgestemmt.« Selbst Daniel fiel beim Ausholen mit Roopes Lieblingswaffe nach hinten über.

Er half Lucy beim Anziehen, küsste sie trotz der unerträglichen Spannung, die durch seine Nerven kroch. Diese Nacht musste ein gutes Ende finden. Er konnte sich nicht vorstellen, auch nur eine Minute ohne Lucy leben zu müssen.

Roope bewachte die Tür. Das Schwert in seiner Faust wirkte trotz der unmittelbaren Bedrohung beruhigend.

Scheinwerfer blendeten Daniel.

Die Männer neben dem Wagen waren nicht zu erkennen.

»Wo ist der Ring, Diebin?« Die spröde Stimme bebte vor Zorn. »Gib ihn mir und ich bin bereit, zu verhandeln.«

»Er lügt.« Susanna quetschte sich hinter Roopes breiten Rücken. »Ich höre es ihm an.«

Roope nickte bedächtig. »Habe nichts anderes erwartet.«

Hinter den Lichtkegeln keuchte es. Dann setzte aufgeregtes Gewisper ein. Daniel zog Lucy hinter sich, Roope spannte seine Schultern.

»Gleich geht es los. Die Luft flimmert vor Hass. Spürst du es?«

Daniel hielt den Atem an. Die Atmosphäre war zum Zerreißen gespannt.

Ein höhnisches Lachen durchschnitt die Stille. »Ich kann den Kerl doch einfach erschießen.«

Roope nickte unmerklich.

Stahl schnitt durch die Luft, schrilles Auflachen, ein Klacken, ein Aufprall, dann ein Keuchen.

Roope grinste. »Sag deinen Kugeln, sie sind zu langsam für Pelto-Pekka.«

Lucy starrte ihn fassungslos an. »Wie hast du das gemacht?«

Roopes Grinsen wurde noch breiter. »Training seit dem Tag, als in Suomi das erste Mal Erz geschmiedet wurde.« Plötzlich rannte er los. Mitten hinein ins gleißende Licht. »Zu den Wagen!«, brüllte über die Schulter. »Sofort!«

Susanna gehorchte.

Lucy stand wie angewurzelt. »Sie werden ihn töten.«

»Du kennst Roope nicht.« Daniel zog sie mit sich.

»Rein mit euch!« Susanna startete den Motor.

Lucy rannte auf die andere Seite, riss die Wagentür auf.

Kalte Augen. Direkt hinter ihr.

»Lucy!«

Arme schlangen sich um sie, schleppten sie in die Nacht.

Daniel hetzte hinterher.

Er war zu langsam, seine Beine noch zu schwach. »Lucy!«

Weiter, und wenn er kriechen musste.

Ein Weg über die Klippen. Lucy schrie. Daniel rannte schneller.

Treppen. Glitschiges Holz, Gischt auf den Stufen.

Das Tosen des Meeres verschluckte Lucys Schreie.

Vor sich konnte er den Dämon sehen. Er hechtete auf der anderen Seite die Treppen wieder nach oben. Der Abstand vergrößerte sich. Daniel zwang seinen Körper, ihm zu gehorchen.

Mauerreste vor schwarzem Himmel, ein Torbogen, Steinbrocken.

Wo waren sie?

Ein gebeugter Rücken über einer leblosen Gestalt. Nein! Nicht leblos! Niemals. Daniel rannte, ohne seine Beine zu fühlen.

Hände streckten sich wie Klauen nach Lucys Kehle aus. Das tiefe Knurren schien bodenlosen Tiefen zu entstammen. Speichel tropfte von der spitzen, weit herausgestreckten Zunge.

Im Mondlicht blitzten Zähne auf.

»Weg von ihr!«

Vor Gier glühende Augen stachen durch die Dunkelheit. »Soll ich dir einen Brocken übrig lassen, Rabengott?«

Das klirrende Lachen erstarb. Daniel sprang ihn an, riss ihn von Lucy fort. Der Dämon kreischte vor Zorn. Sein Blick bohrte sich in Daniels

Seele. Daniel schloss die Augen, krallte sich an knochige Schultern. Sie rollten über Gras, Felsen.

Salzgeruch in der Nase.

Die Klippen.

Daniel schlug seinem Widersacher die Faust ins Gesicht.

Der Dämon keuchte, packte ihn am Hals.

Er drückte zu, bis bunte Lichter vor Daniels Augen aufflammten.

Die Hände rochen nach Blut.

Lucy!

Eiskaltes Lachen bohrte sich in sein Herz. Der Dämon hatte seine Angst gewittert.

Doch er bemerkte nicht, dass er über einer Klippe hing.

»Töte diesen Körper und ertrage, dass ich deinen nehmen werde und mit ihm diese Frau, die ich in ihr eigenes Blut gebettet habe.«

Daniel zwang das Entsetzen zurück und presste den Dämonenkopf weiter über den Klippenrand. »Gelten die alten Regeln noch?«

Der Dämon knurrte. »Sie haben ihre Gültigkeit nie eingebüßt.« Die Muskeln waren gespannt. Die Sehnen traten am Hals hervor. »Du wirst es nicht verhindern können, mir in die Augen zu sehen, Wiedergeborener. Und dann bist du mein.«

Er stemmte sich Daniel entgegen, starrte ihn mit höhnischem Lachen ins Gesicht. Ohne Vorwarnung schnellte Daniel nach vorn und küsste die plötzlich erschrocken zuckenden Lippen. Der Griff um seinen Hals lockerte sich, fassungslos starrten ihn aufgerissenen Augen an.

»Was tust du?«

Daniel packte ihn am Schopf, drehte den Kopf mit einem einzigen kräftigen Ruck nach hinten. Das letzte Keuchen entrang sich dem sterbenden Körper mit Blick in den Abgrund. Er trat den Kadaver über den Klippenrand. Unten schlug er auf einen Felsen. Daniel spuckte aus und wischte sich über den Mund.

Es war nicht das erste Mal gewesen, dass sein Kuss den Tod gebracht hatte.

Er rappelte sich auf, schleppte sich zu Lucy zurück.

Das Mondlicht tanzte über ihren bleichen, reglosen Körper.

Nein. Sie musste leben, die Augen aufschlagen.

Er fühlte ihren Puls. Nur ein schwaches Vibrieren an seinen Fingerspitzen.

»Daniel! Ist alles in Ordnung?« Roope rannte auf ihn zu. Das Schwert noch drohend erhoben. »Grigorjew ist tot. Sein Handlanger auch.« Sein Blick fiel auf Lucy. Er kniete er sich neben sie, strich über das Gras, auf dem sie lag. Seine Hand glänzte dunkel. »Verdammt.«

Die Angst fraß ein Loch in Daniels Herz.

Er streifte die Jacke zur Seite. Tiefe Wunden überzogen ihren Bauch. Neben ihr lag das Amulett. Es hatte sie nicht schützen können. Daniel schleuderte es in die Nacht, presste Lucy an sich. Ihr Blut floss über seine Hände.

Sie durfte nicht sterben. Er hatte es ihr versprochen. Er würde sie nicht verlieren.

Roopes Hand lag auf seiner Schulter. Er schlug sie weg. Warum sah ihn der Finne versteinert an? Es gab keinen Grund, Lucy starb nicht, nicht hier, nicht jetzt. Er riss sich das Hemd vom Körper und drückte es auf die Wunden. Sie sahen tief aus. Groß. Endgültig. Er brauchte ein Wunder. Für sie und für sich selbst.

»Roope, hilf ihr.« Er hatte ihn so oft zusammengeflickt, weshalb hockte er da und tat nichts?

»Ich kann nicht zaubern, Daniel. Ich bin nur ein Mensch.«

»Ethan!« Sie mussten zu ihm. Sofort. »Er hat den Ring von Grigorjew.« Den Ring mit der Lebenskraft der Nephilim. Er hatte diese Kraft gespürt. Sie musste Lucy heilen.

»Es ist verdammt weit bis London.« Roope strich über ihr Haar. Er gab sie auf, es stand in seinem Gesicht.

Daniel schlug ihn vor die Brust. »Hilf uns!«

Roope schüttelte den Kopf. »Es ist zu spät, Daniel. Sieh sie dir an.«

»Nein!« Er tippte mit blutverschmierten Fingern auf dem Handy. »Ethan! Komm uns entgegen. Lucy stirbt, wir brauchen den Ring.«

Ethan keuchte. Warum sagte er nichts? »Ethan, verdammt! Komm!«

»Daniel? Ich bin's, Kepheqiah. Ich fahre ihn.«

»Beeil dich.«

Roope nahm ihm Lucy ab, rannte zum Wagen.

Als Daniel saß, bettete er sie in seinen Schoß.

»Halt sie gut fest. Ich werde fahren wie frisch der Hölle entronnen.«

Susanna stieß ihn zur Seite. »Das überlasse besser mir.«

Sie gab Gas, noch bevor der Finne um die Motorhaube gerannt war.

Im Scheinwerferlicht lag etwas Rundes.

Ein Kopf.

Ein paar Schritte weiter entfernt zwei Körperhälften.

Susanna schlitterte mit quietschen Reifen daran vorbei.

»Brauchst du Verbände?«, rief Roope nach hinten. »Hier muss irgendwo so was sein.«

Daniel lachte unter Tränen. Sie wären sinnlos bei all dem Blut. Lucy zitterte in seinen Armen, schlug die Augen auf.

»Halte durch. Wir helfen dir.«

Sie verbarg ihr Gesicht an seiner Brust und krümmte sich zusammen.

»Sei da.« Nur ein Flüstern. Nur ein verdammtes Flüstern, das zu leise klang, zu schwach.

»Susanna, fahr!«

Sie raste durch die Nacht. Lucy wurde kalt in seinem Arm. »Ich bin bei dir. Du bist nicht allein.« Die Tränen verätzten seine Kehle. Er küsste trotzdem ihre schweißnasse Stirn.

»Mach, dass es aufhört.« Ihre Hand krampfte sich um seine.

»Sprich nicht, Lucy. Das strengt dich nur an.« Der Stofffetzen auf ihrem Bauch war klitschnass.

Roope zerrte sich den Pullover über den Kopf, dann das T-Shirt. Vorne prangte ein Totenkopf mit einer Gitarre. »Gib nichts auf den Schädel. Vielleicht bringt er ihr Glück.«

Daniel drückte es auf die Wunden. Lucy wurde grau im Gesicht.

Mit aller Macht versuchte er das Rinnsal zu übersehen, das aus ihrem Mund floss. Es ging nicht. Er wusste, für was es stand. Ihren Tod. Bald. Unaufhaltsam. Er wollte es abwischen aber er verschmierte es nur über ihr Kinn.

»Susanna!«

»Ich fahr so schnell, wie es diese Karre hergibt. Ich schwör's. Wenn ich diese mistigen Kurven zu stark nehme, klatscht ihr beide da hinten von einer Wand an die andere.«

Der Schlag unter Daniels Fingerspitzen wurde flacher. Nicht denken. Nur die Frau halten, die das Leben für ihn war.

Selbst im Tod.

Die Nacht verschwamm wie die Straße.

Lucy schwieg. Nur ein kaum wahrnehmbarer Atem streifte seine Wange, wenn er den Kopf tief über sie beugte. Daniel schloss die Augen. Ein Leben mit ihr, frei von Ketten und Zwängen.

Ein wundervoller Traum. Mehr war es nie gewesen.

»Da!« Susanna schleuderte den Wagen herum und fuhr hupend in die entgegengesetzte Richtung.

Daniel hielt Lucy fest an sich gedrückt. Endlich standen sie.

Ethan riss die Wagentür auf, zwischen seinen Fingern glänzte der Smaragdring. Sein Blick war schreckensstarr, als er Lucy leblos in Daniels Arm liegen sah. »Ist es zu spät?«

Daniel streifte ihr den Ring über den Daumen.

Nichts geschah.

»Es wird Zeit brauchen.« Keph trat hinter Ethan und legte ihm die Hand auf die Schulter. »Wir müssen von der Straße weg und an einen ruhigen, warmen Ort, wo wir es ihr bequem machen können.«

»Warum fahrt ihr sie nicht in ein Krankenhaus?« Ethans Stimme überschlug sich. »Seht sie euch an! Sie verblutet.«

»Dafür ist es längst zu spät.« Roope hockte sich neben Daniel und streichelte über Lucys kalte Wange. »Wenn dieser elende Nephilim-Zauber es nicht schafft, ihren letzten Lebensfunken am Glimmen zu halten, hilft auch nichts anderes mehr. Gib mir deine Jacke.«

Ethan zog sie aus und Roope wickelte sie um Lucy. »Wir fahren jetzt zu dem Steinhaus, und wenn sie bis dahin noch lebt, bette ich sie in Daniels Arm. Und dann warten wir.«

Ethan wischte sich über die Augen. »Es gibt Intensivstationen, verdammt noch mal.«

»Lucy braucht ein Wunder, keine Schläuche.« Keph führte ihn zum Wagen zurück.

Die Fahrt nach Tintagel war die längste in Daniels Leben.

Vor der Tür lag Grigorjews Leiche. Roope warf sie zur Seite, wie einen Müllsack.

»Um die Kadaver kümmere ich mich später.«

Ethan und Keph folgten ihnen ins Haus. Roope begann, das Feuer im Kamin neu zu entfachen und Keph setzte Teewasser auf.

»Willst du auch noch Sandwiches schmieren?« Ethan starrte Keph ungläubig an. »Lucy stirbt und ihr tut so, als kämen wir von 'nem Ausflug.«

»Sie braucht Wärme.« Kephs Geduld war engelsgleich. »Und sie muss etwas trinken.«

Ethan schluchzte auf. »In diesen Mund bekommt ihr keinen Schluck. Nie wieder.«

»Nun mal nicht so negativ.« Roope nahm Daniel Lucy ab und wartete, bis er sich aufs Bett gesetzt hatte. Dann legte er ihm Lucy behutsam in den Arm.

»Ich habe schon ganz andere Fälle gefüttert.« Mit schiefem Grinsen zauselte er Daniel durchs Haar. »Typen, die mir das Essen kreischend wieder ins Gesicht gespuckt haben zum Beispiel.«

Hatte er das getan? Daniel konnte sich an Einzelheiten nicht mehr erinnern.

Roope fuhr sanft mit dem Finger über Lucys Lippen. »Es wird schon gehen, wenn nur der Ring hält, was wir uns von ihm erhoffen.«

Und wenn nicht? Dann endete nicht nur ihr Leben in diesem alten Steinhaus. Daniel war schon an schlimmeren Orten gestorben.

Keph rief Mahawaj an. Es war erstaunlich, welch entspannten Umgangston sie miteinander pflegten. Daniel hätte ihn gern wegen dieser Freundschaft gehasst, aber in seinem Herz war nur Platz für unsagbare Angst.

»Lass uns über Daniel später reden. Grigorjew hat dem Ziel einen Dämon auf den Hals gehetzt, der Daniel besetzen sollte.« Keph presste die Lippen zusammen, als er Mahawaj zuhörte. »Nein, ihm ist nichts geschehen. So wie es aussieht, sind Grigorjew und seine Handlanger tot. Der

Finne ist hier. Er hat Daniel und die Frau beschützt.« Er schwieg, dann schüttelte er den Kopf. »Der Familie gegenüber schuldest du keine Regressansprüche. Die Grigorjews haben den Vertrag zum zweiten Mal gebrochen, also komm wieder runter. Und ja, ich sagte doch schon, dass es Daniel gut geht.«

Kephs Stimme wurde leiser und er verließ den Raum.

Roope löffelte Zucker und Salz in die Teetasse. Während er rührte und den Dampf wegpustete, summte er eine Melodie, die schwermütiger nicht hätte sein können. Sie schlich sich in Daniels Seele und entspannte ihn auf eine dunkle, weiche Weise.

Roope fütterte Lucy. Winzige Mengen Flüssigkeit verschwanden in ihrem Mund und mit sanften Worten überredete er ihre Kehle, zu schlucken.

Irgendwann kehrte Keph zurück. Zum ersten Mal, seit Daniel ihn kannte, sah er müde und erschöpft aus. »Um Mahawaj musst du dir vorerst keine Gedanken machen.«

»Danke.«

Keph sah erstaunt hoch. »Im Ernst?«

»Auch dafür, dass du bereit warst, Lucy zu helfen.«

Die braunen Augen verschatteten sich. »Ich beginne, dich zu verstehen. Wenn man einem Menschen gestattet, sein Herz zu berühren, bindet man sich an ihn.« Er goss sich einen Tee ein und wickelte sich in eine Decke. »Ich bin vorm Haus, wenn ihr mich sucht. Ich will sichergehen, dass der Dämon nicht auf dumme Ideen kommt.«

Roope blickte ihm erstaunt nach. »Dieser Kepheqiah kann es mit einem Dämon aufnehmen?«

»Offenbar.« Daniel war zu müde, um darüber nachzudenken. Seine einzige Sorge galt Lucy. Fühlte sie, dass sie in seinem Arm lag? Dass sie nicht einsam war, dass er sie liebte, wie er noch nie ein Wesen geliebt hatte?

~*~

Stimmen flüsterten. Sie hatten aufgehört, traurig zu klingen, wie am Anfang.

Wo war Daniel? Seine Wärme hatte sie jedes Mal beruhigt, wenn sie den Schmerz und den unsäglichen Durst gespürt hatte.

Sie wollte etwas sagen, aber ihre Lippen gehorchten ihr nicht. Da, endlich bewegte es sich neben ihr. Ihr Kopf wurde vorsichtig angehoben und sie lag in Daniels Umarmung.

Lucy atmete auf. Alles war gut, solange er bei ihr war. Die tiefe Stimme, die sie oft gehört hatte, summte wieder dieses Lied.

So traurig, so schön. Es hatte sie bis in ihre wirren Träume begleitet.

Jemand flößte ihr Tee ein. Er schmeckte zu süß und viel zu salzig. Ekelhaft. Wieso bekam sie nie Kaffee?

Die Melodie umschmeichelte sie und entspannte ihren Magen. Daniel streichelte über ihr Gesicht, ihren Hals, küsste ihre Stirn.

Eine Tür schlug zu.

Wütendes Zischen.

Es raschelte.

»Und?«

Ethan.

»Was und? Sie lebt noch.« In der tiefen Stimme schwang gutmütiger Spott. »So wie gestern, vorgestern und vorvorgestern. Hör auf, so ängstlich zu klingen. Das behindert den Heilungsprozess.«

»Oh, tut mir leid.« Wieder raschelte es. »Ich mach uns was zu essen. Ihr beide seht schlimmer aus als Lucy.«

Schlimm? Schlimm war schlecht. Sie lag in Daniels Arm. Er sah sie an, küsste sie. Sie durfte nicht schlimm aussehen. Die Decke wurde weggezogen. Lucy fror. Sanfte Hände machten sich an ihr zu schaffen. Es tat trotzdem weh.

»Wenn es innen genauso heilt wie außen, haben wir jeden Grund, uns zu freuen.«

Ethan stöhnte auf. »Es sieht furchtbar aus.«

»Aber es heilt.«

Daniels Atem strich über die empfindliche Haut. Er küsste einen Kreis auf ihren Bauch. Was war in der Mitte? Sie war angegriffen worden, von dem Mann mit den glühenden Augen. Dann war der Schmerz gekommen. Immer und immer wieder.

»Heiß ist sie auch nicht mehr. Wenn sie nur aufwachen würde.«

»Ich bin froh, dass sie noch atmet. Der Rest wird von allein kommen.«

Wieder fühlte sie warmes Metall an ihrem Mund und wieder rann dieser eklige Tee durch ihre Kehle.

Sie versuchte, den Löffel wegzuschieben.

»Daniel.« Die tiefe Stimme flüsterte. »Sieh nur!«

Daniel nahm ihre Hand, küsste die Fingerspitzen.

War das erstickte Geräusch ein Schluchzen?

Er schlang die Arme um sie und drückte sein Gesicht in ihre Haare.

Warum war er so traurig?

Sie musste furchtbar aussehen.

~*~

»Bist du sicher, dass sie wieder schläft?«

Roope zog Lucys Lid hoch. »Tut sie. Gut. Dann komm mit. Ich muss mit dir reden.«

Daniel rollte sich aus dem Bett, ohne Lucy zu wecken. Seit einer Woche hielt er sie im Arm. Tag und Nacht. Verließ ihr Krankenlager nur im Notfall, um zu essen oder sich zu strecken und ein paar Schritte vorm Haus zu gehen.

Vor zwei Tagen hatte sie zum ersten Mal die Augen aufgeschlagen. Er hatte keinen Ton herausgebracht, sie nur an sich gedrückt und still in ihr Haar geweint.

Roope hatte ihm daraufhin eine Kopfnuss verpasst.

Hoffentlich vergaß sie diesen Moment.

Draußen wartete Kepheqiah auf sie. Susanna war nach London zurückgefahren, sich um ihre Ratte kümmern. Ethan hatte sie unter Protest begleitet. Seine ständige Nervosität war ihnen auf den Geist gegangen, und nachdem er zum hundertsten Mal Lucys Tod orakelt hatte, nur weil sie an einem Tag blasser ausgesehen hatte als sonst, hatte ihm Roope ein Ultimatum gestellt. Sein eigener Tod durch die Breitaxt oder sofortige Abreise.

Ethan hatte mit den Zähnen geknirscht, als er zu Susanna ins Auto gestiegen war.

Roope strich sich über die Bartzöpfe. »Ich habe bis jetzt die Leiche von Grigorjew nicht finden können.«

»Das kann nicht sein. Ich habe gesehen, wie du sie weggeschleudert hast.«

»Alles richtig, nur ist sie danach irgendwie verschwunden.«

»Du hast ihn getötet!« In Daniels Ohren rauschte es.

»Bis jetzt bin ich davon ausgegangen.«

Niemand überlebte einen Kampf mit dem Finnen.

»Ich erwischte ihn sauber mit der Klinge und er brach zusammen, wie sich das gehört. Sein Handlanger stürzte sich auf mich, ich zerteilte ihn in handliche Portionen und bin dann zu dir gerannt.

Durch die Sache mit Lucy hatte ich den Kerl völlig vergessen.

Erst am nächsten Morgen wollte ich die Leichen vergraben. Und da hat Grigorjew gefehlt.«

»Warum hast du mir das nicht früher gesagt?«

»Weil sich deine Ohren nur für Lucys Atemgeräusche interessiert haben und du ohnehin auf nichts anderes reagiert hättest.«

Da war was dran. »Keine Blutspur? Nichts?« Ein auf den Tod verletzter Greis konnte nicht spurlos verschwinden, es sei denn, Rubens Cleanerteam hatte die Hand im Spiel.

Roope blähte die Wangen. »Blut klebte überall. Immerhin herrschte hier ein Mini-Gemetzel.«

»Selbst wenn Grigorjew noch am Leben sein sollte, wird er es nicht wagen, uns in die Quere zu kommen. Außer, er strebt eine Karriere als Anonymer Meister an. Vertragsbruch, Daniel. Seine Seele gehört Mahawaj und früher oder später wird er sie sich holen.«

Kephs Gelassenheit beruhigte Daniel etwas. Trotzdem wurde es Zeit, dass sie diesen Ort verließen.

Roope erriet seine Gedanken. »Ruben scheint sehr fähig zu sein. Laut Ives hat sich dein düsteres Haus in das bestbewachteste Gebäude Londons verwandelt. Dort wäre sie in jedem Fall sicher. Egal, wovor.«

Auch Keph nickte. »Wir werden langsam fahren. Die Limousine ist geräumig, Lucy kann sich ausstrecken. Es wird schon gehen.«

»Du nennst sie Lucy?«

Keph lächelte. »Sie ist kein Ziel mehr.« Er zog das Handy aus der Tasche und teilte Ives ihre Ankunft mit. Roope wickelte Lucy wie einen Säugling in Decken und legte sie auf die Rückbank. Sie wachte nicht auf. Daniel hatte aufgehört, sich deswegen Sorgen zu machen.

Es war, als würde ihr Körper jede Kraft brauchen, um heilen zu können.

Die Fahrt verlief ohne Probleme. Lucy erwachte erst kurz vor London.

»Wo bringst du mich hin?«

»Zu mir.« Es war so schön, sie lächeln zu sehen.

»Und wenn ich nicht will?« Ein kaum wahrnehmbares Funkeln ließ das Grün ihrer Augen aufleuchten.

»Dann hast du Pech gehabt, meine süße Diebin.« Er küsste sie auf die Stirn. »Du teilst dieses schwere Los mit Ethan, Roope, Ives und noch ein paar Leuten.«

»Wir sind nicht allein?« Eine steile Falte wuchs zwischen ihren Brauen. »Warum nicht?«

Wie sollte er ihr erklären, dass sich sein Loft in eine Wehrburg verwandelt hatte und von seelenlosen Wiedergeborenen bewacht wurde? Sie würde sich nur aufregen.

»Lass uns das Thema verschieben.« Früher oder später würde sich Lucy an Rubens Anwesenheit gewöhnen.

»Du dominiert mich«, maulte es in seinem Arm. »Nur weil ich mich nicht wehren kann.«

»Stimmt. Dafür beschütze ich dich aber auch.« Daniel war klar, wie antiquiert das klang. Dabei war er in einer Zeit geboren worden, in der bis auf wenige Ausnahmen Frauen über das Schicksal ihrer Sippe entschieden hatten.

Lucy biss ihn in den Finger, die Falte auf ihrer Stirn war jedoch verschwunden.

Vor dem Haus wartete ein Empfangskomitee. Ives, Ethan, Susanna samt Ratte und Jade. Einer von Rubens Männern bewachte den Eingang, ein anderer sah vom Dach auf sie herab.

»Ich habe ihnen gesagt, dass in London das öffentliche Tragen von Schusswaffen ein Problem darstellen könnte.« Ethan strahlte, als er Lucy über die Wange strich. »Jetzt hat Ruben sie überall im Haus verteilen lassen, um sie im Notfall schnell zur Hand zu haben.«

»Weder einer der Grigorjews noch Mahawaj wird uns angreifen.« Keph streckte sich ausgiebig.

»Warum nicht?« Ethans klang beinahe empört. »Ruben hat extra Überwachungskameras und Bewegungsmelder installiert.«

»Er hat was getan?« Daniel hatte sich nie bespitzeln lassen. In seinem eigenen Haus würde er damit nicht anfangen.

In Kephs Miene zuckte es verdächtig. »Lass uns später reden. Bring erst Lucy ins Bett.«

Daniel hob Lucy aus dem Auto und schon umhüllte sie Jade mit einer behutsamen Umarmung.

»Ethan hat gepetzt. Ich hoffe, es macht dir nichts aus, dass ich von deinem Dämonenkampf weiß.« Sie hopste neben Daniel bis in den Fahrstuhl. »Du musst dich nicht schämen. Laut Statistik können nur 0,01 Prozent aller potenziellen Dämonenopfer einen Angriff effektiv abwehren.«

Ethan schlug die Hände vors Gesicht.

»Ich habe das Ouija-Board befragt. Der Dämon heißt Caym, gehört zu einer höheren Dämonenklasse und befehligt dreißig Legionen. Also sei nicht traurig, auch mit entsprechender Ausbildung hättest du nur wenig ausrichten können.«

Ethan jaulte auf. »Hör mit dem Unsinn auf, Jade. Es gibt keine Dämonen. Ein Irrer hat ihr das angetan.«

Jade zuckte die Schulter. »Irrsinn schließt einen Dämonenstatus nicht zwingend aus. Ich habe mal einen gekannt ...«

»Schluss jetzt!« Ethan drehte sich demonstrativ weg.

Keph warf Daniel einen vielsagenden Blick zu. Er würde sich sicher noch intensiver mit Jade befassen.

Daniel erkannte sein Zuhause kaum wieder. Ives hatte sich ausgetobt. Auf dem Tisch standen Blumen, das Bett war frisch bezogen und aus der Küche duftete es nach Tomaten und Rosmarin.

»Nur ein kleiner Snack.« Ives wurde rot. »Ich dachte, ihr habt Hunger, und bevor Baraq'el deine Seele kassiert, solltest du noch eine Henkersmahlzeit genießen.«

Lucy zuckte in seinem Arm zusammen. Konnte Ives nicht den Mund halten?

»Das ist Unsinn.« Mit nachsichtigem Lächeln schlug Jade die Bettdecke für Lucy zurück. »Niemand kann dir deine Seele nehmen. Sie ist frei. Denkst du, dieser Mahawaj steckt sie in eine Keksdose und hockt sich für alle Ewigkeit drauf?«

»Der Mistsack sammelt Seelen, seit ich   von der Bruderschaft gehört habe.« Roopes Brauen schoben sich übereinander. »Wenn wir keine Vorkehrungen schaffen, wird er bei Daniel keine Ausnahme machen.«

»Ich denke, das wird er doch.« Keph setzte sich zu Lucy auf die Bettkante. »Bleib ganz ruhig, Lucinde. Mahawaj wird Daniels Seele nicht nehmen. Er kann es nicht.«

Über Lucy hinweg sah er Daniel auf eine Weise an, die ihn nervös machte. »Er wird dir nichts antun. Er wird deinen Widerstand respektieren, wie er ihn immer respektiert hat. Und jetzt entschuldigt mich. Ich habe Termine, die sich nicht länger aufschieben lassen.« Während er Lucy übers Haar strich, stand er auf und wollte gehen, aber Roope stellte sich ihm in den Weg.

»Du könntest bleiben, Kepheqiah ohne Sippenname. Wir könnten dich gebrauchen und so wichtig, wie du tust, wirst du für die Bruderschaft schon nicht sein.«

Es war einer der seltenen Momente, in denen Keph spontan auflachte. »Ich bin Meister des ersten Kreises. Glaub mir, Wikinger, ich bin wichtig.« Ohne ein weiteres Wort verließ er den Raum.

Roope zuckte die Schulter. »Dann eben nicht. Ruben behalten wir trotzdem. Wetten, der ist ein hervorragender Kämpfer?« Mit hinterhältigem Grinsen rieb sich Roope die Hände. »Wir pfuschen Baraq'el ins Handwerk, sobald es Lucy wieder gut geht. Wäre doch gelacht, wenn wir ihm nicht das ein oder andere Ziel vor den Nasen seiner Anonymen Möchtegernsuperkiller wegschnappen könnten.«

Lucy war in Daniels Arm eingeschlafen. Ob sie das Risiko nach diesem Anschlag immer noch schätzte?

Am liebsten würde er ihr alles ausreden, was auch nur entfernt gefährlich für sie werden könnte.

Es würde ihm nicht gelingen.

Das wusste er schon jetzt. Sie war eine begnadete Diebin. Für eine Organisation, wie sie Roope vorzuschweben schien, wäre sie ein wertvolles Mitglied.

~*~

Sechs klaffende Wunden überzogen Koljas Rücken und sein Vater holte erneut aus. Konstantin hielt sich die Ohren zu. Er durfte nicht eingreifen. Nicht helfen, nicht trösten. Ramuell Grigorjew liebte seinen jüngsten Sohn. Aber er brauchte ihn nicht. Kolja brauchte er. Deshalb strafte er ihn für sein Versagen in London.

Heute Morgen hatte Kolja vor dem Pferdestall auf ihn gewartet. Der Blick seiner Augen war seltsam fremd, als hätten die vergangenen Tage ihn zu einem anderen Menschen gemacht. Gefasst war er mit Konstantin zu Vater gegangen, keine Spur von Angst im Gesicht. Auch dann nicht, als er wusste, was ihm von Ramuell drohte. Er hatte nur um Konstantins Anwesenheit während der Bestrafung gebeten. Sein Vater hatte zugestimmt.

Ramuell betrachtete seinen sich am Boden windenden Sohn mit kalter Gelassenheit, bevor er zum siebten und letzten Mal ausholte.

Siebenmal durchhalten, siebenmal schweigend die eigene Existenz verfluchen, siebenmal sich nach Erlösung sehnen. Konstantin war nur ein einziges Mal von seinem Vater gezüchtigt worden. Er wollte es nie wieder erleben.

Die Gerte zischte durch die Luft. Sie gehörte ihm. Er nutzte sie nur für die Pferde, sanft, schmerzfrei. Nur, um ihnen die Richtung zu zeigen, wenn sie noch zu jung und unerfahren waren. Konstantin würde sie nie wieder in die Hand nehmen.

Kolja keuchte und blieb reglos liegen. Aus seinem Mund floss Blut. Er zerbiss sich die Lippen, um nicht schreien zu müssen.

Die Gerte fiel auf den Boden und Ramuell ging, ohne Kolja eines weiteren Blickes zu würdigen.

Erst, als er die Schritte seines Vaters nicht mehr hörte, kniete sich Konstantin zu seinem Bruder.

Die schwarzen Locken waren nass vor Schweiß. »Es ist vorbei, Kolja.« Wenn er mutiger wäre, wenn er stärker wäre, und sich diesem Mann entgegenstellen könnte. Nichts davon war er. Der jüngste Sohn der einflussreichsten Familie. Nephilim-Blut floss durch seine Adern. Nephilim-Blut verteilte sich über den ausgetretenen Steinplatten des Weinkellers. Er zog Kolja auf seinen Schoß. Bevor er Dr. Smirnow holen konnte, musste sich sein Bruder beruhigen. Das Gesicht war schmerzverzerrt, zeigte jedoch keine Spuren des Alters mehr.

Konstantin streichelte die Hand, die seine umschlossen hielt. Der Ring fehlte. Kolja hatte ihm anvertraut, dass eine andere Macht sein Leben schützte. Welche, hatte er ihm nicht sagen wollen.

~*~

Die Marmorwände hallten vom Klang seiner eilenden Schritte. Der Meister der Pforte hatte Kepheqiah ohne Weiteres passieren lassen, ebenso wie der wachhabende Gardist, der ihn sofort erkannte.

»Kepheqiah! Du warst lange nicht mehr in Rom. Wie war der Flug?«

»Stürmisch. Aus London kommt ein Gewitter auf uns zu. Ich muss Mahawaj warnen. Ist er allein?«

Der Mann nickte. »Er wartet auf dich. Die Nachricht hat ihn schwer getroffen.«

Nichts anderes hatte Kepheqiah erwartet. Der Raum war lichtdurchflutet. Mahawaj stand am Fenster, mit dem Rücken zu ihm. Weißblondes Haar floss über seine Schultern und die schmale Hand umklammerte das

Amulett, das Kepheqiah ihm noch in derselben Nacht von Lucindes Dämonenangriff hatte zukommen lassen.

»Daniel kehrt sich ab?«

Er sah nicht auf, als Kepheqiah ihm die Hand auf die Schulter legte.

»Daniel sträubt sich von Beginn an gegen die Bruderschaft. Du weißt das. Roope Turunen schürt ein Feuer, das längst schwelt. Es wird auflodern. Es sei denn, du sagst ihm endlich die Wahrheit.«

Mahawaj schloss die Augen. »Er hasst mich.« Jahrtausendealter Schmerz schwang in der glasklaren Stimme. »Ich hätte niemals einen Sohn zeugen dürfen.«

»Meine Worte.« Keiner von ihnen hatte damals auf sie gehört. »Immerhin hast du seine Seele gerettet.« Vor Grausamkeit und Habgier.

»Zu welchem Preis? Immer, wenn ich sie aus den Tiefen der Zeit ans Licht gezerrt habe, wusste ich, dass ich ihm niemals begegnen kann. Sein erster Vater ist sein erster Tod. Wie soll ich ihm das erklären?« Als er sich am Schreibtisch niederließ, vor sich Daniels Akte, wirkte er erschöpft. Dabei war der ewig junge Mahawaj Baraq'el seit ihrer ersten Begegnung nicht einen Tag gealtert.

»Wo wir gerade über Seelen sprechen. Ramuell fürchtet um die seines Sohnes. Wegen des Frevels hätte er verdient, dass ich sie in Stücke reiße.«

»Und? Wirst du es tun?« Kepheqiah schauderte bei dem Gedanken, wie der Dämon Lucinde zugerichtet hatte. »Er selbst hatte bereits einen Dämon beschworen und ihn auf Meister Lacroix angesetzt. Er ist nicht vertrauenswürdig. Wir sollten seine Taten sanktionieren.«

Mahawaj legte die Hände vors Gesicht. »Die Grigorjews, die Callahans, die Sanguinis; keiner von ihnen ist vertrauenswürdig. Wie sollten sie? In ihren Adern fließt das Blut der Nephilim. Ich hätte ihre Urväter in die Fluten zurückstoßen sollen, als sie bittend die Hände zu mir reckten.«

»Also lässt du die Freveltat ungesühnt?«

»Sein Sohn wird sterben ohne den Ring. Dass er noch lebt, gleicht einem Wunder. Ramuell ist genug gestraft.«

Ein hoher Piepton unterbrach ihn. Mahawaj runzelte die Stirn, als er auf seinen Kommunikator starrte. »Konstantin Grigorjew? Woher hat er

271

diese Nummer?« Mahawajs Miene gefror. Er sagte kein Wort, als er die Verbindung trennte.

Kepheqiah räusperte sich und Mahawaj erwachte aus seiner Starre.

»Kolja hat seinen Vater getötet und die Macht der Familie Grigorjew an sich gerissen. Er will sich dem Rat der alten Familien stellen und unter Umständen für sein Recht kämpfen.«

»Das klingt nicht nach einem Sterbenden.«

Die blauen Augen wurden schmal. »Aber wonach klingt es dann?«

~*~

Roopes mächtige Hand strich behutsam über Lucys empfindliche Haut.

»Sieht gut aus. Hiermit erkläre ich dich offiziell für geheilt und wieder voll einsatzfähig.«

Er grinste zu Daniel, der hinter ihr saß.

»Ich warte schon seit zwei Wochen auf diesen Satz.« Zärtlich küsste Daniel ihren Hals, ihre Schulter und fing sich ein tadelndes Räuspern von Ethan ein.

»Wir sind auch noch hier und wollen feiern. Heb dir das Geschmuse für später auf.«

»Schade«, flüsterte Daniel. »Lass sie uns alle zum Teufel schicken. Dann sind wir ganz allein.« Sein Wispern kitzelte an ihrem Ohr, wie bei ihrer ersten Begegnung auf dem Flughafen. Schon damals war die Ringenergie durch sie hindurchgeflossen. Doch es hatte sich schrecklich angefühlt. Jetzt verdankte sie ihr das Leben.

»Denkst du, ich kann ihn wieder abziehen?«

»Du bist gesund. Warum nicht, oder hast du Lust, dich wieder an mir zu entladen?«

Eventuell, aber nicht auf diese Weise. Daniel erriet ihre Gedanken. Seine Braue zuckte und in seine wunderschönen rabenschwarzen Augen schlich sich ein vielversprechender Glanz.

Jade hielt die Hand auf. »Gib ihn mir. Ich mag grün, und wenn du ihn noch mal brauchen solltest, kannst du ihn dir leihen.«

Lucy schnippte den Ring durch die Luft. »Zieh ihn nur nicht zu oft an. Er besitzt ein Eigenleben.«

Es war zu spät. Jade steckte ihn bereits auf den Daumen. »Fühlt sich doch gut an.« Verzückt schloss sie die Lider. »Ich hab's gern, wenn's ein bisschen prickelt und ich könnte wetten, dass er meine Trefferquote für Zukunftsvorhersagen verdoppelt.«

Roope öffnete ihre Hand und ließ kleine Steine hineinfallen. »Versuchs mit denen. Die sind zuverlässiger als deine bunten Bildchen.«

Jade kreischte auf. »Runen? Von dir? Wie alt sind die?«

»Steinalt.« Grinsend ließ er sich von ihr umarmen und küssen.

Ives eröffnete das Buffet, das er unter Fluchen und Schimpfen mit Ethan vorbereitet hatte. Roope erhob als Erster das Glas.

»Auf gesprengte, geklaute und verloren gegangene Ketten! Möge keiner von uns ihre Kälte jemals wieder auf der Haut spüren müssen.«

Lucy gab sich und Daniel fünf Minuten. Dann nahm sie ihn zur Seite. »Ich habe dir noch nichts zu Weihnachten geschenkt.« Weder davon noch von Neujahr hatte sie etwas mitbekommen. Es fühlte sich an, als hätte sie bis zum Ende ihres Lebens genug geschlafen.

Daniel tauchte seinen Finger in den Champagner und zog damit sanft ihre Lippen nach.

»So? Und das willst du jetzt nachholen? In all dem Trubel?«

Das Gefühl, das seine Zungenspitze auf ihren Lippen auslöste, ließ sie für einen Moment vergessen, dass sie diesmal die Verführerin war. »Wenn du mich zu Atem kommen lässt, fahr ich dich an einen Ort, an dem wir ungestört sind.« Mit der einen Hand hielt sie den Autoschlüssel hoch, mit der anderen den von ihrer alten Wohnung. »Da sind noch ein paar Dinge, die ich holen möchte. Außerdem wartet dort dein Geschenk auf dich.«

~*~

Während der Fahrt verließ das geheimnisvolle Lächeln nicht ein einziges Mal Lucys Mund. Daniel musste sich zusammenreißen, um mit ihr die Treppe nicht nach oben zu rennen, sie aufs Bett zu werfen und all das zu tun, wofür sie seit heute wieder Roopes Genehmigung hatten.

Lucy nahm ihn an die Hand und führte ihn ins Badezimmer. Auf der Spiegelablage stand eine Cremedose. Lucy hielt sie ihm vor die Nase.

»Geh mal wühlen.« Ihr Lächeln verwandelte sich zu einem unverschämten Grinsen.

Daniel tauchte den Finger in die Creme und fühlte etwas Hartes. Ein Ring. Lucy nahm ihn ihm ab und wischte ihn sauber.

»Der stammt von Callahan. Ich scheine auf Nephilim-Schmuck magnetisch zu wirken.«

Der Rubin glänzte mit einer überirdischen Schönheit. Hatte Callahan einen Ring getragen, als er ihn getötet hatte?

Lucy strahlte. »Ich habe ihn dem Kerl vor deinen Augen vom Finger gezogen und du hast nichts bemerkt.«

»Du warst so gut wie nackt.«

Lucy grinste noch breiter. »Ich weiß. Willst du wissen, wo ich ihn versteckt hatte?« Sie führte ihn rückwärts aus dem Bad, steuerte aufs Bett zu. »Du darfst suchen. Kommst du dem Versteck nah, sage ich heiß, entfernst du dich, sage ich kalt.« Ihre Stimme bebte vor Vorfreude.

Daniel hob sie hoch und bettete sie aufs Laken. Den Ring küsste er aus ihrer Hand. Um das Versteck zu finden, brauchte er ihn nicht. Mit dem Mund fing er an. Er würde sehr gründlich suchen. Als er ihre Lippen verführte, kam Lucy nicht mehr dazu, *kalt* zu sagen.

Swantje Berndt

GEFLÜGELTE Seelen

SCHATTENFÜRST

Swantje Berndt

DAS BIEST IN IHM

Roman

SIEBEN VERLAG